生命的韵味

当代中国文学书库

王永兰 ◎ 著

中国文联出版社

图书在版编目（CIP）数据

生命的韵味／王永兰著. -- 北京：中国文联出版
社，2023. 3
ISBN 978-7-5190-5147-1

Ⅰ. ①生… Ⅱ. ①王… Ⅲ. ①散文集—中国—当代
Ⅳ. ①I267

中国国家版本馆 CIP 数据核字（2023）第 053364 号

著　　者　王永兰
责任编辑　周　欣
责任校对　乔宇佳
装帧设计　中联华文

出版发行　中国文联出版社
地　　址　北京市朝阳区农展馆南里 10 号　　　　　邮编　100125
电　　话　010－85923025（发行部）　　　　85923091（总编室）
经　　销　全国新华书店等
印　　刷　三河市华东印刷有限公司

开　　本　710 毫米×1000 毫米　　　1/16
印　　张　17. 5
字　　数　314 千字
版　　次　2023 年 3 月第 1 版第 1 次印刷
定　　价　78. 00 元

序 言

　　常常会被一株花木，一声鸟鸣，一泓流水，一段经历，一点生命的体味所触动，而生发灵动的文字，碰撞出多姿的情感。就这样沉静而敏感地行走在四季中，行进在生活里。

　　春日的新柳，那样婀娜，带来生命的讯息，弥漫成别的风情；夏的微风，夏之湍水，组成动听的奏鸣，还有这个季节特有的蝉声，增加着它的韵律；秋之清爽令人喜悦，秋之萧肃又令人多愁善感；冬有初到时特别的宁静，时日的推进，寒冷在增加，不过雪花的飘舞，又送来冬的多情与浪漫，让人感觉冬亦是美好。

　　心是如此的敏感呀，任何一点低语和心潮飘过的微风，我都细心地收留。无论是山间的一缕云雾，海边的一捧泥沙，滑落的一滴眼泪和微露的一抹笑容，我都这样珍存，用心蕴养，汇成文字，歌咏表达。无论幸福过，悲伤过；无论柔顺，无论铿锵；无论宁静，无论跌宕……都是旋律。就这样行走在四季中，感受世界的纷呈，感受生命的韵味，捡拾生活的片片花絮。

　　生活如一条溪流，绵延向前，每一段路程，都有不同的风景，何况今日之溪水，又非昨日之溪水。窗前此刻的白云，非常美丽，不过，一会儿它就会飘走。每一株生命都有自己的风骨，在不同的季节中展现生命的风姿。因此，用心记录溪流的一路风景，捕捉属于小溪的朵朵浪花；用妙笔收留今晨窗前的云朵，撷进日记的一页；用情思体悟生活路程上的每个故事，体味每一份细腻的情愫。用它们串起一笔笔彩绘的图案，闪现路径上的多姿多彩，还有每一株生命存在的魅力与韵味。

　　作家梅子涵曾说，我们在生活里匆匆行走，我们总是很大意的，我们忽略了多少大自然和生活的美好，我们的生命就缺少韵味。下雨的时候，窗前最是诗意，需要的是我们心的停驻和眼的停驻。文章能不停留一下吗？生活能不感受一下吗？感受的是流水和飞燕，其实感受的也是我们生命本身。感受的时候，你才更知生命多美。

1

　　那就让我们匆忙的脚步停驻一下，去细数历程中的珍宝，用心灵一起来感受生活的芬芳，感受生命的韵味。

王永兰

2022.7.10

目　录
CONTENTS

四季之韵

一树杏花

一抬头，一树杏花在烟雨中，粉色的一团，淡而特有韵味；深黑而直高的树干，擎起那样美丽的花枝。想必是树龄不小的一棵杏树了吧！

当这样清新而如霞一样的一树杏花在下楼猛抬头一刹那俯视而出现在自己对面，出现在自己眼前的时候，雨的压抑便没有了，倒有了雨映杏花的诗情；心情的沉重没了，冷寒的空气中倒有了云蒸霞蔚的暖流。春天就这样惹动了你的情绪，而增添了另一种情味。

2009. 3. 26

水晶世界

像把一枝白色蜡梅插在了一个水晶的瓶子里，雪后世界就成了这样的一个景致。这还不够，在枝间，来几只小小鸟，在枝丫间啁啾和飞飞落落，这个洁白晶莹的美丽天地便流淌出动人的旋律，静美灵动。

2012. 12. 29

云霞

下午放学后，驱车回家，西天边晚霞很美，几抹灰色上面缀上大红绸缎样的红色，像风中飞舞的丝巾，优美清新。只有春天才有这样的霞彩吧，心里欣享般满足。不觉间猛抬头，云霞淡去，夕阳的最后霞光就要隐退，心里的微醺还在，云霞还剩丝丝缕缕。

2019. 3. 12

咏柳

感觉着春天的微寒，沐浴着春之阳光点点，早就想走出四角高墙的天空，到田野、溪边、广场去看看真正的春天，去会会春天的使者——那多姿多魅的柳。

骑车到沟崖，到广场，到绿草地，寻找开阔的春之所在的地方，广阔的绿草地泛出点青绿色，柔和线条的广场多了些妩媚，当然更多的是放纸鸢看春的人们，但眼前试图寻找绿叶、红花，没有，即便小草也刚刚从芯里透出点点青。那广场偶尔点缀的树木，仍是未长出片叶，也许还正在酝酿。

但我相信我会寻找到崭新的诗行，那便是追寻春天的使者——我心中的柳。靠近沟崖，冲下河沿，因为那里是临水依依的绿柳。

当我站在崖上向下览望，我已经被那一派柔和的新绿所陶醉，当我带着兴奋与激动缓冲到河沿时，我当要驻足流连了。让我怎么描绘你，让我怎么形容你呢？春天的新柳。

自成一树是碧玉妆成，排成一行也似有万种风情，是曲折河岸的临水的绿色柔纱，是一幅多情的帷幕。

让我用手触摸一下你，让我用脸轻抚一下你，你注入这自然界第一道绿色的生机。那醉人的绿呀，似乎用手就可以掬起，但又会同这四周一样，从指缝间弥漫得到处都是。

那垂柳袅袅在春风里，如秀发飘飘，那绿亮的枝儿，如处子的皮肤，那突出芯的芽与叶儿，用碧玉怎能形容出，那是一树诗，那是一树春，那是一抔柔和的绿。

春，新；春，自由的天地；春，遏也遏不住的生机；春，柔柔的美丽。都在这里。

于是，再也不愿离去，陶醉在这报春、展现春天的绿柳前，流连忘返。

我五岁的女儿，像我一样亲吻了那柳枝以后，便索性躺在那微透青色的草铺地的土坡上，看那一树绿柳，看那柳上的蓝天，闻那春水的潮湿的气息——孩童也陶醉在绿柳前的春天。

2001.4.6

4

迎春花

　　北方的春天是迟迟不肯现出它鲜艳的容颜的，它只是在你苦苦寻求的眼睛里呈现一点点捉迷藏般的新芽，是小草的青吧？树枝芽苞的黄吧？仿佛成不了片，也就隐约在依旧空旷的天际，看不分明。在肆虐般狂暴而起的风中，连那点鲜明的颜色也似乎给遮挡住了……

　　但请你不要烦得跺脚，春天派来了它的使者。

　　在料峭的河沿岸坡，在鹅卵石散落的河床边，在像缎子一般柔滑的随风吹送再难平静的春水旁，一群春天的小精灵正笑脸相迎。她们一个个身着金黄色的小裙，束着绿色的丝绦，连成一条线，似在忙碌，似在嬉笑，只等寻春不着的你给你一个惊喜，"春来了，我们在这儿呢！"你的心才真正释怀，你知道大自然最美丽的季节真的来了。春天的灵韵在此开始悄悄点燃，一束束，一簇簇，仿佛春天就此开始呈现它万紫千红的多彩，过不久就是一片绿了，再不久桃红杏粉就会胭脂一般涂上春天的脸了，而现在就让心灵在此欢娱吧，让心灵与春天在此邂逅吧。这河边时而一线灿烂开放、时而零散点缀的春日金黄的迎春花，你可是春神派出的那个最为调皮的小天使吗？

2008. 3. 18

戏水野鸭

　　耳边北风嘶嘶，脚下冰霜附草，空气是冷寒，虽然有太阳。河里的水面封冰了，封了一层薄冰，冰下的流水没有封住，石桥下石罅流水哗啦有声，河水宽阔处还有最后一块水面没有结冰，但已四面被薄冰包围。一群野鸭就在那挨水的冰层上嬉戏，冷寒的天，空旷的大地，光滑的开始冰封的河段上，阳光微微照着，一群野鸭就那样悠闲地伏在那块未冰封的水面一侧，时而是下水游动，时而是展翅掠水，更多是围水伏冰。橘黄的脚蹼和灰色的羽翼，在冰上走动时更加显现，周围冷寒的一切和野鸭群的灵动和生机形成强烈的反差，像是冬日的精灵一样，在冰上行走，在冰碴边栖伏，在冰碴边的水里游动。四十多只野鸭，就形成了那样一道围水而伏的灵动风景。耳边北风嘶嘶，脚下冰霜附草，空气是冷寒，不过野鸭悠悠，戏水欢闹，伏冰而歌……

2018.12.7

四月的版图

这是四月的版图，由一簇簇绿色、紫色、黄色……组成，是一尘不染的那种，是大自然酝酿和描绘的水彩画。

是有蜜蜂飞在上面了，是风儿拂过上面了，是蓝天醉在里面了，是河水流动哗啦啦响起来了……我的眼亮起来，心暖起来。

春天赋予我一种舒畅轻松，也许还多了份善感与愁绪。

在柳梢拂过的一瞬间，在白杨吐绿的一刻，在春波荡漾的时候，你再也不能无动于衷。

春深的四月，四月如絮的思绪——无限！

1999.4.9

五月的藤萝

当樱花谢了，当丁香落了，在绿叶正欲婆娑，花儿开始减少的五月的小花园里，这时候，一株路边的古老藤萝，开始呈现它的美丽。

在苍老遒劲盘曲而上的枝干上，在些许绿叶的点缀下，藤萝呈现出一串串的淡紫色的花朵，一穗穗，清新厚实地挑在枝头，让人忘却尘俗，眼前只有那有一树云雾般的淡紫，让人陶醉。

蜜蜂在花朵旁飞舞，一树古老的藤萝静享着小园的清幽，并奉上它紫色的花朵与韵味。

越是年老，越是持重；越是历经风雨，越开得芬芳美丽。这是一株藤萝的展现，也是我的心灵独语。

2010.5.9

冬

　　没有了喧哗与嘈杂，灿烂的、绚丽的也纷纷褪去，天空也呈现那样冬日的灰色，心灵在此刻却变得宁静而澄明，身上也仿佛卸去因燥热而更觉得的臃肿，而在冬日的冷气里变得敏捷轻松。冬日就是这样如此充满活力的季节，头脑在冷静中也变得格外聪明。

　　在灰蒙蒙的天空下，在冬日喊也喊不破的宁静中，仿佛望着望着，就会隐隐听到雪花轻巧的脚步声，那是每个冬季都会有的最美的温馨与宁静，童话般的境地。

　　孩子们的琅琅书声清脆地从窗子里传出，操场上体育课上跑步的孩子们也散发着活泼的无限生机，他们在冬日的世界里是一群快乐飞翔的小鸟。

　　走进冬，让我们好好珍惜。

2001.12.20

生命的韵味

　　喜欢睡莲，无论闲暇或忙碌，遇见它，我就如逢知己，驻足观赏，有时不觉看得发痴，仿佛身化为睡莲花一朵……

　　静悄而又热烈，安然而又活泼，青睐于池水的清幽，把生命扩展开去，生长，开花。自自然然地生长，葆有几分活泼，葆有几分纯真，也永不回避自然的风雨。在晨光中的盛开和夜幕时的梦寐，都是它生命的风景。在雨雾中，在微风里，在阳光下，睡莲安稳地在水面舒展圆圆的绿叶，像一个又一个的圆盘组成绿的坛。它并不寂寞，微风会给它唱歌，小金鱼在和它嬉戏，无边绿意的伸展，都是写给四季的诗。蕴成一朵奇葩，跃然于绿意之上，像明珠一样散落在绿色圆盘里，睡莲花就在季节里风唱。这时，池塘就活了，就有了灵性，就有了光芒，池塘才真正成为有风景的池塘。

　　喜欢睡莲，无论花开红色、黄色还是白色，都是很美的风景。特别是开粉红色花的睡莲，是我心中的最美。粉红并不是大雅，而我却喜欢这份真实。无

| 7

意与纯白争竞空灵，也无意与淡黄争别致，却愿把生命蕴成一抹鲜艳的粉红，愿意这样成为一朵有色彩的睡莲，像一个美丽而清纯的女子，愿意享受生命季节赋予她的懵懂，她的楚楚长成，她的娇艳，静静欣赏生命，却从不奢侈。这就是睡莲的粉红，增一分则肥，减一分则瘦，每一株生命都有它独特的风骨，粉红睡莲就是这样一道独特的风景。

生命毕竟要经历许多，而莲从来都不言。它深深知道，那些秋的冷漠，冬的肃杀，都是生命中的季节，是生命的风景。冬季或许有点落寞，北风亦是无情，而睡莲的根，在冬日池水的深处存留，保存着生命的源头。当冰雪融化，当春风拂送，小小池塘里的睡莲像沉睡而又仿佛蕴蓄一冬的生命，迸发叶的芽，花的苞，又成为一池楚楚的睡莲了。而且叶片从此就更繁富，扩大为更大的绿毯，生长出更多的花茎。

这就是睡莲，静静地在季节里行走，灿烂地在四季里吟唱的睡莲。它常常让我体会生命的韵味，感受生命的美好，体会生命的姿态。

（根据高考作文"春来草自青"话题有感而写）

2008. 6. 18

狗尾巴草

青草覆地的河汉高坡上，是一片碧绿，在这个夏日时节。不过，在这一片碧绿当中，像飘动的露珠一样点缀在草坪间的有一种野草，就是狗尾巴草。

是谁给你起了这样一个名字？不过，有时丑到极处便是美到极处，又真心佩服这个名字的好，极神妙。在这个仲夏的时节，平整的草坪一片生机，这片碧绿和生机似乎多少有点单调，于是挑起了几簇狗尾巴草，狗尾巴草那狗尾巴样的绿色小穗，就使得草坪有了别样的情趣和活力，仿佛在成熟中加上了一点调皮，仿佛在平静的绿海里泛起的水泡，是这片草坪永不消失的活泼的露珠。嗨，狗尾巴草，就是那样简单，那样快乐，那样自由自在地生长。把长长的绿叶挑起，然后再审出一茎狗尾巴样的穗子，调皮地摇曳在微风里。样子没有什么特别，名字也不动听，但它就是那样在仲夏这个季节里活泼地生长，似乎随便一个沟坡都有它的影子，它的点缀。它没有什么特别的地方，但孩子们喜欢它，总要跑过去采一个狗尾巴草，毛茸茸的狗尾巴草，好奇地玩弄，孩子的妈妈们，甚至会采上一把狗尾巴草，给孩子编扎个小狗或小兔，或者用狗尾巴草去逗孩子，哪个孩子的童年没有狗尾巴草的记忆呢？

原以为它简单，丑陋，名字难听，但当满坡碧绿宽阔的草坪间，现出那晨光中闪亮一般的狗尾巴草，是那样活泼和谐，是那样装点了这过于平整和单一的高坡，我竟发觉，它与那河湾里映日舒展的荷叶和红花相比并不逊色，一样美丽，甚至它的调皮，它的简单，它自顾自的生长状态，都甚至给我一种偏爱。啊！那普通平常的一点不稀奇的狗尾巴草啊，你生命的歌里却也原来如此鲜亮和灵性，它从没有想到和谁去比美，它只知道在属于自己的生命季节里摇曳活泼……

2018.7.17

那片夏日的小花地

那真是一片清新的小花地。是好几种花种子混合在一起，然后种下，在夏天逐渐长起，逐渐长成一片开着五颜六色花朵的高高低低清新美丽的花地。布在沿河坡岸的小径边，夏天的颜色是绿色为主色调，在周围绿色海洋的花木间，像仙女下凡般地呈现了这样一块花地，调和着夏日的毒辣炎热带来的身心煎熬，让人释放出欢乐和欣喜。那片小花地，就那样在河沿路径边，在绿树冬青的点缀夹围中，灿灿擎出夏日的绿叶与花朵。在阳光灿烂的照射里，在树影斑驳里，在阴云蒙蒙安静的天地里，小花地变换着它的光与影，呈现着它的多彩多魅，煞是迷人可爱。

经常要路经那儿，有时也汗流浃背，而小花地的那片清新像是拂来的微风，像是一个微笑，让身心放松。黄的花，高而单瓣，大红的那种多瓣，花朵雍容，这一种还有粉紫，还有粉色的格桑花，金蒿就要长起，就这样，不断开放着，或者一齐开放着，高高低低，又大致整齐，五颜六色的花朵，开在这炎炎夏日里，分外美丽，沿河路径坡地上有不少处这样的设计和种植，美丽了夏日的河岸，慰藉着备受毒辣夏日煎熬的人们。

人们喜欢这块小花地。我经常被它每天不同的光与影下的姿态所吸引，禁不住驻足观赏或拍下它不同时刻的美丽瞬间。一位年轻的母亲，母子三人，手推的婴儿车上躺着的是她的儿子吧，也就两三个月大的样子，她的女儿，有四五岁的样子，胖嘟嘟的脸蛋，头上戴一个粉色花边的遮阳布帽，穿着露肩的连衣花裙，他们也被这片小花地迷住了，年轻的妈妈让小女孩站在花地边，说给

| 9

她拍照片，花地和花地边的戴粉红花边帽子的小女孩，成了别样的风景。又一日，一对看去七八十岁的老夫妻，老头老婆一起出来沿河散步吧，我回头看去，老太太已经从花地里手握几只开得大的鲜艳的花朵，掐了长枝带花朵，微笑着走出花地了，老太太太爱这片小花了。又一天，是一对三十几岁的夫妻吧，妻子被这片花地吸引，在整理着衣着，把手里的东西统统放一边，摆着姿势让身边的丈夫给自己拍照，要与小花地留一张精致的照片。又一天，花地边立起了架着手机的自拍杆，一位齐刘海的头发黑黑的六十多岁的奶奶和孙子并排站在花地里对准了镜头，整理着衣服，调整着表情，正用遥控在操动拍照呢……嗨，这块小花地，这块可爱的小花地，你给这方天地增加了怎样的美丽和愉悦的气息，你这平常的小花地，带给人怎样的心灵的飞扬和思绪的遐想……高大的树木投下绿茵，威武强壮，远处的溪湾里的荷花的绿影与红花隐约在那阳光下，在那河塘的浅水上……而这片小花地如此平常，却如此亲切，如此令人着迷，无比美丽……

别样小花地，夏来多彩开。

蝉声疑忘却，唯有爽清来。

2021.8.7

夏荷

昨天傍晚时下过一阵大雨，今晨外面清新凉爽了不少。我依旧在清晨去河边散步。

沿河的柏油小径，雨后树木越发葱茏，枝叶浓密，河里石桥的流水声还是隐约传来。水浅处满河的芦苇蒲苇，长到极致，一片生机。睡莲花叶子油绿，之上点缀着如珠的白花。就这样在偶有晨练的花木夹道的河边，安静的柏油小径上前行，还是舒爽的。这几天不平静的内心似乎也得到了稍许的修复。

因为昨天傍晚的雨大，有些拐弯处的低桥有河水漫过，我也就改变了常走的路线，沿着河这边较宽阔的河边小径来回走一趟，心想着正好去一睹几日白天未看的那片大荷。向前走，拐过一个沿边的高坡，穿过那片夹道的小片槐树林，再走上一段就到了。眼前就是那片粉红荷花相映的荷田了。由于昨天傍晚的雨来得比较急也比较大，今晨的这片荷田虽没大的影响，但有些花苞还是被雨水浸打过重而失去了原本含苞待绽的清新生机。不过依旧是很美的一池荷，

10

令人驻足流连。在这七月末的时节，荷花经过时间的蕴养，一点点在把叶子扩大，在把荷花擎出，如今阔大的荷叶婷婷，清新舒展，早开过花的些许荷花结成莲蓬偶有点缀，而最主体的花朵在这时节才正是欲要肆意开放的时候，因此荷田一片葱绿可爱的荷叶之上，是千姿百态的荷花。有的悄悄绽开，花瓣舒展如粉色的丝绢，舒展到轻微的条理可见。有的是肥硕的花苞，鼓鼓的，就要绽开，似乎比绽放更令人神往和想象，有的在肥硕的花苞上还调皮的伸展开一片花瓣，又是另一种花苞的姿态，有的花苞亭亭清新，如箭探出。有一处还有几根蒲苇点缀，荷花荷叶与蒲苇摇曳参差，葱绿与粉红，高挑与低伏，飘摇与安静，相映生色。在这一片纯净里，几许佛意，几许禅定，几许联想，心思就摇动开去，几天来的内心的矛盾似乎也找到了答案……这片荷苞姿态万千，绿叶正新，荷花正开的荷田，之下是一条时有断流的河流，只是这片荷花的位置还算好，四季还能保有一定水流，而水下是一层淤泥，河水也并不是那么清澈，而这样鲜妍明媚的荷，就在这样的一方河塘长起。不是不知道这世界有污浊，有黑暗，有丑陋，而是明明知道，还是要生出这样一颗洁净的心，把春留在心中，把属于自己的夏留在心中，以这样的姿态生长啊，这是怎样的襟怀和坚强啊……这样想着，就忘了一些愁怨，就淡了一些恐惧，而越发形成了心灵的选择……

往回走，那荷花的美，那荷叶的高挺葱绿，还在心中，前面路上米槐飘落的淡黄色小花铺在树下，形成那样美的景致，而枝头的米槐花正一簇簇在浓密的米槐小叶间挑出，也成了这时节的一美。远处的紫薇以花开欲燃般的姿态渐渐地开放浓烈了，水边的紫色水草花也是那样清新，我也该放轻松些，那岭上的白杨也是一年高过一年地越发有了风姿了，到处是灌木浓密，绿树夹道，雨后清晨的河边小径是这样令人享受……

2018.7.28

米槐

树干发黑，枝干凝重，枝叶团簇成黯然的色彩。就是这样一棵树，它真的不算是很美丽的一种树，她比不上杨柳的秀气和鲜明，比起白杨的高大它显得不够舒展挺拔，但它终年兀立在那里，在众多树木中显得默默无闻。

当夏天走到仲夏，太阳毒辣，特别是三伏天的时候，草木面对太阳的强烈

11

也震悚般褪去了几分精神，绿叶走过盛季，开始现出衰败的迹象。但是，当微风袭来，黄色的小花朵偶尔飘落，空气里飘过带点苦味的香气，抬起头，你看到的是此时已密密开出的一簇簇淡黄色小花的米槐，花落之后就结成槐米，散发出点点的药香。这时——在太阳最毒辣的时候，米槐亮出了它的风采，它无心同谁比较，却以婆娑的茂盛的小叶还有浓密枝叶间密密的一簇簇的小花呈献给世界。绿意浓浓，在太阳下泛着油光，肆意地开着小花，花香沁人心脾，在太阳光里，或是在偶尔微风拂动的夏日早晨和黄昏的片刻，漫步在清香飘浮，偶尔落花簌簌的米槐成排的街道，地上也已飘零着些许米槐花或槐米，这个时候，你感受的是惬意，是浪漫，是对夏日的喜爱，欣享这夏日里难得的好感受，好心情，并心怀对米槐此时涌起的喜爱和感恩。是那曾经不起眼的米槐，在太阳最毒辣的时候，却创造出一片浓浓的绿荫，创造出一份馨香与美好，让人从夏日的苦中暂得一些欢乐和慰藉一般，也许，就增加了几分勇气和力量，去经受住毒辣夏日的煎熬。

这就是米槐，在太阳最毒辣的时候，它献上它的馨香与朴实的花朵，现出自己的繁茂与特有的妩媚。就这样在季节里历练出的一种树，就注定了它的与众不同。它枝干坚实，虽然很慢的生长却用岁月凝结成最为坚韧的质地。它从不张扬，树冠显得灰暗不够鲜明，但默默地，形成了敢与太阳相映争辉的一种特别品质，这也就注定了它的长久，耐得住寂寞，而又最为坚韧，使它在岁月里成为最持久的生命。所以，老百姓就特别喜爱它，在家门前总不忘栽上棵米槐，年年岁岁地欣赏，年年岁岁地相守。不要以为它没有歌唱，它那清雅的小小的团簇的花朵，和那在炎炎夏日里翻新的叶片，就是它在仲夏里的歌唱。它有它的浪漫，它有它的情怀，它有它的朴实，它有它的坚守。米槐，我赞美你，你这大自然中经得住岁月见证的一道别样的风景。

2012. 8. 21

窗框里的春天

我站在二楼教室教学生那首辛弃疾的"醉里挑灯看剑，……沙场秋点兵。"一阵激昂的朗读鉴赏之后，学生便叽叽喳喳地背诵开去。

窗外正下着淅沥的小雨，但也许细如丝，隔窗竟也看不见那斜织轻飘的雨线，但在有水窝的地面零星地飘散开来些水花，我知道春雨并没有停了。

隔窗在二楼向外观赏春景，不禁为之怦然心动。巨大的玻璃窗为我设计了一个正好取景的画框。一棵如花伞般撑开的梧桐树，居左边成了画的主体，那是一树花，浅浅的一树紫色，从二楼窗框中看那伸展开来的树冠，如插花般组合极美地四散开来。而在稍远处，低于梧桐树冠正补充了空间的空阔的是红屋顶，左右高低参差着。而右面的红屋顶前又伸展着白杨树绿嫩的远远近近的几个树冠，那四月初的白杨是可爱的，那绿是新绿，将舒未舒的新叶簇在上面。而在近画框的右边是洁白衬着蓝花点瓷砖外观的学校实验楼，给了很耀眼的一衬。天空有点灰蒙，低低地并不空远，那紫花、绿叶在微润而暗红的屋顶的衬托下，使画面多了一层湿润。远处是几株未开花的梧桐树冠，也给这画面以很好的烘托。

就是这样一幅四月春天的图景，立在教室我跟前的窗框里，空气里弥漫着微微的湿气，雨也许还未停吧，我的心却陶醉在画里面了。

"你站在桥上看风景，看风景的人在楼上看你，明月装饰了你的窗子，你装饰了别人的梦"。因为眼前有景道不得，我竟想起这首诗，自己静穆般地融在了这画里的春天。窗外没有了北方卷着黄沙的狂风，窗外正浅吟低唱着北方四月的一个温柔妩媚的春天。

2002.4.6

感受春天

春天是万物复苏的季节，复苏，好困呀，有道是"春困"吗，于是懒洋洋里浑身酸痛着就知道了春天的来临。

我在给学生读川端康成的《春》，他说还未来得及写，春天的花草树木就起了变化，但梦里却见故乡的春天，最美的故乡的春天。梦里是故乡，故乡是永远的春天，到处是葱郁的树林，葱郁的绿色。我还给学生读着女作家苏雪林的《春》，赞美着"紫罗兰的嗫嚅，铃兰小花的耳语，迎春花的低笑"的用词之妙。学生就问我，我们周围的春天怎么看不见。我给他们看吴冠中的水墨画《春归何处》，他写意式地画着满纸的柳絮、桃红，蓝绿交织成的一片。是的，春天不在疲惫的眼神里。我去找春天，在公园、在广场、在郊外，那整齐吐蕊的柳丝，那飞满天的风筝，那草地里的青芽，那懒洋洋徜徉在阳光下的人群，这一切都沐浴在春光里，在那临河的古城墙灰色底色上，却也衬了一簇簇淡淡的粉红，也许是快要开败的杏花。

学生的日记上有了他们的作品，感受着春的快乐，它带走了留也留不住的忧愁，称赞它是开启心灵的一把钥匙。一位男生慷慨悲歌地诉说着春贵秋愁，以项羽的"力拔山兮气盖世"，以刘备的桃园三结义，以所谓伊人在水之湄，在水之涘，在水一方，诉说春之易去难留，秋景愁煞人的凄凉，于是珍爱春，又痛感春之易失。好一曲慷慨陈歌，我叹服着他们的锐深思辩。

忽收一电话，问我《葬花词》中的两句，答曰："独把花锄偷洒泪，洒上空枝见血痕。"他说他忽然有一阵伤感，他说后两句他还记着，"试看春残花渐落，便是红颜老死时。一朝春尽红颜老，花落人亡两不知！"他说他感觉自己老了。

惹得我一阵伤感，嘴上安慰着对方，而心中涌上老早的那份物是人却老的感受，春花杨柳年年的柳絮花红，却渐感自己的衰老，岁月的无情，年轻渐渐远去的情形，工作里忙忙碌碌，感觉着红衰翠减，苒苒物华休。

春天带给人们无限遐思，无论怎样，且让我们欣欣然庆幸地说：我们正享受着春天。

2003. 4. 1

向春天前进

我从未幻想在春节之后就是暖阳春。我早就知道越是要真正步入春天的温暖的时候，就会有一阵倒春寒。不必轻描淡写乍暖还寒，那料峭的刺骨的寒冷哪有一丝暖意。我知道，我早就知道是这样的，所以我把衣服裹得厚厚的，我在寒风中迈着坚定的脚步，我知道春天从来就没有早早来过。

每一个漫长的冬天，都要有初冬的肃静柔美，而后便是富有声势的凛冽的北风，肆虐地刮过，只把你那点幻想彻底粉碎摧毁，让你带着清醒的意识和意志行走在冬天。是啊，冬季是一场挑战，一场拼争。我于是在寒冷的风里没有瑟缩起身体，而是激起活力，舒展在冬日的风中。

下雪了，起初是霜雪飘零，捎来冬的威严，过不了多久，寒冷就会酝酿一场滂沱大雪的，那是残酷冬日的抚慰与刹那温柔。且不要说寒冬里没有生机，那飘舞的雪花也是一首歌，让人忘记些许昔日的肃杀，激起人们的一股热爱与暖流，原来风萧萧兮中也有一道风景。

大雪的飘飞意味着冬日序曲，真正的深冬正步履蹒跚，领我们走进那深寂的寒冷里，阳光似乎遥远，在此刻更不要想什么春天。

我们步履匆匆，我们从容坚定，我们做好过冬的准备，我们斗争于其中。当日历不停地翻阅，我知道春天虽还遥远，但我们深知我们正向着春天迈进。

无论在春天的暖阳出现之前会有多少的峰回路转，会有多少的寒流一遍遍侵犯，请你坚守住呀，春天已离你不远。

你以为你走在黑夜中吗？不，每一脚步都在迎接黎明，不必告诉我黎明的美丽，跋涉无暇抬头，心中装有一个太阳，一个坚定，这旅程不也是风情万种……

2005. 3. 25

七月赏荷

现在是七月中旬，正值仲夏，万物葳蕤，没有一丝衰退。而此时园中的荷亦是静悄悄地生长、伸展，成为此时园里的焦点、中心，如果在蝉声缠绕柳婆娑的、阳光刺眼的西苑公园你觉得俗了点、烦了点，而那再多走几步就会展现在你眼前的西苑的湖中之荷，则把整个公园点亮了，使人在酷热难耐、空气也令人窒息的这个炎热的夏季里感到丝丝清凉。

据说西苑公园建设布局上有《红楼梦》里大观园之风格，放眼望去，湖上曲廊弯转，湖边坐落青砖灰瓦的小院，也似乎寻到一点点《红楼梦》大观园里的情景。而荷就在傍着小院的湖里。湖面并不狭窄，湖岸时有大石参差，湖里分布了三处荷。密密生长的荷叶，亭亭而立，簇拥着，形成清新的绿色，而在翠绿的荷叶中，荷花正羞答答地开，静悄悄地开，率真地长，如清新的美人，如光洁的珍珠。因为正值七月，荷花长势正旺，没有一点惨败之景，而是正有韵味地生长。站立湖边，我会怀着被感染的兴奋的心情，看我所看，站立不同的视角，探访欣赏那此时七月的荷。

这时的荷叶长势很旺，相比之下，荷花显得略小了些，而这正是袅袅荷花初长成，又别有一番新美。在新绿的茂盛的荷叶丛中，粉红色的荷花在起伏的绿浪中露出了娇容，有的花瓣舒展，有的是新长成的花苞，细看处，也有莲蓬现出，不过很嫩。正不忍挪眼地赏玩，不过湖中间的那荷叶丛中现出白荷的丽影，又别有风味。在粉红、翠绿中现出白色，又有沁人心脾的清纯之美，凌波而立，无意争美，而又美不胜收。

15

踏上跨湖的曲廊，沿着曲廊的曲折回环，在若即若离中赏廊两边的荷，又是别有一番风味。似乎触手可及，又如与美人相约，隐约嗅到了那濯清涟的气息，那香远益清的芳馨。又担心这一切被惊动，而又小心倾心体悟，而不敢再近打扰。荷清新的容颜立于我的面前。

跨上那边半圆形的跨湖之桥，去赏那湖延伸的窄处的片片莲花，那儿不是拥簇，而是一棵棵自由地站立开放，且布满湖面，似乎不是刚才的半遮面，而是自自然然了。

湖中有一两群鸭子在自由游动，偌大一个雕塑天鹅安闲于水中，湖边柳树依傍，再旁边有绿草红花，瞧，那边的石榴也还如簪花的女子，娇艳而立。

在城中的一角，在闷热的七月，有这样倾心的一景，已够欣幸的了。

2005.7.20

下雨的时候

雨下得真大，下得屋脊上起了烟，然后顺屋瓦而流下的水柱，四合院般的建筑，四围屋上的水顺流而下，院子就下得满了。阳沟早已拔开，院子里的水就哗哗向外流去。打着伞到大门洞，站在大门口观看那外面的雨，茫茫的浊水柱，粗的细的夹杂直下，因为还未到中伏，水还是略显几分凉气。外面的一切就在雨雾中，那边的空地上，茂盛的野草高高低低都沐浴在水汽里，混沌成青色一片。家门口边的一线粉花在大雨中已砸得难以支撑，不过还是有一棵在雨中树立。烦闷的心，总感觉不够轻松的心情，随着这样一场大雨，像一份兴奋剂，像自然的厚赐，给了心灵一份彻底的放松。家门口路面的水哗哗向东流向大路，在雨的喧哗中，心灵却安静了下来。天地一场雨，扫荡万尘埃。

2008.7.14

秋日石榴

秋日石榴分外妖娆，且看那闪着光晕的皮儿，如那精心打造又巧然天成的陶瓷，如一件精致的艺术品。那自然浑成的成熟的石榴哟，真乃集天地之精华

16

而成的色泽、花纹与质地。或是大红与翠绿相杂，抑或是桃红与微黄的脆皮点缀些成熟之至的褐色斑点，是一件绝伦美妙的天成之作。经秋天的阳光抚摸，那脆皮便裂开，露出那水灵灵的籽儿，如皓齿，如奉送的珠玉，让你仅此一观，即便驻足，如遇美人而不肯转眸。秋日石榴分外娇，秋日石榴亦丰润，秋日石榴是丰收画图里的一醉。

2005. 9. 15

木槿花

越是最炎热的夏日，越是开始凋零的秋天，木槿花越是秀美地开放，于炎热的残酷中显露几分舒展柔美，于开始衰残的秋日里仍露一抹粉红。

淡绿的叶片，附于亭亭的枝干，从来都不慌不忙般似乎按着自己的生活节奏生长，不因炎热减淡色彩，不因冷雨改变姿态，而以一种特有的淡绿色展现于这个花并不多的盛夏与初秋。那粉色的花朵，时而繁盛时而疏淡地点缀在淡绿色树叶间及银色的树枝上，也一样不急不慢地透着一股秀美，甚至可以嚼它一嚼，这可是真正的秀色可餐了。木槿花可以吃，似又多了一份柔和。

每一株花都有每一株花的韵味，木槿真是又具别样一番性格的木槿。有点木讷，但总有自己的表达方式；不需伶牙俐齿，单是心灵的美丽。

2008. 9. 7

西湖印象

印象中的西湖是一道有情味的风景，而这次来杭州看西湖，能找到我心中的那份感觉吗？

早晨7点多的时候，导游就带领我们来到了西湖边，打好船票，走上苏堤一段路后，排队等候上船。于是，西湖就又一次呈现在我的面前，些许的欣喜，些许的激动。那岸边多情的杨柳在等候你的到来，那西湖的一泓清波等你的踏访，你来了，来寻找心中的那份情味。

踏上游船，里座已坐满，那正好可以站定在船栏旁一睹西湖的容颜。船动起来，些许的微风，些许的水汽就迎面扑来，西湖的清波就可以尽情欣赏了。今天来得正是时候，正逢一个雾天，湖上烟雾朦胧，而烟雾朦胧的西湖，正是欣赏它的美妙时刻。

放眼西湖，烟雾蒙蒙，微波细荡，在这早晨的时刻，西湖现出她的妩媚与多情。模糊在远处的是那湖上的绿意小岛，隐约着粉红或洁白的夹竹桃花。船行不久，那远处的低山，那绿色的低山之上的雷峰塔就呈现了出来，成了西湖湖光塔影的一景。三潭印月不久之后便出现在水面。接着随着船身的调动，就显现出那烟雾朦胧中的断桥，长长的桥身中心拱起一个半圆形的桥孔，映成西湖一道美景。那烟雨的断桥，隐约的断桥，使人仿佛看到那白娘子和许仙在此的美丽邂逅，那份初见的钟情，和那烟雨西湖，和那桃红柳绿，共成为西湖不可分割开来的情韵。一行的老师们禁不住站在船栏旁以湖光塔影、以断桥烟雨来作背景留影，留下在西湖的倩影，留下与西湖的相遇。神思就飞驰起来，心情就陶醉起来。西湖以她一汪清波展现在我们面前，以她如梦似幻的美丽传说展现在我们面前。且让我们仔细地、静静地欣赏。湖面开阔，不时有各种类型的游船悠悠而过，有的古典，有的现代，也成了西湖的一景。游船行过，是一道细浪，正观看处，一道道西湖之鱼打出的水花，又成为另一道没有想到的风景。时不时有鱼儿游过水面，翻动平静的水面，形成抖动的波纹，西湖鱼正肥。正欣赏间，一只长嘴的鸟儿拂过水面，从水中啄住了鱼儿，鸟儿在水面扇动翅膀，荡起一漾一漾的波纹，使得西湖更富有了灵性与生气。我们乐此不疲地观看。

船舱中的讲解员正在解说着西湖春天来临时那苏堤上"一株柳树一株桃"的桃红柳绿，正在说着是哪一位人物留下了"不忍抛却红尘去，留得残生在此处"的感慨，我也禁不住心应之般陶醉在这美丽多情的西湖风光里了。

而我在这样一个雾气蒙蒙的天气里，找到了对西湖的印象，找到了西湖的情韵，也算是一次幸运。西湖的讲解员也说来西湖最好是雪天，其次是雾天，再其次是雨天，再其次是晴天。而我有幸占了第二，有幸欣赏了雾天里的西湖，圆了心中的梦想。记得那一次来西湖，大白晴天，热浪滚滚，匆匆来去，真的没有体会出西湖的情味，而这次，我找到了心目中西湖的韵致。

我愿漫步这苏堤，牵手杨柳和西湖一道留影，我愿站在苏东坡塑像前和这位曾经踏足西湖、治理西湖的大文豪一同留影，我愿挤在人群里和鲜亮的苏堤石牌一同留影，我来过西湖，来过这"水光潋滟晴方好，山色空蒙雨亦奇"的如西子一般的美丽西湖。

2011.7.16（本文发表于2016年12月16日《潍坊日报·今日潍城》）

麻雀

它们是天地间的一群精灵，像投掷的石子般疾飞疾落；又像是大自然奉赠的绝美旋律，永远鼓荡着欢快的奏鸣曲。无论城市乡村，都有它们歌唱的栖息地。

看，那一树的麻雀，是还未发芽的一树的树叶，千姿百态，有的成双结对，有的似一老一少，有的独自而立。但又是一树会唱歌的树叶，它们啾啾唧唧的多重唱无人能比，谁也不能解读；它们自由自在，"砰"落在树上是一树树叶，"砰"是飞向田野的精灵。褐色的羽毛，黑亮的小眼睛，永远是如此的自由和聪灵。

2006.3.29

喜鹊

一身高雅的、黑而亮的羽毛，不失艺术地在双翼末梢和自己胸前点缀上一抹白色，优雅地从天空滑过，扇动起天空一角的吉祥与美丽。

你可要飞往花开的梧桐，还是那高高的、散香的白杨，只有那些树才配得上你高翔的优美形象。你是天空中的一份美丽吉祥，你光洁中透着油亮的羽毛，滑动天空的涟漪，成为田野上空、院子上空美丽明亮的风景。

欢迎你呀，可爱的喜鹊大姐，你的叫声可以把喜讯报道，让这个农家的院落散发着祥和。

2006.3.29

春日躲在哪里

大风不知把哪里的红灯笼拽下来，在路上骨碌碌转，风推着自行车前行，雨滴飞溅，"哗"，不妙，大风把雨披从身后面翻掀到前面，近乎蒙起了脸面。下车整理好，压住雨披前行。乌云翻滚着，恶风横行，仿佛不知要下多大的雨。

到了学校，楼梯拐角处向外一望，呀，冷气中一大树杏花，一树淡粉，飘若仙子，这粉色的一大团充盈了这一方的天空，仿佛整个一角为之点燃。在寒冷侵袭，狂风肆虐的日子，以为不见春的踪迹，谁知是什么也挡不住春的脚步。瞧，它正躲在杏花树上，粉扑扑的笑脸，朝你笑呢，直惹得刚才还对春生气的你笑了为止，气消了为止。笑意挂在了脸上，暖意走到了心里，美丽映红了你依然年轻的脸，心里突然畅快了。

2006. 4. 7

杨家埠年画

好像是锁藏的一段记忆，仿佛小时候屋墙上和窗旁，就每年有红花朵、绿叶子的画儿，在新年前几天贴上，一年年装饰了新年与岁月。仿佛越朴素笨拙而历经岁月之后，便越成了古董式的技艺，弥足珍贵。那刀刻的细密纹络的木板，呈现连成那样古朴可爱的人物，那样大方好看的花朵。杨家埠年画，你就锁藏了这样一段记忆的佳话，这样一种古老的技艺。

那"天女散花"的、裙袂飘柔的粉装女子，那溢出飘散各色花朵的、朴素的篮子；那传送"连中三元"喜报的童子，举着莲花，那洋溢着喜悦的表情，那两个童子的活泼可爱，都传达着一种吉祥与吉庆；那威猛的门神，呈现着多彩的纹络，都令人回味无穷。仿佛每赏一遍，就多了一遍的韵味，简单古朴中透着无穷尽的芬芳意蕴。

杨家埠年画，就是最新成为古董的一个记忆。

2007. 5. 6

走过大街

一次走过大街，猛抬头，北面高低造型各异的现代楼房，如美的雕塑，经白浪河把距离一拉，和那开阔的天空一衬，形成了尽展眼前的现代城市风景。

开阔舒展，映衬在蓝天之下，心境也豪放开朗了起来，刚才那电影院里的旋律油然嫁接于此处，奔涌于心中：红日照遍了东方，自由之神在纵情歌唱……

和学生们集体看完那部《浴血太行》，硝烟弥漫的悲壮及旋律，激荡于心，历史战争的画面是沉重的，而走出电影院走过大街，迎面是现代的风，历史日新月异，风风雨雨中走来一个明媚的春，最新的一个时代。感谢前人的开创，让我充满了自豪和珍惜，心情也激越起来。

请停驻你的视线，请停下你的脚步，站在大街，随便设个画框，框住的都是风景，更何况我正漫步在到处是胜景的白浪河广场，漫步在彩虹桥相映的大街上。

北面是高高低低与河相映的现代建筑艺术的展现，而东面彩虹桥高大优美的双弧之上的修饰桥拱，定会深深感染你，生出开阔优美的诗情画意。而更吸引人的是那穿越巨大半圆形装饰性桥栏的龙头风筝，威武的龙头，精妙设计伸展的龙身和巧妙点缀成艺术形象的红灯笼，于圆弧形桥栏中一线般横穿，舒展优美，再添风筝之都的古朴亲切与和平发展，现代的桥与古朴常新的风筝在此得到最完美的融合。西面是车水马龙的大街，人们绽开自信的笑脸，穿着越来越轻飘美丽的人们，四月里满树将舒未舒的嫩绿新叶，飘满大街。而最开阔的西北面是美轮美奂的白浪河广场，垂柳依依，芳草青翠，灵活多样的广场园区规划，好个"草长莺飞四月天"。面对眼前这潍坊的四月街景，用这一句形容似还没有显示出它深蕴的内涵。禁不住沿河骑车奔去，而眼前烟花四月的潍坊大街令你目不暇接。

瞧，那边围绕广场一周的不也是各式各样的风筝吗？巨型艺术的风筝长廊，或以蝴蝶美人，或以雄鹰展翅，或以张飞、关羽的威武而立，沿大街、沿广场，成了鸢都的一道独特美景。

微风习习，白浪河河，水清波荡漾，小船儿悠然推开波浪，一对对年轻人嬉笑在那小船上。

四月的潍坊是如此令人陶醉，风筝节连四方，风筝牵线，文艺搭台，经贸唱戏，把每个风筝都唱响。

四月的潍坊大街披上了节日的盛装，溢彩流光，干净宽敞。不仅是大街，连向深处伸展的小径也是干净放光，绿意飞扬。潍坊正以自己的步履阔步走在发展的大道上。

请到四月来潍坊，

潍坊四月真漂亮，

风筝会使你心情美丽飞扬，

别忘了大街逛一逛。

2001.4.23

五月的睡莲

五月，睡莲迎来了属于它的生命季节。

像醒来的精灵一般，早在春风里，荷塘就跃起生命的灵光。睡莲从水中冒出，伸展油油绿叶，仿佛不几日，如仙子一般的花朵便跃然于圆叶之上。到五月的时候，是睡莲尽情舒展和歌唱的时候了。轻巧的风，温暖的太阳，新长成的荷叶，之上是如明珠散布在绿色之上的粉色睡莲，它们东张西望，各有姿态。有的睡眼惺忪，有的微带调皮，在阳光下，在池水里，晶莹剔透般绽放它们的华彩。

那边一只大乌龟，浮在荷叶间，这边，一只小乌龟浮在了荷叶上。有几个花苞浮在水面，这边有小蜜蜂围着花盘歌唱。啊，这五月的池塘，这五月的睡莲。

当满园小桃青青，当满园绿叶繁密，当满园月季花开，那池塘的睡莲哟，你可知谁也比不了你那韵味。

说你小家碧玉吗？你不管，你只知像个调皮的小美女，歌唱在这个和美的五月池塘。

2009.5.24

秋日物语

星空

墨蓝色的天空，星星一下子繁密起来，你站在这样的天幕下，不需要灯光，你愿成为这样天幕下的一个独立的人，看那黑得有点发蓝的天幕上，那宝石样的繁星。勺状的北斗七星似乎更在头顶之上了，星也越发明眸般润泽光亮了，整个天幕上大大小小的星星，组成各种图案的星星就那样罗列着了。只在这样的天幕下感受如水般光滑却还没有如水般清凉的初秋之夜，就不再是夏天的况味了。

云纱

像一块块大方块儿的轻纱相连，猛一抬头，就是那样的云天，淡白色，柔柔的，如丝，如纱，如羽，是怎样的造化而成，轻轻向东方游移，在白方块与白方块的缝隙间，是淡蓝色的天，蓝得纯朴清新，隐约在白云间，星星也被白方云遮挡，在淡蓝色的天海中疏淡点缀。就是那样的天空，那样的云天。晚上一出房门走到院子里，猛抬头望见这般云天，迷住了般驻足不动了，眼都不眨一眨。

鸣虫

还没有到十月，蟋蟀已入屋里了。孩子说她的房间里有一只唱得很响的蟋蟀。大门口前面是一片小园，此时，菜地周围野草都长成树般蔓延成一片片的了。这样种着菜园树立着杂草的门前，夜晚站立门前，四周是早已响成一片片的蟋蟀的鸣唱，尽情倾听，心情尽情地放松，感觉到的是野草枝叶的舒展，是昆虫的呼吸。你站立其中，真的与大自然成了一体。

2006. 8. 29

深秋亮点

在这个万木开始凋零，绿意开始衰黄的季节，是谁如仙子一般飘然而至，带来了春天般鲜嫩的颜色，成为这个万木开始衰残的深秋的亮点。

如精灵一般，如魔术一般，你把丝带般的花瓣一根根一层层绽放，绽放成一团婀娜的模样，不是仙子，不是精灵，那又会是谁呢？有的含苞待放，有的悄然开放着，那是你面对冷寒渐袭的莞尔一笑吗？

深黄、淡粉、殷红，有的花瓣如火，有的花瓣弯曲如带，以春天般鲜嫩的色彩，绽放在这秋日的阳光下，红的，紫的，黄的，粉的，在墨绿色的羽翼状的叶片之上，你扑得如团，我扑得小巧；你茂盛开放，我次第跟上；你笑迎阳光，我们并肩迎接那冷风……一团团，一簇簇，是点燃季节的激情，组成了万紫千红的秋日一角。

是谁说惧怕冬天？看，傲霜怒放的秋菊，这充满温情的使者，给我们捎来冬的问候，冬的邀请。是的，这是大自然对人类的神奇赠予。

2006.11.2

半个月亮爬上来

一出房门口，对面南屋屋脊上方就悬着半个银亮的月亮，几颗不同组合的星星，亮亮地，离月亮不远。那样深蓝色的天幕上，整个夜晚，就被点亮了。嘴里轻轻哼着"半个月亮爬上来，爬上来……"，我一出房门就看傻了眼，带着相距不远的拥有感。

丈夫的小茶桌早就摆在了大门口的月光下，他招呼我去喝水，我催着孩子和他抬头看月亮。大门口外有一小片空地，这之上的天空就更开阔了，那半个如玉般嫩而亮的月亮依旧低低地悬在那儿，几簇的星星绕着它，像在那儿嬉戏般。这门前上空月亮周围是更多的星星，以我不熟悉的形状，随意地散布在月亮之旁的任意地方，各自散发着光辉，随意游荡，随意地无限明亮，不曾想是星星还是月亮的光辉。

今晚门前月亮的银辉，星星的光芒，把我们全部包裹住了般，我们没了声语般，默默于月辉中欣享……

2007.9.19

清晨特写

几只燕子在电线上，慵懒自如地在早晨的清新空气里梳理翅翼，时而如乍醒清神般安然停栖在电线上。有几只时而歪嘴啄一下一边的翅膀，伸展一下又很快恢复。而又有几只，仿佛活跃起来，飞翔于电线之斜上空。而这时，一轮阔圆的红彤彤的太阳，温和地挂在不远处的树头上。早晨起来，一出门口，就被这个小燕子乍醒与红太阳初升的清晨特写所迷醉。又一个黎明在小鸟的飞翔与鸣叫声中被唤醒。

2007. 9. 30

悠悠雪飘

那日的雪很美，以清新的容颜，清晰的花瓣，漫步轻舞，洁白美丽，清新而富有韵味。仿佛天空已在前几次小雪中被洗净尘埃，在擦亮的天宇下，盛颜出场，现出冬日雪花本来的面貌，本来的美丽。

站在房门前，拉开一点门，看那飘洒的雪花，呈现着它晶莹的六角形翅膀，带着问候，微露着笑脸，走近你，连落脚也是那样轻轻地，大地被它们一点一点地点缀，仿佛是在绣一件梦的衣裳，不要踩上哟，那蓬松的、晶莹的、毛茸茸的大地的衣裳，那小雪花的杰作与欢聚的地方。此时，大地是静的，天空是静的，雪花也是和着节奏般轻荡，尽情地展现冬日雪花的盛装。

这样的雪，才能拿琼与玉来比喻，乱琼碎玉都不当，以琼瑶美玉方还可以。走出去，轻踩着雪花新铺的银毯，以别样的心情欣享雪天的清新，空气仿佛被过滤般没有一点杂质。放眼望去，孩子们已在路边玩耍，扑向雪地啦。那矮矮的、小青松铺成一片的高树下的花木间，已绣花般换了装束，变得妩媚了起来。远望，大地是被换上了新衣般，现出冬的情愫与诗意。仿佛那冬日的琴弦就此响起，那冬日的灵性也就此启蒙，那冬日特有的生机就此呈现。冬，凛冽的冬呈献出它温柔而多情的一面，冬的残酷尽掩，而使人忘情般陶醉在这样雪花飘舞的季节。是雪花，是洁净漫舞的雪花给冬日带来了生命般的亮丽。

2009. 1. 11

好美蝴蝶兰

像一群粉色翅翼的蝴蝶，丛聚，相约来报到春天。深粉色的两个略圆的花瓣，艳艳舒展，开成一个娇艳的蝴蝶。这就是蝴蝶兰。

从根部伸出两片不高的扁圆形的叶子，碧玉般，烘出修长的挺拔而起的花茎，而后，一个蝴蝶紧挨一个蝴蝶排成队，并朝同一方向展开美丽的翅膀，形成蝴蝶兰特有的花枝与花形。这样向上飞翔似乎有点呆板，养花人又将花枝一弯，用细铁一支撑，就改变了蝴蝶的航向，所有的蝴蝶便向前飞去，飞成一片娇艳的粉色，直把个春节也映得红彤彤，喜洋洋。

2009.1.29

紫藤印象素描

无数的岁月，让你长成盘虬卧龙的质感，交织，扭结，伸张，然后在苍劲中，擎出一树的花束，层层开放，四散伸展，一穗穗如一团紫色的烟雾，汇聚起那永远的春天的一角紫藤，成为夺目的风景。

2009.4.26

杏子

麦子熟了的时候，杏子也就黄了。不仅黄了，而且熟透且软嫩的金黄杏子就上市了，并不很贵的价格，丈夫买了两斤。当他提着在我眼前一晃，又吃一年新杏，令人欣喜。

杏子，细软的肉，甜中带酸的口味，都令许多人青睐。用盐水仔细洗过后，我把杏子盛在一个大碗里，黄澄澄，真是可爱。

先给婆婆尝个，再分给丈夫、孩子，自己也挑上一个，呀！好美味！酸中有甜，甜中有香。欣享这季节的奉送，又是一年杏熟时。

2009.6.14

一片夏花

那是一小片紫薇树，正直开花旺盛，紫薇树每到了夏季，满树是花，近乎不见片叶子。

那一片紫薇，以粉色为主，有深粉，大红，淡紫，白色，一棵棵亭亭的小花树，连成一片，组成了一片夏花的小海洋。

每次黄昏散步，必定经过那儿，那一片粉色调的花树，沐着黄昏凉意与开始有点黯淡的天光，仿佛增加了一份多情与优雅。我从你身边走过，你款款相迎，无言只是娇艳地盛开。让人忘了春天也曾有花，而眼中只有了盛开的夏花。而黄昏中的这片夏花，也似乎不曾让我感受夏天的毒辣，却是让我在烦躁的夏天中感受到了宁静与美好。

"生如夏花之绚烂"，不仅绚烂，而且优雅。

2009.7.24

夏日莲蓬

夏天已过去一大半了，现在正是八月初，莲花许多在开过之后，结为莲蓬。

现在我手中就有一枚莲蓬，苍绿的色彩，依然葆有大自然的清新。它也许刚刚被采摘下来，刚刚上市，而现在在我手中。这样近距离地看莲蓬，仔细闻闻，似有一股淡淡的清香。碧绿的盘里，伸着一个个小脑袋似的布满了一个个莲子儿，有的大，有的小。仿佛已经熟透，调皮地等着你剥开，就像拥有一道风景。它曾经是花的美丽，而之后沉淀为饱满的籽儿。我手中握着的是一个季节。不禁生出几分喜爱，想起苏轼的诗句"露为风味月为香"，只有这句诗写得出这清新的一株莲蓬。

2009.8.6

夏夜的小花园

夏夜，清凉的晚风吹拂，天边远处星星点缀，而门前的小花园却格外有一幅宁静夜空下的美景。

高出花园其他植物的小无花果树，伸展着三五个长枝，挂着硕大的叶片，零星儿一两行的果子。它在晚风中轻轻摇曳，仿佛白天的炙热之后，现在才是它舒适自由的时刻。在轻弱门前的灯光的照耀下，叶片和树干泛出明亮。小园核心婆婆开着的是几株不同颜色的粉花，常见而又生命力顽强，花朵繁密。无花果树旁的以黄色调为主的那一棵，是整个小花园的中心位置，花枝左右伸张，在这夏末的三伏天里，它的花枝已伸张到了极限。花朵虽比不上夏之初的鲜嫩，但依旧密密开放，从黄昏起就展开它色彩艳丽的小喇叭花，在这夏夜深处，它静静开放，沐浴夏夜的清凉与湿气，肆意地自由舒展，成为这个小花园的眼睛。粉红、深红的几株，色彩这时感觉略暗些，正好给主角做了很好的衬笔。小花园的四周主要是整齐的碧绿的朝天椒围城，正结得满满当当，是生长旺盛期，整齐地做了个小花园的围墙。这边砖角砌的花墙边是蓬勃伸展的迎春枝条，在几株短的篱笆的遮挡下，也长成了一堵绿墙。靠近这绿墙的花园东南角上，是常年栽培的可以越冬的一棵月季。它也是这个小花园的美人。在簇拥的花枝间，它突兀般挑出的几支挺拔的长枝，已开成一串串很有韵味的黄色花朵，在晚风中带着微醺的香气伸展。

小花园里那边野草下有一只蟋蟀已有节奏地弹唱起来，又为夏夜的小花园增加了情调。而花园远处的杂草中，蟋蟀虫鸣已是响成一片。

2009. 8. 17

萤火虫

第一次真切地看到萤火虫，是在夜幕初上的小径上。那里周围有山、有水，是济南的一处青少年活动基地"山青世界"的大院子里。我被一只在夜晚里发着绿光的小精灵般的萤火虫给迷住了，它灵巧地飞动，光亮在夜幕下的小径上闪亮，它快乐地飞来飞去，像是跟行人嬉戏。小小萤火虫的光给人带来兴奋与快乐，尽管还不是很黑的初上的夜晚，它已经触动了我的心灵。它那一点点绿莹莹的光，成了夜幕下这条小径上的唯一，它就值得快乐。

2009. 9. 26

正月十五雪打灯

"八月十五云遮月，正月十五雪打灯"，好一个"雪打灯"。今年正月十五元宵节，真是天公作美，从下午两三点钟就开始下起雪粒，后渐渐飘落起雪花，逐渐的，鹅毛般的湿雪就按着一定的节奏飘零起来，湿润而又大大的雪花又伴着些细雪，就这样粗细错落地弥漫了天空，匆匆坠落，到傍晚时，与那夜晚初上的红灯笼相映成趣，好一个"雪打灯"，真是一道富有韵味的雪景，为欢乐的元宵节增添了浓浓的气氛。

我喜欢那样的雪的节奏，在俨然有了春意的并不暗淡的天空下，以抒情写意般，鹅毛般的大雪花带着一定湿度的重量感下落，下落，仿佛会忽然停下，我就赶紧贪婪地欣赏。而雪并没有停下，人们在大雪花飘落的街上放鞭炮、放烟花，别有节日情趣。

早晨醒来，雪下满了院子，下满了街，也许是地温高，雪花湿，屋檐下垂下一排大冰锥，和屋上厚厚的白雪，和地下满满的白雪相映成一道冰天雪地的美景，虽是早晨，已是从屋檐不断啪嗒啪嗒地轻轻滴水，雪开始化了。

不过，毕竟雪太大了，一时半会儿是化不完的。我们开始把无法下脚的院子扫出一条小径，把大门口也顺出一条走道，欣赏那门前厚雪覆盖下微露出的盛开的金黄的迎春花，那杂草落雪后美轮美奂的造型。太阳光变得温暖的时候，我们已堆起一个大大的雪人，赋予它眼神形象，它终于也生动起来，成了雪地的一景。孩子们唯恐错失这春已到来后的一场大雪。

2010. 3. 1

木槿花开

当夏末秋初季节，有一种花就悄悄地开了，仿佛要给曾经的夏的热烈增加一点柔媚，仿佛要领起下一个凉爽惬意的季节。它就是木槿花。一朵朵粉红的木槿花开放了，在这个太阳依然毒辣的天气里。不过，木槿舒展它长长的枝条，在疏密有致的枝叶间，开出一朵朵粉红的花朵。花朵是硕大的，花瓣是柔和的，粉红的花朵和嫩绿的枝叶相映，显得木槿花更加秀气，让人忘了夏季炎热带给人的烦恼，而给心灵带来一丝清爽和浪漫，似乎那轻柔的夏末的微风就从脸庞掠过，夏天就要走到尽头，而不再令人恐惧了，灼热的夏就要走远，伴随着木槿花盛开的是一个更美妙的季节了。

木槿花开了，一树树伸展有致的枝条，衬上一串串粉红的花朵，每一树就像一束精巧布置的插花，伸展在街旁或河沿，柔和而又灿烂，灿烂到依然在光亮的阳光下盛开，无声而又柔媚。

2010.8.17

茉莉花

那是一大盆的茉莉花，香气馥郁，花枝四射，和黄褐色的陶瓷花盆相映，形成一道美不胜收的风景。

那是映着屋里的灯光，在院子的一个台凳上放着的，那样一盆大的茉莉花，如明星一般映在院子里高高低低的花木前，突显着它的位置，突显着它的美丽。

层层的淡绿清新的疏疏朗朗的枝叶间，是一层层开得浓郁的茉莉花，自在而自然地开放，呈现着它的朴素与芬芳。然而，正是这一朴素芬芳赋予了茉莉花所特有的魅力。就是这样一盆的花枝婆娑的茉莉花，隐约在并不明亮的水泥地面，花池蜿蜒，花木点缀的小院里，看一眼就袭摄人心的那样一盆茉莉花。

2010.8.29

看黄河去

那天，我和朋友正好到河南一地有个活动，活动结束时，我们按自己的小计划想一起去看黄河。因为我们去的那个地方离黄河不远了。我们搭了半个小时的计程车，就来到了小浪底水库公园的西门。购票进去，沿西门进入沿河公园，宽阔的沿河石径，光洁的护栏将河岸的参差树木挡在一边，走不了多远就隐约看到了参差树木那边的水光河影，时值十月底的秋日，万木染上了几分金色，有一种特别的清爽，何况隐约的黄河水就在树影间的岸那边。后来才知道，这只是黄河故道，虽有水，但不是那流淌的黄河。

我们走过长长的被树木掩映、栅栏围挡的河岸边石径，然后下台阶。刚才在进园处，那里工作人员就告诉我们还需下几百个台阶。为了看黄河，下几百个台阶不算什么。下台阶，沿着河边树木掩映的沥青路前行，一段是松柏夹道，一段是竹子密植，右手边的不远处是山，因为从高向下下台阶，自然又登高而一览岸边树木之染秋色，看树木密覆的山景。一路说说笑笑，一路时不时被所见秋色吸引，似乎这里有别样的山光水色树景草貌。在下去的台阶上回首站立，留下与身后树影秋色的合影，于丛草长挑处，在夕阳的光色里也留一张浪漫秋日草木间的丽影，又是别样惬意。

似乎走了很长的时间，踏过了很多的台阶，怎么还是不见黄河的影子？走到近处，是一湾静静的狭长的水，看看指示牌，说是黄河故道。那新道的黄河在哪里呢？我们路途中休息也是出来游玩的一家人打听，他们也不知道。我们踩着水中巨石连成的断续的路径，小心过河，一抬头，天边的高高的大坝上，巨大的"小浪底"三字呈现在眼前，我们在河中小岛水泥岸上与身后大坝留影。继续前行，还是没有找到黄河。我有点着急了，是为了来看黄河，黄河的身影在哪里呢？我们继续前行，正在这时，几位老者说笑着从高处的"黄河缩影处"下来，我们上前询问，原来他们是曾经参加大坝建设的退休职工，有随意进园的优待，正领着朋友来看黄河，他可是熟悉这里，乐呵呵地给我们介绍前面不远处就是黄河了，河边的广场也很开阔，可去那里看看。我们也乐了。他说你们从西门进，看黄河就远了，从东门进，一进不远处就是。

我俩急急前去，黄河在千呼万唤中，终于呈现在了我们眼前。横跨黄河上的一座现代的吊拉桥，非常气派。黄河河面宽阔，河水清澈，不远处的小浪底水电站大坝就在那里，河岸经过修砌加固，高低两道，河岸护栏围绕。河水深不可测，似打着旋地向东流淌，开阔雄浑而又亲切，当地人说这里有很长的一段黄河的水都是这样清，驱车很长时间看到的黄河都是这样清。他们说最壮观的是每年的六七月份，河闸排水，清淤排沙，排出的水柱气势恢宏，特别好看。其实，这样舒爽的秋日，来到黄河边，静静感受它原本的样子，伫立岸边听它隐约的水流涛声，看它平静而汹涌东去的气象，都是很美的。河上黑色的水鸟、白色的水鸥飞动，时而成排落在水坝前的水流割区，进而落在刚露水面的水泥矮墙上，别有开阔似海的天光水色，禁不住就激动了，心里就释然了，似乎荡涤了心头的尘埃，而无限开阔和包容，无限多情而富有生机。就在护栏前与这开阔的大河合影，留下这亲切的会面。桥边的高高的浪花里的母子塑像活泼温馨，是啊，黄河，我们的母亲河，流淌在血液中的这份情愫啊，是这样炽烈，这样深沉。

2019. 10. 25

河边五月

那天是星期天，丈夫招呼我和孩子去白浪河边走走，我和孩子赶紧呼应，下午徒步去距离并不很远的白浪河边玩耍。天气不冷不热，正是休闲游玩的好时间。一出家门，路边就有开放的玫瑰，人行道旁的一片树木浓绿中时不时有桃树杏树现出，密密的青青的桃杏挂满枝头，别有五月的风情。

河边的五月，鲜花成片盛开，还是把我们吸引了。大片大片的月季花盛开，有深红、粉色、淡黄，花朵攒动，形成月季花的海洋。那边，密密的一簇簇的绿枝之上开着密密的白色花朵，开成浓浓的一片，那是盛开的白色红色蔷薇，又是另一种风情。然后沿小径走到河边。河上睡莲已开始飘动清新的嫩叶，河岸到处是绿树和人工设计栽培的各种成片的花朵。那边，大树底下，密密布满的是开得密密麻麻的石竹小花，大地被这密密开放的粉色小花点缀得特别漂亮，禁不住蹲下身来，留影一张。还有许多不知名的小花一片片开放。当然更多的是月季花，成片的鲜艳开放的月季花，成为北方五月的花的主角，也成了五月白浪河边最有魅力的风景。

时不时也有成片的桃林和高大的杏树出现，依旧结满了密密的桃杏，摘几个诱人的泛红的杏子尝尝，涩涩的硬硬的，此时还仅能观赏。丈夫和孩子忙着到河边捞鱼，我也跟着闲走，时不时有不知名的野花开放，时不时是开成一片的月季和蔷薇，时不时是河边的各色花儿开放，草木已长得繁茂，花朵却也灿烂。这是不再娇羞的北方的五月，这是已成熟并灿然展现在你面前的美丽五月。

2011. 5. 22

夏之雨天

下雨了，并不大的雨轻轻滴落和飘洒，我就高兴起来。

我就知道，我又可以欣赏雨落在月季花叶，雨珠沾在月季花瓣的情形，就可以欣赏雨润小院，浇灌那院子里靠墙根放着的那一排花木了。我就会暂时从炎热中逃脱，而有片刻的清凉与平静。

我就知道，小院门口的苦瓜架上就可以雨洒瓜架，绿海荡漾了，那苦瓜过不久就会结得更密更大了。那边的小柿子树就可以喝足水，那上面挂满的沉甸甸的青柿子就会更结实更快地长大了。那迟迟不见长个儿的粉花就可以在松软的土地上吱吱长了。

我就知道，我可以放下手中的忙碌，来静心地安享片刻的雨天。喜欢夏季里的下雨天，特别是放暑假里的下雨天。

2011.7.18

蓦地

天空蓦地远了，阳光蓦地清爽了，微风蓦地掠过，成群的小麻雀又飞飞落落在那空地上，又一个热烈而恬静的秋来临了。秋是一种禅意。

2011.9.3

秋阳里

我把被子套上新洗好的被罩，把毛毯上的被罩用大针脚大致把它们缝连，被罩就贴在毛毯上了。好了，抱到门口西边小菜园的晒衣绳上，让它晒晒秋阳吧。在秋阳里，小菜园里的白菜正挺着大大的绿叶生长，渐长成大白菜的模样。一棵棵绿油油伸展着叶子生长的白菜，形成秋阳里小菜园里的一派生机。两席子的萝卜也长得很有劲，青绿的叶子，底下是初现的小青萝卜了。几只麻雀在昨天刚种下的菠菜席子里啄找着种子，见人闯入便立即扑棱着翅膀飞起，落到园墙那边绿叶依旧浓厚的小槐树上。

我又在院子里洗了一盆衣服，晒在院子里的晾衣绳上，让它们在秋阳里快点干。院子里的月季花已开得有点零落，几天未下雨地上又有点干，我给它们浇浇水。离家门口不远的大街上，晒满了新掰下的玉米，一片金黄。门口的柿子树上的柿子已是金黄。

在秋阳里，阳光很彻底，也似乎也多了份安静。下午的时候，到园子里抱回晒好的毛毯，暖暖的，还有一股太阳的味道。

2011.9.26

梧桐花苞乍现

周一早上一进校园，就被那两棵高大的梧桐树上梧桐花苞流溢出的紫色深深吸引，是那样清新，是那样柔美，在树端连缀成一层般铺展，那刚露花苞的梧桐是那样轻柔美丽、紫韵流光。

那是两棵巨人般的梧桐树，细密的枝条在高处向外伸展，如同两个巨大的伞盖，南北呼应，在学校主席台两侧。每次从树下走过，似与两位老相识招手，从我刚来这个学校，梧桐树就在这里，从那时到现在又近二十年了。每年的春天都会欣赏阳光下、风雨里梧桐花的花开花落，但依然是看不够，且仿佛每年都会涌起不同的感慨，梧桐花的开放姿态似乎每年都有不同的情状，或不经意间突然开放，或在有温度的阳光里一点点酝酿，或是满树朴素的淡紫，或是花开又遭风雨的凄凉，或热烈，或平淡，或喜悦，或伤感，都在这每年春季的校园梧桐花开时收获不同的感受。而今晨，我却欣悦于这满树梧桐花苞呈现的那片清新而美丽的紫色之韵里。

梧桐树随岁月而愈来愈高大，而在这又一个春天里，它依然奉送上清新的更加茂密的花朵，像什么都没有经过一样葆有一颗天真的心，在自然里舒展开放。

又见梧桐花苞乍现，铺展枝头的一层紫色，是那样清新美丽。此时此刻，似乎无论什么名贵花木的花朵，都比不上这巨人一样和梧桐树渲染的紫韵流淌的花苞吐露的美丽。

2013.4.15

月下抒怀

就那样呆坐在月光下的大理石台凳上，静享那秋日夜晚明亮而朦胧的月色，月光下的土地上，是一片秋虫的鸣唱，与此时的月亮成为和谐的月光奏鸣曲。我坐在月光下小广场的石凳上，周围花木高高低低，密密匝匝，虽点上了些许秋的萧疏，那虫声便更能爽亮地响起，在大地一片有节奏的起伏鸣唱里，月光倾泻，我感觉到呼吸的舒畅，看那小广场中央的细高的银杏树静静矗立，还有那天空不远处的月亮。愿意静静坐在这位于颇高处的小广场的石凳上，看那静静的银杏树，看那银杏树之上静静散发银辉的月亮。似乎什么都不想……

又是一个如水的秋日夜晚，时光无情地悄悄走过，而自然又总能给人以慰藉，总是呈现又一个四季的风景，正如眼前的这月色下的广场。刚才我也曾轻快地漫步，直到微微出汗，就在广场边的石凳上坐下来休息和欣赏这月光下的一切。

曾经是寂寞的月亮，曾经是多情的月亮，曾经"落月摇情满江树"，曾经"滟滟随波千万里"，曾经"举杯邀明月"，曾经"一溪风月"，曾经"月满空山"，曾经"明月逐人来"……月总能寄托情感的抒发和心灵的抚慰。

此刻，就让我欣赏这安静无扰的片刻，一任岁月无情，且安享在这无边的月色里……

2013.9.19

又见芦苇

又到了秋季，漫步河边，又一次与芦苇相遇，心有灵犀般怦然心动。那消瘦的苇秆，直立遒劲，与那伸展的顺秆而生的苇叶还有那因秋日来临而开放的摇曳的苇花，形成生命的一种风骨。于贫瘠的土地上，在寂寞的角落里，顽强地生长，不与垂柳争姿，不与不远处的群花争艳，任性地生长，也正因为如此，也造就了你与众不同的生命之美，一种野性的美，一种坦荡，一种坚韧，一种个性的特质。没有媚骨，没有雍容，有的是倔强。倔强地生长，倔强地伸展，倔强地喜迎烈日，欣悦秋阳，终于于你的无意中，你已酿造了一道独特的耐读的风景。

我又一次站在这片密密的芦苇前，起伏的时高时低茂盛的芦苇，正是最有风景的秋日时候，高挑的芦花，开得正好，于微风中摇曳成芦苇的银色海洋，形成特有的风情。在这贫瘠的土地，在这寂寞的水边湿地，静静地生长，不管有没有欣赏者，不管有没有喝彩声，它在无视中默默顽强生长，用葱翠的生命装点这片土地，舒展成一份别样的浪漫。

站在你面前，城市的喧嚣退去，浮躁抑或愤激的心平静下来，卸掉了一切虚浮。与你对视，领悟到一种生命的本真，本真的潇洒，本真的美丽。

银灰色的芦苇花在风中摇曳，正是油油地开放，沉甸甸般挺立苇头的时候，空气中弥漫着芦苇的清香。那荡漾的苇丛，让你又读出丰厚和充盈。正如自己彷徨的心灵在此得到释怀，变得肃静而轻盈。与芦苇的每次邂逅，都变成了欢娱与释放。

2013.10.3（发表于 2016 年 12 月 7 日《潍坊日报·今日潍城》）

那片园子，我总想起你（和学生同步作文练习）

曾经自家有个平房，紧邻房子，西面有块我们自己经营的小菜园。现在平房拆迁，但我还会时时想起那平房里的生活，特别是总想起那片小菜园。

园子里最先能感受到春的讯息。踩上去松软的土地，地面开始化冻，土地开始变软，有一种泥土的亲切。野草最先露出点青翠，荠菜也随之返青，在太阳的温暖中渐长，不久就可以在餐桌上见到。因为有意保护培植，春来小园里荠菜多的是，可以不用到田野里去挖。度过严冬的小葱苗、大蒜苗，开始在阳光里挺直与舒展叶片。小山楂树上，高高的柿子树上，会渐渐冒出可爱的新芽，那一行香椿树又赶季节蹿出嫩芽，渐成为餐桌上的一道美味。

夏天的园子里更是热闹。韭菜在太阳下舒展地生长，大蒜蹿起老高，拔出，就有小小的蒜头，就可以吃到新鲜的蒜苗了。韭菜也可以割几茬，包水饺、蒸包子吃，那黄瓜、芸豆，总会种上几席，枝蔓顺着架起的支架，不断蔓延开去，很快就会长成一片，开出小花，然后结出黄瓜，结出豆荚。然后就会在餐桌上呈现。为了菜的丰盛，学农业专业的丈夫可是还下了一番研究，适合蔬菜的有机肥总是在翻土前就洒好，然后把地翻一遍，这样蔬菜借着夏日的阳光和适宜的水肥，油油地生长。菜总是吃不过来，分送给亲戚邻居。

秋天的小菜园又别有一番景致。靠小园边上的那棵葫芦，已蔓延成庞大的一个家族，枝蔓蔓延成一片小海洋，叮叮当当地结满了葫芦。记得有一年光有记录的就结了四十多个，直至冬至割蔓，院子的小棚屋上，还顶着四五个。用嫩葫芦包的水饺特好吃。

在院墙外边的那两棵番瓜，爬上院子里的小平屋，肆意地生长，开出黄色的喇叭花，由这边墙爬到院子里那边去，让人感叹生命力的坚韧。小平屋顶上的番瓜叶下，已躺了五六个大个儿番瓜，它还在不断地开花结瓜，每年近冬日全部采摘，总少不了二十个。有时小园里也会栽种一两排玉米，到点可以摘到渐长成的玉米，煮了吃上一顿。最有气势的还是那最有生命力的门豆，蓬勃蔓爬，把整个园门爬得太浓密，都有点可怖之感。婆婆只得用镰刀削砍一部分去，离冬前，就可收获一大盆的门豆。萝卜已长成青翠一片。等到黄瓜、芸豆架子都收拾完，秋日的小园就显得特别干净敞亮，时有成群麻雀飞落园子，在新种的菠菜地里寻觅种子吃。

冬日的园子比较落寞，在初冬有大白菜挺立，在寒风里舒卷生长，萝卜的青翠叶子因染霜而泛黄，但萝卜已长成大个。之后是收割白菜和萝卜，之后小园里空荡荡，已扫荡一空，又寒气袭人，偶有太阳朗照。这便是冬日的小园了。

2013. 11. 14

窗外天正雪

今日醒来，还未起床，就听见外面哗啦轻落的雨声，屋内就被烘托得格外安谧。等起床后，向窗外看去，细密的小雨中开始溅出小小的霰雪，推开点窗，外面寒意明显增加了。

等吃过早饭，窗外雪花开始占领了天地，天气已雨转雪，并且那雪密密织着，开始时似线，逐渐又飞扬增肥，中到大雪，就这样开始啦……

似乎这个冬天就没有下过一场像样的大雪，似乎冬天的韵味里缺了点什么，而今天，这场雪仿佛弥补了这一冬的缺憾，雪舞着，密密地，似乎节奏越来越急，风吹动雪线，雪线横飞旋转，呼啸，雪开始织就大地的风景。

向楼下望去，斜对面的土坡上的树木一下子妩媚起来，在雪里静默着，穿上了雪织的花衣，有些地方树木浓密些，有些地方疏朗些，就那样明暗参差地分布着，那一簇什么树木在冬天依旧有着浓浓的放点暗淡绿意的叶子，经了雪，显得特别浓重美丽，是浓浓的一笔雪意。再看楼顶的斜伸的屋脊上，雪已是薄薄一层，似乎换了清新的容颜，成了一道风景，一只喜鹊自由地从楼檐下飞起，展翅飞翔在雪天中，似乎还伴着一声清脆的鸣叫，鸟儿也一同在享受这雪天吗？

希望雪多下些时候，就不忍一直盯着看，在屋里小睡片刻，仿佛雪天时的内心特别沉静，沉静到享受这雪天。再起来向外看时，雪依旧在下，并没有停下的意味。我站在厨房向北的玻璃窗前，向外凝望。那雪线急促飞扬，洗刷着天地，天地一下子干净清明，一下子送来大自然温柔秀美的馈赠，让人珍爱，让人清爽……

窗外天正雪，能饮一杯否？不一定非要饮一杯，且请静静欣享。

2016. 2. 13

风与树的一个小动作

那日，下楼来，看见利落的风中抖动的樱花树枝条，油油的枝条，在风中抖动。就是那样的一个小动作，我一下子感觉到了春意和春天，这是不同于冬天的风与树，和风与树的节奏的。至于那前天晚上的响雷，更是春天登场的宣言。

2016. 3. 7

春寒料峭里

风已是换作了南风，上午的阳光照耀着河流，在南风的吹拂下，层层吹送着河水的涟漪。河水似乎添了几分特别的活泼，亮亮地向前推动着一层层的细浪。我听见小鸟们雀跃的鸣叫，似乎与往日不同。一只喜鹊贴着河面飞，像在欣享阳光般放松舒畅，然后是落在水边杂草里。那沿河的柳，终于呈现了绿意和诗意，在临风里，临水上，轻飘，曼荡，柳芽儿冲破陈皮而出，还是温柔的模样。走在横跨河面的石桥上，还是感到劲厉的风，夹着凉意，春寒料峭里，春在一点点走近。

2016. 3. 12

一株开花的桃

　　一株桃，袅娜地开满了花，淡淡的粉，柔柔的波，枝条有味地横斜展伸。满树的花朵，有的颜色浓些，有的颜色淡些，柔柔地开在绿柳前，夺了沿河岸的风景。一株桃，一株开满花的桃，就是一个春天的注脚哟！

2016.4.4

月季

　　刚刚过了立夏，就见路边的月季花鲜艳地开了。这时节的月季，蹿出箭一样的枝条，然后长开叶，顶端到时再开上一朵花朵，是那样清新的一体。这时候的月季，才是最最美丽的。看吧，粉红的，大红的；双瓣的，单瓣的；花朵大些的，小些的……开在路旁，开在公园，厂门口，校园里，公司大院里，在河边，在房前……灿烂地呈现，美丽地展现，这是月季初上既而独傲天地的时节。让人对五月也情有独钟。

　　那是立夏后的一场小雨，我从学校办公室的三楼下来，刚走下楼来，就闻见雨雾中有隐隐的花香，原来，是楼拐角处小花坛里的月季，大大的粉红色的花朵，经了雨雾，还是散发着浓浓的香气。雨水减去了它原有的清新，但依旧美丽芳香。这是月季的季节，开始了，然后开放在整个夏，在夏季最毒辣的阳光下，成为迎着太阳开放的不多的花朵之一。然后在整个秋，然后到初冬，不下霜雪，花朵就要开，直至花朵雕塑在寒气里。我因此多了份对月季的独特喜爱，因了它的花期，它顽强的生命力。

20016.5.13

五月的麦田

　　这是五月末的时节，有了一次机会出趟远门。陪同丈夫驱车前行，天气不冷不热，是个恰好的微阴的天气。高速路上两旁的一路绿色浓郁清新，不经意间麦田闯进我的视野，倒成了触动心灵的一道亲切的风景。这五月的麦田，橙黄的色彩为主色调的基础上点缀着淡淡的绿色，麦子正走向成熟还未完全成熟，而这时的麦田，和风轻抚，其上是清淡的流云和隐隐飘着湿气的天空，就这样成为五月大地上的一道风景。是那样亲切，那样撞击心灵。使人想起关于土地，关于生活，是土地的诗情，是生活的回归。想起家乡，想起成长，想起那土地上人情画意，心中就氤氲成一首歌，久久在心中回荡。那五月的麦田哟，坦荡的大地，坦荡舒展的麦田，是劳动，是土地上的劳动创造的一道风景，是那份大地上生活的诗意，也使人想起那大地上的朴素亲切的生活。五月的麦田哟，你是这般牵动了我的思绪，那色彩流动的五月的麦田哟，那酝酿丰收与希望的五月的麦田哟，风知道你的馨香，云知道你的浩渺，我知道你的亲切与多情……

2016. 5. 28

夏日黄花

　　夏天到了的时候，小区院子的绿色中就会开出朵朵的黄色小花，我叫不上它的名字，像菠菜似的叶子，从中间挑出一根花茎，然后在顶端开出六瓣花的像向日葵花盘样的小花朵。这种看似柔弱的花，却经冬后种子再发芽生长，所以年年夏天总是它宣告到来，并且一层层蜿蜒点缀在低低的花木间，像星星一样闪亮和点燃起这时节的生机。有的地段是成片地生长和开放着这种花朵。每每下班归来，那西面小山坡下精神地开放着的花朵，似笑脸迎向你，这时光线依旧很明亮，但已经变得柔和，初夏的美，初夏的清爽，就展现在下班归来的你的面前，禁不住深呼吸，身心就更放松了。有时禁不住走到这黄花点缀的花木边，让疲惫一天的身体在这花木前放松片刻，让历经中午燥热的身体在这黄昏到来时刻的花木边舒爽些。夏日的黄花就这样像小喇叭一样点亮了夏天，点缀了初夏。今日，发现挨着黄花，叶子像榆树叶的一种低矮灌木也开花了，开的是粉红的小小花朵凑成似的一朵花朵，就这样的花朵开成一片，这种花冬天似乎是枯死，但来年夏天又从根部再长到原来的模样，像有点神奇一般。这样淡粉的一片花朵新鲜地开着，黄花开得已是极盛，就这样夏日的花朵灿烂地开着，白色的蝴蝶在这花层上翻飞，一会儿是花蝴蝶又来，非常活跃，我想用手机收留住一只蝴蝶，又因为蝴蝶的极度活跃而无法定格。不过夏天的清爽和美丽可是走进了心里。这边的绿色花木间还有高高的、小巧精致的苦菜花，也开到极处，开到结种子了。徒步走出院子，走到河边，到处都是这种生命力极强的粉色灌木花的世界。那边粉色花点缀的高高低低的花木间，传来"布谷""布谷"的近距离的叫声，又是另一种初夏的美妙了。

2016. 5. 29

河中精灵黑水鸡（和学生同步作文练习）

家附近有条河，这几年经过修葺整理，四季都有风景。我常去沿河漫步，那条河已成了我生命中的一部分，而每每想起河，就会想到河中的精灵——黑水鸡。

冬季的沿河两岸变得萧索，天空也弥漫上了暗淡的色彩，走进显得有点空旷的河沿，有几分冬日的压抑与沉闷。不过，当黑水鸡在泛着寒光的河水中不经意间闪现，就一下子激活了空气般，带来了活力与欢乐。冬日静静的水面，黑水鸡在其上游动轻快，正看得出神，它一个猛子钻入水中，就再也看不见它在哪里浮现。它水性极好，又能在陆地奋飞，它像这河上的精灵一般，活跃在它们精心选择的安全的领地，有任何风吹草动的危险信号它们都能很快钻入水中，或快步进入丛草，或游离到水宽人莫及的另一边去。黑水鸡是冬日活跃的音符。

春天的时候，冰消雪化的时节，沐着依旧微微有寒意的南风去沿河走走，去沿河寻找春，感受春。那时柳枝刚透出点光亮的生命之感，还未抽芽。而在这时，当三五黑水鸡悠然自在地游动在河汀之旁，突然闯入你的视线，使人感受到春的活力，春日河流旁的黑水鸡是喜悦的音符。

夏日河流里的黑水鸡是最活跃的，是属于它们的季节。河流有的地段有茂密的蒲苇，有的地段有远离河沿的长有茂密水草的高地，这都是它们的领地。它们三五成群，有时成群结队，在水中嬉戏，在高坡上走动，没有人去惊扰它们，河水里有丰富的食物，它们无忧地生活在它们精心选择的可水可陆的无人能走近的地段，即使是这样，任何一点危险的信号，它们照旧做出快速的反应，它们是警觉的。褐色的翅膀，精瘦的筋骨，像个机灵鬼。夏日的河流因黑水鸡更添生动的音符。

秋日来临时，有时几只黑水鸡悠游河水里，有时远远停在一块水中木板上晒太阳，有时是三五一行地沿着河汀旁轻轻游动。秋日的河边，水草苍苍，高大的水草有的长成树的模样。阳光开始变得透明，凉爽的秋风习习，又是沉静的秋之韵味了。黑水鸡给这秋韵又添了几笔轻松的恬淡，让人欣享。

冬日的黑水鸡经常藏在蒲苇里，要看黑水鸡可以向枯萎成灰褐色的大片的蒲苇地段拍手掌，黑水鸡受了惊动，就纷纷走出芦苇，走在苇丛旁的冰层上。初冬时冰层不厚，之下有很多小鱼，黑水鸡破冰捉鱼，还是能自在地生活。

河是一幅画，画中的精灵是黑水鸡，点亮了一条河，装扮了我生命的四季。

2016. 6. 12

听，飒飒风声

听，飒飒风声。树叶在和阳光打着招呼，阳光也终于穿透略显稀疏了的树叶，光线下到林中的树木间，树林有了通透和明亮，树叶儿发出了声响。

听，飒飒风声。蓝天白云飘荡，不好，阴云飘移，挡在了白云边上，金子般的阳光也暂时地收藏，不过一会儿，阳光重新照耀在大地上。

听，飒飒风声。芦苇在那儿摇曳，一簇簇，水边，坡上，灰色的穗子，飘逸的形象，还有那直立的秆，绿剑的叶，遒劲的模样，装扮了这河湾，迷醉的秋光。

听，飒飒风声。蒲苇随风摇摇，苍苍茫茫。河水在阳光下安静闪亮，野鸭成群，慵懒地停驻在了金子般阳光普照的水上，纹丝不动的模样，水儿轻漾又怎样，莫辜负了这美好秋阳。

听，飒飒风声。燕子掠过水上，漫天飞翔。喜鹊也混进这个阵群，活跃在这方天际上，忘了自己安静优雅的形象。

听，飒飒风声。落叶静落在绿草坪上，小花还在最后闪亮，金黄的果实已经登场，水草又长成树的模样，挺立，张扬。

听，飒飒风声。无限的爽朗，有了秋的声响，有了冷的意向，阳光依旧照在那婆娑的绿柳上，只是多了些爽飒，添了些秋的锋芒。

2016. 10. 5

攀草越石来看你

丛丛灌木挡着，密密的鹅卵石隔着，我靠不近你。但我想看到你，看到你更清晰的模样，看到你所在的地方的风景。我攀草越石来看你，长草勾住了我的长裙子，挡不住我，大大小小的鹅卵石光滑而不整，我依然深一脚浅一脚地往前去。我攀草越石来看你，看野鸭，看有野鸭的水上的风景是怎样的迷人，看有野鸭的水与那岸上芦苇构成的美妙自然。

我来了，越过河边的层层灌木，踩着因光滑而晃动无法站稳脚的鹅卵石而来，带着决心而来，排除了小女子的恐惧，要一睹你的风景。你终于现在了我的眼前，不远不近的距离，正是似乎能看清又成很美妙风景的距离。这边河水近岸水草绵绵，长到这秋日的时节已是极致之后开始衰黄。水里时不时有水泡声，似是鱼儿们的活动。而那边，那水中高地，那河中的陆洲，没人能横过河踏访的，那片草木葱茂的，土坡这边的水里，野鸭就在那儿，我知道你在那儿，在最安静安全的水域，在坡上野草又长得密密高高作背景时，你安详般地浮在水面，一动不动，似是一对，那橘黄色的一身羽毛，安静的模样，略长的身材，不是你，又是谁呢。一对野鸭就在这微微有点阴的凉爽的一个秋日，在它们挑选的水域，在两岸边都很难走进的河中之洲的这边，静静地享受着秋日这适宜的时光，这还不够，还各有四五只黑水鸡更活跃些地点缀在野鸭的两边，时而安静时而游动，它们和那两只野鸭，形成了大大小小的一群，水面就更灵动了。而背景呢，是那水中坡上的高高野草还有野草中一小片的芦苇摇摇，让我怎么形容啊，这眼前的景致，你是一幅画，画着秋日水边芦苇前的野鸭，野草摇摇，芦苇摇摇，灰色的，张扬的，细绒毛般的绿秆之上的芦苇花，是那样诗意，而加上秋日安静的河水和河水上安静欣悦的野鸭，还有颜色有点暗的黑水鸡的点缀，就那样浓缩了秋日所有的风景，你是秋景中的秋景，是秋日风景的精粹。暗淡了这边岸上的"数树深红出浅黄"，暗淡了还在盛开的粉红色的小小玫瑰花

43

朵，暗淡了岸边曾经妩媚的婆娑的柳……而成为我眼中和心中的秋日的最美。

我攀草越石来看你，我不后悔，长草勾住了我的裙子，灌木密集无道路，来时鹅卵石坎坷不平难下脚，在平日很难踏入的那河边，我走到了，为了来看你，我不后悔。而此时，天地悄悄，野鸭悠悠，黑水鸡偶尔跃动，我站在河的这边，我在这里望着你，我陶醉在这芦苇前的水中的野鸭前，我陶醉在这秋光里。我的心唱起了歌，我攀草越石来看你，来看你，你是多么的美丽，你那无言的风姿，让我沉迷……我要回去，我有了力量，有了更大的勇气，我蹚过那密密灌木间的时隐时现的小路，长草也不能勾住我的裙子，灌木丛从我身边掠过，脚下生了风，心中还在唱着那首秋日最美河边的歌……

2016.10.15（此文发表于2016年10月26日《潍坊日报·今日潍城》）

初冬

初冬是漫天纷飞飘落的斑斓枯萎的叶片，是一树的金黄浅红，是安静了的空旷了的大地，是河边寒意中唧唧鸣唱的麻雀，还有水中，那更肥硕更活跃了的一群野鸭。初冬是个更意味深沉的季节。

2016.11.6

向落叶致敬

季节走到了冬日，一棵树也走到了冬日，叶片被寒光与冷气染成金黄，它静静矗立。而后，随着冬日的向前迈进，树叶像蝴蝶一样翩飞飘落，又像雨滴一样轻轻滑落。带着飞离树枝的轻微的簌簌之声，三三两两的树叶，七零八落的树叶，一片片树叶，成群结队的树叶舞蹈般飘向大地，轻巧地落地，静美地着地，成为一片无声的风景，成为触动心灵的美丽画图。那落叶斑驳，那色彩斑斓，那黄绿相间，那大大小小的无数的平铺了一层层的落叶，是那样华丽地展现在我的面前，令我为之轻叹和肃然，萌发过，葱郁过，灿烂过，像一朵花一样落在大地。

不忍把视线从那条落叶铺地的大街挪移，但我还是要继续前去。那河边，法国梧桐的落叶落在河堤的长草上，像一条印花的地毯，那柳树的细细扁叶，落在河那边的沥青小径，似乎多了分伤感。河边灌木有点收敛了长势，小径有点冷落而开阔，我轻易地就走到了那曾柳树遮岸、野草灌木丛生的河边，现在河边也冷清了空旷了许多。河中的那群野鸭不成行，不过机敏的它们还是觉察到了我的到来，先是警觉地啼叫几声，然后是成群从水里飞向天空，在阳光里翻飞，我的视线追随着它们的身影，然后是一对燕子在视线中飞翔，非常柔美，它们还没有飞回南方。及至把视线收回，眼睛有点发花，我收回视线，向桥那边走去。太阳还好，高坡上有个女孩在放着三角形风筝，风筝飞得很高，阳光斜射在水面上，一簇闪亮动荡着的微波。我向前走，走到高处大桥上俯瞰那河，苍苍枯萎的蒲苇占满河道，那曾经的诗意的芦苇，变成了金黄的叶和干燥的苇花，有几处的芦苇只剩枯秆顶着一团的灰色。那荷叶终于熬不住冬日的寒冷，而萎缩翻转成罩子般碗口的形状，枯而未干，岸边小小月季花的粉红终于黯淡了下去，冬日雕塑着一切生命，冬日也成就着每一株生命。我在大桥站立片刻，那十几只一群的野鸭，就又飞在那水中高坡上空，盘旋两圈后就一拍翅膀轻巧地落到了水里，不动了，在冬日的河里野鸭也黯然了些。

我向前走去，在开始萎缩的金黄的落地的柳叶前停驻，怀念衰柳曾经的婀娜，看着那河边季节雕塑的色彩斑斓的树木，依然向前。跨过石桥，柏油径一转，就到了来时的铺满落叶的大道上。两边都是白杨，大大小小的落叶参差铺地，色彩斑斓，有的枯萎，有的还着着新鲜的色彩和光泽，抬眼望去，一街的壮丽，定睛看去，落叶如蝴蝶飞落，如雨滴飘落，如琴弦弹着季节的歌，谱着生命的诗……

2016. 11. 13（此文发表于 2016 年 11 月 16 日《潍坊日报·今日潍城》）

天地里的一棵巨大花枝

一棵高大的白杨，是那样威武，是那样刚毅，它曾立在寒雪里，它曾抵抗着西北风。可是，当春天终于来临，它也是禁不住柔情显现，它那一树的花穗，是它的喜悦与浪漫的表达。当这样一树花穗，当这样一排的白杨，当这样满树花穗的白杨，交织成花枝的网，花枝网里还有一个温暖的鹊巢，就生就出空际里的别样风景。春天的美因高大的白杨而延伸到高高的空际，一树的白杨花穗，成为立在天地里的一棵巨大花枝。没有能与之相媲美的大与美，成为春天到来时威武的白杨最为含蓄的喜悦的显现。当这样一棵威猛的树也有了春天的柔情的时候，春的花语在传播。

2017. 3. 5

花林春意速写

楼前西面高高的土坡，状似小山坡，自南向北参差布植了四季花木，总是按着季节次第开放。其中那一片紫叶李总是在春天最先开放花朵，总是美得如梦似幻，今春用笔描摹几日所见，以示赞叹。

之一

西面山坡上的紫叶李，昨日还是如星星般有着零星的开放，当然我也知道已是暗红一片的花骨朵，而今天早晨，下楼来，向那儿看去，已是开成如经风吹而积不匀的积雪。心里有几分埋怨，嫌春天的脚步太快了。天气阴沉，天气预报说今天有中雨。昨日的含苞给人的感觉是清寒与明朗，今日的感觉就有几分厚重。

之二

昨日下了一天的雨，今天天气转晴，仿佛阳光特别透亮，早晨下楼上班时，向西面山坡上看，那满坡的紫叶李已开成密密的星星，在暗红色树干细枝的映衬下，成为暗红色帷幕上的闪闪的星星，又似在阳光下沸腾的梦幻的海洋。

之三

今日天晴，阳光透亮，气温回升。早晨下楼去上班，看那西面山坡上的那片紫叶李，真是花的海洋，而且渐渐是灿烂的花海。那密密的发白般的淡粉色，经那暗红色的细树枝一点缀，恰到好处，那样有底色有起伏的海洋，在阳光下，仿佛那花要飞扬，斗美似的展示着各自美丽的容颜。

之四

今晨阳光很好，向西面山坡看去，那紫叶李林子已灿灿开放如雪，那层淡粉的颜色渐弱，白色渐成为主打色，每一树都开得极盛，从头顶到低枝，都有密密的盛开的花朵，似乎模样还是极清晰，看看那树下，仿佛也没有落花。花还在树上盛开着，密而不衰，恰是丰美的时候。山坡上紫叶李林另一边上的丁香，隐隐的艳粉的花苞开始渐渐明朗和显眼，不过现在依旧是紫叶李旁的微微点缀，夺不了风景去。鸟雀在林边和天地间欢鸣，树上花儿茂密鲜美，阳光清新透亮，一天就从眼前这山坡的风景启程。

之五

今天是周末，丈夫约我去沿河边走下楼来，已是九点多钟，阳光朗照，温和美好。向西面山坡望去，那片紫叶李已开成如雪，且灿烂地开满了林子，已似乎寻不见淡粉，已是开成完全的白了，林子就更加绚烂了，这样的一片每棵树开满花的林子。在南风的吹拂里轻荡着，疏朗美丽，那微露的枝条上细细的紫色，虽渐不分明，但还是花林的很美的点缀。在轻轻的微风里，偶尔有小小的花瓣飘落，看那地上已是有零星如雪点的落花。这是一片花朵怒放了的紫叶李林子，是极盛，是极美，让人禁不住远眺近观，走近她，感受到的是浪漫与飘逸，心情随着那盛开的花朵，随着那南风里轻晃的花枝，随着那偶尔飞落的花瓣，感觉着轻松与美好。那旁边的丁香花艳粉的花苞今日开始渐渐显出偶尔紫色的小花朵，几株高挑着枝子的桃树，也开始显出满树的花苞，做好了接力的准备。不过，我知道，那满树的紫叶李花朵还要开一阵子……

2017.4.2（此文发表于 2017 年 5 月 4 日《潍坊日报·今日潍城》）

挡不住的连翘的黄

白玉兰像蝴蝶立在枝头，粉艳的玉兰花苞，像宝石那样润泽美丽，而开放了的，开得盛到极处，又似花色棉布，有种绵软朴实的质地。黄色的玉兰花如出水的美人，清新夺目，刚绽立枝头。美人梅以满树的粉色，以满树的纯花朵的粉的艳丽，点染一方空际，惹人眼球。桃花的粉艳花苞煞是好看，海棠树的嫩绿的叶子衬着满树的大红的花苞，杨柳褪去嫩黄，绿颜色在加浓，叶片开始舒展和占领空际。在温和的南风里，杨柳的绿瀑形成河岸的绿色帷幕，那几株开满花朵的高大的紫叶李突兀在沿河的一处高坡上，绚烂在泛绿野草丛生之上的空际里。不过，主角是到处的一片金黄，这清明前的时节，是连翘的天地，是连翘的金色的花海，是连翘的金色的游龙，散布在河沿沟坡花园，以它茁壮的生命力，以它是枝条就开满花的坦荡，以它开就要开得灿烂的个性，开满了大地沟坎河旁。剪之是方阵的黄，不修是长枝的漫挑，挑出一枝灿烂的在阳光下耀眼的满蓄着金黄的一束花朵，让你惊诧于这样的纯粹单一，这样的肆意的生命，让你也禁不住折服地迎着阳光欣赏和感叹，感叹那金色的美丽，那冲破寒冷最先开放满天涯的劲儿，那一束束金黄的美丽与自信。在河边，在公园，在小区，只要是赏春的地方，就有一簇，就有如游龙，如海洋的成片的连翘，在或贫瘠或肥沃的土地，泼辣地生长的，挡也挡不住地生长的连翘，当它冲破寒冷的时候，当它灿灿开放的时候，天地伴随它渐渐走出寒冷，尽管这样，它也要在这开始热闹的大地上尽情地展现自己的这片金黄，令人禁不住折服和感叹，折服于以主角般姿态生长和展现的这片满眼的肆意蔓延的金黄……

2017. 4. 3

淡淡就好

北方的四月，不冷不热，温和适宜，草木刚刚换上新叶，分外清新。心情总是时有起伏，不过，常常被窗外的一景提起神来。

教室在三楼最东头，是一间很大的教室，西临一小间舞蹈室，也不经常开门。因此，教室前有一段长长的走廊是属于我们班的。走廊北面是明亮的玻璃窗，东面也是一面明亮的玻璃窗，因此，窗外的景色尽收眼底。已是北方四月中旬的这时节，新叶主宰了世界，不过还是有一种晚开的高树上的花开得正好，那就是梧桐花。走出办公室，走向教室，走在长长的走廊里，一抬头就看见东窗外面一段距离处两棵梧桐树的花冠，一棵开的是淡白色，一棵开的是稍深的紫色，梧桐树把树冠主体部分恰好展现在三楼窗外，走在教室前的长廊，抬眼就是一片深浅紫色相称的梧桐花，长长的喇叭花的形状似乎也能看得见。北窗外校园一行银杏树新叶刚刚长成，是分外怡人的一小片绿海。而抬头紫气东来，梧桐花静静又繁复地映在东窗上，极像镜子里的画。

梧桐树是一种很朴素的树，梧桐花也是素雅朴实的美。但也因而成就了它特有的气息。才最与喜爱它的人心灵相通。从不张扬，素朴而美丽，灿烂花开满树，也许一场风吹雨打就凋零满地。因此，温和阳光下梧桐花开满树冠的时日，也是北方四月里很美的难得的时光。

走在通向教室的长廊里，有时心情也好，一抬眼望见窗外的那深浅相映的一两簇天际里的梧桐花，一种禅意，一种安静，一种怡悦，就涌上身心，脚步就轻快了，心里似沐了微醺，感觉了流光的美。

不一定非要华丽与轰烈，淡淡就好。

2017. 4. 21

短文两篇（和学生同步"象征手法"作文练习）

大地情怀

春天又到了，冰封的大地从沉睡中醒来，渐渐松软，散发着泥土芬芳的春天的气息，一场小雨之后，大地上的景象更生动了。

河边高地上枯败的野草丛中开始抽出嫩芽，颜色随着时日的推进在逐渐加深，两株开满花的紫叶李树，立在那还微微有寒气的空气里，如梦似幻，淡白中带点隐隐的粉色，立在河汊中的高坡上，在温和的阳光下。远远望去，花树鲜妍明媚，如雪似梦，如仙子幻化而成，美不胜收。而树下，高坡之上，是野草丛生，远远看去隐隐的绿色根本还是不够分明。

就是那样无人看管的一个土坡，其上，花树任性地开花，野草任性地生长，大地以它宽厚的胸怀容纳，大地无言，它之上万物烂漫，生机盎然。郁闷的心情，堵塞的心思，常常为我一个平凡女子的常有，但周末散步到那里，看到这河汊高坡上的一隅，我总是感叹大地的胸怀，堵塞的心胸也似乎豁然开朗，大地的情怀啊，宽广无声而又深情。

爱恋一棵树

一棵树，立在天地间，或凛然或默默。面对一棵树，常感到心生敬畏与欣喜。

树是孤独的，它定定地立在那里，它是天地间孤独的自己，但它淡泊而又欢喜。把根深扎于大地，春天里的新叶，渐渐舒展，有白云掠过，同树招手。有小鸟飞来，带给树灵动。有轻风拂过，带动起树叶的喧哗，那是它唯一的歌。你是寂寞的吗？即使寂寞也要欣享。你舒展着枝叶，向着阳光生长。春天的暖阳轻缓地照过，接着就是夏天的烈日，秋来金色的阳光和萧瑟的风又把你点染成一道灿烂的风景，而冬日时，你必须忍耐风雪的侵袭，你挺立着，无声却有力，年轮在坚韧里一点点递增，你淡泊而又欢喜。

你是自然里的一道风景，把枝叶拢成那样优美的一束，把自己融进自然里，成为和万物一同歌唱的一分子，虽是孤独，又是那样丰富，虽不言语，却那样多情。春天的梦，冬日的沉默，你都用宽广的心怀包容，因为你是一棵树，你拥有一棵树的胸怀与风景。

2017.4.25

平淡如水

看同一种花的时候的心情和感悟每年都不同。今年看槐花，没有往年大起大落的兴奋，而是望槐花而更葆有一种淡定的情怀，就像是经了一场修炼，修炼自己平淡如水的情怀。

前几天槐花就开了，晚上出去散步，沿河边路径的两旁，在昏暗的灯光下，槐花隐隐，一团团地挂在树梢，在高高的枝头，一棵棵高树上开满花，且一踏上路径就闻到了甜滋滋里的一股清香，且香气随着花的日渐盛开而加浓。每晚都去河径上散步，每次都心悦那槐花满枝，那份暗弱灯光下的飘逸，内心涌上欣享。那样开满花的一棵棵高高的槐树，平静舒展地开放，默默散发清淡的芳香，不卑不亢，自然而又美丽，又似乎波澜不惊。

今日一家人去离城不远的浮烟山游玩，满山的盛开花朵的槐树，成了摄人心魄的风景。花繁茂，叶新嫩，满山的密布的槐，舒展自然地生长，野性地生长，长到高处，开花在这暮春时节。恬淡，无求，自然地开放，散发怡人的清香。阳光下，树影参差，阳光下花朵密布，阳光下枝条伸展开去，成为林海，成为花海，成为平淡地站立在山坡上的一棵棵自然的槐。我的心也仿佛融进这片开花的树林，平淡如水。

2017.4.29

夏日黄昏

傍晚时刻，楼窗外面的天依旧明亮，但明显平静得多，这是黄昏特有的感觉，平静明亮似乎天际开阔。楼下斜对面的小山坡造型的土坡上，深深浅浅的花木的绿叶间，现出了层层夏日的花树上开满的花朵，天空没有云霞，而地上的花朵鲜艳似云霞，给那样的天空，给那样天空下的绿叶浓密的大地衬上了那样优美的一道。那是小山坡上每年夏天特有的一景，是一片开着或深粉或浅紫的茂密的紫薇花树，越是太阳毒辣，它越是优美地展开花苞，成为一簇簇，一团团，成为一树花，成为一片花海，让人在酷夏却因看到它们的优美的花朵而心情舒展，知道夏天走到了最炎热的时节，知道夏天正继续向前走，走着走着，热浪像受阻挠了般渐渐减少了威力，紫薇花开得更加绚烂，直到陪伴夏天走出季节，紫薇的花朵才渐渐消减。那片粉色紫色偶有白色的花海，随着夏天的酷热，随着时日的推进，颜色越来越浓了，最终成为了鲜艳明丽的山坡上不能隐藏的一抹，成了夺人眼目的一景，成了慰藉心灵的画幅，成了绿海似的小山坡上不可替代的耀眼的鲜艳，成了驱走夏日酷热的一抹对抗。今年的那两片紫薇花木长势旺盛，花开得特别繁茂。错落的石块组成参差的两条小径从花树间穿过，人就可以从那里行经，不过，花树下白色的石头径也成了花林的一个舒展的点缀。前面还有灌木组成的界限，一丛灌木间不时现出几块可坐的巨石，有个男子穿着背心，正在花林稍南的前面的那块石头上安静地坐在那黄昏里，成了这时刻，与身后花木和那温和适宜的黄昏空际相和谐的一体。炎热稍稍减淡，太阳不见了踪影，只留还明亮的一方天空与这片天地相映，这是不是个很美的夏日黄昏？站在六楼的厨房窗户前，尽收楼下的这番景象，心里感觉着夏日的美好，感觉着夏日黄昏时刻的美好，有点微酣。

遂也想起夏日的浪漫，一个女孩子是很难抵挡住夏日的撩拨，夏日的裙裾飘动，总是想起关于自己的那份浪漫和美丽，总是控制不住地去装扮夏天里的

那个穿着裙子的飘逸的自己，忘了年龄，不分年龄地都耍起了美丽，夏天的魔
力啊……谁说夏天没有魅力？

2017. 7. 25

最美是夏荷

　　踩着还带着露珠的岸边的青草，我还是陶醉在一片荷前。在这太阳依旧毒
辣的八月初，在一连几天的雨天后，在这个晴朗的早晨，我伫立在一片荷前，
不忍离去，为之倾醉。

　　一片浮板桥探向水面，有稀疏的桥栏绳索牵连，然后就是河水中的一片荷，
仿佛让人荡舟荷田的感觉，这是很美的设计。不过，今天，我从河田另一边河
水旁的小路穿过，来到了浮板桥的满坡青翠的对面，本是散步，但只一眼，还
是欢喜，就踩着还带着些微露珠的坡上青草靠近那片荷。是怎样美丽的搭配啊，
浓绿亭亭的阔大的叶子衬着优雅的粉红色的花朵，田田的一河叶，密密的一河
花，还有那含苞的无数，最是可爱，有的是花苞初露，有的是含苞欲开，越是
粉得可人，成为一河之最。有那迎风盛开的，洁净优雅，每片花瓣都微微透亮
般透着粉色、透着神韵，又是一河另一种美。还有那开败了的花朵，花瓣伏在
初成的嫩蓬边。还有那亭亭的绿莲蓬擎在苍翠的叶间，又是极好的点缀，现在
还是点缀，满河的荷花正密密盛开着，让我遇到，就觉着饱享了今夏季节的风
景。阳光轻轻落过，似乎不曾有痕迹，荷叶轻摇，荷花轻荡，越发显出荷叶通
体可爱的浓绿和荷花可爱的晶莹的粉，何况在一个高坡之下，悠悠荷池，无限
神采。夏天因为有荷，才是有了季节的美，否则，夏还有什么味道。一池的荷
暗淡了河岸的其他绿草红花，暗淡了绿柳翠杨，远了蝉唱蛙鸣，淡远了夏虫
奏和月牙弄辉，远去了那偶有的流水曲觞，眼前只有透明可爱阳光下的一池荷，
一池盛也美丽，败也美丽，花也婀娜，叶也婀娜的荷。

　　一只小巧得像野鸭模样的黑水鸡从大荷叶间游出，在那荷叶遮盖的阴凉里，
活泼地悠然地游……

　　回过神来，从坠着露珠的青草的坡上向小路上走，刚一抬头，就看见了一
个穿着白上衣淡蓝裙子的女孩手里擎了一支荷花，迎面向这走，啊呀，那牵在
手里的荷花真是好看呀，花瓣的粉色开始减淡，中间嫩黄的莲蓬隐约初成模样，
就是那样一支有韵味的荷映在那样一个恬淡活泼的女孩的脸旁，一枝荷取出也

是那样的美不可言啊……

2017. 8. 6

风中的芦苇

　　站立在河中长长的木质浮桥上，爽利的风吹动那满河的芦苇，芦苇在风中动荡和摇曳，高高的绿秆，还有新抽的芦穗，那穗子似乎开始走向成熟，成为一种流动的闪光般的红穗。我站在那儿，乍起的风，带来些凉意，疾爽的风吹动着芦苇，芦苇在风中起伏闪亮。在浩渺般绿意苍苍的河床，在浩大的天地间，芦苇呈现着别样的风景，是轻松，是野性，是倔强，是画意，是歌，是呐喊，风中的那绿叶红穗子的飘摇的芦苇啊，你牵动起人怎样的心灵风暴，你释放着怎样的光芒驱走我心头曾经的憔悴与迷惘，而让心灵释放在你的面前，灵魂擦去轻尘，身心清爽，耳目一新……是那芦苇，那摇荡的芦苇，那风中飘逸的芦苇，是你这面旌旗，引领我依然愿意踏着一路硝烟前行……

2017. 8. 23

深秋的阳光下

　　一出院门，深秋透明的有温度的阳光下，一抬头，叶子开始变得稍加稀疏的高高白杨的枝上，喜鹊在阳光下鸣叫一声，拉长了声音，接着另一只在树梢扇动翅膀飞着。阳光下白杨的黄绿色彩，叶片开始明显疏朗，阳光照着，有点沧桑，又有点温馨，秋的况味就那样涌上心头。

　　去登上沿河高坡，修剪过的近乎干枯的草茬，很是平整干净，阳光下的开阔的草坡满地阳光，不经意间我们的脚步惊动一只正在寻虫的戴胜鸟，那长长的喙，那伸展开来圆圆的色彩斑斓如蝴蝶的翅膀，它也并不飞远，依旧飞到不远处的河沿的草坪上去捉虫。法国梧桐的落叶如一只只巨大的手掌。我们踏着沿河的柏油小径，去散步，也是看阳光下的秋日风景，我们想去寻找去年秋天来到过这儿的成群的野鸭。就在那片固定的水域，河水最宽阔处，紧挨河中央的四面环水的汀旁，令我们高兴的是，远远的我们看见了那汀上缀着金色叶片的小树旁的水里，两只野鸭安闲地在那儿浮在水面上，享受着秋日的阳光水色。我们就很满足了，知道野鸭按季节地来到了它们曾经生活的这块水域，这个秋日又有了那可爱的风景可看了。忙碌的生活令我好久没有白天来河沿散步了，今日得了点空闲，丈夫喊我一起来河边散步。空气中微微有了冷的感觉，不过阳光依旧好。而此刻，看见了那静静秋水上安详的野鸭，真是令人惬意。丈夫还是调皮地吹动起手中的哨子，发出了嘹亮的声音，当然想招惹一向警觉的野鸭。谁知远远的那两只野鸭无动于衷，还是一动不动。不过，这边，密密的一片芦苇里，开始游动出一群野鸭，噢，一大群野鸭，像是一个个秋的美丽音符，激起我内心快乐的涟漪，那芦苇，在有点冷的空气里，在阳光下，叶片已是变作金黄，穗子在金黄的叶片和金黄的苇秆映衬下也似金黄，似还有微微的重量，走向秋日最后的风景，不过，现在依旧是一片金黄的景色，风吹动着芦苇，摇摇闪动，像一首诗，像一幅色彩流动耐人寻味的油画。而从那儿游动出一大群的野鸭，一数有二十多只，野鸭映着芦苇，水中的芦苇映着水上的野鸭，已是秋景的最好的注脚，我似乎已是叹为观止。空廓透明的天宇下的这方秋水，那金黄的芦苇，那群游动的野鸭，成为了秋日阳光下的一幅美不胜收的画面，心情就激荡起来，空气就明净舒畅起来。丈夫喊我到高石上去拍下这从芦苇旁游动而出的野鸭景象，我跑过去，镜头稳稳地捕捉住了这一美景。好了，以后就又有风景看了，我们不约而同地说着，继续向前走。拐过一个小弯道，走到另一边，透过那衰败叶子的拂动柳枝，看那河面上，那群野鸭近距离地展现在我们面前，灰色的翅膀，暗黄的脖颈，丈夫还是耐心不够，说话声一高，那群野鸭就腾空而起，金黄的脚蹼就现在我们的视线里了。那又是另一道空中的风景了。

我们向前走，一排金黄的银杏树和远处红色的黄栌树的圆树叶就出现在眼前。那银杏树已是满身的金黄，叶片不时在微风中飘落，仿佛地上也变得如金色的花瓣点缀一般。满树的金色蝴蝶，满径的金黄，映得天也美丽心也灿烂，"万美之中秋为最"，是谁这样会形容秋色的深邃和秋色的独特，丰厚之后的淡泊，是一道更耐人品味的风景，是一首隽永的诗。

2017. 11. 5

铜铃和亚铃

　　原以为秋天远去，蟋蟀和蝈蝈的鸣唱就再见了，谁知却转到自家的客厅来。周末在家，在向阳的客厅的那棵盆栽的榕树上，总传来两只蝈蝈起劲的鸣唱，唱得响亮。让人有时在冬日照进客厅的暖暖的阳光里，在蝈蝈的响亮的鸣唱里忘记了是在冬日……

　　每年九月九丈夫陪着婆婆去浮烟山逛山会，总会买上两只蝈蝈回来，还有一个精致的细竹条编的上下两层的小笼子，并且喂养的经验也越来越丰富。这样今年的这两只蝈蝈准时在我家客厅的蝈蝈笼里安家落户，从九月，跨十月，现在到了阴历的十一月，已迈进了三九，到了严寒的冬日里。家里冬日是集体供的地暖，且在白天时常有阳光从客厅的大玻璃窗照进来，照到客厅的榕树上，照到榕树枝上的蝈蝈笼上，也算适宜，且胡萝卜、泡豆子时不时放进蝈蝈笼里，照顾得可谓细致。于是两只蝈蝈，随着时日似乎叫声更响了。上面的那只，发出的声音最响，声音高，叫声脆，下面的那只声音沙哑，且声音小，丈夫总是很有灵感，自会找乐子地给两只蝈蝈起了名字，一只叫铜铃，一只叫亚铃，真有创意，让人想起那清脆的铃声，当然是叫声响亮的那只叫铜铃，叫声小些的那只叫亚铃，这两个名字从丈夫嘴里滑稽亲切地喊出来，就更有味道和可爱了。

　　有时下班归来，一推门，就传来铜铃亚铃的鸣唱，身心就更加放松了，像是一首奏鸣曲。有时半夜醒来，客厅里也许因地暖温度还好，两只蝈蝈似乎整夜没停似的还在叫着，就接着在它们的叫声里继续入睡。有时周末在家，一到中午，有了暖和的阳光和温度，蝈蝈就在客厅的阳光里鸣唱开来，吃过午饭，我们坐在客厅的沙发上，因两只蝈蝈起劲的鸣唱，我和丈夫常常端着水杯，起身到那榕树旁，看那扇着翅膀鸣唱正响的蝈蝈。鼓鼓的绿肚子，带着一对不大的薄薄的翅膀，上层的那个翅大些，下面的那个翅小些，第一次近距离地观察到底下的小翅膀一边上有一个类似烧出的圆圆的小孔，声音就从那里在身体的抖动中发出，造物主真是奇妙啊！蝈蝈有看上去大大的头，有力的腿，要不是看那被咬得参差不齐的胡萝卜和一会儿就会被吃光的豆粒，还真不知道它的牙齿居然那么厉害。两只蝈蝈似乎性格不一，铜铃总是当主角，亚铃只是应和，或者在铜铃偶尔唱得疲劳时亚铃接力似的发出弱些的、沙哑些的鸣唱，两只蝈蝈就这样在合唱或应和中成为一道风景，虽然有时也觉得有点刺耳，但在北风呼啸天寒地冻的冬日，能有一曲蝈蝈的小曲陪伴，也算乐事，它们的缺点因此倒也可谅解。如果逢上独居在家，倒也可称为一个不错的陪伴。

2017. 12. 23

那团粉

那团粉，像地毯上的团簇的绣花，极其柔和丰厚，那粉浓成一团，厚成一簇，使人想起云想衣裳花想容，使人想起春风拂槛露华浓，使人想起一枝秾艳露凝香，使人想起解释春风无限恨。因为这柔和丰厚的美，因为这粉色的浓重，粉色的凝香，才使得春天似乎可以用你写照，才使得爱美的女子都那样钟情于你，才使得这团粉色是永久风靡的色彩。那团粉，带起的是心头的柔，涌起的是那曾经的最初的娇羞，是暖，是爱，是美。一层层膨胀着盛开，似牡丹的妖娆，又比牡丹泼辣和纤细，像薄薄的淡粉色的细丝绢一层层膨胀织就，不，细丝绢哪有你那份有生命的娇羞，闻去淡淡的清气，就那样泼辣辣地开了，开成一树，开成团，开成渲染一方天地的醉人的粉。当拥有天地奉送的这样的一团，当漫步在这样浓重盛开的一团粉里，我们才知道关于美，关于甜，关于欢乐，关于欣赏。那这时节充盈天地间的一团团的粉，那开成一团粉的樱花。

2018. 4. 13

驻足在秋日的白杨林前

一片白杨林在岁月的雕琢下，在秋日的天宇下，在光与影的映衬里，成为那样一道耐看的风景。有沧桑感，有丰盛感，有灿烂感。站在这样一片白杨林前，有几分萧瑟，也有几分疏朗，几分轻松。一棵秋天的树是这样内涵丰美，形象挺拔，色彩梦幻啊。我想起屠格涅夫笔下说秋日里每一棵白桦树都变成了神话里的色彩，一片金黄。是啊，这片灿烂的色彩是这样撩人心魄啊！

我驻足在一片泛着金黄的白杨林前。

2018. 11. 4

当一群大雁飞过天空

　　冬日在向前推进。走在安静的校园里，忽然一种很熟悉的柔和的声音，抬头看去是南飞的大雁，排成一个一边撇很大的"人"字形，那样行进匆匆，那样舒展优美，在冬日孩子们还在教室上着课的、这空阔的学校院子的上空。一群大雁向南飞翔，一会儿"人"字形又变成大写的一个弯曲的字母形，一会儿是更柔和的波浪形，直至看到从我的视线里消失在天际……就这样，像一个美丽的音符，让人畅想关于时光岁月里的自己，生发冬来的音讯，还有美的自然和天空。当一群大雁飞过天空，心底是这样平静和美好……

2018. 11. 21

小雪花在飘

　　以为冬天就是灰色的，就是冷寂的，就是忧郁的，可是当小雪花飘起来的时候，感谢造物主的公平，使得冬日的天空也多情浪漫飘逸，带动起遐想和欢乐……

　　小雪花在飘，教室里也静悄悄，像是久违的朋友伏窗招手，温馨融融。我让孩子们也停下来欣赏一下这窗外的雪，它来去匆匆啊，一睹它的芳容……

　　小雪花在飘，在树枝间萦绕，在枝梢间欢闹，树枝就是缀上了银色的风景，天地就是银白晶莹的亮丽……

　　小雪花在飘，花朵在渐渐加密，雪花在渐渐变大，像一只只美丽的花朵绽开，飘荡，飘来，呈献给世界……

2018. 12. 11

春日杏花

　　北风还是有点轻佻和肆虐，呼呼有声，吹得枝头晃动，还带着一股透彻的凉，耳朵被吹得有点发疼，白白的云彩荡在天边，一会儿迎着太阳出，一会儿又被云彩挡，河水水波荡漾，在小北风的吹拂下推送着明波。有点冷，有点凉，就是这时节的天气，不过，河边柳树的那抹绿色在清新中加深着颜色，在扩大着浸染的空际。一只黄鹂鸟在矮柳树枝上翘着尾巴鸣唱，麻雀在高处柳行间穿梭，我沿着河边去寻看我心中的此时节的杏花。每天都是忙碌，寒凉带来了几分身体的弱乏，还是要去看杏花去，因为唯恐错过年年开得早败得匆匆的杏花花期。

　　还是就要走到那几棵家附近大于河河边大杏树前了，时暗时明的空际中，远远闪出明亮星星样的花骨朵。那是怎样的空际呀，暗色的发黑的树干和树枝，暗色的时而被白云挡住太阳的冷寒的天，是花朵点亮了这方空际，像暗夜里无数的明灯，花骨朵满树，花树枝满空际，在这乍暖还寒的天里，几棵树干粗粗、树枝伸展开去的杏树，是怎样奏出一曲春之韵。满树的花骨朵，有的是带着花蒂的紧紧的花苞，有的微微膨胀，含苞待放，有的已按捺不住，终于乍露笑脸，呈现初开的娇羞之美。就是那样的一树树杏花，组成了群星璀璨的一方空际，点亮了这方天空，美轮美奂，让人如痴如醉，如踏仙界，飘然沉醉。我迎了北风，抵着寒冷，赶着疲乏，还是要来看你，你果然不负我心，你果然多情地呈现在我的眼前，用那样一身的娇媚和灿然，迎着我。我来了，来赴杏花之约。有些美只能偶遇，你让我怎么舍得把脚步转移，流连，往返，看花苞，闻杏花微苦之香，赏花枝，看一枝杏花前的春韵。脚步轻移，思绪轻扬，春的注脚似乎全部在此，邂逅一次杏花的开放，让我觉得我的拥有如此奢侈……

　　河边的那抹连翘黄得更灿然了，绿柳在漫延着颜色，野鸭飞在低低的天空，也荡漾在那微波上，喜鹊跳跃式地前行在河边草坡上，悦耳的鸣唱不知是哪种鸟儿发出……太阳也荡出了云彩，和暖地照耀着大地……北风中杏花开的时候，是春天来了。

2019. 3. 23

好大的风

好大的风，北风，春风浩荡，让人还是愿意裹紧风衣前行。浩荡的风里，连翘绽开金黄的花朵，连翘长长的金黄的花枝就抖动在春风里，那片灿灿的花朵就铺展在大风里，风越大，越显得更灿烂，更显出冷风里的生机，春风吹得透彻，虽失去了往日的寒，还是带着乍暖的凉。春风浩荡，呼呼有声，柳树枝在大风里飞扬，那层绿色在天地中挥舞，挥舞，像一团颜料在泼洒泼洒，一定要泼洒出春天的绿，绿遍天地。大风中的那团团开得极灿的杏花，淡粉的杏花，那仙子样肌肤的杏花，有的开到最盛，有的已在风中凋零，虽昨日经了雨，但现在那地上的杏花片片和那树上的杏花灿灿，有的虽只有花蕊了，但那红芯的花蕊也是那样抖擞，成为那样飘然的杏花天地。大风里，那团梨花的花骨朵鼓出淡雅的黄，那紫叶李花树一身红红的花骨朵，那粉红的桃花骨朵，都成为大风中的极好的水彩点缀。那几棵亭子旁的粉红玉兰，花苞正要开放，还未开到最大，正是色彩饱满特别美丽之时，成为风中的最艳丽。

好大的春风，有摧枯拉朽之势。垂柳树上的枯枝被抖落一地。是得经过这样的几场透风，去去那原有的陈腐，是得经几场昨日的雨，洗亮洗亮天空，滋润滋润大地，才能成为焕然一新的春，一个真正统治了这世界的春。

2019. 3. 30

最后的画卷

从昨天就飘起冬雨，起初比较细，后来逐渐大了些，气温也催逼着下降，树木也就在冷寒中整齐变成了衰黄的色彩，天地间有一种庄严的感觉。雨后的天还是阴着，天地宁静而开阔，落叶纷纷飘飞而落到灌木上，成为了别样的花毯。几许温暖，几许苍凉，几许感慨。落红不是无情物，落叶也不是无情物，装扮绿灌木成了花坛。冷风起，车行过处，路边落叶翻飞，有刚落地的崭新的黄，有早落地的深褐的黄，也有最后的枯干的黄，就是这样翻飞的落叶和树上衰黄中闪着金色的满树的叶片，成为一团团有点壮丽的天地间的景色，心头翻起几许浪漫，几许季节的变换，几许时光迁延的岁月更替感，几许美好，几许沧桑，冬日的寒冷是最无情的，却也造就了这样一幅天地画卷，撼动人心。

2019.11.24

春天的禅意

春天是一棵白杨穗吧嗒一声落在地面，你一惊，仿佛昨天或是什么时候才鼓出满树的新穗，怎么今天就有飘落的了。仿佛来不及感叹，那新穗就拉开了长度，挂在梢头，在春风又起时，飘落满地了。再过一两日就只留那飘落的杨穗留下的甜滋滋的味道了，一闻到那味道，你就心有灵犀地知道遇见了春天。

春天是到野地里，看见了青草的一片青尖，还有野草的绿意，看见苦菜开始长出点春天里的风骨，似乎就知道，春天来了。是等一个稍暖和些的天，拿了铲子拿了袋子到沿河坡宽阔的野地里玩儿似的挖苦菜的那种心情，是看着苦菜还沾着蓬松的泥土堆积在袋子里，自己看了又看的新奇。是不小心挖动了哪一种野菜，那种隐隐散发的药香，那药香是带着泥土气味的春天的味道。

春天是春水初醒时似有带着几分清新的寒光，是隐隐的北风里的一份说不清的轻巧，是即使北风吹动微波时也感觉出的几分诗意和妩媚。是小野鸭一头扎进水里，过一会儿才露出水面的那份隐隐的欢快。是水流石罅桥的那股活泼，那股涣涣的不同于往日的现在是带了水气的声音。

春天是柳树的茂密的发，让你突然感觉有一种柔软一种丰盈。是迎春花星星样的闪现，那一刻的你多看了它一眼的那份心动。是连翘的纯粹的开放，让你觉得因期盼很久，所以凝视才可释然。是一树玉兰的宝石样的花苞，让你痴醉不忍挪移视线。是一只黄莺闪现在树间，羽毛的光滑和神情的安然。

春天是微风里的杏树鼓动花苞，你唯恐错过花期的那份心里的担心。是新开一夜风里的河边杏花，惹你的流连。还是那杏花丛里的小蜜蜂的飞动对心海的掀动。在杏花开放的一片白里，那份有点隐隐苦味的清香里，你似乎又心有怅然。当杏花落满枯草地，又有花自飘零的心上的感叹。

春是身上的厚衣服感觉有点发闷，想变轻松一下的那个瞬间；是一段提心吊胆的疫情终于被驱除后还带着余悸的欢颜；是时光的荏苒里，一段花开又易落的记忆；是一段很抒情弹奏的琴弦，在流水花开间；是很有色彩感的油画画卷，却怎么也画不尽她的娇艳和仪态万般。

2020.3.21

粉色的流光

粉色的流光，粉色的记忆，粉色的氤氲……

一坡的紫叶李，浅粉的花朵渐成花的海洋。在晨光里，在春日的微风里，悄然而又跃动，是生命的迸发与灿烂，是花木的歌，是花朵的舞，在这和暖清新的春光里。粉色由浓到淡，由含苞的深到渐次盛开的浅，衬着那暗红色的细枝丫，成为浓淡相宜似要波涛云卷的花的海洋，在微风的清幽里花枝轻荡，在幽幽的开放里散着清香，流光溢彩，一坡的花无语，只是炫出生命的光与美。

沿河的那几棵古老的杏树，前几日还是含苞待放的羞答答的容颜，一树树淡粉色的花苞，而在几日的春风里，晨光里的杏花已是开得灿烂。是那样精致的花朵，尽情绽放，绽放成一树的绚烂。流光溢彩，几株古老的树枝繁复的杏树，黯黑的树干，衬上满树的灿然开放的花朵，氤氲成那样梦幻美丽之境。漫步杏林，置身杏花树下，和暖的阳光透过花丛参差照过来，有微微风，送来杏花的清香之气，如梦似幻的杏花林，那淡粉的杏花已脱去娇羞开至灿然，无比奢华的拥有。小麻雀在枝头清唱两声，黑色的眸子一转，就轻盈飞去，它也有点兴奋而忙乱呢。

河边小径上，一带粉色的轻薄花片的小花，开成艳艳粉色，在高高低低的灌木枝上，密密地轻盈地绽放着，轻盈娇美地似要飘飞去，成了河边的一个如玉的璎珞，点缀得这方小径鲜妍梦幻。是记忆中的某段时光，从这里走过，也似花样的年华和模样，还是每个春天都有这样的美丽，我一年年走过，走过那些美好的时光。黄莺不来打扰，喜鹊没来喳喳，水光映照的这条河边小径的这带粉色，如此迷离，如此静谧，如此清新。阳光恰好，明亮温柔，粉色正好，轻盈秀气。我轻轻穿过，似不敢呼吸，这美轮美奂的小径。

春，粉色的容颜；春，淡粉的梦幻；春，浅粉的清新。春，流光溢彩的粉色的春。

2020.3.23

风雨春天

一阵北风和一场冷雨，仿佛又把我带回到冬日，灰暗寒冷，不过也安稳。

昨天我不是还在一片开花的树林边驻足听鸟儿们的奏鸣吗？花林随风轻轻摇曳，鸟儿在林中的细枝上，看不见它们的影子，只是听见它们欢快的叽喳鸣唱，也许鸟儿太多太密，鸣唱杂在一起，就成了那样清风流水样的奏鸣，很繁复很清脆，带着欢悦的一首关于春天的曲子，令人心情舒畅，令人沉醉而又思绪飞扬。一只黄翅膀的小鸟在林中的闹腾中一不留神地飞出来，落在林边的另一种树上，一两只小麻雀跳跃出在花林的上挑摇曳的枝上，时不时啄一下那正开得甜滋滋的花儿，有的已经嘴里叼了花朵，不过一会儿又不见踪影了。我的心却被这阳光下的这片花林里鸟儿们的奏鸣声唤醒，原来，春天就是一种关于温暖、关于欢悦、关于希望的时光内涵。

冷风渐渐消减，冷雨早就停了。我依旧在隐约的微冷里，出去走走。及至走动起来，冷意就消去了很多。雨后风后的外面的世界，已是花淡叶增。不过那土坡上的丁香花却经雨后越发地茂盛，在淡淡的嫩叶苍苍的枝上冒出藕粉色的花朵，又可闻丁香花四溢的香气了。河边似乎又别有一种清新。燕子在河水上空盘旋飞翔，非常的活跃，似新来的客人。这可是今春第一次见到燕子，小剪刀似的尾巴，一身乌黑光滑的羽毛，轻巧欢跃，它们可是从南方匆匆赶来的啊，兴奋地在熟悉而又陌生的这片曾经它们的领地上飞鸣。仿佛今天它们是主角。前几天还是野鸭的天下，天上乱飞着五六只有重量感的野鸭，盘旋之后随意降落到水中草树丰茂的小洲上，偶或一只从高空直扑向水面，有气势而又很稳地哗一声落在水面。每每都是我看不够的风景。当杏花落，当燕子来，一定是要桃花开了，临河的桃树已是密密的艳艳的花苞。

风停云散，太阳又渐渐出了云层，增加着和暖。小孩子们跟着大人出来玩了。一个小女孩的头上戴了个爷爷用开着一串黄花的连翘枝围成的花冠，别样可爱，也许是她的弟弟吧，一看姐姐的花冠，可着急了，牵了奶奶的手去河边成片的金黄的高挑着长枝开放着花朵的连翘边上走去，他也可以戴上姐姐那样的花冠了。想起了小时候，我们哪一个春天不编个柳枝帽戴在头上呢，手里还要拧一只新长开的柳枝皮做的哨子，在嘴里嘟嘟地吹着。也曾领自己的孩子这样走过她的童年。春是这样的记忆时光。

路边的玉兰花开成了玉斗样子的大小，柳树枝条加深着它的绿色，连翘的黄漫山遍野，我知道，春天总是在风雨中向前，就像生活，还有生命中的成长……

2020.3.28

悠悠丁香结

太阳不算好，有点阴有点微冷，还是去散步，心绪也不算宁静。走在土坡的石径上，一回头一两簇丁香花穗立在微微的风里，大都还是花苞，像极了盘起的结，"一树百枝千万结""结愁千绪"。忽然悟到了古今诗句里丁香表达的愁怨的情感，恰似我现在的心情。一穗穗深的粉紫色的丁香，满穗的花苞，深深的粉紫，也偶有开放的颜色浅淡些的四个小花瓣的小喇叭形的花朵点缀其上，就那样立在这微冷的空气里，在土坡上这片丁香林挨着小径的一角。"她有丁香一样的颜色，丁香一样的芬芳，丁香一样结着愁怨的姑娘"，甚至想起戴望舒的这一诗句，似乎成此时的真体味，浪漫而愁怨的情绪似乎都有。

从小比较安静，不善言谈，内心又似乎多了些敏感，一出口也许表达还不算美妙，一句话也许没怎么表达好，就像古书上所说，也许会引起一场不愉快。就这样成长，不断打磨着自己的内心，希望优秀，希望进步，希望自信，一步步探路挣扎，似乎也渐渐顺畅，终于也似乎找到自己。有时还是会有犹疑，会有不自信，不过还好，呼吸顺畅，心情安稳，这样的心境就是很美的了，解却丁香结，随风芳香来。丁香花穗的小花开放的时候，摇曳在风里的丁香，阵阵香气沁人心脾，那可是你快乐美好的时光。

时光的流里，遇到了该遇到的人，各人有各人的脾气，快乐的时光很多，愁绪也像风时有侵扰，就像生活中的阳光和风雨一样自然，正如我知道丁香结的愁怨，我也知道丁香结绽放在春天里的肆意。悠悠丁香结，也给人以禅意。这样想着，微冷风中看去颜色并不夺人的丁香，又别有一番韵味了呢……

2020.3.30

63

桃花女人

桃之夭夭，灼灼其华……从《诗经》里就传唱的古老歌谣，就把桃花和一个要出嫁的女子联系起来，是她的美貌，她的含情，她的生活。一句唱诵，似乎就醉了千年，桃花美得繁复，闪耀般美丽，都令人回味。

人面桃花相映红……似乎衬得很美妙，仿佛只有桃花，才能映出那女子之美，更是映出那女子在路过此地诗人眼中的情味。即使是桃花依旧笑春风里，也隐隐有了别样的惆怅之美。

花谢花飞飞满天，那把锄扫落花的黛玉，也一定映在花朵繁密的桃李林木之间，树上既有桃李花的开放，又有落花的飘零，那样的幽怨，那样的花也盛开落花亦轻飘的画面，似乎更映了这位女子的面容，想起她幽怨的一声啼悲，曾落花鸟惊飞，和此时手把花锄的桃李百花的相映，似乎更映得一个别样温润的黛玉之美。

溪上桃花无数……日日去看桃花，临水的阳光下，一树桃，淡粉的如翅翼透亮般的五个花瓣的花朵，花开满枝，衬着才长出的一点点新绿的小叶，淡粉和嫩绿的搭配真是别样秀气，我喜欢这种桃花，似乎是代表了桃花的秀美、桃花的韵致。那边，柳荫丛后的桃花，又是另一种风姿，大红的花朵，那花朵是层层的花瓣，成为了殷红艳丽的一朵，成为一树枝那样的鲜艳，那花衬在暗红色的枝条上，枝条上似乎也没有一片叶片，即使偶尔有个小叶，也是和树枝一样的暗红色，就是那样的纯粹的热烈，却渲染出桃之繁复艳丽，美得热烈深邃。而在那新绿渐渐要越发浓密的柳条的影里，在不远处连翘的金黄里，在河水荡漾微波的水色天光里，桃花的这份艳丽这份亮丽，越发衬得浓重而更加俊俏了。而一个爱花的女子爱桃花的女子，当她驻足这春天最美的桃树旁，又是别样思绪飞扬……世间的女子都爱这桃花的颜色，爱这美丽的颜色，爱这特别的女人味的颜色，是活泼的粉色的女孩，还是端庄的粉色的淑女，抑或是不减对粉艳衣裳喜爱的天下女人。

喜欢打扮自己，喜欢粉色的衣裳，喜欢这温柔美丽的颜色，这暖意的粉色。每个女子都有自己独特的美丽，用心中心仪颜色的衣裳去装饰打扮，成就那自己心中认为的那个美丽的自己。年复一年，行走在四季里，楚楚美好，美丽动人地点缀着这世界，像一朵桃花一样涵养着自己也装点了大地。

春风轻轻桃花美的日子，陶醉了多少桃花女人……

2020.4.3

海棠云霞

人间最美四月天里，有缤纷鲜妍的色彩，桃红柳绿连翘依然黄着，不过渐渐都要不是主角，有一抹明亮般的粉色，把四月的浓艳重重装点了一把，它就是海棠。

我说的海棠人们也称为苹果海棠，因为秋来的小果实恰似一个小小的苹果，而春天是海棠开花的时节。海棠花树的特点是花朵特别密，总是从一处发出四五朵花苞叮当挂着，一树枝就密密麻麻，未开时粉得深些，满树娇羞，很是可人，等到开放，就如约好了一样，美美地开满整棵树。无论给它什么造型，修剪成盆景式的树桩样的粗短，它就矮矮地把枝上开满花；让它自然地长，它就高高地开满一树，一片叶子也没有。当宽阔的河汉高坡上这样的一片片高高低低的海棠开放在四月初的天地里，这里变得明亮美丽，引得游人如织。我登上高坡，俯瞰花树，为之倾醉，我穿行高坡，在海棠花树间的小径行走，置身花的海洋，那片浅淡合宜的粉色，我觉得只能用云霞来形容。是一片美丽的云霞，映美了山坡，映美了天地，映美海棠树在的每一处四月的角落。楼前西面的一处两排海棠很高，长势旺盛，加上岁月的滋长，花开的时候，压枝欲低，满树灿然，蜜蜂忙碌，画家在旁支架挥泼描摹，五个花瓣的粉色的花朵，有的单些，有的多层些，形成了那样花的海洋，成为了点缀美丽四月的一片粉色云霞。

"紫腻红娇扶不起，好是未开时候。半怯春寒，半宜晴色，养得胭脂透。""绿云影里，把明霞织就，千重文绣。"古人也早把海棠的半开之时和盛开时候的韵致用妙笔表达出。"万点猩红将吐萼，嫣然回出凡尘。""东风催露千娇面。欲绽红深开出浅。"

万点小蕾在春风暖阳中全部绽放，满树的淡粉色花儿簇拥在一块，宛如晓天云霞。让人惊叹，也让人感慨。你把生命的精华尽情拿出，尽情绽放，直开到"似红如白含芳意"，装点这美丽的四月，也许花开盛艳之后，就会在风中飘零，又是落花飘飘海棠的另一美景。海棠似乎是不算名贵的一种花树，她花开的绚烂至极令人感叹，生命就是这样，炫出自己的春天，不是桃红，不是柳绿，而是海棠花云霞烟景。

2020. 4. 8

立夏

昨晚下了不小的雨，早晨还在滴答下着，后来，雨停了，我和丈夫下楼去河边散步。

"无力蔷薇卧晓枝"，形象写出了此时经了雨水的蔷薇花朵，虽不算"无力"，但比往日多了水汽。不过，倒也是特别的清新一派，蔷薇茂密的花苞渐渐就要开放得更多。蔷薇花一开，就是初夏的标志了，这道绿色长墙上粉红的花朵一别就是初夏时光了。迈向树木夹道的沿河小径，槐树上洁白的槐花还挂在枝头，经了雨越发和叶子看不分明。下到跨河石桥，雨后水势增加，经石桥就发出了汩汩水声，是雨后的一景了，那样大的雨，也已是夏雨的意味了。水边的茂盛的兰草样的水草开出金黄的花朵。我们继续前行，空气清新，雨后天还未放晴，隐隐有点冷意。鸟雀们活跃，野鸭水中悠悠，河水水位略涨。

我们在河汊中间的大理石小径上漫步前行，野草开始渐渐茂盛，苦菜花开成了淡黄色的小花海，树木娇嫩的绿色渐渐褪去，叶子渐渐舒展开来，颜色渐渐地在加深，仿佛感觉着春天离去的脚步。粉红色的石竹花开得恰好，成为这时节铺在地面般的粉红花坛，粉红的大红的喇叭花，在花围里竞放，特别艳美奢华。芦苇嫩绿的剑秆在悄悄拔节，渐渐绿成一片的长势。安静的坡地上，我们从旁边经过时群鸟乱飞，麻雀，斑鸠，成群的蝴蝶样翅膀的戴胜鸟，呼啦啦从河岸草坡上起飞，别有一番活泼，喜鹊还是那个节奏，自由地一会儿地上，一会儿树上。

后来，我们对一处突出在水面木板栈桥附近河里的鱼吸引，因为那里，阴云散去，刚刚阳光温暖起来的河面上，水草茂盛，水草间的鱼儿很多，在啄食水草，在自由游动，我们不出声，悄悄地站在木板栈桥边沿，看赏那水中的鱼儿，有时两三条出没，有时四五条游动，有略大个儿的有分量地慢慢穿行，一条带花纹泥鳅样的黑鱼，浮在那水草里，动也懒得动，我还是被绿莹莹的冒着气泡的水草，被水草间那三五一群的密密出动的鱼儿吸引，仿佛看到一个别样生趣盎然的水世界。丈夫说，因为昨天的大雨，周围水流的汇入，水底浑浊，上面水清，阳光好，水草茂，鱼儿出来吃食和呼吸。这真是雨后的一个奇观，成为今天散步所遇的最生动的画面。这水光这草色这鱼儿，成为立夏的一个别样动人的注脚。

今日立夏，夏意袭来……

2020.5.5

五月时光

北方五月的花园很美，一场不大的雨后，更是格外有生机。天地渐渐被绿色统治，新的叶片渐渐抖去稚嫩，而舒展开来成为完全新绿的叶子，草木一片盎然的舒心的绿色。不过阳光还算柔和，绿意茂盛点缀下的花园的花朵，也显得格外可爱和美丽，是一种大方之美。月季花剑枝上挑出了沉寂一冬蕴蓄一春的终于开放的花朵，所以她就明媚鲜妍地呈现，大红色耀眼，粉红色饱和，橙黄色鲜亮，仿佛每朵花都要歌唱一曲，在这个初夏雨后又一个到来的安静的清晨。大朵的舒展，小朵的别致，高的有风姿，矮的有韵味，五月的花园被月季花喊醒，被月季花欢闹和繁华起来，那石榴树的嫩叶刚刚舒展，没有半点花朵，那桃李花早就谢了，是一树的绿了，树下婆娑的兰草梳理着浓密的长叶，还没有开出花朵，无花果绿色的大叶间结了不少绿色的果子，月季花盛开的五月花园一切都是这么舒展。

还是挪移了脚步去河边散步，空气中隐约着一种五月特有的香，在这个雨后的安静的空际里，那香味淡淡的而又沁人心脾，似有点熟悉，不远处，河沿旁一种花成了点缀大地的花边，那便是蔷薇。翠绿蔓延的带刺的茎叶，肆意茂盛地生长，当五月来的时候，擎出一簇簇的花苞，然后悄悄开放，散发淡淡的香气，时有小蜜蜂在忙碌，增加着这个季节的韵味。而那蔷薇花层层花瓣，组成那样粉色的一朵，无数的这样的一朵，形成了那样的一片，是要蔓延到天涯，是要美美开放，是要不可阻挡，那五月河边、假山、篱笆上的蔷薇哟，热烈奔放而坚强。当四月的花朵开尽，当五月的绿色渐丰，你悄然开放漫天涯的花朵，美丽了五月的人地。

漫步广场，微风拂过，槐花轻轻飘落，遮住小径，心灵多了份惬意，脚步多了份轻快。五月的河边广场高树投下轻荫，阳光刚驱走阴云，远处水波不惊。

到家时女儿给我打来母亲节的电话祝福，我们也聊了不少，对话随意，而又轻松愉快。年轻的岁月正好，恰似这五月的美丽时光，努力学习，健康成长，

67

坚定前行，无须彷徨……

2020.5.11

一株荷的成长

　　总是喜欢在七月的河塘前驻足观看那满塘的荷，荷叶铺展连绵，荷苞如剑，荷花朵朵。喜欢那清新那美丽，喜欢夏日里的这道独特迷人的风景。每到七月的时候，荷塘就满了荷，就擎起荷盖开出花朵，从来没关注一株荷一塘荷的成长，没关注过那份美丽是怎样一点点长成的。不过，今年春夏，因为疫情，师生滞留在家上网课，倒让我在上课之余的闲暇时间，感受了一塘荷一株荷的生长过程。却发现原来这份美丽的迎来是多么漫长……

　　还在春意已满的三四月份的时候，荷塘还是空荡荡的，在四月底的时候，似乎睡莲花开始萌动，浮出新长出的小而圆的叶子，那片荷呢，没有踪影。然后在不经意的五月间，睡莲花就是一道耐人寻味的美景了，白花如珠，粉花如小仙女，绿色圆叶如盘如裙，日夜呈现着它的姿色。似乎也是在四月底的时候，当睡莲花渐渐要成模样，而那边大塘里的荷花开始零星地在水面飘了几个圆叶，零散而没有生气，打不起精神，就也成不了风景。而睡莲已是满目盎然。于是，在五月有睡莲的幽雅，荷的浮在水上的零星的叶子还没有长势地不见动静。就这样看睡莲，没正眼看荷，可是荷却是在水下拔节式地往上蓄力地长呢，当五月过去，当六月迈进，荷塘荷叶就开始变得浓密了，荷叶依旧浮在水面。再过十几天，亭亭的荷叶跃出水面，立在水天之间，散发着荷叶的清新，隐隐有郑谷笔下荷叶的柄柄香了。荷开始以它的风姿成为天地间的一大主角。漫长的生长过程，在寒冷中，在水下，在漫长的地上花开热闹的春里初夏里，荷要忍着寂寞前行，一点点生长，从根处向上，涉水而出，一点点丰厚，一点点妖娆起来。原来荷的美丽，也要经历那么漫长的蕴蓄。

　　当七月到来，当荷以无限的生命力蔓延整个荷塘；当荷叶亭亭，当荷花风情万种，当大人孩子迷恋地驻足在你的面前，沉醉而不能言；当蓝色的蜻蜓也挺立在你的茎叶上，荷已是主宰大地的一道七月的风景了。它经历了那么长的黑暗，终于迎来它的明媚鲜妍，袅娜地开，灿烂地盛放，花叶随风轻舞，鱼儿在荷叶下的水里穿梭，鸟儿偶也来鸣唱，荷美了七月的荷塘。

　　庭院前路边花坛里冒出了高高的狗尾巴草，擎着可爱的狗尾巴样的绿穗子，煞是可爱和好看，我知道那是它的花朵，在这个盛夏到来的时候，狗尾巴草也开出了美丽的花朵，到了它最可爱的时候，一株狗尾巴草的夏天也一样是美丽的。它也是从春长到现在，才有这夏日的动人可爱的狗尾巴花穗，和荷是一样的……

2020. 7. 29

野性的芦苇

在秋日的河水边，水中的小洲上，摇曳着一道别样的风景，那就是阳光下的一片芦苇。

带着野性与刚劲，挺拔而立，但又从心中呈现出富有你风骨的柔美，就这样融合成芦苇特有的美。在春的萌发里，在夏的舒展中你都是。

临水依依的芦苇啊，在透明的阳光里，闪动着，招展着，柔媚着的，自成风姿的，逊了柳，比过汀州上不远的白杨，赛过此时曾经春天里的花树，而成了水之汀上的秋日风情。

还有那隐约在水边亭立的，斑驳在柳树水草那边，而成了一种纤细高挺的绰约之美。

在那水边的高地边，在苍苍的蔓草旁，你随便一站立，一点缀，都是一种脱俗野性之美。

你曾在春的肆意生长里，在夏的风雨中任性地生长，没有娇细柔腻的呵护，你以一种天然的坦荡与粗豪前行，野蛮地秀美着。

就这样一路成长，你最终在秋日的阳光下呈现了你野性刚劲的风骨，一种耐看的风骨，点缀着几许天然而成的飘逸，让人一望而悟秋之劲美。

以为野性，以为粗线条，就以为没有细腻的风景，你却天然地从蛮荒的感觉里飘摇起一股独特的韵味，似乎又成了无论谁精雕细琢都难以效仿的秀美与坚韧的一体。

在芦苇的飘摇抑或静立里，我常常心旌荡漾，为之臣服。每个人都有自己独特的美丽，即使一株无人照管的芦苇，秋日里最终也显示了自成的一道耐看的风景，一种野性的秀美。

2020. 10. 15

最是杏知春

杏花总是在春来乍到微寒的空气里，用一树殷红的花骨朵，报告春天的来临。春天的风大，春天的雨多，总是担心看不到春来杏花的最清新美丽的模样，所以，春来一些时日后，总是想着去看杏花。

我所看的这杏花，是家附近临河边不远处的一处杏花，共有三棵枝干颇粗的杏树，错落散布，因为树冠大，树枝繁茂，形成一角的杏树林。黑黑的枝干，恰在冷寒的空气里很是醒目，不过，当几夜春风，几日春暖，杏树枝头就会冒出一片暗红的花苞，暗黑的枝干反而极好地点亮了花苞的美丽。最是令人喜欢。

开学已经两周，很是忙碌，终于又到周末。我挂记着那春日河边的杏花，丈夫告诉我说已花苞满枝。几天来没有下过雨，风刮过一阵子就刮过了，明日一定要去看杏花。沿着河沿，看过连翘还没有开成气势的淡淡的黄，掠过柳树整朵树般的清新的黄，就踏过流水哗哗下岩石的低低的石桥，到了杏花林。今年的春天天气比较冷，杏花开得晚些。杏树满树花苞，有的就要绽放开来，像星星一样点缀在枝头，形成了这一方特别的天际。古老的枝干，缀着新春的花苞，像极了岁月的故事，岁月里又一个春天的芳华。时候已是下午，花还不怎么开来的杏树林，微微已有黄昏的暗影，不过还是有赏花人驻足流连在你面前。

第二天，依旧去看杏花，知道杏花开放花期短促，再去看一春最新的杏花。上午的阳光明亮，天气也好，黄莺飞过岸这边的时候，我就已踏过石桥去看杏花了。杏花果然在一夜之间更美了，花苞更大了，星星更亮更繁多了，有的已经恰是盛开。来看杏花的人不少，老人孩子，还有青年，观望兴叹，流连树下。我踏着脚下青草野菜散发的清香，还有杏花微开树下的微苦之香，感受春的气息，春的味道，春的美丽。杏花太美，一对老人孩子禁不住折杏花两三枝而去。年年杏黄杏子熟了的季节，人们又爱吃这杏树上味道很美的杏子，折枝采摘，似乎这些痕迹在春天花开的日子里还有隐约的痕迹，不过，还好，这几棵巨大的杏树，花枝繁茂的杏树，就这样一年年奉送着它们春来杏花的美丽，夏末杏子的香甜，不过，我还是因爱杏花而希望杏树的安好，等到再过几日，杏花一夜春风里，开成熹微晨光里的一片白，花前更是流连赏花的人群了，有对着歌唱的，有树旁泼着油彩描画的，有在心中默默写着诗行的，春光中开得烂漫的杏花林前，又还是那样沉醉的一群人，沉醉在这片春日乍到杏花织就的流光溢彩里。

2021. 3. 14

是谁

是谁把不远处居民小区楼前的那条小径，打扮得如此芬芳美丽？新刷的淡蓝色的楼墙装饰，新修整的小区前后更加美观清新，这都不是最重的一笔，最重的一笔是那楼前小径上新开的高高低低缀满花朵的玉兰树，小路洁净，玉兰树干净美丽，粉红的花朵，金黄的花朵，一树树，在微澜不动的空气里，在蓝色洁净的天空下，生活小区的一条小径也美成了世外桃源。

是谁把一条大街的春意撩拨，让人心领神会？坐公交车，向窗外望去，冷寒的有阳光的空际里，开放的公园边上的两支红梅枝，煞是可爱，一枝是大红色，绽放的与含苞的花朵相映，一枝是粉红色，花开更多些。大红色与粉红红色相映，竟有如此心动的清新艳丽，仿佛冷风时拂的大街上的春天的信息就此传播开来，如此会心喜悦，如此让人心潮雀跃。

是谁把空旷的有点单调的校园一下子赋予了青春、诗意与浪漫？是那操场上课间操奔跑的人群？是喇叭里传来的激扬的乐曲？最重要的一笔，是那一旁的樱花树上悄悄开放的洁白花朵，校园的操场边大道上一排樱花树悄然萌动开出花苞，继而开始渐渐绽放，像一个美丽的节日，在孩子们老师们中间传送，去感知去感受校园樱花开的时候，校园洁白樱花花开烂漫时，校园的特别的诗韵青春与画意，校园就真的是有韵味的令人生发情愫与爱恋的校园了。

噢，是春天，是春天，是春天把一幅幅画框在你眼前……

2021. 4. 4

春天在风雨中向前

春天在一场风雨后，变得泼辣，似乎抖落了原来的娇羞。那边土坡上的丁香，在风雨后更肆意地泼洒着颜色，更灿然地开放。真是百般红紫斗芳菲。连翘泼辣辣黄着，紫荆上每条枝上缀满的小花就要齐刷刷绽放，连茅草也钻出嫩

| 71

叶，展出茅草可以吃的鲜嫩花芽，拔出来，剥开来，放到嘴里嚼，甜滋滋的。海棠满树花朵，开得疯狂。溪水流过石桥的声响更大了，因了昨天一场不小的雨，河水更满了。白杨抖落冬的枯槁的模样，而冒出满树的新绿。春天在风雨中向前。

2021.4.5

安静美丽的冬

冬季的清晨似乎多了份安静，没有风，树木留存在枝上最后的已黄已红的叶子，分外肃穆好看，仿佛心情也特别安静，尽管车窗外马路上车辆往来，似乎都不被影响，都轻松被窗外天地的阔大容纳，冬日有一种特别的魅力，让人内心有这样一份宁静，喊也喊不破的宁静。

到达学校，把车停好，到办公室，打水，整理自己的办公桌。然后下楼，走在安静的校园里，学生都在上早读，红色的塑胶跑道，一层红黄的樱花树的叶子落了参差一层，有一种特别的静谧和美。

让自己多一份坚强，多一份自律，勇敢面对冬，行进在冬，冬亦即春。

2021.11.22

落花之美

"一片飞花减却春，风飘万点正愁人"，虽用了"愁"字，春天的落花却也让人感觉出一种独特的美来。

几株河边古杏树，没赶上它花苞满树枝时，却也在杏花飘满地，枝上还残存几许时，对望它时也产生了一种特别的动人的美感。几棵古老的杏树，暗黑的树枝伸展，树下落花铺地，且一河边清扫人在树旁小径上开始把飘到道上的落花开始扫向近杏树的路边，又有另一种安谧和美好，似乎有某种淡淡的伤感，又有一种摄人心魄的静美。让我伫立良久，不忍离去。

北方已进入风雨不惊的四月，格外清明美丽。次第开放的花朵不断灿烂着这个时节。然后在温暖和风的调和下，绚烂至极之后，落花飘零，花瓣铺地。

先后开放的紫叶李如星星一样密密的花朵开始飘零，之后是极艳丽的美人梅的凋零，满树的依然灿烂和树下花瓣的飘零满地，形成了一种特别的美。玉兰花开至美人的模样，然后开始落幕，几许惨淡的美丽似乎格外令人怜惜和别有风情。有的玉兰树上盛开至极的花朵间，开始现出可爱的淡绿的还未伸展开来的叶子。依然很美。春天就是这样，开花落花都是生命的脚步，都是美不胜收。落花也有别样韵味。几许安静凄美，又几许飘逸浪漫。

海棠夹着绿叶满树的压枝欲低的花朵就要肆意开放来，极艳丽如海的花朵，和之后如雪般花朵的凋零，都是春日的美景……

2022. 4. 5

游泰山

山，高高低低的山；树，密密的错落的树；路，夹于山间弯弯的路……风景就出现了，不久，巍峨高大挺拔的泰山就出现在眼前，竟也看见了清新流淌的河流。

山水石上流，松涛、山草，吸吮夏之雨露，正在旺盛生长，山也显得润湿。

我们从中天门登泰山，越到高处，越觉清新湿润。只不过迈了几个台阶，大雨点便落下来。但山顶的召唤，并不能使人停步，我们买上雨伞，继续攀登，大雨越下越大，鼓起勇气攀登，不到山顶非英雄。一路上两次下大雨，攀登的路途又增添了雨的风景。凭着信念，还有山顶的召唤，我们穿过大雨的硝烟与激流，挺进十八盘的千万台阶，毅然决然地登上了南天门。我骄傲，我再一次登上了泰山极顶 1545 米处。

一路上山泉、山水时而哗啦作响，时而叮咚有声，在山林深处，从高处蜿蜒向下流淌。

眺望对面，覆盖松林的山谷，静静松谷带你进入平静的大自然中。

攀登到高处，置身山中，倾听大雨哗哗声，山水哗哗声，倾听小草雨中的欢畅，这便是自然。进入自然，感受回归自我，感受生命之美，感受身心的自由轻松。

泰山是中国文化名山。攀登的一路感觉到泰山充盈了浓浓的中国文化气息。沿路攀登，每过一段，每到一处，便有亭台庙宇，南天门，碧霞祠，体现了中国的建筑风格。大山之上到处是题字刻字，含义隽永，字体优美，是直观的活的传统文化教材。历代文人墨客手迹，皇帝大臣的足迹，五大夫松的传说，泰山串起了长长的历史与文化。泰山是文化名山，是文化的熏陶，历史的见证。

"苍雨霖"是对泰山瀑布题字，"教育之极，峻及天地""一览众山小"等题字闪现于山壁，以及碑刻记载，都成为风景，令人品味叹服，禁不住留影留念。

泰山是自然之山，也是文化之山，二者相得益彰，使泰山魅力无穷，蕴含更深，影响巨大。

1999. 7. 17

走近孔子

身为语文教师的我，今有机会去走近孔子，去曲阜的孔庙、孔府、孔林一游。

文化气息特别浓的要数孔庙了。"金声玉器"的确是恰好的比喻，孔子的思想确如优美燎原的乐章，值得去品味去欣赏。面对奎文阁，你自会惊叹古建筑的绝妙，面对一代代帝王留下的碑文，劲美的字体令你叹服。整个孔庙，不仅显示了孔子文化的高深，孔子的伟大，更显示了儒家思想，孔子思想在中国历史的源远流长。不仅封建社会的两千年，乃至今天，我们都是儒家的后代子孙。

我叹服于孔子思想的博大与深刻，整个孔庙的规模与建筑，代表了中国建筑与文化的很好结合。

我走近孔子，"杏坛讲学"仿佛若出其声，"书壁"令人敬仰，"孔井"仍有美妙声音。

置身于古树参天的孔庙院内，感受孔子思想的博大和深远影响，感受中国古老巧妙绝伦的建筑，感受充盈于其间的悠悠文化气息。骄傲自大的人来到此，会变得谦虚，会感到自身的渺小。折服于孔子其人，孔子思想，折服于这浓浓文化气息。

1999. 7. 18

南方的河

　　走过江南才知道，天地依旧，印象总多了一根拨动的琴弦的，与北方多了一种不一样的，增加了南方的妩媚与韵味的是那南方的河。

　　一个北方人到了江南，怦然心动的是南方的河，那滋润入心田的水。到了江南，感觉用不着急于去看什么古迹与名胜，只漫步穿过城市垂柳依傍的河水旁，让心灵在此释怀，在此感受江南，北方干燥耀眼的天空里走过来的一个心浮气躁的我，在南方的河流面前，我的心被征服。我不知道北方的大运河是什么样子，而到了南方苏州，大运河是一条并不宽阔，却蓄满深澈的水，任那满载货物的窄长的各种轮渡顺流而下。南方的河呀，你用无声的言语却"润物细无声"感染着一个来自北方过客。特别喜欢苏州大运河，愿意放弃旅游的原来计划，沿河走上很长很长的距离，用心灵在此感悟。是那湿润润的水气，是那京杭的远距离，是那隋唐以来的历史时间，是那生生不息的河上的无声流过的轮渡，让人心潮起伏，让人驻足留恋。而那两岸的今日的苏州人家，安然地在你身旁的大地上生活，此时涌上心头的是诸多的情愫，是轻松释怀的。

　　当然，能写意般展现江南的是那南京乌衣巷里的"秦淮人家"。好一条如诗似幻的秦淮河，倒映着白墙灰瓦的错落的秦淮人家的楼阁，站在桥头驻足红灯龙蟠的秦淮河，古人描写过琼楼玉宇的天上仙境，而此刻涌上心头的比那仙境还胜三分。朱自清的"桨声灯影里的秦淮河"多了些愁苦的旧时代风貌，而吴冠中的水墨画中的江南多了些纯自然的美感，而此刻秦淮河是人文化式的人间仙境。秦淮河掩映着临河沿的白墙青瓦，真是让人无以言表的现代城市里的一古典精华。华灯初上，秦淮河旁林立的摊点，美人在上的画扇轻纱直展，各有造型，那用苏杭丝绸做成的各种小饰品，还有那各种精美的小饰物，令人流连忘返。而桥上走过的人流，河上亮起的灯光，夜晚的秦淮河更令人陶醉，人在画中游，就是这时刻的感觉吧。

　　时不时会有一条河流穿过经过的南方城市，或如运河般自然流淌，或如秦淮河倒映着楼阁错落的沿河人家，使到南方的北方人少了一份疲倦，多了一份明丽，仿佛心神为之澄明，才知道，江南美在水！

2002. 7. 25

看海

　　一道高高的断崖，如刀削斧砍，坚硬的岩石层层曲折延伸突兀。之下是汹涌的大海，崖下海边露出一条细带般的岩滩，从而让人可以从崖下仰观断崖之雄伟，近感大海之澎湃。这便是长岛的九丈崖。而我更愿意说是九丈崖下的大海。山崖与大海辉映，巨礁伸向海里，大小的岩石撑出一带供人落脚之海岸，于高低曲折中观崖，于高低曲折中看海，像探险队般的行迹。从崖下走过，顿感陡峭险峻，崖下冷风渐起，海水汹涌动荡，冲向岸边的岩石，发出轰轰之响。此时，登礁石观海，背后是伟岸的山崖，前面是动荡的大海，大海的野性之美，壮阔之格，尽展眼前，撞击人的心灵，令人思潮涌动。"水何澹澹，山岛竦峙，树木丛生，百草丰茂，秋风萧瑟，洪波涌起"，虽是夏天，却同样感觉出那样雄浑的大海。

　　难道真的是美人鱼不忍离去走向大海的眼泪，每一块鹅卵石是那样以柔美的线条塑成不同的圆形，光滑细腻而美丽。连海岸线也是那样优美的弧形，确实就像半弯月亮，这就是长岛美丽的"半月湾"。月牙般的海岸，静止般柔情的海水，可坐在岸上静观，又可到海里沐浴，是自然与人共同创造的一处美丽的大海。

　　还在传说着那个流传千年的美丽传说，"望夫礁"，站在礁石上怀抱婴儿的那位女子，依然在深情地凝望那片大海，依然是那样温馨。眼前的这片海，人们在自然的基础上，将海岸稍加整理，形成了一道自然纯净又凶险的海。海水那样清澈，那么蓝莹莹，风过处，海水涌动，沿岸时有海水撞击岩石的奏鸣，仿佛又变成凶险的深不可测的大海。这就是"望夫礁"前的大海，自然之味，又无限温情。

　　长岛以不同的角度，呈现着海之美，海之魅力。有空，请你到长岛去看海。

2007. 7. 16

北京，我来了

再一次踏访北京，走在大树参天的大街上，感受这座城市的悠久和这座城市的生机，两旁高楼林立，或商务或家居，都市以它楼群的高耸海拔显示着它的威严。走在这样的街道上，但我并不感到压抑，而是古老与发展中，有着勃勃的生机，有着浓浓的生活味。那街头林立的大树，都是粗粗的树干，高耸的树梢，告诉我这城市的古老，告诉我一代代怎样走过，大树是见证，也得以留存。有了古树参天有了大树高耸的城市，就让人生出几分依恋，知道这城市即使再突飞猛进发展，它依然有着它的沉静和安然的一面，这就能让人喘息让人有风景可欣赏。

秋雨飘零起来，楼外的大树下，人影匆匆。有青年的学生，穿着未必奢侈却时尚耐看，有年老的老人，穿得朴素暖和。有的撑着伞，有的没撑伞。光线变得有点暗淡，但有点冷意和暗淡的光色的城市里，似乎生活就更多了份宁静和深味。喜欢高楼窗外的街道上的那些情景，汽车时有穿行，行人各自忙碌。生活正是现在进行时。

又一次踏访北京，去坐过高速运行的地铁，去感受那一样平常和忙碌的大都市的人们。去在夜晚华灯初上时，去那宾朋满座的人群熙攘的特色餐饮店，感受很会享受生活的都市人，自己也一同品尝一下那沸腾的涮锅里牛肉卷的特别的香，去那有点名气的烤鸭店，看那一刀刀精致切割的鸭肉、精致摆放的盘子，就也有点心满意足。去商场，感受繁忙与商业的发展，去广场，感受首都这全国的心脏。去那故宫西街上吃上个贵贵的老北京炸酱面又何妨。去公园，闻到了古松柏的清香。北京，不是梦，我又一次踏访。

这次踏访，由在北京上学已是大四的女儿做向导，青春在这里留下一路奋斗的征程，年少不轻狂，北京，在青年人的征程中也不再是幻想。想轻轻地告诉这世界，青春无处不在。青春，最好。青春不惧怕，惧怕也只是一时，青春永远是闯将。告诉这世界，我来了，不惊诧，不慌张，告诉这座城市，我来了，天底下有我，脚步正迈，无限力量，挥洒青春和汗水，用智慧与激情，也为这座古老而蓬勃的城市增添抹色彩与光亮。

2017. 10. 2

荷美微山湖

仿佛回到了山野，仿佛回到了记忆中的一个年代。那荒野般的河湾湖泊，那随处生长的芦苇，那一片一片的睡莲，最美的还有那无边的荷。一个在繁华都市忙碌得焦头烂额的现代人，看惯了不断被人工制造出来的一个个风景，在微山湖浩大的水面和无边的荷田面前，一切的人工雕琢的风景都显得汗颜，一个忙碌的现代人也在这片自然中回归自我，找到自我，是一次与大自然亲近的旅程。

"微山湖哎，卷起春潮，朵朵浪花在把英雄照，是谁又在弹响土琵琶，微山湖上哎静悄悄……"自然地在心中哼唱起这首歌，芦苇荡中当年的抗日小分队的故事，使微山湖有了特别的魅力与可爱之处，它给人以亢奋和温暖。而今，我来到了这个地方，依然是在把过去美好的故事传扬，依然是那似曾相识的湖泊，依然是那层层的芦苇，但现代的微山湖已焕发出了另一种特别的魅力，那就是它用无边的荷田，赋予了微山湖特别的美。

游艇载着我们在微山湖上穿行，游客可以在舒适的舱内木制长座上尽情而又惬意地观赏湖上的风光。时不时有一大片的荷田，这一片绿得浓一些，那一片绿得淡一些，郁郁葱葱是亭亭的连成一片的荷叶，这一片碧毯之上，是一朵朵粉红的荷花，随着荷叶的高低起伏而参差散布，有的灿然绽放，有的显现花苞之美，还有的花落之后而结成了莲蓬，但更多的是像一粒粒珍珠般散落在荷叶之上的花朵。你可以尽情观赏不同的荷花情态，你可以尽情拍摄荷田之景，你当然更多的是舒展开你的心胸，做一次深呼吸，是心情的释放，是心灵的陶醉，谁说西湖荷花美，怎能比得上微山湖上的荷田广，那是看不透的荷田，那是赏不完的风光，无边的开阔的湖面，除了中间船道，各处都分布着荷田，在这个北方八月初的季节，正是荷花开得最美时。如果你是一位爱荷花的女子，微山湖自然是你应该去观赏的风光，如果你是一位男子，也定然被微山湖这样的风景俘虏。什么时候能让我独驾一只小舟，去亲吻那每一片荷田。秀美而又开阔，英雄的故事传荡，形成了微山湖特有的风光。游艇会带你到小岛上赏那无边的芦苇，听那当年的故事，寻觅英雄的足迹，而荷田更是美了这里的风光。

2010. 8. 13

不到长城非好汉

"不到长城非好汉"，以前以为这只是一句伟人的话，激励人们到长城来看看。然而真正来到长城脚下，真正目睹了它的雄姿，真正爬一爬长城，就会真正涌起"不到长城非好汉"的感慨。长城以它的雄伟、蜿蜒、高大、险峻，屹立在我们面前。它使我们真正不自觉地就感受到那五千年的历史沧桑，历史的风云。它以它的高大、险峻与绵延挑战着每一个登攀者，登攀的艰难和登攀中登高望远时山河所显示的苍茫，都使得登长城富有了特别的魅力。想象中的单调和真正走到长城脚下的雄伟且丰富的感觉是完全不一样的。

大巴车开到居庸关脚下，我就被震撼了。绵延起伏的高山，绿色苍茫，河山的壮丽就在眼前，它滋润着你的心灵，它以雄伟与魅力收服你。在四围高山的环绕中"天下第一关"的匾额高挂在雄伟居庸关的阁楼建筑上，须仰视，才得见阁楼的整个高度，须仰视才见那绵延起伏的长城。开始登长城，才知登长城跟登山一样充满艰难险阻，虽宽阔，却也陡峭，一段平坦之后，就是极其陡峭的一段。登上一段之后，已是气喘吁吁，到烽火台上转一转，向四周瞭望一下。回首，长城已在脚下，向身后绵延开去；远望，山野苍茫，南有人烟密集的村落城市，北有向无穷远处延伸的铁轨，而长城拔地而起，成为难以逾越的屏障。是很好的屏障，是那样高大，今天尚需这样攀爬，那时岂不是最好的保家护国墙，人民的血汗堆积出这一伟大。然而时代已经发展到了今天，长城内外都是一家，长城已是一道风景，已是回顾历史的一个驿站。它已失去了屏障的作用，但以它的雄姿绵延于群山，绵延于大地，成为山河的佐证，历史的佐证。我们顺长城越登越高，我们的胜利感越来越强，远望群山起伏中绵延的古老长城，是一幅最有感染力的画面，应留下这一镜头。于是与长城一道留影，留下登攀者的风采，留下长城的雄伟绵长，留下与长城的会面。在"不到长城非好汉"的石碑处留影，留下自己汗水涔涔、豪迈登上长城的身影。在每一个垛口向四周瞭望，群山苍茫，长城绵延，山河无限美，祖国无限好，每一望都令人惊叹，都摄人心魄。

你应该去登登长城。

2011.6.20

平遥古城

仿佛穿过时光的隧道，我们来到了明清时期的一座城市——平遥。但是平遥这座古老的城市却完整地保留到今天。它以青灰色的面貌呈现着它的历史感。从南门迎熏门外遥看，城墙完整，参差的青砖砌成的门洞依然完整而厚重，总览整个小城，保存完整且独立于现代平遥的城外。这是一个奇迹，也是一个瑰宝。龟形的建筑设计，匠心独运，历经漫长的年代而保存到了今天，当然每个朝代都对之进行了加固，使之能得以在风风雨雨中完整保留到今天。

向古城走去，门洞下的石头缝隙间留下的深深的车辙，像化石一样把历史记录了下来，耳畔仿佛响起木头大轮子的马车进进出出吱呀有声的繁华与肃整，走过门洞，进去不远又是一座高墙，便于哨兵观察和城防，这中间的这一段车辙保存完整，成了小城历史的见证和缩影。古人已去，历史变迁，唯有留下一代代人车来人往的足迹，让人产生浓浓的历史感，感到岁月的无情，感到自身的渺小。

导游首先领我们登那古老而坚实的城墙，选择最佳的角度领略整座古城的风貌，古老的青砖砌成的屋角翘起屋山向一面倾斜，自古就是这样的山西民居的建筑，参差错落，最繁华的街道从城墙可整体观望，现在依然是这里众多商店和旅馆的游览和购物的主街道，建筑有的是保留下来的，有的是遵循原建筑新盖的，总之都是一样的风格，和谐一体。使人一下子仿佛回到远古，历史倒退千年，倒退百年，回到了那朝那代，忘却了自己，把自己放在了历史中，依然是隐隐的怅惘，一切都还在，而那些人呢，那些故事呢，只能留在了历史。人匆匆从历史走过，像一阵风，掠过，而此刻，我拥有这座小城，可以目睹它的沧桑，它的一切。且让我漫步在那繁华的商业街，去欣赏那一个个仿古的建筑，那一个个老字号的各类商铺，去欣赏那艳丽的漆器，去观那各类的木雕，去看那特色的服饰，去听那街道带有古韵的喧闹。夜晚去那街道感受夜景，夜宿那汉代建筑风格的客栈，仿佛做了一回古人。让人陷进深深的历史感觉里，让人恍惚忘却了那古城外的别样的天。第二天，沿街细细欣赏，进入小城深处细细看，去看那保存特别完整的当年的平遥县衙，去看一场县官的断案，别有一番味道与轻松。还要去有名的票号看看，再次体会当年晋商的富足，晋商曾创造的天下，晋商推动的金融。

仿佛隔断了与现代的联系，平遥古城带我们回归历史，回归历史上的那个时候的那个繁华富庶的小城，而小城外繁忙的汽车和人流，那小城外的开阔的天，又把我们带到现代，带到当前。历史已走过，历史走到了今天。

2012.8.19

最美黄山松

大巴车载着我们一路向南驶去，平坦开阔的高速公路上车辆不多，也因此途中特别放松平稳。行车越走越远，公路两边开始显现嫩绿色的成片的新一季刚刚长起的水稻，绿色中多了一份秀气。江南的风味开始显现。接着，远远现出耸起的山，山上云雾缭绕，可能是因为前几天刚下过雨，湿气较重，山顶水烟腾腾，随风飘曳，和满山的翠绿相映，成为最为亮丽的点缀，也成了此时山的特别的吸引力。心也仿佛被车窗外的这浓重的绿和飘绕在山际的云雾水汽滋润，一行的老师们禁不住举起相机，抓拍这在我们家乡难得一见的山的秀气山的云雾萦绕的容颜。一座接一座的是这样的翠绿的山，山脚之下是白墙青瓦的江南的人家，还是那样的古老而又熟悉，不变的是江南的特有的风韵，似是一幅山水画，流溢江南风味。

一行十三小时的行程，下榻黄山市的一个宾馆。第二天一早大巴车就载我们直奔目的地黄山，来揭开它的面纱，一睹它的风姿。很快就到了黄山脚下，巍巍黄山耸立在我们面前。大巴车在盘山公路上小心行驶，山的面貌也开始呈现。浓密的树木，时不时呈现粗壮的竹子，

还没进山就下起了小雨，山上水汽就更重了。大巴车一路开去，一路就时不时显现低处汩汩流动如河的山上流淌下的水。时不时闪现从高处顺山势汇聚成水流哗哗流淌的山泉，在静谧的大山里，我们首先听到的是它有生命力的弹唱，于是，山的灵性就开始点染，游山的兴致也开始点染。一进黄山，它就以它的巍峨与湿润荡涤我们的心胸。好了，到了检票口，打票之后接着进缆车等候室，一行四十多人，一起坐缆车到山的高处。因为雾气太重，从封闭式的缆车内的玻璃往外看，只是白茫茫一片，看不见黄山的面貌。只有等一会儿踏访它的时候再睹它的芳容了。导游说坐缆车下来之后，还要翻越不少的山头，行程不短的距离，让我们边走边感受黄山。

从缆车下来，走出室外立定脚跟之后，最先吸引我的是黄山的松树。两棵

高大挺拔的松树就立在石阶旁，再往前走，向高处一看，时不时就有高大的松树，成为黄山的一景。也最终成为震撼我心灵的黄山之最。黄山松就像约好似的，每一棵都是那样的精神与风格。笔直的树干，向一边为主自由伸展的枝叶，亭亭而又大气，敦厚而富有朝气，向一边伸展的枝叶仿佛是欢迎你的到来，又像是向着阳光争高直指。难怪导游说，不要问他迎客松在哪里，每一棵都是迎客松。我于是就被黄山的松树吸引了，它以它的独特的气质形象令人震撼，令人心生灵犀，大自然以它天然的雕饰，塑造了黄山松树特有的风骨。于是，我喜欢上了黄山松，每遇有特色的黄山松我都禁不住拍摄下来，仿佛是一场精神的约会和心灵的洗礼。往远处望，黄山松在如刀砍斧劈般的山崖上都有它们的踪迹，只要有一点生根的土壤，它就要把根深扎于岩石的罅隙中，顽强地生长为一棵树，一棵经受风雨也因而享受生活的向上的黄山之松。我惊叹于那崖石缝隙间一棵棵挺起的松树，有的虽还未高大，但只要给予时间，它就是那眼前到处皆是的高大青松一棵，黄山松就是这样生长起来，生就成它特有的秉性。到处是笔直高大，绿叶如盖的黄山松，它点染了黄山的神韵，黄山的风骨。一棵棵如盖的松树，就是一团团飘荡在黄山上的绿色云朵。在平坦处，在肥沃处，在贫瘠处，在险恶处，不论哪里，只要有扎根的地方，它就要生长为一棵大树。因此，黄山的山岩气势雄伟，时不时是陡峭的石阶，时不时是高大的山岩，有的突兀耸起，有的山脊如斧劈一样显现山的险要与巨大，而越是险峰，就总有黄山松的身影，因此，每一个登高望远的留影佳处总有松树的风姿，因而在黄山上留下的每一个照片都是与松树一道合成。

　　终于一行人到达迎客松所在处，这是一棵特别古老的松树，以它特定的位置，以它特有的造型，以它的浓郁，以它的敦厚，赢得了盛名。其实，黄山松周围好多棵大的松树，都是高大浓郁，树干挺直，以他们的朝气辉映着迎客松的苍老，成为山顶的风景的极致。正如岩石峭壁上所刻"风景如画"，真令人惊叹。

　　陡峭的石阶，高大的山岩，雄伟的山势，都是黄山的特点，而在这样的有气魄的大山之上的又有这样有风骨的松来点缀，黄山也因而赋予了特别的魅力。登山远眺，时有云雾缭绕山间。小雨不断下起来，我们一行人就行走在云雾之中，烟雾越来越大，向山外望去，我们就仿佛在大海边，是的，我们就在云海边，我们走在大山上，我们就在最险峰。荡胸生层云，黄山以它的神韵开拓着我们凡夫俗子的心胸。不敢向下看，太高太陡的山崖让你心惊胆战。下山时有山水轰鸣流淌，时有云雾山峰松树相映成美的风景，增添着它的秀美。山间草木繁茂，时有片片细长的野草覆地，时有不知名的山花开得烂漫。下山的路极其漫长而又陡峭。给了我们很大的挑战。

　　黄山给了我们很多，难忘黄山，它让我们叹为观止。它的雄伟，它的秀丽，它的美丽的松，是的，做一棵黄山松也许是我们一行每个人心中共同的收获。

2011. 7. 14

成长故事

秋千飞起来

秋千，长长的秋千绳如从天际甩下来，就是那样一个高耸的秋千架，在回忆里，便有了童话般的色彩。

秋千飞起来，从我的眼前，从北边的天飞到南边的天，高得让我害怕，抛得让我闭眼。

记得童年的记忆中，每逢清明村里便会架起一个大秋千，由青年劳力用很粗的树干，用很粗的绳子扎起来，然后在清明这一天，我们小孩子会装满了一个个蛋在口袋里，扭着、唱着、跑着到大街上玩耍，围在秋千边上。而此时，秋千被大人们团团围住了，有小青年，大姑娘，还有那三四十岁的两口子。他们互相争抢着秋千，带着欢乐的笑脸，有的把两个大姑娘推上去，两个便一边一个咯咯笑起来。然后，她们便一边一个站在秋千板上，对着面架起秋千绳，互相用力把秋千甩起来，人们也簇拥着使劲把她们送得老高。

记得那一次，大家把我爹、我娘拽到秋千旁，故意给他们俩一个机会。童年的我不懂事，又是个胆小鬼，母亲坐在秋千上，我爹对面站着，大伙便说着笑着把秋千送得老高，爹便用力，把秋千荡得老高。母亲坚持不害怕，可在旁边的我可吓坏了，在我童年那时的头脑里，我以为他们是故意使坏，我爹把秋千荡得老高，我便在秋千架外大哭起来。后来，人们把秋千拽住，母亲便赶紧来安慰我说不要紧。

小伙子们荡得最大胆，也最有力，甩得高高的，用尽力气。也有把男女青年推上去的。围住秋千的一张张笑脸，卸去了疲劳的节日里的笑脸。

于是，秋千飞起来，飞呀飞，飞到高处看不见。忽的，嗖嗖下来，吓直你的眼，揪住你的心，飞呀飞，秋千从这边的天飞到那边的天，荡来甩去有绳牵连。

小孩子，不要怕，秋千荡出欢乐呀！

1998.5.22

妈妈的手（和学生同步作文练习）

母亲今年 61 岁了，作为女儿的我不能常守在她身边，但最难忘记的是妈妈那双勤劳的手。

小时候，妈妈在村里的生产队里干活，特别是傍晚回家后，便不停地忙。家里常年养着两头肥猪，有时是一头老母猪围着一群小猪，院子里还有鸡鸭，还要用大锅烧火做一家人的饭。在我的记忆中，母亲收工回来，总是先用手抓把粮食撒在院子里，喂喂饿得咕咕直叫的鸡鸭，而后便开始忙着烧火做饭，把饭装上锅，锅底点着火，烧到差不多的时候，母亲经常一边往锅底填着柴火，一边去给猪和食，两肥猪撒着欢地跑出来，吃得呱呱直响。就是这样一双手，永不得空闲的一双手啊。母亲的勤劳能干便给童年的我留下了深深难忘的记忆。及至一家人吃完晚饭，父亲的酒也喝完，饭吃饱，母亲便又收拾好，把碗筷刷好，然后才舒了口气地坐到炕上休息。

渐渐懂事的我便经常帮妈妈洗洗碗筷。母亲从来不让我们做饭，她说上学的时候好好上学就行了，等长大了，做饭自然就会了。结果有一位勤劳妈妈的娇惯，至今我做饭的本领也不是很高。

后来大包干，土地承包到每户，我家有不少地，种棉花、种麦子、收玉米，父母都是忙碌着，妈妈是干活的好手，在我的记忆中锄地、摘棉花我干一趟，妈妈已干了两趟，转过来又追上我了。在我心目中，妈妈的能干是没有谁能跟她相比的。

记得上小学三年级的时候，那是一个很冷的冬天，我冒着寒风背着书包回到家，小手直冻得很难受，我便让妈妈给我攥攥暖和暖和。"呀，好痛呀！"一股暖流涌到手中的同时，是一双很硬的像松树皮般粗糙的手，扎得我疼。母亲的双手，长满老茧，劳作使它变得坚硬粗糙，我从此不敢让她攥我的手。

现在我已有自己的家，母亲有时也会来住几天，来到之后，也总是不闲着，帮洗洗扫扫，家具、厨房总是在她手下现出光彩来。

母亲的手抚育了我，抚育了我的兄姊们，我永远难忘母亲的那双勤劳的温暖的手，我深爱我的母亲！

1999. 10. 2

峥嵘岁月（和学生同步作文练习）

情有独钟的运动当属跑步，不仅因为自己爱跑步，更是因为那伴随着跑步生活的峥嵘岁月。

我的身体并不强壮，也并不能归于运动类型，但我依然光荣参加过两次越野比赛，并拿到了相当不错的名次。与其说是挑战长跑，不如说那是我不断挑战自我所获得的快乐果实。

那一年我参加高考，要参加高考就如战马被拉到了赛场，所有的神经都绷紧了，所有的解数拿出来，除了奋战，还有那头顶上的压力，我知道我必须沉着应战。感谢那时我们前后桌几个人形成的美好习惯，我们会在每天的下午课外活动及下午第四节自由活动的时间，出去跑一圈。路线经过探寻，最后确定，那个高中在城郊，我们有幸欣享田野的麦青桃红，呼吸那清新的空气和感受那飘荡清凉的风，我们是一群战斗的野马，我们是一群不言输的挑战的赛马，战斗虽然紧张，在争分夺秒地学习。写完我那经常提笔写的日记，而在这间隙，我们依然拿出这个每天属于我们的快乐时间去潇洒地跑步，跑步，跑步，无论春夏秋冬，我们不仅欣享春天桃花的盛开，我们也会在冬日跑出夏的火热，因为记忆中那一段永远是值得骄傲的，永远搏击的峥嵘岁月。就那样每天坚持，跑步带来的是高压之下荡漾的青春活力，是快乐轻松，是对自己更好投入战斗的准备。我真的好感谢那段生活，那些战斗岁月中有跑步陪伴的日子，就是那样的日积月累，把我一个看起来柔弱的女子铸就成了赛场上的运动员，也把我锻炼成了一位经得住考场考验、人生考验的赛马。

即使到大学，这一习惯我也一直保持着，那时快乐也许会多些，而跑步更是那骄傲青春身影的写照。星期天不会睡懒觉的，我会和我的舍友一起跑步到学校门口大街远远的桥那头，桥那头，留下挥动雀跃的我们的身影。

到现在我还是热爱跑步，那浑身的舒展与轻松，尽管少了些年轻的矫健，多了些岁月积累的身体的臃肿，但跑起来，活力也随之来了，抖落满身工作生活的疲惫。

再见了那流金的跑步岁月，我依然行进在生活中。

2002.3.20

远去的二十岁的蝴蝶

那靓丽的浪漫的二十岁的蝴蝶，你什么时候悄悄远去了，二十岁的花蝴蝶有多么美丽，多么颤巍巍的动人啊……

雪后的大学校园是一个童话般的世界，还记得吗……三五一群的花蝴蝶在飘舞的雪中嬉戏与欢畅，如苍茫雪宇下一条亮丽流淌的小溪。那天宇之下美丽的花蝴蝶啊。

小雨中，春雨蒙蒙中，独享那份遐想，青春的翅翼的梦，在雨中会飞得更远。

那时，总会提笔流淌，充溢着那么多崭新的生活，那么多晶莹剔透的灵感。

红红的心中蓝蓝的天，那时的你多么纯多么真。商店橱窗里的一只玩具小狗，也曾久久让你驻足流连。

顶端扎一个小小马尾，前面的头发都拢上去，其余的整齐梳下来，成为那样一个学生头，那是你最真最美的形象。

但却怎么忽然变得隔夜不眠……你期望想象中遥远的风景，没有的似乎都是美丽的。崭崭新新的二十岁的生命中开始奔涌起生命成长的悸动。你期冀的到底是什么？那个最最美丽的遥远究竟到来了没有？

略带伤感的透明的靓丽的二十岁的蝴蝶，颤巍巍的翅翼带走的是最最美丽呢——你知道吗？

1995. 12. 18

水做的女孩

还是很小的时候，孩子们就给男孩女孩凑对儿，那时候，你一边骂着那些给你胡乱信口凑对儿的同学们的无礼，而心中却对那个同学们口中的男孩并不讨厌。也曾有意无意间穿上那件印有小红苹果的连衣裙在他面前走过，不能算是展现，也应是希望他注意到自己的美丽。

后来上初中时，你一面给你女同桌讲述那如同两条纸船的不会久长的男女同学间的好感，却对那个帅气却爽快干脆性格的邻桌男生并不讨厌。喜欢听他那响亮活泼的声音，讲讲他自己同他后妈之间的摩擦与"斗争"，对他说着他的不对，叮嘱着要他努力，真心地评价着他的聪明，甚至希望他能与自己都上同一所高中，这种念头并不是没有出现过。甚至对他大眼睛的邻桌女同学，也同样经常与他搭话的女生，表示过反感。甚至一直到男生最后还是没有考进高中，你觉得是多么遗憾。

再后来，到高中，你遇到了心目中完美的"白马王子"，他的圆润的歌喉，他的成熟与冷静，他的时而洋溢的文笔，都是那样富有魅力。他当班长，你也是班干部。从那些时日起，你明白了什么叫心跳加快，那种感觉令你矛盾和烦恼。你告诫着自己不能如此，故意在背后说着这位男生的坏话，故意在他面前不屑一顾，目不斜视，却有意无意间喜欢回头很快地瞥他一眼。甚至当那烦躁的高三生活里，你也不止一次地甚至希望收到他写给你的一封温情的书信。你知道是荒唐的，但感觉又是真实的。以至于毕业时，你看到他与另外两三名男女同学的合影时，你是多么地气愤，因为照片中没有你。以致于你看到他送给一个女同学的一点小礼物时，你感到绝望般遗憾。你知道，他心中无你，你只是一个有着多余幻想的女生。

到大学时，你收到一个男孩很厚很厚的诗信，你也同他谈过许多许多话，但你总觉与心中的"王子"相差遥远。也许就是那"白马王子"的形象还有对未来的幻想，你始终不曾生活在现实里……你与真正的恋情擦肩而过。

岁月无情地揭开了你美丽的青春面纱，你喜欢开始面对现实，终于成了别人的新娘。

当走进婚姻生活近十年的你，你依然是一个充满柔情的美丽女人，珍爱家庭的幸福，也不期而遇过昔日的朋友。

有许多感觉你无法抗拒，因为你是一个水做的女孩。

2004. 5. 2

卖水果的妇女

下班经过那个拐角处，总能见到那个卖水果的妇女，小平车上放有一个如筐般的大篮子，篮子里总是满满的水果，水果随着季节时令的变化而变换，有时是水灵的葡萄，有时是翠绿的桃子，有时是金黄的柿子，这几天是应季时尚水果黄色的小橘子，她卖的水果还是蛮好的。她总是很平静地站在那儿，见人来到她的水果车前，她就随意地问一声："买点水果？"近乎每次都这样。

她扎着一个搭在后面的很长的独辫，粗粗的，也不见得光滑。身着一件很朴素的粗糙布料开着西服领的灰青褂子。特别是那张脸，黝黑，如钢铸，黝黑得耀眼。街角有着过往的繁忙行人，而阳光却每天朗照，风起的尘土时而也会吹向她，在尘土与太阳的熏照下，她的脸就固定为了同土地般一样的铜色，使我想起名画家笔下的《父亲》。她的脸色同她一身的衣服一个颜色，风尘仆仆浑然一体，仿佛在那鲜灵的水果的映衬下，越发与这黝黑的肤色与一体。

但就是这个颜色，常常摄我心魄，常常也让我因而去买她的水果，甚至与她搭话，我常常路过时看见她平静的神态，望那黝黑的脸色，心里默念着：这就是生活。

2004. 10. 12

丑石

随着年龄的增长，随着对自己的认识，我常常想起贾平凹笔下的丑石。那块长得极丑陋的石头，放到哪里似乎都派不上用场，平凡得不能再平凡。我常想，我也是一块顽石，一块丑石，没有什么大的本领和才能，从没有感到过一次轻轻松松的胜利。我想起我的高考，刻苦努力，终于考上了。不过，太平常了，考取了一所很普通的师范专科学校。不会恋爱，毕业两年后匆匆结婚。婚姻生活里也时有争闹，有时我会显得无助而自卑。不过，我们的婚姻已经历了十年风雨，现在平静多了，丈夫说我现在应是一个幸福的女人。我也在无助中学会了坚定。我常想，就让我做块丑石吧，那块人人可以嫌弃的丑石，她不奢望丑到极处便是美到极处，她只想，丑石总有它的最终用途。当然，有时她也幻想有陨石的不平常，如贾平凹笔下的那块顽石，原来它有不平常的一面，我也力图创造出自己的不平常，因此，生活愈是摧折，我反而愈是坚定，想耕耘属于丑石的美。

因此，生活中的失败，我常对自己说这是很正常的，如果偶有小小的胜利，那也算是侥幸，丑石想改变任何一点都是艰难的。

可喜的是那块丑石，从来不在乎别人说些什么，它在默不作声里，它认识自己。但愿我也是这样一块认识自己，且能发出光彩的丑石。作家笔下的丑石

92

最终被人认识，我不敢奢求那样的光彩，但我也奢望自己这颗顽石，几经雕琢而能发出一点点光与亮，哪怕是极微弱的。

2005. 6. 4

我是怎么长大的

　　我是一个地道的农家孩子，成长与泥土有着不可分割的联系。记忆特别深的是割草的情景。家里院子里养着猪，养着兔子。然后我和伙伴三五个就到地里去割草。春天时，嫩嫩的青草，美美放在篮子里，用不着割太多就回家。有时，我和好朋友会专割一种叫"窝窝头"的草，薄薄圆圆的叶儿，是兔子最爱吃的。这种草样子也特别好看，像一把把小伞，我和伙伴就比赛谁用这种草把篮子第一层打扮栽插得最漂亮。春天时，一种叫"萎萎菜"的草，用来做青头，做成野菜小豆腐吃，那确实是很美味的，母亲爱吃，我也很爱吃。再过阵子，芸树菜用水焯了攥净水调了吃，也是很美味的。

　　除了割草，我们会玩各种游戏。在地上玩拾石子，一次捡"三"，逐渐加到一次捡"四"，再到"五"。一大捧石子，往地上一撒，看谁赢得的石子多，谁就为胜者。一颗石子扔上去，然后用扔石子的手去一次抓取地上的"三"个石子，还不能动着其他的，规则是很严格的。为了玩石子，为了赢，手抓得很痛，但那是童年地上玩的一种很重要的游戏。还有在地上画格子，跳"房"踢毽子比赛，看谁按规定的格将布毽子按规则完成一次，谁就计分一次，最终看谁胜的次数多，各种玩法。有时是纯踢毽子比赛，分组比赛；有时是纯跳绳比赛。我都是那时的高手。直玩到太阳下了山，母亲到街上喊了，我们才各自回家。

　　小时候我会爬树，能爬得高那是英雄之举，因此，常常脱了鞋练习爬，练习爬得高的胆量。摘榆钱吃，是小时候每到春天就盼望的，大人小孩都爱吃，孩子们看哪棵树榆钱好，就上哪一棵，爬上树枝上去，把那沉甸甸油汪汪的榆钱枝子咔嚓一掰，向底下的伙伴一吆喝"接住"，胜利的果实就到了手里，同伴就拿好。总要掐上一把，或一小抱。下了树来和同伴把刚才的带榆钱的枝子分开，各人吃去。吃着甜滋滋的榆钱，那真是孩子们春天饭余的美味。但那时不是没得吃，而是那时流行吃榆钱。记得有一次，为了摘榆钱而去爬树，但毕竟是个女孩子，本并没有多大胆，结果一不小心踩到了一个枯枝上，枝子断了，一只脚踩空，亏搂得树干紧，但还是给吓着了，当天晚上就不舒服，第二天早晨就不能去上学。母亲叫了我叫她"姥姥"的老太婆来给我安抚了一番，立刻便好起来，高兴地背着书包上学去了。

傍晚，母亲从队里干活回来，父亲从队里的养貂场回来，哥哥、姐姐、妹妹，一家人就围坐在一起吃晚饭，晚饭前总要把圈里的猪喂好，肥猪哐哐吃着槽子里的食，还是那样清晰记得。之后，全家人围坐在一起吃晚饭，当然无一例外是母亲做饭。是吃玉米饼子，炒点大白菜，偶尔有点细面饼子，母亲总是把细面饼子先递给父亲，父亲掰一块留给自己吃，然后再分给我和妹妹各一块，妹妹总要再三比较挑一块大些的，而我总习惯了让她先挑。因为挑拣饭食，我吃了细面饼子不再吃粗面饼子，小时候是很瘦的。不过有一次，那细面饼子真让我吃饱了，那是一个冬天，父亲是男劳力，给队里晚上加班拔棉花柴，队里有特别奖励，那就是两个细面饼子。父亲晚上拿了回来，分给我和妹妹吃，父亲给了我俩每人一大块，满可以吃饱，那可是特别香的一次。

我们小伙伴也会三五一群在一起玩，玩过家家，玩捉迷藏，有时排起队来唱歌，母亲会几首歌，《一条大河》《东方红》等，都教会了我和妹妹，我和妹妹便再去教给大家，那学得还挺认真的，这使我和妹妹在伙伴中大长了威信，近乎成了头领。

奶奶很会讲故事，什么"妈妈不回来，千万别开门"，什么"狐狸精"，奶奶嘴里的故事特别逼真传神，我们没事就到大娘家去找奶奶，缠着让她讲故事，奶奶有讲不完的故事。

我是怎么长大的？我有时问自己，就不由地想起那养育我的家乡，想起家乡泥土上的童年的足印，涌上对泥土和家乡的无限深情。

2006. 3. 19

良师（和学生同步作文练习）

有那么一位老师，幼稚的我们还没有来得及问问她叫什么，她就从我们身边远去了，只知她姓周，我们都叫她周老师，她的全名我们不知道。记忆中，她总是很亲切的，总是面带微笑。她教我们英语，是位可爱、善良、渊博的老师。

记得那是刚上初一，刚学外语，崭崭新新的语言，是您用圆润、熟练的清晰的读音，领我们走进"a、b、c"的领域。人说外语难，可上您的每一节课，每本课本，我都似乎在不知不觉中走过，贪婪地如痴般享受般飘过去了。我总是最爱在书包里装上英语书，早晨早早起来朗读，连星期天都不放过。大家的英语成绩都很好，而我经常是考第一，越是这样，越是在不知不觉中喜欢上了这位老师，并且当上了您的课代表。

或辫起个长辫，或披散开，一头细而长的秀发，柔顺中人工地弯了弯，给人一种秀美的感觉，给那张亲切的脸做了一个极美的映衬。

那时我上的是全镇重点中学，由于学生基础也好些的缘故吧，在我的记忆中，周老师没有生气、发火的脸孔，有的是一张笑容可掬的笑脸，亲切的脸，雕于记忆中，虽渐已模糊，而神采焕然。

她爱我们，不仅是那张脸上和善的微笑，还有那双温暖纤细的手。尽管你不是我们的班主任，却给了我们大姐般母亲般的关怀。同学中谁病了，你把你的药拿来。那时同学们都离家较远，住集体宿舍，冬天冷，条件差，很多同学的手、脚都生了冻疮。记得一个男生，脚冻得肿得很高，是周老师把他叫到她的宿舍里，帮他洗、烫，乐呵呵开朗的脸上从没现出嫌弃的意味，高高的、学习还较差的这位男生哭了，记得在他的作文里，有那么多次就记得这件事，感动了每一个同学。

后来，听说您要远走他乡，那时也没有问问老师为什么走，后来长大了，才知道老师是出嫁调走远乡。唉，好糊涂呀，为什么没有问老师留下地址，好傻呀，那个天真的小女孩。这是我至今的一份遗憾。

记得她将离去的那几天，我也不知为什么，像失落了什么似的，常常在教室门前的树下难过，不说话。记得那么一天，她走到树下的我的面前，拍拍我的肩，轻轻说："难过什么，谁教都一样嘛，好好学呀！"我使劲点点头，泪差一点落下来。

相隔十几年来，那温暖亲切的笑脸，那轻轻的话语，一直在我身边回响，令我思念，却又无处追寻。

我的思念，我的祝福，久久于我心中默念，祝福老师一生幸福平安。

1998.5.20

我的哥哥

哥哥在我们兄姊四人中排行老大，他之下是我们姊妹仨。因为是老大，因而担了更多的负担，更多的责任，因而为我们家付出得更多。

大哥，是那个一米六六多的个头的大哥，虽不高大，却周正帅气，那份八十年代大学生的浪漫与才气，那份纯真与秀气，那个能弹吉他，能长跑，能在台上领唱的大哥。

是那个大学放假回来给妈妈唱《北国之春》，妈妈边听边流泪的那个人，是工作后还想着家里麦收和秋收的那个人，是那个把舍不得花的工资的一大笔大方地寄给我，是我在艰难的家境下艰苦求学生涯中，给予我太多的人。

大哥，那个在父亲住院时，跑上跑下，把皮鞋鞋跟都磨平了的那个人；是那个父亲走后一直痛着的那个人；是那个一直善待母亲，一家三口一直跟母亲一起生活的那个人。

如今，我的哥哥，年龄已是四十六七，依然会像个活跃的青年，每天早晨长距离在公园跑步，还是踢毽子的高手。是那个里里外外、上上下下都要照顾周全，大爷大娘姑姨都要去看望的人，是我每次回家投奔而去的那个人。

2008. 3. 9

姐姐

姐姐是印象中童年记忆里背着妹妹走在我前面的那个人，总是想方设法哄妹妹下来走一会儿以便她能歇一会儿的那个人，是听到让她上学，高兴地一路快跑地把妹妹放到树下手足舞蹈的那个人。

是上学时，总是手上沾满墨水的那个人，是手上总起"倒立刺"的那个人，是母亲边吃饭边敲着桌子对她讲四边形周长的那个人。

但姐姐后来毕竟长大了。她十五岁就成了一名师范生，就端上了"铁饭碗"，她那胖嘟嘟的脸就越发白净了，就越发漂亮了，她短短的青年头配上这样一张脸，就更青春了，那是记忆中姐姐的青春写照。在校排球队的个头不高的她，因运动更添了一份风采。

再后来，姐姐是那个拿了同学照片，让我评判一下英俊不英俊的那个人，虽然我一点也没用褒义词，但那个照片上的人几经周折还是成了我姐夫。

后来，姐姐是为我用她的工资给我和妹妹各织了一件毛衣的那个人，我满心欢喜，穿了一年又一年。

姐姐是父亲生病时，不停从学校回家的那个人；是父亲生病住院时，自己在家撑起整个家的里里外外的那个人；是父亲去世后，能像男人那样扶犁耕地的那个人。

再后来，姐姐是帮我评判我相处的那个大男孩的那个人，他最终因为有了姐姐的评判因而成了我的丈夫。

再后来，姐姐是我婚后和丈夫偶有吵闹，电话那头听我倾诉，给我安慰的那个人。

这就是姐姐，无以言表，我的亲姐姐。

2006.3.20

我的妹妹

我上有哥哥、姐姐，下有妹妹。就是因为是妹妹，记忆中我才在扫院子分工时让她先挑，在父亲给我们两人的两块细面饼子中先挑。不只我这样对她，她是老小，老小自有三分娇。

妹妹从小很灵气，歌儿唱得好，猜谜语最快，人长得白净灵气。小学时学习成绩一直名列前茅，上初中时是免试保送的。在六一儿童节上，或是跳舞，或是独唱，她都担当过，令一上台就老紧张的我感到很佩服。

也许正因为老小，自己也骄纵了自己，上初中时也曾学习不够认真，多亏后来大姐毕业去了妹妹所在中学任教，几番训斥，还是把妹妹的成绩给扭了上来。妹妹顺利考上了高中。

上高中时，妹妹出落得更漂亮了，留着个齐刘海的学生头，瘦瘦的，很富有朝气，衣服也整齐适当。她依然很活跃，依然会在活动中脱颖而出，合唱是领唱，有时是独唱。

也许是对生活压力从小感受不多，也因而学习上就不够吃苦，从小天真地挂在嘴边的一句话是："他们学习好，我就不用学了。"而我始终却不这样认为，我认为他们谁也代替不了我，我需要认真学习。后来哥哥姐姐先后考上了大学，我认为我更要刻苦学习，我也要像他们一样。

上初中时那时生活渐好，我的大伯家买了彩电，和妹妹一般大的我大伯家的一个妹妹，她们俩一块上学，放学也一块凑在一起看电视，形成了这一闲趣，两个妹妹成绩都不算太好。上了高中后，虽住校，玩心还是不小，学习劲头总觉差点儿，我为此曾经给她写过长信，信中苦口婆心，不过也没见有多大效应。

不幸的是妹妹上高二那年父亲病故，对于当时最小的妹妹来说，也是极大的打击。她的成绩没能很好提高上去，而高考的竞争是残酷的，妹妹没能考上大学。妹妹自己选择了去打工，当工人。不过幸运的是，妹妹在哥哥的帮助下，转成正式国家工人，并在哥哥的帮助下买了一套房子，找到了称心的男朋友，婚后生了一个女儿，我这外甥女聪明白净，妹妹家日子也过得蛮幸福。

每到教师节、中秋节、春节等大节日，都会收到妹妹的手机短信，她总用最美丽的转载流行的语言，给予我祝福，我有时也不很快回短信，她也不计较。依旧是看起来头脑简单，快乐开朗的性格。

2008.4.20

怀念我的老师陈炳熙先生

从报纸上知道陈炳熙先生去世的消息，无比惊愕，无比悲哀。大学校园一届届学子，老师对于像我这样一名普通的学生或许并没有印象，但在学生的心目中，我对老师陈炳熙先生的印象却是那样分明，永远是温文儒雅博学的学者，永远是谦恭可亲的面容，永远是学生心中丰碑般的教授。

还记得你教我们古代文学中的《诗经》部分，"氓之蚩蚩，抱布贸丝。匪来贸丝，来即我谋。送子涉淇，至于顿丘。匪我愆期，子无良媒。将子无怒，秋以为期……"耳边又想起那从陈教授心底滋润回味之后而生发出的读诗声，那有点陌生和距离感的《诗经》，在老师比歌还要美妙的轻声朗读中，我们走进了一首首"诗经"，勾勒想象出那古老歌谣中的爱情悲欢。还有那"与子偕仇"的战斗的友谊，还有那"七月流火，九月授衣。春日载阳，有鸣仓庚。女执懿筐，遵彼微行，爰求柔桑"的劳动人民的辛勤生活。《诗经》在陈老师如歌般的诵读中，仕陈老师细腻的讲解下，我们破译了那一首首古老的歌谣，听懂了那回环复沓中重章叠句的节奏，我们在老师的引领下沉浸在了《诗经》中，并深深地埋下了一份对《诗经》永久的喜爱与钟情。

时光在流逝，一晃已是十五个年头，这中间无从有再次得见老师的机会，但一位亲切儒雅博学的长者般的老师，却从没有因记忆因时间而减退。

您还教授过我们清代小说《红楼梦》，领我们历数曹雪芹的身世，《红楼梦》的人物，细数并有味地分析它的艺术成就。您不止一次地能把一大段精彩的原文还是用那温文尔雅的温厚的声音，背给我们听。谈到心理描写，您背起了林黛玉因一方手帕而引起的万般思绪，"这黛玉体贴出绢子的意思来，不觉神痴心醉，想到：'宝玉能领会我这一番苦意，又令我可喜。我这番苦意，不知将来可能如意不能，又令我可悲。要不是这个意思，忽然好好的送两块帕子来，竟又令我可笑了。再想到私相传递，又觉可惧。他既如此，我却每每烦恼伤心，反觉可愧。'"老师细腻的讲解加上即席这样的长段背诵，是那样和谐一体，那样精彩。大阶梯教室内哗哗响起的是我们发自内心的敬佩的掌声。谈到个性化的言行及细节描写，老师给我们背了一段，"回身才要走，只见黛玉蹬着门槛子，嘴里咬着绢子笑呢。宝钗道：'你又禁不得风吹，怎么又站在那风口里？'黛玉笑道：'何曾不是在房里来着。只因听见天上一声叫，出来瞧了瞧，原来是个呆雁。'宝钗道：'呆雁在哪里呢？我也瞧瞧。'黛玉道：'我才出来，他就"忒儿"一声飞了。'口里说着将手里的绢子一甩，向宝玉脸上甩来，宝玉不知，正打在眼上，'嗳哟'了一声。"先前自己读《红楼梦》，也就读个大概吧，哪有如此细致。听了老师的几处精彩的背诵，我深深感受到了它的艺术魅力，禁不住再读《红楼梦》。时至今日，我也读不到陈老师的那种境界，但文学艺术的魅力，却由此深深地印在心底，成为一种永久的影响。

陈老师也曾经跟我们谈起他在"文革"时的遭遇，隐约记得说是让他去烧锅炉，不过烧锅炉也没有阻止了他的学习，他说，那时他边烧锅炉，边背《史记》，结果，把一部《史记》背下来了。他说，回想起来，他说他应该感谢那段时光，正是因为那段时光阅读的沉淀，使老师学识又有质的飞跃与进步。我们也从而知道了他的刻苦好学，我们也从而知道了陈教授那满腹经纶是如何练就的，我们也领悟了什么叫"厚积薄发"。

当时常听同学说陈老师很早就有很多诗文在大型报刊刊登发表，好像也有大部头的著作，但亲见的并不多。

我也是陈老师的一个很普通的学生，很难也没有刻意想去拜访老师。但老师的学识确是我们心中最高的山峰，并且是散发着文化底蕴与文学魅力的，恒久给我们以影响与牵引的如源泉般渗透在我一个学中文专业的人的心灵深处。

从报上读了陆万胜老师《我的思念》一文，惊知陈老师去世的消息，虽然说时光无情，谁也无法与自然规律抗争，但我还是禁不住要哭出来般，在心底涌起对老师的无限怀念。以此作为一个最普通学生对老师的深切纪念。

2007. 9. 2

我的小传（和学生同步作文练习）

因名字里含一个"兰"字，所以也喜欢上兰，喜欢兰的雅致，喜欢兰的高洁，喜欢郑板桥的那首写兰的诗篇："身在千山顶上头，突岩深缝妙香稠。非无脚下浮云闹，来不相知去不留。"喜欢诗中兰的那份馨香、恬淡和几分清高。

上学时一直是很认真的那种，也曾在初中时连考过几次班级第一，自己不觉有什么特别，却已令同学刮目相看，今日回想，也不觉自己有多聪明，只是也不算很笨，加上一贯的认真而已。

高中顺利考上，在那时一个班仅能考上几人的比例中，也算成功闯过一关。于是就傻傻地有了上大学的梦。可是当自己一张一弛地按着自然的节奏行进在生活中，一天路过高三黑压压的书桌上一道道书墙的教室时，一种凝重的气氛撞击了我，使我忽觉沉重，一股重压袭击了我：我，一个选择了文科的高中生，距离高考的水准我还差多少？答案那时很肯定，差很多。需要把每科的六七本书理了再理，熟了再熟，还需要灵活变通，表达条理，陈述美妙，而高考的作文总是拔高式地难。我轻飘的心开始下沉，知道要钻入书中昏天黑地地背与练，那才是一名高中生的生活节奏。于是，我的步子变得更加坚定，学习更加踏实。

初中任学习委员，高中被推为班里的团支书，团支书的大小事务不少，单就那经常要更换评比的黑板报就需要我来负责，我要带领着班级的两名调皮画家，调动着他们的积极性来创办，我也要积极搜寻稿件来充实板报的内容。在班级的重大活动时，班主任总是那句"团支书先上"，我也就义无反顾。曾经也为团支书的这些杂事烦恼，不过后来还是战胜了自己，学会了从容驾驭。

选择的是文科，喜欢语文和英语，也喜欢坚持写写日记，偶尔也来点小创作，缝隙里的时间也会挤出来读点杂书报刊。自己的作文也就时有被表扬到的时候。

上师专时，选择了中文，充满了学习的乐趣，上课投入，读写不辍，也曾遇到爱情，可惜擦肩而过。

后来是教书，一直到现在，踽踽独行，执着探求，再苦再累也不喊，只为为了提高自己、服务学生，想来一路有好多新奇的现在想来有点幼稚的创意，不过也不曾后悔过。一教就是近三十年了。家庭还好，丈夫调皮，女儿聪明。

喜欢写点随笔，坚持写写日记，记录生活，也破除烦恼。闲暇喜欢读书，常被书中语句感染，遇到不同年龄段的书籍"情人"，常常不能自拔，反复把味，用笔记录一下读之所感，方才作罢。

教书也算有乐，教法不算新奇，从不敢懈怠，似乎也未曾出类拔萃。为人耿直，遇到相知者也偶有欢笑和几分幽默，更未曾做官，不过，倒也无官一身轻，乐逍遥于我班主任带班的忙碌和教课的激情挥洒中。

2019.11.21

夏日蝉声

研究生班教室内讲师激情不减地讲着她研读梳理后呈现的语文教学史上的种种事情，把历史讲得像故事一般。我坐在位置上，安静地倾听，有时入迷，有时也从讲师的讲解中走出来，眼睛就瞟向窗外，窗外的楼后的树木在雨洗过后，在今日阳光的照耀下透亮般呈现着它的浅绿，错落的是弄得如墨般的深绿，在阳光的略带柔和的照耀下，呈现着夏日光与色的美妙。蝉声，耳边传来了蝉声，仿佛因为无意而错过了，而忽略了般，忙碌嘈杂的城市让我们似乎忘记了蝉声，而此刻，蝉声齐齐响着，打着夏日的节奏，像一首抒情诗，萦绕笼罩着此时大学校园那茂盛的花草树木组成的一片青翠，也奏响在我的心头，在这样一个三十多岁的年龄，在这样一个休闲的暑假，在这样坐在大学校园教室里静心听课，又是别样充实的境界。蝉声如歌一般悠扬开去。

2008.7.26

四十不惑

四十岁开始甩掉生活的臃肿与烦恼的装饰，而变得轻爽。春天里的小雨中的迷离与伤感，都渐渐随记忆远去，就像一棵秋日阳光下的高树，随风哗响，唱着歌，不叹息忧伤。

说过的就说过了，做过的就做过去了，我不想遮挡，我也不想把烦恼立刻撵跑，能承受风雨的心灵，地阔天高。

不再是多变的心情，忧郁的眼睛，而是变得晴明而透彻，这是悟透生活后的一份潇洒。

依然可以葆有天真，依然可以做点什么，欣享一样投入。四十不惑的境界，依然年轻的心灵。

2009. 2. 22

大师（和学生同步作文练习）

很幸运，那个在职的研究生班，我遇到了很多优秀的老师，他们多数是硕士博士毕业，在他们所在的大学是教授或副教授。在研究生班教我的老师中，其中有一位较年轻的老师，大概是副教授，给我的启发很多，他的真诚和他的引导给了我很多的成长，他也因而成为我心中的一位大师。

已是三十而立的年龄的我，不知怎么的阅读学习的兴趣爆发一般，因而在那时候考取了可以获得硕士学位的在职研究生。获得学位仅是一个原因，而更深的原因是想多学习。我就是那样投入而享受般地在寒暑假里去参加开课的研究生班，学得如痴如醉，尽管往返于家和课堂所在的大学校园路途较远，但我还是乐此不疲，每每有精神的盛宴，让我收获连连。今天写写我所遇到的我心目中的大师之一——李冲锋先生。

他大约有三十出头，高高的个子，略瘦的身材，说话平稳，略有几分斯文。他教我们语文教学研究方面的课程，课程的具体知识时隔多年我现在已记不清楚了，然而他给我的启发我却一直在践行着。

刚开始听他的课，理论性强，并没有太多趣味，如叙家常话的语调。不过老师越讲听来越有兴味，给人启发。

他说语文这一科是一个宝藏，可以进行无限的研究，处处是研究的课题。他鼓励我们写教育叙事，以记叙的口吻记录教学中的做法和思考，他说那是最适合我们的方式。这一推动，给了我很大启发，我原先也时不时记录教学，但没有很及时，也不够重视，觉着极平凡简单的工作无须记录，而文学随笔写得更多些。正是李教授，让我对教学工作的各个方面开始关注，并开始更细密地记录，才留下我教每一篇课文的思路整理，每一次公开课的细致记录，还有那些作文教学的跟踪，还有每一级班主任工作中的点点滴滴连缀而成的系列。工作因而更丰厚了，劳动在一线，也成了一种最宝贵的资源。也带动了自己的教学与班主任工作不断在反思、总结与学习中推进，人自信了，工作能力也在增强。

李老师可谓年轻有活力，又年轻有为，他说了他不断发表的在我们眼中高深的论文，当然，他说，他也用文学的手法记录生活。他说的那句动人的教导，至今仍萦绕在我的耳边。他说："生活是一朵流动的云朵，你要用笔及时留住，否则，它一会儿就飘走了。"太形象了，我永远忘不了他这一教导，因为对于我这样一个热爱文学教着语文的老师来说，对于经常提笔写点东西的我来说，是送给了我一条"真经"，很可贵。接着老师经过链接展现了他的日记系列，用文学笔法写的生活。这引起我强烈的共鸣。我虽经常写，但今后写得还要多些。从那天起，我开始写日记，包括文学、教学等多方面，分几个系列，至少每天一日记。那是一个新的开始，我的记录内容由此变得更丰富，写作的量在递增，量变也在不知不觉间推动质的飞跃。

他还鼓励我们拿出发表的勇气，教导我们方法、路径和决心，给我们推荐了网上购买语文方面理论书籍的网址，当时都视若珍宝记录，只是后来家的搬迁，也不知被我搁置在哪儿。如今我已有数十文的发表，但无疑是李教授推动了我前行的脚步。

老师把理论与自己经营的生活和记录，同我们交流，现身说法，课也从最初的平常走向我心中的生机勃勃。有的老师只是传授一时能掌握的知识，而李老师教给我的却是受用终生的令我开悟式的工作生活方式。他虽教我们不过十几课时，接触时间不算长，但他却把他那源远的生命经验传授给我们，他是我心中有着丰碑式地位的大师。他教我们的时候说，他要转到一个大城市的一个大学教课了，是的，他应该走到更广阔的田地，放射他的能量和光辉，影响和改变更多的人。

2019.3.1

高考那年（和学生同步作文练习）

作为一名20世纪70年代的人，深知高考那时的竞争之激烈，为了高考，而做出的奋斗，充满了壮烈，也因而我常常要逃避讲述这段曾经的煎熬。但不得不说，我从中也收获了一笔宝贵的人生财富。

我是在城郊的一所高中就读，高三的学习生活节奏是紧张有序的。学习压力大，考上大学的人生梦想，往往压得我们喘不过气来，尽管我们自己安慰自己，各种心理准备都已准备好。

想想那时的自己，瘦瘦的，不高的个子，那年，一下决心把自己的长马尾也剪掉了，留了个简单易整理的短发。心里装着那句"当我向着目标前进时，一切为我让路"的誓言，摒弃着女孩子可能有的杂念，奔赴在学习的征程上。生活极简单，在教室、宿舍间的两点一线，除了休息吃饭，就是学习。

文科的各学科的背诵知识常常需要我在头脑中梳理了再梳理，记忆了再记忆。还好，吃饭还香，入睡也快。每晚，我们常常偷偷学到休息铃之后，还加一段时间，然后才安然睡觉，一觉醒来，就投入新一天的学习。自己的成绩总是在希望与绝望之间的名次，让我不忍心放弃，而压力自然就更大。就这样踽踽而行，行进在学习生活的两点一线上。

那时下午的第四节是自习课，为了保持体质，保证身体，我们这一节课会和同学中比较要好的两三个朋友一起去校外附近的一条马路上跑步，近乎从不间断，无论冬夏。

常常在近一天的学习之余，这时沿郊外田间马路跑一跑，感觉身心舒畅，那郊外傍晚时的清新的空气，那舒爽的轻轻的微风，令人心旷神怡，精神为之一振，精力倍增。因此，每天傍晚的这场跑步，成了很快乐的事情，减却着重重的压力，增加着快乐和活力，是精神的放松和体力的恢复，成为记忆中的快乐时光。

就那样日复一日地循环着，老师们水平高低不一，不过都还算认真，我也从不埋怨议论，感恩老师们的辛苦付出，积极去跟随每个老师的脚步。就这样，在每位老师的讲解中，大量练习中，在一点点形成我们的知识和能力。我们做了无数的卷子，印象中数学卷子、英语卷子特别多。那位颇有才学的男英语老师用了敦厚的发音，很美，也因而英语学得虽艰深，却也在慢慢进步着。语文老师有时也来个高深的专题，我也跟随听着记着。

那时的生活艰苦，馒头加点咸菜，偶尔到餐厅窗口打点炒菜。记得那时的校门口有敲梆子卖豆腐的，我们常常去买块热豆腐，用同学带米的酱油一调，吃得非常香，这就是一顿大的改善。当然，偶尔周末回家，母亲都会给我煎制咸菜烹炸豆腐，带回学校来吃。日子就这样一天天向前，我们像苦行僧一样暗暗地努力着不断地学习着，不闻窗外事，同学之间也相互鼓励，我的成绩虽时有起伏，但自己觉着也还可以。就这样迎来了高考，还算幸运，我以微弱的优势考进了一所师范大学。全家人也都很欣慰。

回想走过的那段历程，一心向学，不问生活，在每一天下午城郊田间马路上的奔跑，都成了永恒的记忆和画面，启发我沉静下来，投入忘我的耕耘，就会有属于自己的收获，就会有无憾的人生。

2019. 6. 6

父亲给我影响最深的一件事（和学生同步作文练习）

高中生活是人生中一个比较艰难的时期，有时说它是人生的"冬天"也不为过。我们那个年代，像我，考上大学就是吃"国家粮"的干部，考不上大学就是"农家女"。压力很大，而大学难考。优秀了再优秀的学生组成的高中班，考上大学的不过是最前面的几位。

初中的我就一直是班里的学习委员，也许是早有初中的锻炼，高中时我被班上同学推选为团支部书记。团支部书记，要鼓励那些落后的男生写入团志愿书，还要给他们讲道理。每次大的活动，班主任或任课老师总是让团支书先发言。要么是在一个一年总难得的元旦之类的联欢会上第一个献节目的也是团支书。我并不是很大胆自信的人，每次都是竭力平静紧张的内心好歹完成个唱歌，总算闯过一关。团支书还有一个麻烦的工作，那就是带领同学出班内的黑板报，还有学校分给我们屋外一个屋山上的一块大黑板，也要办上黑板报，各种杂事不断。而出一次黑板报也并非易事，我要查找资料，要动员班里那两个调皮"画家"，跟我齐心协力办好。每每用不少精力和心思。这还没完，班主任居然还让我担任女生负责人，她们的内心让我去观察和帮助调解。这一下不得了，好几个女生的所谓爱恨情愁，我成了听众，还要在听完之后，帮着做决断，我能做什么决断呢，纯如白纸，如一个"白痴"，但也得努力去劝服，替她们分担她们内心的矛盾和痛苦。而我的故事却不轻易讲出，因为我是团支部书记。

而我的学习，我一直是很认真地对待的，总是在班里十几名的位置，处在绝望与希望之间，我不甘心落到后面，我要往前走。因此，团支书等等的杂务，让我有点烦恼，我想摆脱。就这样想辞掉这个所谓的"团支书"一职。这个想法存在心中很久。

那是一个初冬，是上高二的那年，父亲也许是响应学校的号召，有一个周末的一天，父亲到校给我送来了成瓶的营养品，还有母亲给我煎制的咸菜和豆腐等好吃的。特别是在那个寒冷渐渐发出威力的时节，父亲还特意给我揹来了一件毛衣外套，栗色，柔软的毛线，略长开衫的款式，父亲说是他和母亲上县城给我转悠着挑选的。我很是喜欢，父亲让我穿上试试，我一穿就爱不释手，暖和和的，穿上很是和谐的一体，似乎也美丽了许多。父亲就和我闲聊，说说家里，说说我的学习等。父亲那时也是近五十岁的人了，不过，因为父亲的皮肤白些，看上去依然年轻。他穿着哥哥单位上发的一身工作服，有点牛仔蓝的颜色与布料，头上依旧是那顶军绿色的那个年代的带沿帽，脚上一双帆布棉鞋，一身很是齐整精神，也许是为来女儿学校而稍加打扮了一番吧。父亲平时在家就很民主，那时农村实行大包干，家里的农活不少，重活主要是父亲的。同父亲闲聊时我说起我的学习，父亲期望我再提高。我就顺势把我一心想学习而团支书的杂活很多很令人烦恼的心事说给父亲听，并跟父亲说不想当团支书了。父亲听了我的话，略微一顿，说了一句：这点风雨算什么。

"这点风雨算什么。"就是那样的淡淡一句，我却如见光明，繁杂的内心豁然开朗。是啊，那些团支书的所谓琐碎杂事又算得了什么呢？怎能不勇敢地锻炼自己呢？我并没有再和父亲聊"团支书"的事。但我心里暗暗下了决心，并决定认真地有担当地干下去。

这就是父亲的教导，在柔弱繁杂中给你一片力量，给你指明方向。

之后，一直到高中毕业，我都是班里的团支部书记，虽然不断接受重新投票选班委的挑战，团支书的我却一直当到了高中结束，我赢得了同学们的信任和支持。

风风火火里，我和两个调皮"画家"办出总是一等奖的板报，偶尔也会把我的小诗展现在其上，因为那是属于我们的展现天地。我会在班里纪律不理想时和其他班委一起想办法。我会在同学身体生病不适骑车回家时，第一个到她身边骑车护送她回家。学习上更是刻苦努力，把自己的成绩一点点提高，做最好的自己。我想，这样的生气勃勃的生活，是因有母亲细腻的关爱，更是父亲的教导所给予我的力量。

2016. 10. 28

你好，姚明

早就知道有个姚明，在上海"大鲨鱼队"，带着天才般的灵气，挺秀地与他的伙伴立在篮球场中，他在一天天成长，但总没见他成熟，永远保持着一股孩子气的脸，方方正正的脸，一双无邪的眼睛，一个平整有型的发型。就是这样一位未长大般、但确是篮球场上天才般的姚明。就是那样的印象，但我没有太在意。

直到有一天，当体壮如牛的美国篮球队员中现出一位皮肤白里透点黄的中国人——姚明时，我再也抑制不住兴奋，禁不住招呼全家坐下来观看。竞技场是残酷的，篮球也不例外，但我却分明看到你把一份自信，一份执着，一份竞技场上的恬然平淡带了进来，让肃杀的气氛添加了些许平和，你用灵巧的动作带来了东方人球场上的灵气，证明着你的球技并不低于身高，你用实力，让那大腕明星"进不了20分"的打赌宣告失败，不得不破纪录地亲吻一下那滑稽的驴腚。姚明带来了一阵旋风。

但你并没有改变，平和的脸，坚毅的神，你说孩子们会模仿你上篮投球的动作，也会模仿你的其他方面，你不会让他们失望的。多么自然平实的语句，但我们却分明听得出你青春澎湃的血液与心跳。

姚明，当那个美国小男孩抱着球虔诚般找你签名时，当你以自己的实力赢得人们的投票时，当你赢得更多的时间上场时，我却有时禁不住为你担心，姚明，竞技场是时有大风大浪的，是体力与技术的抗衡，是在最后几分钟内还未定输赢的激烈角逐，姚明，你能经得住吗？在异乡的土地上，你一定承受了太多的陌生与不习惯，你过得好吗？

姚明，祝你一路顺利，愿你多保重，我们相信你。

2003.3.20

读宋词的"风花雪月"之后……

读诵《宋词三百首》，道不尽的离愁别恨，有情人难成眷属。"要眇宜修"是宋词的特点，表达细腻的能引人感发的情感最是擅长。"长相思，长相思，若问相思甚了期，除非相见时。长相思，长相思，欲把相思说似谁，浅情人不知。"读吧，竟也随词中内容所感染，情深到不言不语，心中回荡起莫名的悲伤。还未走出前面一词的分离之悲，又来了"相思似海深，旧事如天远。泪滴千千万万行，更使人，愁肠断。要见无因见，拼了终难拼，若是前生未有缘，待重结，来生愿。"读到此处，诗中女子甚至想到了来生的相随，悲哀已凝止到了高处。想起那首"相见时难别亦难，东风无力百花残，春蚕到死丝方尽，蜡炬成灰泪始干。"想起那首"林花谢了飞红，太匆匆，自是朝来寒雨，晚来风，胭脂泪，留人醉，几时重，无奈人生常恨水长东"……不只是女子的相思，还有一位钟情的男子："红酥手，黄滕酒，满城春色宫墙柳，东风恶，欢情薄，一怀愁绪，几年离索。错，错，错！春如旧，人空瘦。泪痕红浥鲛绡透。桃花落，闲池阁，山盟虽在，锦书难托。莫，莫，莫！"陆游又是何苦呢？只惹得唐婉更加忧郁更加思念，年仅三十几岁就郁郁而终。这一个个女子，这一份份柔情，那一对一对有情人难相守的凄苦，自古至今，都是一样的情景。原来，相守、离别、爱与愁，又何尝只是一个人拥有？而这其中，绝大多数是写了那一个个多情的女子，女人呀，你的柔情，你的脆弱，你的柔媚如水，而你却把自己束缚进去了，你要相思到何处才算尽期，你要深爱到何时才能终了。心中的爱人已远去，一去不回头，而你为何如此念念不忘地伤悲，非伤悲到把这柔弱的一体都交付给了自然，如水的女人又还原成水……

《论语》里孔子说要人们不要太重女色。而我也从中读出了女子请你也别太重感情。沉浸在宋词的"风花雪月"中，我却要天下女人的心多一点宽厚，学会承载，学会遗忘，学会不钻感情的牛角尖……

爱情如同美丽的焰火，盛开是如此的华美，但是她又是那样短暂。烦恼，爱情，往事如风，就让它随风飘远……

2005. 1. 27

曾经的燕子

有一只燕子曾在天空滑过，它带走了我的无限情思和浪漫，你那柔顺的翅膀和多情的眸子，牵引了我的思想。你曾和你心爱的同伴，在田岭之上飞翔，飞过田野，穿过柳行，闻过麦田的清香，看见过桃花的开放，倾听过小河浪花流淌。可是，心爱的燕儿呀，谁知道你的忧伤，你的惆怅。你离开了你的同伴，孤独地飞翔，你毅然不顾了它的泪滴，独自飞翔，飞过了山冈……

那曾经的燕子呀，多么希望你如从前一样轻盈飞翔，那惆怅的燕子啊，那只骄傲的燕子啊，如今你却消失在了远方，化为了天边的一道沉寂，再也不能看见你的容颜与你的忧伤，啊啊啊，燕子啊，惆怅的燕子啊，你消失在了远方……

2006. 5. 22

淡定而从容

爬了近一天的坡，车时起时伏，车也会随时熄火，被教练又训斥了无数遍，心情并不轻松，很多事情越是因为难，越需要反复练习。学车中的"半坡起步"，也是这样需要反复实践的事情。在一遍遍熄火中，在一遍遍训斥中，慢慢有了一次成功，我内心一阵喜悦，对教练的训斥也就不太在意。再练，依然犯同样的错误，迎来的是更加猛烈的训斥。然后要开始练习"侧方位停车"。这时，接到了考试命令，我们急匆匆赶回原场地，即考试地点。

"电子桩"，以无比客观的严格的标准，要求着每一个学员，轮到我们考了，有几名成功者，接着有几名失败者，紧接着一连几名都不行，怀疑是红外线设备被撞坏，失败，争吵，轮到我时，第一遍又未成功，教练急了，刚才失败的学员也找到考官抱怨是设备的问题。结果，我的第二遍重倒的机会要留到明天，因为教练把车开出去了，以此来抗议和停止考试。

紧张的空气，低落的情绪，烦乱的心情。生活中的每一件事都不容易。不过我还是很快找回自我，"没关系，不过是一次'倒桩考试'。"我甚至去安慰教练，迎来的依然是训斥。

晚饭后，伙伴约我去散步，心情不轻松，压抑感强，在近四十岁的年龄里，似乎开始经受不住颠簸与风浪。有几个男孩，大都七八岁的样子，快速地滑动着滑板，扭动并富有节奏，他们自由驰骋，轮子闪耀着霓虹灯光。无忧无虑，心无杂念地玩耍着，旋风一样跃过我的身边，也掠过我压抑的心情。

烦恼一时也许不会走掉，重压也经常需要承受，但我依然有一份淡定而从容的心情。对，淡定而从容。

2009. 3. 7

学会关爱自己

那日观看一堂录像课，课中有一个片段是用视频播放人身体血管血液流动。滔滔奔流的生命的血液，蜿蜒绵长的动脉、静脉和毛细血管，在心脏的启动下，生机勃勃有节奏地奔流循环。视频把人心脏的起伏跳动的声音都再现出来，当然用的是近似一种红外线的效果。这一看，让我在匆忙的生活中回归体味我们生命本身，让我感受到，生命是如此的和谐而富有节奏，富有生机，也弥足珍贵。每个人，都不应该太苛求自己，而应回归生命的本位，去滋润生命，去调节生活，生活中不能仅仅有忙碌与奋斗，还应该有休闲。

让生命因调和休闲而常青，学会关爱自己。

2009. 12. 20

季羡林先生去世

今天是 7 月 12 日，著名学者、作家季羡林先生去世了。电视上播放着有关季羡林先生的生平与事迹，是住院期间的季羡林接受记者的采访与交流的情况。

在节目的最后，季先生为记者题字，赠送了自己的座右铭：为善最乐，能忍自安。我匆忙记录下这八个字，心灵还是为之一震，季先生的形象也因这八个字在我心中更生几分敬意。

人们经常说六十之后是人生之老年，是做不了什么事情的年龄，而季老却保持着酝酿成青春般专注而忘我的工作习惯。六十岁像是他青春的来临，研究印度古文化，教授课程，著书写作，以炉火纯青般的状态与热情投入阅读写作与研究。每次看到季老专注阅读的镜头及读到他淡泊的生活，都令我在繁杂世俗中要沉下来，要静下来，静下来读书、教学、研究。季先生仿佛已锻造成了静心治学、淡泊宁静的定性，仿佛生来就是为了这充实而快乐的劳碌，活一天，就充实一天，忙碌一天。即使九十多岁高龄住院期间，也每天读报写点东西。令人看到一个真正的文化大师的素养与治学品质。

季先生的散文我读过一些，和着真情，用拈来自如的现代或含古文化底色的语言洋洋洒洒地或写景、或记事、或抒情。读来既亲切又丰厚，他的生命历程便以文学的又一表现形式展现了出来。

今天，这位九十六岁高龄的导师去世了。我们作为爱他的人，应当思索和学习老前辈的一点什么，哪怕是一点，铸进我们的生活，来延续季老这位大学者的精神。我想这是最好的纪念。

2009. 7. 12

成长的故事（和学生同步作文练习）

38岁那年，我报名学习汽车驾驶。那时我正读着在职研究生，每个假期都有很满的学习听课任务，但我还是给自己又加了一个任务，拿下驾驶执照。当时也许是因为刚刚搬家，家离自己工作单位较远，更因为我想我应该拥有独立驾驶的能力，现代社会，更需要一个人有多方面的能力来应对生活。

那天第一次去参加驾驶练习，那是个暑假，我穿着整齐的颇讲究的衣服去到教练那里报到，这就与教练认识了。教练不高的个子，身材结实，看上去很精干。不过，在第一天里很快我就感觉到了，我遇到了一个性格很辣的教练，是这个地方最蛮横的一位。初次接触汽车驾驶的激动很快被汽车驾驶的艰难所湮灭，一上去就要在画在地上的狭小"车库"内倒进去，再正着出来。那真是乱开一气，教练稍微一教之后，就蔑视般看着我们在里面乱转悠，然后就是一顿责骂。

紧张与艰难，早已使我那身颇讲究的夏季衣服湿透，我洋相百出。但教练是一副铁青的脸，没有一点同情的样子。第一次练车我就对学车产生恐惧。一个车跟有二十多个学员，我既盼望轮到我上车练习，又恐惧轮到我上车练习。就是这样子在一天天恐惧中的乱摸瞎碰中，在教练的无情责骂中，忽的有一天，灵感突发一样，稍稍找到了倒入及进出"车库"的驾驶技巧，并且从此之后，越练越熟。不断有压线出线等难题，我都虚心向一同学车的学员学习，教练从来是不肯教的，这样，我也一点点地攻克了难题，在不断进步。在越过学车艰难的高原之后，渐渐达到了熟练的境地。

这中间经历了无尽的烦恼，甚至想到过放弃，教练无情的责骂使我感到屈辱，但我还是吞咽下去，把自己能用上去的暑天的日子、寒假的日子挤出来去参加驾驶学习。有时轮到自己上车一次需等很长时间，我就拿着毕业论文要研究的小说去读。在战战兢兢中，在寒来暑往中，略显笨拙的我还是取得了点点进步，逐渐开始熟练。即使是敏感的电子桩，我也一样能安然无恙地通过。不过半坡起步错过了学习练习时间，始终显得笨拙而惊险，这一关没能第一次闯过去，后来经过练习，也通过了。

最难忘的是上路练习，第一次开着汽车在路上正式驾驶，无比的紧张与恐惧，不过，后来还是勇敢起来，那个暑假无论是太阳毒辣的日子还是大雨瓢泼之时，我依然在教练的引领下，练习驾驶行驶在路上，我终于拿到了我的汽车驾照。

我知道生命不息，成长不止。

2011. 3. 4

执着是我的名片（和学生同步作文练习）

随着岁月的流逝，年龄的增长，我失去了些许青春的光彩，但也多了份耐心与认真，用执着促使自己一点一点成长与提高。

我喜欢的名言"岁月可以在美丽的额头刻下深深的皱纹，但它又可以把普通的顽石雕刻成宏伟的雕像"。我是一名语文教师，随着岁月的流逝，我知道我青春的热情与美丽会减淡，但我不希望自己退步，而岁月的刻刀要把普通的顽石雕刻成宏伟的雕像，要使自己进步，就要更执着，更执着地学习，更执着地读写，更执着认真地去投入到工作中。

不知什么时候，自己对四大名著开始读得津津有味起来。于是，从《水浒传》开始，点评一个个英雄人物，把那呼保义宋江的行迹一捋再捋，把那专打天下不平的武松景阳冈打虎、醉打蒋门神的片段一品再品，再动笔勾勒速写出那在鸳鸯楼血腥火光的映照下渐渐消失的武松的背影。陶醉于林冲的星光下的棒打洪教头，一个拔地而起，一个草里寻蛇，你来我挡，是怎样的精彩与娴熟。欣喜于杨志战索超的雷利与英武。于是梳理一个个英雄人物，品味每一段精彩的描写。一写就没有停下。品完《水浒》，再品《三国》的精彩片段，那煮酒论英雄中"夫英雄者，胸怀大志，腹有良谋""龙能大能下，能升能隐：大则兴云吐雾，小则隐介藏形；升则飞腾于宇宙之间，隐则潜伏于波涛之内"，依然牢记在胸。那扭转时局的诸葛亮的出现，作者层层映衬，十呼万唤方才出场。那马跃檀溪依然冲荡欣喜我心。就这样又品《红楼梦》，品出那字里行间写满"吃人"二字的封建社会本质。一直品到把《西游记》四十五个故事一个个进行浓缩，成为一个概貌式的小书。

喜欢执着做事情，也许什么也没有了，但我还有执着。我不会在学习培训会上突然早退，我不会在一个精彩报告会结束之前突然离开，因为我只剩执着。

于是，我会在我语文教学的每堂课，领学生背诵积累一段经典，不管刮什么"风"，我都不会动摇，每课说唱经典不停。

我会在孩子们的写作中，把日记坚持下来，不管哪一天，都不让它轻易溜走。

我身体开始有点发胖臃肿，青春活力褪去了不少，但我热情不减，执着依旧，在岁月的坚持中雕琢成我发光的名片。

2011. 12. 10

风景这边独好（和学生同步作文练习）

我不是争强好胜的那一种，在繁华与热闹处我不是炫目的。

尽管执着地想把事情做到完好些，有时又很难如愿。那天依旧是稍稍低落的心情，不过又逢双休日，我可以在我的港湾中回归自我。

因为要给女儿到校去送她要的网上英语作文题目，那天下午我和她的爸爸去到学校给她送去，事先并没有告知她。

这是一所最新的高中，但绿树成荫，花木布置讲究，草木繁茂，很是美丽。女儿所在的教学楼掩映在绿树丛中，还要走上一段才到。

从园中的大路拐进一条两边草木茂盛的小路，再走一小段就到了。整个校园静悄悄的，现在正在上周日下午的自习课。走出小路，呈现在眼前的是一片梧桐树林，我还是被眼前的景色迷住了，错落有致，并不过于茂密，是学生楼前的一个活动区域。现在正刚迈进五月，那梧桐花开得舒展自然，淡淡的紫色长筒形的喇叭花，朴素地开着。春天的花事早已一场一场过去，而现在只有梧桐花在季节的深处静悄自然地开着，没有争艳的心理，只是按自己的节奏，舒展与生长。那是一抹抹流动的淡紫，如柔和的云朵，与周围的绿荫相别，成为绿荫深处一道别样的风景。那里氤氲着宁静，恬淡，一份朴素却同样美丽的意境，一份让人畅想起美好、畅想起灵魂故乡的意蕴。我漫步这里，脚步轻轻，怕惊动了它的安静，怕惊动了它的舒展，怕惊动了我的那份释然与轻松。生命的韵律有多样，我也许就是这一种。

光滑而略有点浅淡的树干，自然造型，无须笔直，依旧是平常而又朴素。而我却感受到一种亲切，也许因为它平常，因而有一份令人感动的真实。

在记忆中的故乡，每到春天，这必是一道风景，必有梧桐花开，必有花落后的梧桐大叶伸展，必有我伴随梧桐树一同成长的那些记忆。我从那个地方来，那里是我成长的源头，而现在似乎离那儿越来越远。是眼前的这片梧桐树，这

113

片开花的梧桐林，又赠给我重温故乡重温生命的机会。

风景这边最好。我徜徉其中，不忍离去。

2012. 5. 10

味道（和学生同步作文练习）

每次春节后回娘家，总有几道地道的娘家菜，仿佛一下子唤醒了记忆，找到了家的味道，母亲的味道。

胡萝卜丝粉条调香菜。这是作为桌上的一道咸菜，高雅一点说是一道凉菜，在春节的酒桌上，这道素菜放在满桌酒肉鱼的一角，确实带来几分清气。光颜色就可爱，用开水烫过的黄色胡萝卜丝是主材料，加上烫过的白嘟嘟的细粉丝，再加上烫过后更能绿得长久的香菜条，三色搭配，很是可人。加上淡淡的早就滋进去的咸味，吃的时候再用醋、香油等一勾，那味道就足了。每次只有回娘家，我才能吃到这道菜，仿佛只有自己的母亲会做似的。我总能大开胃口，吃上不少，桌上一碟吃完，还可以再盛上。记得小时候，过春节必定有这道菜，当时没觉得多么好吃。可是离开家乡已二十年，每年只回家一两次的自己，再品尝到这道菜，真是别有一番风味了，是一道特别的美味。

回娘家，母亲煎的鱼，总是感觉与别处不同，滋润浸香，仿佛带着母亲特有的手艺。往往让我每吃必感叹。记忆中，我从小就喜欢吃鱼，家里做鱼也很经常。上高中时，那时学习负担重，用脑力多，有时周末回家来，母亲就已备下从集上买来的鱼，也许不是很名贵的鱼，但经母亲油煎之后，我吃起来都很香，就感到极大的满足。每次周日下午返校，就会从家里带上两大饭盒子的菜，一饭盒是煎豆腐或煎鸡蛋，另一饭盒是炒咸菜。那是一周的最宝贵的最可靠的营养品。就这样吃着母亲的煎鱼，带上母亲给做的煎炒豆腐咸菜等，度过那些高中的艰苦的岁月，虽累却不觉得苦，苦中亦有乐的高中岁月。

调黄瓜烧肉是特别有家的味道的另一道菜。总是用蒜泥，用足量的味极鲜，进行勾调。使猪头肉肥而不腻，黄瓜也特别有味道，有蒜泥为调料，也甭担心吃坏肚子。这种看上去浓墨重彩的调黄瓜的方法，其他地方都不愿接受，但却是家乡的一道重口味菜。我常常禁不住大块夹肉，吃得很香。

吃着母亲做的菜，不仅是吃得满足，仿佛又是沐浴了一次母亲的味道，又

114

记起那些成长路上的相依相伴的日子，记起母亲一路上给予我的无限温馨和力量。

2014. 3. 27

一曲"塞北的雪"

一曲"塞北的雪"，曾飘过那些年，在青涩的年龄，在青春里。

一曲"塞北的雪"，柔美深情的音符，响过美妙的心田，滋润了那时那刻的青春。

一曲"塞北的雪"，唱者有着佼好的容颜，有着看也看不倦的眉目，锁着我深切的爱恋。

一曲"塞北的雪"，像枯燥的青春天地的一阵春风，吹醒了无数青春的田野，再也难以平静。

那是为我唱的吗？那是为你唱的吗？那是为她唱的吗？多情的姑娘哟，我们怎忘了世人的痴笑，心潮这样涌动？

一曲"塞北的雪"，曾飘过那些岁月。

2016. 2. 9

盛夏之荷

当暑假到来的时候，夏天也走到特别炎热的时刻。假期是休养调整的机会，坐下来，悠闲地喝点茶，读书，写点东西，中午安稳地睡个午觉，手机的页面也可随心翻动一会儿，然后呢？然后还是想有点小坚持，对，每天外出活动一阵子，坚持锻炼，并且要坚持下来。假期就这样开始了，放空，休整，外出的活动也是放松。

沿河小径走动，荷花的翠叶红花隐约在不远处的河湾，芦苇油油，剑叶旌旗般招摇。河岸这边高坡上的绿草覆地，一处粉红色的喇叭花开得似火，放假后的身、心、眼里都是大自然的亲切冲击，而这一切现在都可以为我所有，放假了，我来了。

　　每天都是大致的时间段出门，阳光还未毒辣，偶有微风吹袭，沿着自己寻找的路线，那里有米槐投下的密密树荫，一段很长的路径，两个来回，就是长长的距离，可以走，可以跑，贵在坚持。就这样开始了假期休闲中的一个行动。

　　放假之后的轻松和热情，鼓动着，一开始的几天似乎是轻松就完成。可是夏天在向前推进，盛夏的炎热在加剧，有时，一出门就是炙烤的太阳，是闷热难当的天气。想犹豫退缩，还是说服了自己，哪怕放慢速度，及至赶到米槐树下的那条长长的路径，似乎微风就习习而来。一拐弯，就会到达河边一块路径，法国梧桐投下浓浓绿荫，开阔的河边空际，就更加舒爽，远处河湾里的荷，叶更密了，花也该更多了，在那灿烂的阳光下。继续前行，完成了所走的路径，就在河边树荫处，伸展腿脚，做做八段锦，打打太极拳，热汗就渐渐消了下去。

　　炎炎夏日，刺目的太阳，闷热的天气，是最常见。不过，行动起来，有时就感觉还是有微微的凉风，何况有时是阴凉的天气，有时是雨后的清爽，所遇之景，和所拥有的心情，都又会不同，增加着恰遇阴雨天，又逢雨后翻荷，褐鸥飞过的快乐。炎炎夏日，也随时有即刻就来的微风和变幻的天气，成为炎夏随时都可能有的小欢乐。

　　盛夏在推进，热辣无比，当米槐的树荫似乎也渐渐觉得单薄，当既定的路线上出现了障碍，就索性改变路线。寻找那河畔浓荫处且安静的路段，就在那儿来回跑动，倒也敌得住任何毒辣的天气，有点小惬意。处处是锻炼之地，时时是锻炼之时。水面远处，睡莲在开，时有白鹤展翅掠过，小小野鸭也时有在水中游动，水面也时有鱼儿打出的水花，燕子也时而成群掠过上空忽而迅疾地俯就水面喝水，别有欢悦。远处河湾里隐约的荷花，能望见那浓浓密密的荷叶和隐约的红色，荷花在那儿茂盛生长着。

　　在来回跑动的路段上，还有一片小花地，杂花齐开，开在盛夏。每逢路过，树荫斑驳，花影婆娑，在每日不同的光与影里多姿可爱。何况不远处的地方还会有低处那河湾里的浓绿的荷叶和隐约之上的粉红的花朵。

　　还是闷热难当，三伏天的天气是不讲道理的。有时简直树梢都纹丝不动，没有一丝风，只是放缓了脚步，还是完成了坚持。每每这时，汗流浃背，不过，在树荫下稍稍放松，做完八段锦，打完太极拳，汗也就消了，人也倍觉精神。

　　沿河路边的树荫处，一对母女总是按时出现在老地方，母亲坐在轮椅上，不过还是能站立，偶尔也下来有简单活动，身边的女儿也有近六十岁的年纪，母亲有八十多岁了，每次女儿都亲切相陪，水果耐心切割好，放到母亲手上，很是温馨。老太太也很快乐地说笑，甚至还不时吸引相识或不相识的一两位老太太围坐周围。一出院子的街道上，一个老头，开个三轮，穿着清洁工人标志的黄马甲，每日按时出现在这条街上，清扫着街道两侧，维护着整条长长的街道，每一天都在。当婆婆在厨房里又忙活出新学来的茄子夹肉和韭菜调的馅子，当丈夫沿河骑行归来，当女儿微信告知我月初很忙在加班，我都感觉到生活的充实，盛夏的战斗。

好久没有到河湾近看那荷花，像是赴约一样，是一定要去欣赏的。真是美的一塘荷，亭亭叶如盖，荷花擎出美，夏的热气里，有荷轻轻扬……荡漾满盈的是夏之魂，夏之精神。无数人为你迷醉，驻足观赏，荷饱满地挺立成长，随处随时都是风景，袅娜的花苞，跃出水面的荷剑，灿然开放的盛大，新的荷蓬鲜嫩微黄的未脱尽的花蕊，都衬在那勃勃的浓密亭亭的盛夏的荷的绿叶上，在阴晴风雨中变幻着姿容，呈现着荷的夏，荷的芬芳大气，荷的夏之魂魄。荷在盛夏的这份从容与美丽，无与伦比。荷是夏之魂魄，夏之精神。

而刚刚运动归来站在你身边的自己，不也是一朵盛夏之荷吗？那些在盛夏里奉送着温暖、奉献着力量的人们，不也是一朵朵盛夏之荷吗？那些即使在炎炎盛夏也不会偷懒的、悄悄前进的人们不也是一朵朵美丽的荷吗？愿你也是一朵盛夏之荷。

> 炎夏来时草木丰，蝉鸣水响生气增。
>
> 况擎盛绽荷一朵，别有风情千万层。

2021.8.11

传递快乐（和学生同步作文练习）

记得看过一则新闻，好像是在一年的元旦，说新加坡的警察们在这一天要求快乐地笑出声，作为一项任务完成。画面拍摄了警察们快乐轻松笑一笑的画面，也把电视前的我给传染了，也笑了起来。心里闪过一念：原来快乐也需要培养和锻造。请培养自己的快乐，并把快乐传递下去吧！

每次过高速路口的收费站，收费员无论男女、年长或年少，每次都打开窗口，露出笑脸，露出八颗牙的外显的笑容，每次我都特意去欣赏，内心也跟着放轻松，微笑也挂在了自己脸上。据说这是这个行业的特别要求和培训，有时欣赏时，感觉那笑容偶尔也有点僵硬，但整体还是喜欢的，那从窗口伸出手接交费卡和送回的时的标准动作，那露出八颗牙的笑，虽是近乎旷野中的一个小小的窗口，却给人印象，且快乐在传递，轻松在传递。

喜欢那样的老师，表情丰富，轻松幽默快乐，也往往因而赢得学生们的青睐。因为这种快乐的灵动传染着孩子，传递给孩子，带动起生命的雀动。当课堂充满这样的一种灵动的时候，课堂就有了生命力和魅力。

常常在看自己的课堂教学照片或者是回看自己的课堂教学录像时，不满意自己过于严肃的表情，当然偶尔也来点幽默，但整体是不够活泼的。我也因此努力去改变和提高，让课堂有更多的活泼与跃动，让教师的快乐与灵动传递给孩子们。

培养自己的快乐吧，开心时放声笑一笑。面对重压与烦恼，毅然对这世界说：我来了。面对重压与烦恼，毅然坚强乐观地对待生活。面对重压与烦恼，毅然轻松上阵，把事情一件件做起。快乐的心胸需要锻造，快乐的习惯需要培养，快乐的性情需要自我去推动。学习面对压力，乐观从容；学习面对艰难，看到希望与曙光；学习对自己那张严肃的脸说绽放起笑容吧，笑容才如花。

你快乐，然后你的快乐搅动空气，搅动了你周围的一切，快乐于是传递开来，看见了周围人的欢乐，看见天蓝蓝，感觉到空气的舒畅，感觉着生命的活力。于是，常常幸运会光顾你，成功会眷顾你，连阳光也会走进你心里。因为你传递了快乐，收获着幸福。

当然，快乐的表现不一定仅是笑声，有时淡然宁静是快乐；有时忙碌充实中感到快乐；有时挑战奋斗中感到快乐。让我们寻找快乐，培养快乐，传递快乐！

2018.1.4

跑起来

跑起来，和孩子们一起跑起来，在那操场上，在那风中，在那阳光下，在那绿色场地上。学生们在跑道上跑，我在他们里面的场地上跑，等于他们跑大圈，我跑小圈，我们一起跑，他们总在我的视线中，我在他们的一旁。

跑起来，居然跑起来就不停下，居然不停下就坚持了下来。蓝天大，空际阔，操场是一列奔驰的人马，广播里传来的是豪迈的歌曲，我们正迈步向前冲。

跑起来，忘了忧，忘了年龄，忘了臃肿。脚步可以快，可以慢，可如疾风，又可放缓，我是天底下一个自由的奔跑者。跑起来，追寻年轻人的脚步，让青春点燃热情，跟着青春的脚步，迈向前，迈向前。风在耳边呼啸，烈马在嘶鸣，空气在被搅动，你怎能无动于衷。跑起来，脚步放轻松，挥动起双臂，健步向前冲。

我们不再年轻，我们有点笨重，但我们脚步不停，享受那满地的阳光，享受那冬日的清冷，享受清冷的冬日下猎猎的万马奔腾。

跑起来，让身体放轻松。忘了失败，忘了成功，忘了辱与宠，阳光下是自由的风。阳光下是奔跑者的舞动，阳光下是绚烂的青春，不老的心，是交响乐一样的歌声，是奔跑者的矫健的身影。是泪，是汗，是风景。

2018.1.6

看海去

想去看海，想去哪怕海边呆坐上一阵儿，让大海同心灵对话。

来一次说走就走的旅行，当天下午傍晚时我就随旅游团队来到了北戴河的一处海边"浅水湾"。

海潮如长着翅膀的白色的鸟儿，向岸边一层层扑来，汹涌的宽阔的海就展现在了我的面前。迎面海风带着湿润，海浪的潮声，近岸人群的欢笑声，让我的心尘杂顿消，重压的感觉一下子释放了，海欢快地敞亮地展现在我面前，我来到了海的面前。

穿着凉鞋走进海，海水奔涌着，我踏浪戏水，海水带着温度，让我感受到别样亲近。在浅水处行走，以这样的方式亲吻大海了。

我看到了海的容貌，听到了海的声音，海的美，再一次震慑了我的心。

第二天一早，我们先来到了放松休闲的一处海边，名曰"蟹贝湾"。

海滩上留下无数的贝壳，沙滩上有不少的小孔，那下面也许就隐藏着一只蟹子或者一只贝，如果愿意，带上小铲子小桶，挖蟹贝啦。而我更愿意行走在贝壳参差的海滩上，感受海水，眺望和走近大海。眼前的海是平静而欢悦的。海浪如银似雪，向岸涌来。海欢乐地奔跃，似一条银龙在嬉戏。海鸥偶有飞过，成为又一点缀。

穿着凉鞋在海滩上漫步，时不时走进海水中，在自己喜欢的地方摆几个动作自拍或互拍，留下对大海的拥抱。海是如此的欢乐和美丽。

在近中午时，我们来到了"渔岛浴场"。经过一段绕行，海在千呼万唤中，终于一下子惊艳出场。最宽阔最凶险最欢乐的海域出现在我的面前。

海水汹涌着扑来，海水溅起，海的威力暴发出来。它是宽广有力的，海风浩荡，海潮汹涌，大海显示了它可怕的一面。海鸥贴着潮头时而飞翔。生活有时也如大海，有着动荡不安的一面，而这是生活真实的一面。即便如此，人们依然勇敢追逐生活中的欢乐。沙滩上是欢乐的人群，人们在海水中游动嬉戏，此时的海成了欢乐的海洋。

第二天，我们还是去到一处海边"金梦海湾"。

又一早站在大海面前，海水平静地舒展在我的面前，微波轻荡，在我的脚下低吟浅唱。昨夜也许曾经喧腾的大海今晨归为平静，又以它宽阔的胸怀和平静的容颜出现在我的面前，新一天的生活仍然要继续。

读懂大海，读懂生活。

2018.6.18（发表于2018年第8期《语文主题学习》）

吊兰

不知什么时候，开始喜欢吊兰。在办公室里，在家里，都会有我亲手栽种的吊兰。

也许是情有独钟，我并不钦慕那名贵花的大红的叶或者艳丽的花，却唯独青睐带着泥土的气息，吮吸着水分如草一般生长的吊兰。是的，它极易生长，随便从老吊兰垂着的茎上摘取一朵栽到花盆里，它就会生长下去。从几片叶，成长为渐渐茂盛的一盆。那伸出的如鞘的长叶，冒着清新，水灵灵地生长，成长为一片长长绿叶簇成的一团。正当你高兴于它的生长的时候，它还会带给你惊喜：从细长的叶堆里，玲珑地从中挑出一长根茎须。很快就会长长，并且弯下去，垂下去，成为其名：吊兰。一根茎须探出头来，接着就会有两支，三支，从长叶间伸展出来，调皮灵活地下垂下去找它的伙伴，这样就组成了一个美妙的造型。吊兰，吊呀吊，吊出一个美妙。原来，吊兰也有它不俗的地方。无须去写它的淡白的花，吊兰名为花，实际主体看的是叶，绿色的长叶组成的盆景。

我的办公桌临窗，窗台常年放有一盆景——吊兰，现在的这一盆已陪伴我两年。说来，我对它有点残忍，暑假寒假临放假前放在老地方，偶尔顺便来浇点水。今年寒假整整一寒假没有浇一点水。但每个假期过后，它还是活过来，钻出的蔓越来越长，有两根长长的蔓悬吊着各自一簇小吊兰，而盆中的吊兰叶，因干旱寒冷枯死一些。我总在开学后重新修葺，使之渐渐恢复元气，这还真成了"盆景",叶子不至于过于繁盛,不算大的一个花盆,玲珑伸展的吊兰叶,和垂下的蔓,相映成趣,成了办公桌旁四季的风景。久之,也成了生活中很重要的一部分。当然当夏季来临的时候,我会给吊兰换换土,去去老根,吊兰就长得更旺了。

其貌不扬的吊兰,有清新空气的绿叶,有繁密的根。它无闻却清新,无华中有着生命的坚韧,用它绿叶的伸展和悬妙的垂吊,呈现着它的风景,它的独特的美。

吊兰亦美丽。

2004. 2. 11

一片多情的红高粱

路边闪过一片片伫立待收割的玉米地,闪过豆角褐黄成熟的豆子地,闪过沟涯边苇花飘摇的芦苇,驱车前行回家乡去,秋日金色的阳光透过疏朗的泛黄的白杨树叶子间投影下来,依然明朗和投下的树荫明暗相称,舒爽适宜,天是一个澄明的秋日。当车外闪过一片片红高粱的时候,我知道故乡就在眼前,娘家所在的城市高密到了。

还是拐进那道熟悉的小区大门,当看到楼前红红的石榴笑脸样挂满楼前的那棵石榴树时,我知道娘家到了。带上好酒牛奶等礼品,就噔噔和丈夫一起上楼去,敲开娘家的大门。母亲欢喜地迎了出来,说是来得真快,天气真好。家里打扫得一尘不染,收拾得整整齐齐,桌上嫂子洗好的各色水果两大盘已摆上。母亲早已烧好了水,开始给我们泡茶,然后就絮叨闲谈开去。不经常来家,来家后还是一样的亲切,见到母亲就更加安心。就坐不住地到处看看,然后再坐下来和母亲喝水闲谈。

中午的酒桌早就安排好了,这次表哥中午要请客,盛情难却,只好成人之美。哥、嫂、妹妹还有母亲和我们,都到了,还有表哥的几位亲人,一家人围聚一大桌,房间宽敞亮丽,很是舒心,一家人喝酒吃菜,闲话家常。表哥在众姊妹中排行老大,因此,老大哥的讲话就更有分量,不断嘱咐要好好把家人的关系维系好,要注意说话恰当,要善于与婆婆沟通,说话不要太刚,要好好说话,才能更好地经营好自己的生活。说得我们众位弟妹都心有感触,不胜感慨,也就更加感谢大哥的教导。这边,我自家哥哥就招呼开了祝酒,伴着国庆我们也欢快一聚，祝酒词上场，喝酒就拉开了序幕。表哥和自家哥哥等先后带酒，领大家喝酒闲话，不亦乐乎。菜丰盛，酒放香，闲话叙谈不停场，这就是回家的感觉和释放。

下午妹妹热情，把我们拉到高密南湖景区，一睹它的风采。在大象群像雕塑前照张相，在阔大的南湖前观望阵子，看那水边的蒲苇和芦苇的景致，也就更尽兴了。

晚上在北京工作的侄子也坐火车赶回家来。哥哥家又是齐聚了十几口亲朋。家宴，絮话闲谈，更是自由说开去。嫂子在忙着做菜，早就有准备，菜确是丰盛，肥硕的蟹子尝来非常得香，松软金黄的刀鱼是地道的家菜的味道。每回家都是节日一般，这是一种幸福，也是一种满足。

玩累了，到母亲的房间坐坐，母亲也跟进来，我们就闲谈开去。母亲告诉我她又读了一些书，读着好玩。已年过八十的母亲能读那么多的书真令我佩服。后来母亲说起老年生活就要三个字，慢淡善，这是她从书上读来的，她说很有道理。我们听了也很受益。总是这样在回家的叙谈中，也不断梳理自己的心情，不断梳理自己的生活，在和家人的闲谈与教导中让自己也微调着生活的航舵，向着生活更开阔的海面前行。

第二天，我们闲话一阵子，就起身告辞要踏上回程，楼前的那棵挂满红灯笼一样石榴的石榴树煞是可爱，可惜我还是不能久留。母亲和侄子送出好远，直到我们出了小区的大门。沿路离开市区，一片多情的红高粱从车旁高速路边的大田里闪过，正如我多情的故乡和我对故乡的那份深情……

2018. 10. 2

站在黄河岸边

那一个傍晚，因为要整理很多手头的事务，因为一天特别地忙碌，还有满满的压力惊惧终于获得解决和搁置，心理也略有转危为安的片刻的轻松，所以就在办公室把需要整理的材料再加理顺，心安然了很多。离开办公室时外面已是很黑，巨大的疲劳感沉重感涌满全身，工作到了无法承受的地步，步步紧逼，不能出半点差错，工作时长与重力都超负荷，我感觉到了一种挣扎。就这样驱车行进在外面已是黑沉沉的夜幕下。及至走到家，丈夫还是呵斥了我几声，说我太晚，尽管我已手机微信告知他要晚回来，让家里人先吃饭。后来，我去吃饭，丈夫又平静中带有几分高兴地告知我说从网上得知我的职称已经通过，是件好事。我的心轻松了片刻，仿佛在生活最沉重的时候，在最低谷的时候迎来了曙光，感谢生活，给我希望，让我才一路坚韧前行。生活里总有重压，总有不合理般出现的挑战与煎熬，但也总在最艰难的行进里不时看见希望……

黄河从远远的天边而来，厚重深邃宽阔，它的气势是我之前没有想到的，它宽阔坦荡地奔流，恰是人间天堑，不可逾越般的霸气。它暗涛汹涌回旋流动中向前，它沉默不语，又浩荡有力，浊流中已是带着几分清澈了。它带着厚重，也带着几分清新，像中国的历史，沉重中还是坚毅向前；像现实的生活，在压抑与挑战中，还是一步步向前。啊，黄河，如此亲切地与你对视，你如此坦荡地呈现在我的面前，像从远古走来，又裹挟进新时代的风雨，呈现在我这样一个有点疲惫的人面前，浩荡沉重，却遇湾更有力，涛奔浪涌向前，一个民族的历史，一个人的成长，都是这样形象地诠释着……当母亲河以这样无声的言语向我告知，给我慰藉，心就平缓了下来……就这样心里眼里满是感触地漫步在黄河岸边沿河平整的小径上。垂柳婆娑，柳枝低垂，随微风轻抚，河水涣涣，岸边五月的绿色清新，来河边名曰"爱情大道"的观黄河的人们总是不断涌来。这是一段开放的黄河景区，它让你如此亲切地感知黄河，一睹它特有的韵味，与这条与每个中国人都有着特殊情愫的母亲河会面，感受它的宽阔，它的汹涌，它的不可抵挡，不可战胜，勇敢前去的身影……

生活就是这样向前……

2021. 5. 2

通幽豫园

"豫"有"平和""安泰"之义。上海的豫园是要去看的景点之一。很高兴，六月的一天由女儿陪伴着，前去这一"东南之冠"的园林去观赏。

未到豫园，却见成片的古建筑群，成为游人如织、商品琳琅、店铺林立的去处，各种小吃，各种货物，还有涌来的人流，让人感受到繁华与热闹。很有特色，把园林胜景之处打造成与休闲购物一体的去处。

一座曲桥，桥下几簇荷花，通向豫园。

及至进到豫园，外面的热闹被隔开，一处清幽展现在眼前。园林很大，亭堂、假山不胜枚举。却也仅能谈给自己深刻些的几点印象。

首先要说的是园林的水，给整个园子注入了灵动与生机。园林的水，曲曲折折，时而平静伸展，时而曲折汩汩地流过石桥，肥大的各色锦鲤自由穿行，宽阔处，鲤鱼成群，成为水中一大景致。时有喂鱼的孩子及家长，或年轻的情侣，鱼儿争相赶来，拥挤一起，更是跃动的一奇景。看鱼儿自由游动，看鱼儿争相吃食，更是让人一乐、身心放松的时刻。园林的水，带来了生动，加上岸边花木假山相映，最是有江南园林的味道。

其次就是与水相映成风景的假山。园林面积大，水环环绕绕，假山也不时现出，或突兀高大，或玲珑精巧。精巧细致处，与一曲水相映，假山上花木繁盛，相映成园林点睛之笔。坐亭上，看水中游动的红色锦鲤，观假山层叠精巧的设计，别有自然之趣，景之清幽清新，心之澄澈清纯，似乎都在这一刻的景与境中。

最后是那个大戏台。古人如何看戏，这家的戏台布局是很好的展现。戏台高高，正对处有庭院，房屋庭中有桌几正对戏台，旁有回廊，桌几整齐，也许看戏时，桌上要上小吃几道，零嘴小吃多种。一边慢慢赏戏，一边吃着喜欢的小吃，这种古人享受生活的方式，让人不胜遐想。我站在空阔的戏台下，抬头望戏台，又环望院子四周，不胜感慨，似乎很想此刻和古人一样，以那种方式小坐，品着几道吃食，听看一曲戏。这种慢生活，让生活节奏缓一缓，让人回归一下自己，让心灵驻足放松。

通幽豫园，让人神思暂避外面的喧嚣，而有夏日里的宁静清爽一刻。明代嘉靖年间建园的潘允端早已不在，但他的豫园送给后人这一片清幽长留。

2021. 6. 20

上海的吃食

深入感受一下上海，还要品尝一下上海的吃食。

拐过居住人口密集，但还算整齐干净的弄堂，左转右转，就到了一家需叫号排队的名曰"孔乙己酒家"的酒店。大概物美价廉，又有南方特色，接近中午时，仍需叫号排队。酒店主人设计也是细致暖心，酒店外两侧有套了椅套的舒适干净的几把椅子，还有干净的一两条长木凳。我们去的时候，接近十一点半，叫号之后，店家客气地说需要在外稍等。女儿领我到室外就座等候，我说也好，可以看看上海的弄堂，居住拥挤，不过，生活情趣颇浓。有的楼层在屋山探出一块，成为各色盆花茂盛的小花园。有一个屋山上，居然用深厚的器皿用厚厚的土层栽植了一棵葡萄，长势多年的葡萄，藤蔓茂盛，这时节已结满了绿绿的葡萄。葡萄蔓蔓延两三层楼，似乎邻里都不讨厌吧，才能有这棵葡萄蔓延的空间。淡青色的居民楼外层颜色，似乎是统一新涂抹的颜色，增加了几分清新和生活味。

轮到我们了，店家热情喊一声我们的号和所在位置。"二楼左拐一号!"好了，我们可以就座了。女儿看着彩页菜谱，开始点菜，并询问我的意思。我一向主张少而精，不要浪费。女儿也遵循我的意见。我们点了"茴香豆""南非冰草""花雕奇味嫩猪肝""黄酒小笼"共四样。"茴香豆"吗，像我这样的年纪，当然猜得出它的样子和味道。作为"孔乙己酒家"，首先端上来一小浅钵茴香豆，果然是心中的样子，煮得很烂，吃起来软软的、香香的、甜甜的。大麦茶已上来，我们以茶当酒，举杯相邀，开始吃起来。很快又上来了"南非冰草"，用了简单的佐料调制，不过，吃起来，很爽口。大餐是蛤蜊猪肝，不小的一钵，吃起来清脆又清香，当菜又当饭，最后上的"黄酒小笼"，真是袖珍的小笼袖珍的肉包，轻轻吃一口，香腻。一顿饭下来，菜足饭饱，还算可以。

下午因为逛街购物，到晚上就还想稍吃点，就到了一个店去稍点了一点儿来消遣式地吃，谁知同样是火爆，人满为患，不过我们还是找了一个位置能坐下，让服务员把刚吃完已走的两人的地方收拾干净，我们俩坐下来。女儿带我来的这家店也是颇具上海特色，是一种两面都煎的煎包，我们要了一份，另外要了一份鸭舌汤。女儿告诉我吃这煎包的时候要注意里面的汁比较多，要小心。煎包一份呈上来了，我小心地用筷子夹到自己面前小碟里一个，然后小心咬上一小口，把皮咬破，咬出一个小洞，然后轻轻一吸，呀，汤汁美味极了，很清新又很清香，连吸几口，再轻轻吃剩余的部分，肉馅与皮儿都好吃。看上去普通的样子，没想到吃起来这么可口。鸭舌汤一份分作两碗，汤里有粉条、鸭肠、鸭舌，喝汤中，又微微吃点东西。好的吃食能增加人的精神，我们稍事休息，就要在天黑下来的时候奔向外滩。

第二天，我们傍晚逛街后，来到了名曰"桂花胧"的一个位于购物商场一角的餐厅。餐厅环境考究，悬挂着灯笼，温馨柔和。我们俩找了安静的一角，对面坐下，桂花茶接着就端上来，品起来水中有淡淡清香。女儿点菜，凉面一份，石钵豆腐，西湖醋鱼，我说我请客，点个鱼吃，就这样定下了。凉面呈上来，三卷卷得精致有形的面，加黄瓜丝辣汁在一边，轻轻搅动，调匀，如一盘极好的菜。那天正好是夏至，吃份凉面，特别应时节。凉面与黄瓜丝香辣汁一起入口，很舒爽，又担心太凉，所以石头钵里沸腾的软豆腐正好调进来些，凉热适中，凉面软滑，热豆腐清香，这一嘴，细腻可口。过了一阵子，西湖醋鱼端上来，香榨加浇上浓汁，尝一口，香甜。这一顿饭就在品尝西湖醋鱼中走向高潮，津津有味地吃完一顿晚饭。

上海的各色小酒店，也算饭菜精致，精细和享受生活，都在这小酒店里的欣享中略有体现。

2021. 6. 21

烙菜饼

包过包子，包过水饺，蒸过馒头，但菜饼，没有烙过。因为最近十几年我们一直跟婆婆一起过，所以这些活儿，一般都是婆婆包办。喜欢吃那菜多芳香的菜饼，但自己没烙过。最近婆婆被家住城郊的大姑子接去住几日，丈夫去看望的时候，捎来大姑子家种的一捆韭菜，这绿色有机蔬菜，丈夫嘱咐我别浪费了。其实我也爱吃韭菜，只是韭菜吃多，担心胃口。自己就琢磨，怎么把这捆韭菜利用起来。想到了烙菜饼，可以容很多馅子，并且吃不完的可以冻起来，想吃的时候，早一点时间拿出来，然后用电饼铛一热就可以。这样，既可以把韭菜利用起来，又可以慢慢享用菜饼。

说干就干。那天早饭后，喝过茶，就开始行动，先把韭菜择好，洗好，晾在漏水筐里，然后找到木耳，这时节多吃点木耳不错，就泡上了一包。然后按计划出去运动。比平时抓紧了些时间，到家后，看着不少的韭菜，再看泡好的木耳已满了盆，还不想剩下，心想，和面要多些，否则，这些馅子怎么能用完呢。开始和面，面中打上了个鸡蛋，这也是听婆婆说起过能使面更劲道。和面感觉也不怎么熟练了，这几年没干过这活儿啦，不管怎样，水适量，面适量，面就和好了，因为担心水多，所以不敢大胆加水，所以面稍硬了些。放入面盆中醒着，会软些。然后，开始弄馅子。先炒鸡蛋，烙鸡蛋饼，这个很快就弄好。再切韭菜，嗬，韭菜快满盆了，然后把鸡蛋饼切好，放入韭菜盆里。然后是切木耳。先择洗干净，根部用刀轻轻切除去点，那样吃起来顺口放心。洗好后，开始切木耳，不要太细碎，因为菜饼可以装得下，单独一盆盛上切好的木耳，这样，眼前的两大盆子馅，面也醒好了。开始调弄馅子，木耳先放一部分，又抓了些虾皮儿放上，加上稍许老抽，然后加盐，加花生油，加香油。放下面板、擀面杖等，收拾停当，就座开始烙菜饼。

把面分三块，一块块来。第一块揉了之后，分三个，然后一个个来，第一个，擀饼包馅，不好，面团有点大，饼有点大，还有点厚，这样吧，然后用匙子大把放馅子。电饼铛已收拾好，用碗口轻轻把菜饼不规则边缘切下，好了，美观多了。把菜饼放入电饼铛当中，开始烙开去，电饼铛的温度很高，还是比较快能烙熟，虽然自己不怎么自信和确信，但犹疑中，确是看到菜饼已熟。不过，有点过大，过厚，菜馅子过多。这样三个烙完，眼看着馅子下去得太快。木耳盆子里的木耳我不断加到韭菜盆子中。心想，要力争菜、面恰好，要匀着些。第二块面，再切分的时候，就变小些，那样饼擀得薄些，放馅子也略加少些，这样能保证后面馅子充足。就这样在厨房中忙活开来，丈夫那日有人请他喝酒去了，正好，我可以自由舒展没有压力地慢慢烙菜饼，因为菜和面都比较多，还真是烙了一大阵子。天气热，不过厨房敞亮，透过纱窗，有微微的风吹进来，我也因为投入，倒不亦乐乎，不过最后时候，还是感觉出了劳累。十四张大菜饼，韭菜鸡蛋虾皮儿木耳馅的，完美收工，面和馅恰好。自己熬了点稀饭，挑了张菜饼，热了点菜，就开始吃起来。咬一口菜饼，面劲道，皮子略有点厚，馅子的味道，还行。这就不错。我拍了照，发到我们家的群里，说自制菜饼，皮厚菜少味道一般。女儿连连呼应，发来图画语言。下午，丈夫回到家来，点名晚饭要吃菜饼，当晚饭我给他用电饼铛热好菜饼之后，他咬一口，连说行，好吃。

假期，做饭是生活里的一个重要部分，回归家庭，回归生活，当冒着热汗做好一顿喷香可口的饭，都是假期生活的一个小幸福。何况，烙菜饼这一尝试，像是一次壮举，也得以顺利完成，自然可乐处就更多。

2021. 7. 25

梦想皆有神助（和学生同步作文练习）

小时候，经常要傍晚和一块的伙伴去附近地里割草，然后是玩各种游戏，踢沙包，用沙包玩"跳房子"，还有"拾石头"，等等，除了玩，还可以翻阅"小人书"，就是连环画，内容记不清了，似乎有"地道战""卖火柴的小女孩"等等，看也不会耐心，也经常虎头蛇尾，耐不住性子，前面还读读画面下面的文字，到后面就变成直接翻画，看热闹。也并不怎么喜欢看，只是觉得好玩。不过那时也算是一种潮流。

后来开始上学，依旧放学后会拎起篮子和我同上一年级的伙伴去地里割草，也无须割太多，用各种形状的野草把草篮子装平，然后把第一层打扮得漂漂亮亮就好。

哥哥姐姐年纪都在增高，家里也不知谁买了一些杂志，我也就有时翻看，也看得并不多。

我记得四年级开始，偶尔要写作文，那可是件大事，令人犯难。很是羡慕姐姐的作文开头，"东风吹，战鼓擂"什么的，好像听说也受到老师的表扬。总之，感觉作文难极了，总是一句一句艰难地拼凑。不过，就这样开启了有作文的学习过程。后来也逐渐学会了把生活的事情拎出来表达，那白杨道上同学们一起的跑步，那高坡之下的玩闹，那老师的音容，也都能写几笔。后来的一天，不知怎么想的，我和姐姐商定，我们将来也要写一部书，虽然有点志大才疏，可当时就说了那话。

上初中时，我就订了《语文报》，时有佳篇大作，令我爱不释手。语文老师也是我们的班主任，也就无形之中给了我们引领。那时代，崇尚文学，似乎人人都有一个文学梦，同学已有写得不错的了，自己的作文也渐渐通顺流畅了，对文学也有几分向往。

到高中时，就有同学的作文写得很好了，我的作文也时常被表扬。偶有语文老师在大会上高声朗诵文采飞扬的长诗，激荡着我爱文学的心，文学是如此之美。也有颇有文学造诣的学长被在大会上表扬，作品被朗读，令我羡慕。

文学需要天赋，也更需要一颗敏感的心去体悟生活，去细腻表达，后者我拥有。后来，我选了文科，上大学，拷问心灵，最终选了中文专业，现在教的是语文。在大学就那么热爱和有兴趣地投入所有课程的学习，并在闲暇写写小文。并且跟随老师所讲文学著作大量地进行原著阅读。笔下开始生花，感觉写作有了进步。

后来，也时常写点文字，不算出彩，但都是真诚新鲜的心灵历程，有时读之也生出几分喜爱和感动。

更多地记录工作，记录生活，写的内容也更多了。读书也在增多。就这样，有味地生活，有味地记录，积累就多起来，多年的坚持，已使我积累了丰富的文学练笔和工作记录，出一本书的材料早就够了，那么幼稚无知时说出的狂言竟然神奇般就要兑现了。当然，这一路我都在坚持，坚持才有成长。但偶然回首，也再次感受梦想之神奇的力量。梦想皆有神助，愿你早早也有一个梦想。

2022. 3. 1

温馨何处

平房小记

打开窗，窗外荒园秋天的野草，直立立的那种，已高过了窗台，可以说成了推窗而望的一道风景。又是一个炎热的夏天过去，野草以它独有的旺盛生命力生长，它们已长得很高，开出点点小花，后变成一层层毛茸茸的小飞絮，不时随着进入立秋之后的微风吹向卧室。

这间小小的卧室呀，这间可爱的卧室呀……记得结婚前，丈夫苦口婆心磨破了嘴皮子，说服人家提前倒给我们，因为这房子已分给我们，但原来的房主因为新分的楼房钥匙还没到手，尽管早就不住空闲着，还是不答应提前几天交给我们。于是，结婚前终于还是没有分到手，这种渴望与美好的打算没有实现。

后来，就在我们在结婚十天后的一个时间，已拿到新房钥匙的这户人家就把平房给了我们。那是一个好消息，丈夫于是欣欣然开门进这小院，进小院的这间卧室。高兴的同时又多了份忧愁，满院野草长得正旺，覆盖住了院子，甚至还长出一两棵野石榴、野梧桐。后来，是婆婆协同丈夫领着他们一家人来拔草，清理院子，把房间的蛛网、院子里的杂草都收拾掉了，后来就着手打扮这个小院、小屋，后来丈夫便让我来看看。

如今，你看这间卧室，墙壁上挂着我的包，孩子的帽子，还有小篮子里的一两个小动物玩具，高高低低的家具，虽不豪华，擦拭干净，也会放射光彩。

这个小院北有一间卧室，南有一间与大门相连的房子，窄窄的院子中间有一间极简单的厨房，说起来，麻雀虽小，五脏俱全。用起来还是比较方便的。

后来，我们在这里度过许多快乐的时光，小屋遮风挡雨。就在这小院的日子，女儿出生了，后来，也在这里，女儿渐渐长大。这小院一住就是五年。

大门前有一小片空地，是孩子们玩耍的集中地，我的孩子也渐渐融入这孩子群中了。

今年，丈夫单位集资盖房，我们要了一个九十多平方米的楼房，小平房里度过的岁月，不禁让我常常回忆起来。

那寒冷的冬天，就在下班之后，在这间小卧室里生起炉子，在院子里的厨房里忍着寒冷简单做点饭，特别是三九严寒天，那厨房是根本待不住的，近乎全冻住了，碟碗揭不下来，水龙头也冻住了，馒头放在小饭厨里也上了冻。记得去年的一天早晨，我把剩下的菜与馒头放在锅里热一下，准备简单吃点早饭，谁料，也许是吃得急了点，那菜上边热了，底下还是一块冻，馒头也是热了一点表皮，但我还是强行吃了点，内心里也难过了一阵子。

生活是艰苦的，如今，分楼房的机会来了，确是梦想或者说渴望变成真实，我们也在生活中攒了点积蓄，孩子也能爬楼了，生活在一步步变好，我们正用汗水耕耘家园，创造美好的生活。

2000. 10. 15

温馨五月

北方的五月，是有它特别的韵味的。似乎是明净美丽，天地间是新长起的清新的绿色，天空明清，气温温和，"你是人间五月天"倒也可以这样说。

因为忙碌，感觉着时光的推进特别快，仿佛春花还没怎么欣赏，就到了新叶代替了百般红紫的春花，五月是一个绿意清新的季节。

法国梧桐的宽大的叶子，刚刚伸展至最大，清新的宽阔的绿色。柳树新叶渐渐变成深绿的颜色，似乎叶子还没有完全密集开去。玉兰树不见了一只花朵，只是阳光下透明般的新绿色的叶子，海棠花的绿叶间缀着新结的小小的果子，各种树木焕发出初夏的茂盛，天地一片清新。在这片清新中，梧桐花也渐渐落尽。不过，还是有一种花朵点缀了这片绿色，使得天地在绿意中增添了特别的清新与美丽，那就是在高高枝头，清新绿叶间的洁白的槐花。一串串，一束束，挂满枝头，在新绿的小叶间，在这五月的绿意间，花团锦簇地在空际开放，清新了五月的绿，美丽了五月的明净。

在槐树满沟坡满河岸的河边小径漫步，身边是母亲，天气很好，有微微的风，槐花枝头开得正旺，煞是舒心。陪母亲漫步河边，闲话家常，粉色的小石竹花开满路边，河水悠悠。向前走，想起家乡的蔷薇花，每到春天，母亲都会让我到村前沟崖旁剪来一束，插在玻璃瓶里，成了我记忆中辛苦劳作的母亲的不可多得的浪漫，爱花，爱美，爱春天。

微风轻扰，有槐花点缀的河岸，特别靓丽，说起第一次发工资的往事，母亲仍然记得我给她买的好吃的食品的名字，而我早已不记得了，而今我的女儿已给我她第一月工资后的分享，都满是温馨。

有一小片高大的槐树在沿河一开阔处，槐花落花些许，微风轻拂中，送来树间槐花的清香，母亲说起了回老家村子遇到了我们的校长，怎样夸赞了母亲的这几个儿女，校长说增了家族的荣光，也增了他的荣光。这都令母亲欣慰。

跨过石桥，踏上河汉坡地小径，偶有槐花也在不远处擎着美丽的花束。我们继续前行，当再跨一个低的石桥，上去的时候，就来到了河的另一岸。绿树丛中，槐树因花更美，点缀着五月的天地，我和母亲谈家庭小事，谈家长里短，谈生活的和谐方式，谈工作。又是一片槐树，槐花挂满枝头，无限美丽，我指给母亲看，看这带着乡野气息的槐树沟崖，看这明净的五月天际。

我们继续前行，靠河畔的一处开阔的小广场上，高大的槐树林立，形成广场树影花影参差的美丽。我约母亲去树边长椅上坐下小憩，依旧随意闲话，阳光很好，微风轻起，闲暇时光静好。

走出槐花林，走向阳光下，依旧去扶着已八十多岁的母亲小心踏台阶过石桥，去看河岸的风光，去闲话过去，叙说生活，无拘无束……

记得母亲节在五月，这是一个特别好的设计，这时的天地气候，真是一个温馨清新的天地。母爱温馨，五月美好……

2021.5.3

自行车记

一日骑着自行车，路面一颠簸，禁不住多看一眼自己骑着的自行车，心中竟忽然生出些感动，产生了些古怪的想法。

这辆自行车，一晃已十年了，1992年刚毕业那年是母亲用一笔巨资给我买来的，不觉间，十年恍惚而过。再看着自己的自行车，不禁生出些自嘲：这是一辆怎样的自行车呀，经过岁月的洗礼，与原来相比，真是已经面目全非。前后两轮的里带已经换过几次，如今前后轮的外带也已经全换了，前后轮的两个手闸，左右已不对称，外形都不一样，都已不是原来的了，是坏了之后，撤去后修理上去的，那座子也已换了两三次，那后面支撑座子的梁柱也已断了后重又铆焊上去的，那里还曾留下一段"浪漫史"。

那是一个星期天，要和丈夫一起出去玩耍，我们一般都是各自骑车，谁知那天丈夫也许是心情出奇的好，非要用我的车子带着我，好一番盛情难却之后只有幸福地从命，谁知随着体重的增加，车子不堪重负，梁断一根，车圈儿扁了，辐条断了无数根，后来是丈夫找了个修车极熟练的摊主，把我的车子大修了一番，它居然又可以自如地运转了。这辆金狮牌的自行车，又再一次恢复了

| 133

青春。

婆婆曾经让我换一辆，我也似曾心动，但颠来倒去，我却竟没有换它。

车子骑久了，如同人的接触，磨合了习性，这样随着我走过十年风雨的车子，简直成了我的一部分，在上下班周而往返的生活中伴随我走过一个个春秋。

一辆车，就是一部人生历史，刚毕业新买上时，总是把它擦得锃亮。后来，车座上留下过自己孩子坐在车筐里的情景，再后来，到现在，女儿已经能自如地坐上后座，我却只能战战兢兢带不稳她了。

细想来，一路日子虽然艰苦，确是平淡而又充实。想到此，某种莫名的感动便涌上来，眼睛不禁有点湿润了。

2002. 4. 5

桂花飘香，浓浓香

那是北方十月里的一天，校园操场边上的冬青丛中和樱树相间而植的几株矮矮的桂树开花了，天气已经转冷，北方已没有什么花开放，而在这清凉的天地里，却原来还有桂花开放。在碧绿略坚硬的扁长的叶子间，一簇簇米粒样的白花缀在枝丫，散发浓浓的香气，是香水样的味道，是脂粉样的香气，整个校园因这一两棵桂树花朵的开放而氤氲着微风中的一股浓浓的香，经过其旁，都是一种欣享……

依旧下班驱车回家，走在车辆人群拥挤的街巷，这个渐渐走向冬日的时节，太阳似乎也越发落下去得早了似的，阳光很快变得有点不明亮了，不过依旧不用开车的灯光。一个路口一个路口向前，在东风街的一个路口上，这是这个城市的主大街之一，车水马龙，这个红灯车又要停驻阵子。车内闲来无事，正要开音响。右边一辆车，副驾驶座上下来一位青年，说是青年，也有三十多岁了吧，穿着朴素休闲，我以为他要用等红灯的时间处理什么事情。只见他弯腰从地上捡起一块被车压得浑身一层土很皱褶的一小片纸片，然后轻轻走到后面的车厢的货物箱中，轻轻扣上盖子，很轻松高兴地又上车去了。我心里还是一惊，更多涌来的是一阵甜蜜的温暖，我向他用手做了个点赞的动作，不知他能否从后视镜中看到，他上了车，又和驾驶座上的老师傅说话开了。我一看那车，车上有红漆印的"潍洲环卫"几个字，知道这是环卫工人的车辆，但现在肯定不是他们的上班时间和地段，但他竟然这样细致地甘愿去做那样一件小事，他弯腰捡起的不是什么珍贵的东西，但又似乎特别珍贵，他的急匆下车捡起那片脏纸屑的瞬间，给这个城市带来了一股特别的温暖，像校园的那桂花的浓浓的香……

新接教初三的两个班级的语文，一个班级一直以来的纪律从初一就不好。我不断想点子，不断地在经受磨炼。不过，还是有那么一批学生在跟着我的脚步前行。我也细心记录着他们的每次作业，不断对按时上交的同学提出表扬，并累积记录。那阵子学到了写小诗，要进行小诗写作练习，尽管我进行了意象和构思的指导，但对这个班来说，要完成小诗的难度可想而知。不过还是有一部分同学完成了，我阅读和记录着。班上有个对语文和各科学习特别认真的女同学，在这样的班级里，她还是保持着她的那份坚定和执着，她略圆的脸蛋，皮肤白皙，坐在前排，总是仔细记录和听讲。那天没有看到她的小诗，不过，下午时她就把写有小诗的本子送到我的办公室，她告诉我说上午忘了带来。我还是感觉到了一个老师的欣喜，为有这样的学生。我展开她的本子，读她那首还有点笨拙的题为《母爱》小诗："母爱是什么？是当你起床时在厨房看到的身影。母爱是什么？是当你在学校遇到事时不惜满头大汗赶来。母爱是什么？是当你因数学题而苦恼时热好的一杯牛奶。母爱是什么？是当你生病时不停唠叨但却又不舍得不管。母爱是什么？是当你伤心时轻声细语的安慰。我感受了十几年的母爱，懂得了母爱的伟大。"母爱的温暖，文笔的温暖，还有这个女生把作业补交上的青春里的这份向上，都成为飘荡在校园里的如桂花香气点缀的一股温馨……

那天回家，跨上单元外装的电梯，就轻松到了家所在的六楼。电梯门一开，连廊上电梯门口两侧各多了一盆高高大叶的棕榈树，使得连廊里也有了一道绿叶婆娑、绿植环绕的风景，心里更感轻松舒畅了。开门到家，后来就和家人谈起连廊上的棕榈树。原来是丈夫骑车沿河沿前行，骑行路程行进比较远，到了岸上有片棕榈树的花园，和主人攀谈闲话，原来主人正要准备过冬前处理完，执意要送给丈夫两棵。骑着车子，如何带回。园子主人也帮着想办法，用一个编织袋子装着，然后丈夫把它绑在肩背上，一路骑行回到家。丈夫说路上叶子都把自己的脸、脖子划得难受，婆婆在一旁说回来时，背上沾满了泥土，不过看得出他很高兴，完成了一件事情，露出凯旋的喜悦。他也征求了邻居，我们对门的意见，人家也同意并说好看。为了安装这个电梯，作为住在六楼的我们家，丈夫和对门家男主人都成了业主代表，丈夫的工作清闲一些，他便成了主打。不断和单元业主商量，不断和一楼住户交流，不断和几个代表谋划，在历经了无数的大小困难和阻挡，都逐渐克服并最终胜利安装完成。当坐上电梯，顿觉得生活的轻松快乐，我常常想起丈夫他们这些业主代表的辛苦。丈夫因为安装电梯过程中的上下联系和努力，无形中也成了单元住户中的热心人，是生活里的英雄。让生活多了份芬芳，像桂花的香气馥郁……

香，桂树开花满院芳。轻轻驻，沉醉意飞扬！

2021. 11. 7

六朵玫瑰的花束（和学生同步作文象征手法练习）

年轻时，也许是一种渴望，甚至是消沉脆弱时的一种温暖扶助，我和我的丈夫走到了一起。我们早就隐约认识，我对他也颇有好感。大学毕业的学识和青春气质，他也说喜欢他眼中我的单纯美丽，并不算太年轻的我们，很快地从恋爱走到了婚姻。

我们也有过刚结婚时蜜月的甜蜜，我像一个小尾巴似的围在下班归来的丈夫身边。我希望我的丈夫是个既能逗人开心，又能包容我的绅士或君子。

但很快我却发现，我遇到的是一个性格倔强顽劣的男孩。他有坚决的态度，过敏的性格，而我也是个细腻而倔强的女生。我们性格的冲突在婚后不久就显现了出来。而年轻的我总试图改变他，希望能把他改变成我所期望的那种。因而，我们的争吵因对对方的失望而更加猛烈，我甚至幻想我所需求的浪漫，愿意和一个心爱的人追逐嬉戏在海边，尽情伸展完全的自我。孩子出生后因忙乱我们的争吵益凶。

而在杨柳青青，青杏小的季节，在结婚十周年的日子里，一路风雨，我们还是一路手挽手踏青，回首珍爱我们的拥有，旁边的女儿也已是个三四年级的小学生了。

后来，我们才渐渐领悟，对方是不可改变的。而自己所寻求的幸福也不是远在天边。我开始用一个女性的坚强与成熟撑起我应负的负担，我开始更多了些独立坚强面对生活的勇气，当然也学会了温柔地对待这个依旧倔强性格但也开始变得温厚的我身边的这个男人。

我们也开始继续去一起散步，散步时不会再发生争吵。我们开始把对方的每个生日过得更温情，我们在偶有的时候，也会到外面吃顿饭，享受休闲。在四月时，一家会开车去踏青，更有难得的机会，我们也去过远方旅游，去过海边玩耍，在海边的沙滩上，浅水里，感受海水的起伏，看那阔大的海，赏那飞翔的鸥，同女儿一起捡拾贝壳与海藻。而家是不变的归宿，一路的生活，似乎让我们都懂得些什么。

如今我的女儿已是初长成的亭亭玉立的一米六多个子的十三岁少女，我和丈夫也并不算衰老。四十不惑的年龄里，也许才更懂得生活。

那是今年的情人节前一天，丈夫和往常一样开车接我下班回家，上车后，他告诉我，车后座那儿有他为我买的玫瑰花，他说因为明天是情人节，送我的。

好一束美丽的花，六朵硕大的大红色玫瑰，花苞一样大小，鼓鼓的，丰厚的花瓣拢而微张，加上了专门的带黄穗的绿草的铺衬，花束更显得格外大气芬芳。缀着紫色星星的包装纸从侧面伸张成蝴蝶翅翼般的形状轻轻一托，又在花茎下簇成一簇，用紫色的绳带打着蝴蝶结。

带着有点突然的幸福与喜悦，回家后，我找了一个较厚敦而精致的花瓶，从包装口倒进一些清水，就安稳地放在了花瓶里。把它放在客厅的长桌上，客厅就有了熠熠生辉的一道风景。后来，丈夫告诉我，花了不少费用，一共买了六朵玫瑰，六朵代表互敬互爱。

像微风轻轻拂过心田，有一种心灵才能读懂的幸福在心田荡漾。代表互敬互爱的六朵玫瑰的花束，带来温情的旋风，划过心田，又在温暖朴实的家中轻荡飞扬。

2009. 2. 21

立秋

那日是立秋，晚上时候，婆婆用了七样菜做成馅，加上了肉，立秋要吃七样菜馅水饺。

"看出哪七样菜了吗?"吃水饺时婆婆问我孩子。"看出来了。"女儿爽快地答应着。"哪七样?""茄子、葱、豆角、韭菜、芹菜、丝瓜、芸豆。以肉和茄子为主。""对，对，对。"祖孙两人互相问答。我这才注意到，从咬开的水饺隐隐见到它们的影儿。从昨天晚上起，丈夫就和婆婆讲起小时候吃七样菜馅的水饺，其中必有"秋叶"，现在已无法找到这种树了。

立秋，秋意初到，夏之茂盛就要长到极处，而转向极盛之后的衰落，是应该珍留走过的又一夏季，就让我们采一片留在生命里。

一切景物也开始显现季节时令。门口小花园的长势茂盛的粉花，已开始由

137

浓绿转向一点苍老与花的稀疏，那茂密减了许多，而在花枝头多了些黑圆珠般的种子。大门口右边的空地上婆婆种上的玉米，也在历经干旱危险又在一场场细雨浇灌下顽强地结出玉米棒，而今已是收获季节，婆婆已煮过两锅玉米棒子，一家人吃得很香。番瓜蔓跃上墙头，爬上平屋，又深垂下来，现出大个番瓜的影儿啦。斜爬的丝瓜蔓上，已是叮儿当啷结了几个丝瓜，排不上号吃，就当风景看了，无人采摘。那顺着木头爬上铁栅门的苦瓜，已结得到处是。蔓子已现出极盛之后的衰黄。

蟋蟀的歌又要唱起来了。来送走夏日，奏响秋天。

2009. 8. 9

饭后一壶茶

在学校里忙碌了一天，吃过晚饭，收拾洗刷一下碗筷，就会一屁股坐在沙发上，忙碌之后是这时间涌上来的疲惫，什么也不想干，只想静坐休息会儿。而这时，丈夫总会泡上一壶茶，招呼我坐下，并且说茶碗已洗好并为我准备好了。我也就坐下来，有时还要口头赞美一句："太好啦！"这近乎成了丈夫光荣的任务，我也给他这样的机会，享受饭后丈夫给沏好的一壶茶，等我坐下来的时候，他会亲自给我倒一杯。这时，涌起的是惬意与家的舒适，疲惫也正是在这种调解中溜走。有时家里也备点瓜子，饭后一壶茶，磕一点儿瓜子，是一天忙碌后回到家中的很美好的放松一刻。有时瓜子是婆婆买好，也偶尔是丈夫给买好。

年龄已迈向四十出头，我和丈夫也可算是老夫老妻，谈互相疼爱显得过于虚套，不过相互间的默契倒是有了一点。我会积极地去做些家务，我会乖乖当一名听众，当他眉飞色舞地讲说的时候，我会忍耐片刻；当他对着我愤怒的时候，用不了多久，他就会借个方式来谈和的。而不知何时，晚饭后的一壶茶已是老习惯，而每每他招呼我坐下来，说茶已泡好，杯子已为我准备好，这个时候，涌起的是欢乐，是家庭的温馨。我愿意让他承受这一甜蜜的负担。

2010. 2. 8

香椿炒鸡蛋

丈夫和孩子踩着梯凳，把香椿树上的春天的新芽摘下来，一共几棵小香椿树，竟也摘了一小盆。婆婆忙着冲洗，我从洗好的香椿中挑选了一把更嫩些的，准备做午饭时给全家做一道菜：香椿炒鸡蛋。

切香芽时，就发出了新香芽的清香。搅上鸡蛋汁，放一点盐，用花生油一熟锅，倒入香椿鸡蛋汁，用小铲掀来翻去，不一会儿，黄啦啦的香椿出锅了。咬一口，鲜嫩清香无比，让人直感到生活的无限美。头茬香椿真香。

2010. 5. 2

夏日湖景

尽管是在放假时间，但一家三口都有闲空的时候也并不算多。女儿喜欢叫上一家三口，到白浪河湿地风景区或到郊外不远处的浮烟山去玩，这也成了她每个假期的一件乐事。

那天尽管天气依然比较热，不过难得都能有空，于是就说好一家三口到鸢都湖旁玩，那里水大，风景也不错。并且她和她爸爸还约好去捞鱼。这样我们拿好相机，带上了喝的水，穿着轻便，就坐公交车来到了湖边。

湖边风光还是不错的，成片的月季花已开过它们的旺季，不过依然零星开放着大红的月季，还有浅淡不一的各种颜色的。花株间已开始有衰残的叶子，杂草间或露出些许，但我以为这正是这个夏末风景的最好写照。于是留影一张。孩子喜欢湖边的大片花开得颜色还算浓郁的美人蕉，在一片金黄和一片大红的美人蕉前面活泼地摆个姿势，我赶紧配合地快拍。

接着我们到了水边，湖水浩渺，水势很大，就像一片海。调皮的丈夫早就在水边浅处的石头上戏水。我嘱咐他小心，因为水很大。我们就沿细草中时隐时现的大理石小径沿湖往前走。湖边有不少枣树，结了不少的枣子，非常可爱，丈夫随手给我和孩子摘了几个，我尝了尝，一点甜味还没有。我们继续往前走，有许多树结了一串串的像小苹果的野果子，尝尝是酸酸的，不过红红圆圆的一簇，簇拥在树干间，煞是好看，加上那一树黑红的叶子，是很美的一道风景。木槿花灿灿开着，特别舒展秀美，是双层花瓣的粉红花朵，配以嫩绿的叶子和舒展的枝条，禁不住手持花枝留影。河边垂柳，已长到了极致，长长的枝条随风轻摇，浓浓的长叶片已稍现出盛夏之后的衰败。不过仍不失为一道迷人的风景，女儿禁不住拍摄留取下这个镜头。

终于在水边找到了一个好的去处，这里不仅有几块大石头可以坐下来休息，还可以踩着石头在水中捞鱼。我们坐了一阵子，湖水很大也很清，不过，难得的是竟然游来了几条小鱼在河边的浅水的石头间，丈夫拿了个不大的网罩，不过他还是捞上来两条小鱼。于是游兴大增，女儿拿出她带来的小小网罩，也开始寻找。后来，这里玩够了，我们就沿湖边再走，不时有造型各异的木桥悬于水上，我们踏上木桥，感受海边般的美妙。远远近近高高低低的不同建筑和沿河的雕塑，还有湖边茂密的浓浓淡淡的花木，还有桥那边的汪洋般的湖水，都可以找到心旷神怡的感觉，拍到很美的照片和风景。不过，他们爷俩最终找到了一个木桥边的浅水处，成群的小鱼在游动，我也看得入神。女儿准备周全，把她画画用的软质可叠的帆布小水桶带了来，把捞上来的小鱼放到已盛好水的小桶里，我也禁不住在岸上指挥，让丈夫抬网罩，还算配合默契，收获颇丰。又来到了一处，呵，这儿鱼儿更多，用不着指挥，随意一捞，就有收获，只不过鱼儿太小，他们爷俩都不想要这么小的鱼，所幸的是这儿小虾不少，捞上来几只，另外还有小螺蛳，都一并捞到了小桶里。夕阳快要西下，天空渐渐暗淡下来，我们也可以满载而归了。

于是似乎来了兴致，不坐公交车，我们沿路边林荫人行道，走回家。找来闲置已久的鱼缸，收拾停当，就把鱼虾螺蛳放进去，我们把一鱼缸的风景带回了家。

2010.8.18

家临潍城一条老街

家临潍城一条老街——北门大街，临一条老街居住，有时走街串巷，总有一种穿越历史而又看到今日的感受。世事沧桑与今日节拍同在，老街老房留下岁月的痕迹，而时代的奏鸣又回响于这条老街。

就先看一看这条老街。从南向北，有裁缝店三家，小吃摊、小饭馆也有三五家，百货商店大小也有四五家，生活需要是应有尽有……想吃点心，有蛋糕点心房；买馒头吗，光馒头房就两家；买点炸肉炸虾，好吧，就一家，在这条街上物竞天择地留下一家，它的炸货可是香当当；下饭店吗，有两家；买青菜吗，有一摊点。因此，家住一条老街，用品俱全，生活就是方便。走下楼来，不论早餐还是日用品，你都不用走出这条老街。

老街上除了这些，还有别的景象。那网吧开了三四家，那进进出出的无聊青年也繁荣了这老街网吧的生意，公话超市里也进出各色青年。游戏厅虽隐蔽却也并不闲着，一到黄昏傍晚倒也更加热闹。

最热闹时当属早晨，自南向北就成了一条小吃街。馄饨摊，千层饼、油饼，火烧，小笼包子，炸麻花，油条，脂饼，豆包，糖夹，粽子，炒米饭，八宝粥，荷包蛋，汇老潍县小吃之精华，集大江南北之早餐做法，真是吃什么有什么，油腻的、清淡的皆能打发你满意。有就摊位吃的，有拿回家去吃的，打工的，当地的，混在一起，真是吃成一片。老街这繁忙的景象一直要忙碌到太阳热得发了白。

有兴趣的话，你还可以逛逛连街的小巷，那更能寻找到老城印迹和老城风土人情。南面北门大街就连着城隍庙巷，这巷子必须提提，那可是潍坊第一吃城隍庙火烧的荟萃之处。真是什么也怕出名，地不在大，有名吃则灵。那城隍庙巷子沿巷连成一片是那火烧铺，并且哪一家生意都特好，因那火烧香引得八方宾客，那"第一名吃"的牌子招来望名品尝者。那开出租的，那早起上班的，那想一尝"第一名吃"的火烧的，还有那百吃不厌的老顾客，这条街真是潍坊第一"火烧店街"。不得不特别提名为"城隍庙火烧"的铺子，已在这条街上扩展成连锁店两家，同样都是店铺宏大，支两个烙烧饼的炉子，雇用不少人，即使这样，早晨你要吃它的火烧，也得排队。因临之不远，我是遍尝各家，虽各有风味，不过还是那城隍庙火烧柔嫩顺口，风味独特，价格借名气借味道也略高一码。看沿街不少小吃店，都是青砖平房，显然老城房屋，但却一个个铺面干净，俨然是成功老店的风格。沿街除了店面，还有那胡同深处的老屋连着的人家，有的是老城人家一直延续居住的房屋，当然大多数地方已盖起高楼，就这样喧哗着、生活着一代代人。

家临潍城一条老街，看惯那市井风景，听惯那车水马龙。

2003.8.18

纯粹童心

自己的童年已远去，回忆都近乎找不到踪迹，而我孩子的童年却透明般地展现在我面前，当女儿蹦跳无忧的身影从我眼前展现时，欢乐会感染我，感染全家。

孩子的天性是玩耍，无拘地玩耍，决不允许有一点儿心事，是一片无忧无虑的纯粹世界。

偶有一天，我给她带回几个好看的气球，她一见气球欢欣鼓舞，便手舞足蹈地创造性般玩起了气球。用头顶气球，随着气球满屋子跑，玩耍中仿佛眼中心中只有气球还有气球所带来的欢乐。我也禁不住在晚饭后随着女儿和她一块玩起了顶气球，我发现这居然是一项不错的运动，运动幅度不大，却别有一番欢乐，后来丈夫也加入到了我们当中。在孩子的发明创造下，家成了饭后顶气球的运动场，带来了欢乐的浪花。瞧，晚上时，女儿把气球抱到了她卧室的大橱里两个，当我不经意敞开衣橱发现这一景观时，我禁不住笑了，孩子的世界，无忧的海。

楼前空地有一堆沙子，成了孩子们的玩乐场，我已数不清他们把那堆沙掏挖翻腾了多少遍。有时是整下午从沙堆挖一条从这头通向那头的长沟，似一个巨大的工程，带铲带水，劳累之后在自制的砖沙椅上喝水休息。我已记不清有多少次，饭还没怎么吃好，她已又提了小铲，准备接着上午的工程继续翻砂。除了大工程般的挖沟，有时挖炮眼似的小洞。那群挖沙的孩童，与他们面前这楼里的成人世界格格不入，有时凭窗观望，都让我看得出神。纯粹的童心，就是一味心灵良剂啊。

记得那一次对全家都是一个不小的震动，丈夫的工作很不顺利，我和丈夫的情绪，特别是丈夫的情绪非常低落，我从未看见他那样低沉悲伤。我看在眼里疼在心里。那几天，他不刮胡子，情绪低落，似受了很重的打击。而那几天，他却特别喜欢领着孩子出去尽情玩耍，游公园，逛大楼，尽情地融进孩子的世界中。在一张电脑拍照柜台前，孩子与她爸爸即时拍了一张附有题为"七彩童年"的爷俩黑白大幅速照，拿回家里。当我看到那对比鲜明的两张脸时，我伏在丈夫的肩头哭了。那是怎样对比鲜明的两张脸啊，一个纯真无瑕，一个满脸沧桑。对比不能不引起情绪的波动。那段时间里，我知道丈夫正是用童心沐浴自己沧桑的心灵。也正是在这一片天地里，岁月冲淡了烦恼与忧伤，丈夫走出低谷。

而今春天又到了，我的女儿已七岁，已是一个一年级的小学生，然而我观察到她玩心未减，依旧是个贪婪玩耍的孩子。当我骑车带她到街上玩耍时，她已在车座后手中迎风转起了风车。而不知何时，她竟用气球、塑料绿叶、塑料袋之类在楼上阳台窗口玩起了放风筝的把戏，并且乐此不疲，每天中午下午放学后都要蹦蹦跳跳充满兴趣地去放她自制的风筝，玩得满够尽兴，赶都赶不走。

为此，我经常惊讶于这片童心，陶醉于这片童心，动心于这片纯粹的童心……

2003.10.20

夜晚，小径上那片芦苇地

生活的节奏总是忙碌，不过，晚饭后还是能挤出一小时和丈夫一起去沿河散步，这也成了习惯，成了忙碌生活里每天的小惬意。

日日晚饭后天黑时的散步，一路上总有不少的风景。有时是听石桥下流水淙淙，或急流冲击石桥特设的罅隙而跌落到石桥另一边平铺的参差的巨石上哗哗有声，都是桥上的风景，有时月光照桥，流水有声，也别有韵味。然后沿着河汉一径通向河的另一岸，那里路途上春有槐花飘香，夏有紫薇花开，灌木夹道，秋有美人蕉树立一旁成片绽放。然后向河内拐，踏上一个石桥，拐向两条河道分叉处的一处低地，很开阔，那里有一片芦苇。就在这片芦苇地中，铺展着伸向不同方向的一两条大理石小径，为了行人方便，小径两边都收割进一块，形成两侧平整的空地，小径也就更爽气，即使芦苇葱郁野草浓厚之时，也可放心去走。这是我们俩近乎每晚的必经之处，散步的路线经丈夫划定选择，也形成了习惯。对这片芦苇地还是有特殊的感觉。这里因为地势开阔，野味也就更浓，所以显得人来得少些。不过每晚由丈夫陪伴，我们是日日走过那片芦苇地，小径边的那片芦苇地，也成了我们心上的风景。

现在是中秋时节，芦苇地经过夏季的暴雨疾风，野草的纠缠，倒伏了很多，不过，还是有成小片的站立的芦苇，现在挑出了油油的苇花，在明亮月光下，是一幅朦胧的画，有着特别的美。在月光不明的时候，似有一种夜气微醺的暗黑，增加着神秘和梦幻。丈夫是调皮的，总是经过芦苇地的小径时活跃开来，似乎要特别增加些活泼的气氛，让我感觉些轻松自然。这又成了小径上的另一道风景。

春天的这条小径上，青草密密长起，是一片特别的芳草地，特别葱郁整齐。然后是初夏时芦苇渐渐拔高，形成更葱郁浓密的一片，走过这里，总有微微的凉意和青草的香气。之后是芦苇和野草的疯长，然后是现在苇花飘荡，之后是冬季的这片芦苇被收割收拾殆净，成了一片平整的冬日的开阔的空地，似乎那时又有了木落地阔的别样风情。常常想起小径的四季，禁不住感叹时光其实也很美好，这看似平常的小径上的散步，似乎也充满了诗情画意。而现在这条小径上芦苇花正开，在月光下有着别样的风情，似乎心有相感。

拐过这个芦苇地边的小径，就会下坡，到那边河上的石桥，到那里再去看月亮，听水声，看钓鱼人的战绩，看不远处的那片荷花的暗影。然后就会拐回河这边的小径，去穿过槐树夹道的柏油小径，去一路抬头看小径边岭上的白杨间的月亮，月亮也跟着我们向前走，那又是那边小径上的另一风情了……

2018. 10. 4

女儿正当七八岁

女儿已经七八岁，简直不再是个小孩子。她开始有了自己的主见。你再如何说她哄着她去理她的我们看来嫌长的头发，她不再愿意听，而是有了自己的审美观，把头发前面的头发束起朝上，扎一个小揪马尾，并且早已不知什么时候学会了自己梳理扎起，动作很快，把头发一抓起，缠上一皮筋儿就完事。偶尔一两次我也会给她梳理，当她发现我给她扎的确比她自己扎顺滑的时候，时不时会缠着我给她扎起头发来。大热天渐渐来临，你就唠叨命令她去理短头发，她才不听呢，除非她奶奶来，用买雪糕之类的交易好好劝说才偶尔说动她的心。

俗话说"七岁八岁狗也嫌"，这个年龄可不是好缠的。她会在逗人发笑的事情中肆无忌惮地笑个不停，时不时她和她爸爸这爷俩，在屋里不知她爸爸又给她开了个什么玩笑还是讲了个什么笑话，她又咯咯地笑个不停了。这时候，让你也感受到了只有笑声，无任何的压力烦恼。但学业除了给了她快乐之外，也使她有了多多少少的压力。她会神秘兮兮地牵你的手到她的房间看她考的100分，考不到100分，她也会让你猜，这时多半是比较好的成绩，当然也有令她难过的成绩，这时，她也开诚布公地让你看，不过，看过之后，即使你鼓励她，

144

她也会掉眼泪的。不过，烦恼一会儿就会忘掉，她依然是调皮活泼地生长。

早晨，我有跑步的习惯，不知何时起，时不时她也起得和我一样早，穿上运动鞋，穿戴好衣帽跟我跑步去。这令我既高兴又担心浪费我的时间。果然，一开始她总能跟上我，我一向是跑得很慢的，而她一开始有时甚至大步流星地跑到我前面去，很快，她玩够时，她就像故意似的不再和你一个节拍，而是远远地在后面蹭，慢慢走，但她总保持能看见你的视线。让我也不敢跑快、跑远。不过，欣喜的是，她每天都能早早起床，时有穿好后到我的房间里叫醒我的时候，最近近乎天天如此。小小年纪，就长了志气，晨跑已是天天坚持，并且也渐渐不再那么淘气，简直成了我的小伙伴。

做饭时，她会在忙完了自己的画画、学习作业之后，不知什么时候悄悄到厨房窗口敲一下，然后趴在窗口现出脸来，吓你一跳。不过也增加了做饭时的欢乐，多了些有趣。渐渐的，她也觉得做饭也挺好玩，在煎小咸鱼时，翻动的工作，她会主动抢过去的，当然，煎好之后，这道菜就成了她做的了。不知何时尝试并学会了打鸡蛋，下面条、做汤菜，她在厨房时，总会欢快地抢着打鸡蛋，动作已是颇为娴熟。

生活已不仅仅属于玩耍，也渐渐充实起来。喜欢画画，国画班的作业一周总有十几幅，她还是坚持画下来。放学后也时常在家里的小黑板上做她心目中的粉笔画。星期天我洗衣服时，她必定要在旁边背唐诗、《论语》一类的内容，但必定是她教我。家有一块小黑板，她会把唐诗选一首抄在小黑板上，然后如小老师般一句一句教我，有时是边写边教，我也可一举两得，又可与孩子进行学中玩、玩中学，这样下来，她也已背了不少唐诗、"论语"了。我洗衣服的单调时光，因与孩子的背诗增添了很多的欢乐与意义。

不知何时，记得很早，我已经教她也会写日记了，你看她坐在阳台上，拿一闹钟在旁边，边玩边不时观看落日，在她日记里，也有了落日的红色，也有了"夕阳无限好，只是近黄昏"的名句了。当柳梢吐芽，迎春花开，在她的小小日记里也能见到了。

依旧是天真，带着没褪尽的顽皮与孩子气，但也似乎开始长大，开始展现一个七八岁的自己。

2004. 4. 1

结婚十周年纪念日

结婚十周年纪念日那天，丈夫领我和孩子，去河边漫步。真正的杏子青花儿红的五月，阳光还不是那么毒辣与刺眼。

适逢星期天，一周的身心疲惫，正需消释一下。我们穿过绿油油的草坪覆盖的广场，走过铁桥，走到河东边。丈夫说，要带我们去看杏树上结的满枝的杏子，我们确实找到了，孩子高兴地又唱又跳。看了杏子，我们又去看那一簇簇高高生长、开满白色花的蔷薇，那馥郁的香气，招蜂引蝶。

然后，顺着河边，数看那各种叶儿尽展的各类花树。走累了，在河边石头上坐下来小憩，我是愿意挨着丈夫坐下来的，他似乎也看出我的心思，好久没有这种自然轻松的亲密感觉了，被工作，被十年如一日的习以为常的繁忙的家务和吵吵闹闹的恩怨所影响，一时很难说清楚，似乎也不想去回首，一切都很自然，真实，我们一起走到了今天。

城墙这边走走，又想到城墙那边看看，丈夫总是玩心十足，领我们踏访城墙那边。穿过古老的灰砖城门楼，就到了城墙那边，景象就颓败了很多，不过倒也新奇。仿佛走了很长的路，丈夫说，我们这十年也一直在走路。终于拐弯到了一胡同，原来还是个集市，买了西瓜，在集市一角吃了，好甜呢。

城墙那边探险结束，上了大路，下去，沿着河的东面往北走了。穿过那些开着的月季，走过那不知名的树木，我有时会去牵丈夫的手，特温馨，自然而欣悦的三口之家，孩子蹦跳喊叫随后，我们俩絮絮而语，似乎没有感觉到疲劳。

终于到了北宫街的临河大桥，上去，一会儿，就到了"小鲁腰花"饭店了，丈夫特意领我们去那儿吃顿饭，漫步之余来一点啤酒佳餐，应该又是另一番欣享了。我们碰杯而饮，很自然，很轻松。最后我要了我最爱吃的水饺，吃了不少。

回去，我们一致愿意再沿河的西边走回去，从东边来，再从西边回去，不会单调，又可以欣赏新的风景。依然絮絮而语，来到广场草坪，树荫下席地而坐，暖风轻拂，并没有感觉到疲劳。

十年，想来就这样走过来了。有过苦涩，有过煎熬，但也不知不觉走到了今天。

结婚十周年纪念日，今日，好温馨。

2005.5.15

爱玩是孩子的天性

女儿浩浩，今年九岁，依然是个爱玩的小姑娘，她似乎对什么好玩的都感兴趣，包括昆虫。

暑假中的一天和她一起到楼下小院秋千架上荡秋千，我摇着秋千绳索，她坐在秋千上，很是高兴。这时，她望见旁边葡萄藤上的蜗牛，这一下发现了新大陆。她停下荡秋千，顺着葡萄叶儿，拨弄起蜗牛来。玩得不尽兴，她竟然把有蜗牛的葡萄叶小心翼翼地两手摘下，然后兴高采烈地把蜗牛带到了楼上，带回了家。不知什么时候，她很快把蜗牛窝搭好，用一个纸盒，里面放上些土，弄一点水，然后又弄了点葡萄叶、青草，看上去蛮舒服。然后，没事时便观看蜗牛，看着蜗牛的蠕蠕爬动，她似乎无限自在快乐。但没玩几天，她的兴趣似乎转移了，竟把那可怜的蜗牛忘了，及至想起，蜗牛已不动弹了，哎，这个小丫头，这虫子又玩够了。

记得孩子很小的时候就喜欢玩西瓜虫之类的虫子。这几天，她爸爸有了机会，顺便不知从哪里弄来了一塑料袋带着桑叶的蚕，那绿油油游动的虫子，丈夫猜想女儿一定喜欢，谁知浩浩看后大叫一声，坚决拒之千里之外，没办法，丈夫把它们放到了楼下草丛里去了。

秋天好玩的树叶她先捡上几枝，拿回家来玩上几日，春天河边的叶儿采摘过，夏日小院中杂草的穗子也会一一采几朵，直至不知什么时候已干。去海边游玩，也要带几块鹅卵石回来把玩。

一天晚上，她爸爸给她捉了只蟋蟀回来，她甚是欢喜，赶紧找了个器皿盛了进去，也算是给蟋蟀安了个窝。又是给它放进去桃子片，又是放葱叶，每天把玩不已。后来爸爸告诉她，楼前面大街旁因为灯光亮，晚上有很多蟋蟀出现，可以去多捉几只。孩子这一下来了兴趣，爷俩连去捉了两晚上，在灯光下弯腰找寻，煞是认真，乐此不疲。这样，一小群蟋蟀被带到了我家所在的五楼，孩子把自己房间的塑料垃圾桶倒了出来，把底下放上点土，然后这一群蟋蟀进去，倒也蛮舒适。

这样，她每天便阳台卧室地搬来搬去，查看垃圾桶里的蟋蟀们的情形，似有无限情趣。有时忘了喂食，一旦想起来就赶快给它们一顿饱餐，让它们大吃一顿，个个饿得都狼吞虎咽。于是晚上或白天，就有了唧唧的蟋蟀声，也吸引我去倾听，也因此有时中午睡在女儿房间，旁边有蟋蟀轻唱，真是极好的催眠曲，并不吵闹，却多了份自然之趣。

爱玩是孩子的天性，且让孩子葆有这样一份闲暇之趣。

2005.8.27

浩浩学画

浩浩学画可追溯到幼儿园时期，那时幼儿园有兴趣班，在周六时再学半日的各种兴趣班。女儿毫不犹豫地选择了绘画。我记得那时参观幼儿园她的成长记录袋里就有彩笔描绘的大象，已是画得非常可爱逼真。也算是同学中的佼佼者。后来就选择了绘画兴趣班。就从简单的先用铅笔画底然后彩笔涂色开始，一步步画到了简单的水彩。或轮船海鸥，或海南椰树，或是节日礼花，我都是很喜欢的。选择画得好的，挂在她的房间里。这画画的兴趣就逐渐培养了起来。

到了小学，学校按上级要求停办各种兴趣班，在浩浩的同意下，我便给她报了社会上的绘画辅导班，由较专业的老师辅导学习画国画。从简单地用毛笔蘸黑几笔拼凑起来的小鸡开始，到渐渐复杂却也美丽的花草树及水果，那荷花的灿烂，菊花的清雅，茶花的娇艳……渐渐在她的笔端流溢。一笔一画，渐渐收好了笔，入神，入画。由小画画到了大画，画里开始有雄鸡的气宇轩昂，有兰草的高傲，有梅花的风骨……渐渐丰富，渐渐美丽。一二年级时，我与丈夫接送孩子去学画，风里来雨里去，一起走过河岸，走过大桥，就是学画的地点。严冬酷暑并未曾间断。三年级时，浩浩就能大胆骑自行车自己去了。虽然车技还不那么娴熟，但渐渐也锻炼成长起来。一到周六或周日，去站立着学画半天，回来后，就见空插针地练习这幅画，画四五张，每种画都需几种色彩，一笔一笔描画，很仔细，很锐力地去捕捉老师画中的每一笔。画得亦是用心的，认真的，周周如此的忙碌，也未曾动摇过她，她顽强地坚持了下来。

去年学期末，即"六一"学校联欢会上，浩浩等六名同学，联欢会上现场即席绘画，在舞台上得以展示。这也很令她兴奋。

现在已上四年级的浩浩，学画更加有了信心，画得就更神似了。每每她画画时，我也禁不住凑上去欣赏，看着她画法的一天天娴熟，画面的越来越流畅美丽，我也仿佛感受到了作画之乐。

祝愿我们家的小艺术家越来越有出息。

2005.12.20

燕子新记

　　燕子给我的印象总是那样活泼可爱。它们在天空中自由自在地飞翔，扇动油滑光亮的翅膀。而这次却有新的体悟。

　　燕子在我家大门洞梁上的窝终于垒好了，有一对燕子便安上了家。安上了家，我们一家人就盼望小燕子的啁啾。起初并没有什么动静，沉寂了好长时间，以为他们今年不会有小燕了。可是有一天，婆婆说从窝里掉出了两个蛋壳，里面什么也没有，可能是孵出小燕儿了。从那一刻起，我就希望能听见窝里小燕子的叽叽声，就希望能看到小燕子们稚嫩的身影，特别是它们张嘴要食吃的可爱的样子。可是，仍然是很长时间的沉寂，什么动静也没有。我曾站在门洞仔细听，也未曾听到一点窝里小燕子的声音。我在心中默默等待。忽然有一天，我听到了小鸟的啁啾声，那是小燕儿在窝里的叽叽声，是新生命特有的声音。这一天，院子里飞进飞出很多燕子，他们也飞进飞出小燕子的窝边，仿佛是曾经帮助筑巢的那群燕子来恭贺来看望，这终于渐渐长成的小燕。

　　从这时起，我就时不时会看见窝里三只小燕子露出窝外的三只小嘴，也能略看到那光溜溜的有点太娇嫩的小身子。两只老燕子更加忙碌了，不断轮流地飞进飞出，有时又是同时落到大门洞一边墙边的电线上，我才仔细观察到，燕子收拢了翅膀之后是那样瘦小，燕子红红的脸上带着些许的风尘，我忽然感受到一种朴素的父母对孩子的爱和做父母的辛苦。心中竟有一种莫名的感动。一对老燕子忙忙碌碌，有时一起停在墙边的电线上，对头低语，就像是在说着什么，说着他们的孩子，说着捉虫喂养的打算。

　　随着时日的推进，一对老燕子就更加忙碌了，飞进飞出，窝里的小燕子渐渐生出灰色的茸毛，啁啾的声音更响了，拥拥挤挤的，有时我担心它们会掉下来。老燕子忙着喂它们，任务更重了，鸟粪落下来也多了，小燕子们在父母的呵护喂养中茁壮成长。

　　门前园子上空，也是一小片空阔天空，总时不时看见一只老燕子带着一只翅膀还不能笔直挺起的小燕子转着圈练飞，小燕子无论从声音从飞翔的姿态上都可以辨认出，带着颤动，带着惊恐。我盼望着我们家的这窝小燕子的练飞时刻。

2006.7.20

黄昏

清凉的微风掠起，天终于凉爽下来，黄昏时刻到了。

虽然依旧明亮，院子里却没有了强烈的阳光，黄昏的温柔的光笼罩着整个小院。

女儿浩浩端着一盖垫牛奶馒头（用牛奶和面）从大门口走进来，这是婆婆在外头小园里的棚屋的简单灶间用大锅蒸制的，还要再蒸一锅呢。一会儿，女儿又端来一盆子煮好的金黄的玉米棒子，自己小园里种的，刚刚成熟，够新鲜的。

小园的丝瓜蔓已挂在墙头及更上面的槐树枝上，坠着刚结的几只丝瓜，黄色的丝瓜花这时刻已合拢点缀在绿叶间。前面园子里的向日葵金灿灿地依旧立着，粉花此时也精神地开着，番瓜花隐约合拢在浓密的叶子间了。黄昏院门前的天空下，是一幅宁静安详的家园图，一切沐浴在黄昏的微风里，黄昏的舒适里。

天空依旧高远，笼上了黄昏的点点暗的色调，但依旧明亮。点缀着点点云气，但有很多燕子在高空翩飞，成了一个个小点，低空也有飞翔着可清晰辨认翅膀的燕子。前面大街高高的电线上，一会儿是麻雀落在了上面又飞走了，一会儿是一只鸽子，也点缀在了五线谱般的电线上。近处一棵高大落地槐树上，喳喳落下来一大个喜鹊，在树枝间未落稳脚跟般地抖动，接着又稳站到粗树枝上了，喳喳叫着，一会儿扇动它的宽大的羽翼，从树间滑翔到园子的上空，在我的眼前清晰地呈现它斜横飞过的身影。园子栅栏门边传来狗的呱呱的喝水声。

这就是黄昏的片刻，有时拿马扎在院前坐下，织个毛线活，静享眼前的这片天空，这夏日黄昏的独特惬意与美丽。

2006. 8. 7

婆婆的王国

婆婆有三个儿女，都在本村安家。婆婆顽固的性格，有理无理话都能对上去，因此，在三个儿女眼中也颇有家长威严。

婆婆住小儿子一家盖的四间新房，跟小儿子一家住在一块。闺女、大儿子各自一栋房。小儿子家城里有房，平房有时也来住阵子，这北屋四大间，南屋四间，外有小片的空地是菜园，就成了婆婆的王国。

只要她愿意，闲着的房子她可租出去，赚得的房租及租房的一切事务她来办理。婆婆虽有顽固的个性，却也开朗豪爽，辣词俏皮话一宗一宗的，因此也有几个知心如姐妹般的好友。因此，婆婆一天约两个小时陪来访之客。这些婶子大娘老奶奶，年龄不一，不同层次，时常来坐，来玩。婆婆必然热情清脆地从屋里打着招呼迎出来，迎接到屋里，坐下，然后必然倒上茶水，然后就喊喊喳喳地说了开去，要么是婆媳怨仇，要么母子之间隙，要么也许是央求帮哪人之儿子提亲，说说笑笑，一般大有不到两个钟头不散之势。临结束还要有约，说定赶集，要么约定拔菜，要么是说好晚上去大公路上看杂耍。活动算不上频繁，也时有行动。

婆婆今年六十岁的人啦，背略有点驼，但梳着个短短的青年头模样，不胖不瘦，人也精神干练。

小院外西边的空地是可由临近之家管理，这自然成了婆婆的菜园，大门口西侧贴墙根也开出一片地方。种什么，翻地，浇水，施肥，她一般一概不让别人插手，忙忙活活。浇水设施齐全，也不会费多大劲。种小菜园也成了婆婆一乐。有时收个吃个，有时自然是吃不完的，就送给别人。用她儿子的话说"其乐在种而不在收"，拨弄园子也成了婆婆的乐事。自春天起那片地就闲不着，油菜、菠菜、韭菜、小葱、黄瓜、芸豆，那半边天来个省事的，全种上了玉米套花生。门前，园子墙边，门外角落，不时爬上番瓜葫芦，那丝瓜现在爬得到处是，挂在园子门口的，爬到墙头攀到树上的，叮儿当啷。吃不过来，只留得看风景啦。门口边的门豆，深秋一架一架，是婆婆特意支的架子，蔓儿爬满，接着便会开花结门豆。深秋的菜就接上了。园子里种什么，你说了不算，婆婆是主人，她看哪些菜长得不顺眼，说不准她一会儿拔掉，另种它样。你要帮她翻翻地，她准不准你动。你在该种菜的地儿种上花，她也会不客气地不知啥时候给你拔掉，还满口理由。只有大门口处的几株花，也许是婆婆亲自栽种，终于可以长时间站立生长。这样一来，把个小园栽种得满满当当，野味十足。

婆婆不愿吃那她觉得软得不正常般买的小个馒头，她自己蒸制馒头，又劲道又香，儿女都爱吃。调个野菜，芸树菜到园子或到地里即采回来即烫即调。想吃水饺吗？没问题，婆婆一个人从剁馅到包好，全揽下来也是家常事，想吃随时包。包子，野菜的，黄瓜的，豆荚的，豆腐的，只要你说吃哪一口，准能给你包制出来。

不过婆婆也有不拿手的地方，就是有时炒菜略显旧时代的局限性，力不从心，时有不及儿媳妇之处，不过，她似乎不承认这一点。婆婆种的玉米我们已吃了一次又一次，大个番瓜老下来，随即摘下个做成稀饭里的小块，又香又面，别有野味，营养也不错吧。

婆婆会骑三轮车，三个儿女家她时有骑车过去。小儿子一家回来住时，赶集上店，打油买菜，全是她承包了一般，每赶集便买桃子一堆，或大或小，或甜或酸，洗在水果垫里，她的那几个孙女外甥来到只等伸手即拿，伸手即吃。

这就是婆婆，虽忙忙活活，却也单纯快乐。不曾读报看书，只会对着电视听歌看故事，却也里里外外一把手，忙个不亦乐乎。婆婆的王国，婆婆说了算。

2006. 8. 20

举家爬崂山

这一次有这样一个机会，一家三口可以随丈夫单位组织的旅游活动一起去崂山、青岛观光。

年轻时曾两度爬过崂山，开始向四十岁迈近的自己，其实此山不爬或爬几步，观观光可以，但我和丈夫还是决定和女儿一起征服崂山。

女儿今年上五年级了，一米六出头的个子啦。尽管这样，她毕竟才十一岁，而要爬到山顶，又何尝是易事。

我们一路观看秀丽雄奇的山峰，听山间溪水的哗响，感山间的凉风。一家三口，轻松中前行。无限风光在险峰，远处冲刷而下的瀑布，突兀挺拔而起的层叠的山峰开始出现在眼前。并没有疲惫的感觉，一会儿是高树遮阴的石阶，一会儿是翠竹夹道，在峰回路转中攀缘。好久没有一家三口的这种活动，如今在一起说笑中赶路前行，虽说是爬山辛苦，倒别有一份惬意。

1133 米，这是崂山的海拔。最艰难的路段在后面，向山顶进发的极陡的一段段石阶。很多人，爬向山顶最后进发的路段开始停下来，我也可以停下来，身体已开始有点疲劳。可是，我们还是选择一起爬上去！我们向最后近一个小时的路程进发。山路开始陡峭，攀登的脚步不止，我在向前迈进的同时，已是气喘吁吁，但是"爬上去"的响声早埋在了心间。丈夫为我们加油，他说他是长征队伍中的宣传员，边说着边编开了顺口溜的鼓动词。山路在一段陡峻之后，开始缓下来，但不久，更陡峭的一段山路等着我们攀登，我的迈步隐隐开始有点吃力，我的女儿小脸也开始热得发红，冒着汗珠。而山顶还似乎遥遥不可及。我坚定了我的脚步，也许有点慢，但更稳地一步步向上攀登。看着孩子不喊一声苦地向上攀登，看得出她的体力消耗很大，我心里隐隐有点心疼。山顶终于在千回百转中，在我们双脚的丈量下，现出它的面貌，我们一家人脸上露出了胜利的喜悦。下山时便像打了胜仗似的充满了喜悦、欢快，但下山时我们才发现，我们竟然跋涉了那么漫长的道路，我们坚定地又一步步丈量下来。及至到集合点，我们三人的脸上都红彤彤汗淋淋的。我们征服了一座高山。

孩子，你是这次登山者中的小英雄。孩子，我似乎有点心疼你，曾担心你，此刻我似乎有许多话想对你说，孩子，不是我们太残忍，而是我们想使你自己真正拥有一对坚硬的能展翅高翔的翅膀。"你不能施舍给我一对翅膀"，孩子，自己的人生需要自己去开拓，自己的翅膀需要自己去练就，这谁也不能代替。妈妈不能代替，爸爸不能代替。我的女儿，你明白妈妈的这份心意吗？

孩子，你又征服了一座高山，这是你到现在征服过的最高的一座山，你是胜利者。

2008. 7. 10

丈夫，我想悄悄对你说

你和我们一起爬山，路上因有你的说笑，爬山的路，在我和女儿的脚下添了几分轻松。也因为有你在，才更收留住了一路走过的风景。也因为有你在，山顶的召唤，我们才更有力量与信心。

我们一起来到海边，赤着脚，跑到海滩上嬉戏，走到浅水处去感受，观那阔大的天，碧蓝的海，那飞翔的鸥，倾听海水层层波浪的涌动。感受孩子拣拾贝壳海藻的欢畅。丈夫，你可知，这是一个女人很美很美的时光，在心底深处荡漾起幸福与快乐。

在海边，在回车上的路上，你为我和孩子买了小吃，你也许没有在意，可是我却像一个受了宠爱般的女人，涌上了甜甜的感动，又疲劳又开始饿的那个时刻，吃着那样的小吃，真香。

在"极地海洋世界馆"，我们一家一起近距离观看了那冰雪中的小企鹅，可爱温顺的企鹅，那黑色的翅膀，白色的肚皮，直立的憨态。我们一起看那大个北极熊。一起历数那海洋中的各种鱼类，那巨鲨，那海马，那蝴蝶鱼，那狮子鱼，那闪动的鱿鱼……看"美人鱼"表演，看海豚海狮与人类的共舞，真是个别样洞天的"海洋世界"。我们一起穿梭在游厅里，最后，我和女儿是坐在看海豚表演的看台上，你悄悄在后面，给孩子在场内买了爆米花零食，孩子吃得那样香，我们看得那样欢乐。丈夫，你知道吗，那是一家人在一起的无限温馨。

丈夫，在你的臂膀里，我们是你生命中最重要的部分，我们是你的，你也是我们的。

2007.7.11

门前夏日清晨

门前夏日的清晨最美丽。

带着昼夜的闷热与疲惫入睡后醒来的清晨，我经常到大门口前驻足片刻，清爽一下，从夜晚中真正醒来。

门前的一小片花生地总是湿漉漉地带着雾气，带着露水，绿油油的花生苗蔓长到最旺盛的时候。花生地南面是一小片向日葵，这个时候，金黄的向日葵花都约好似的，又在清晨开始朝向太阳即将升起的方向了。有一两只小麻雀又会在高高的已长得巨大的叶片上飞驻了，给这静静凉爽的清晨，带来了些许灵动。随着小麻雀的飞动与停留，葵叶轻轻抖动。花生地这边，靠着大门口，一条较宽的甬道与大门口隔开。在这个靠门口的花生地边上，婆婆当时也栽上了几棵向日葵，并间隔种上了几棵门豆，我又间隔栽上了几棵粉花。为了供门豆的长蔓生长前行，婆婆应时地架了一条长架子，这样接二连三，竟长成了一条绿色门豆架子，绿色架子间又点缀着金黄的向日葵，架子底下，便是有着粉红色花朵的粉花。那向日葵因为临近大门口的得天独厚的条件，自然浇水施肥多了些，长得又高又粗，巨大的葵花头开始成熟，像个圆圆盘子的花头结满了葵花籽，葵花头重重地垂下来，压弯了腰般恭敬地奉送到你跟前，孩子们已开始摘吃那天然香的籽啦。门豆这时正开着紫色的几串花，结了些许门豆，小蜜蜂开始忙碌了，在门豆花间，在葵花间飞动，一只大蜜蜂也嗡嗡有声地跟着飞在那儿，享受花间的甜香。四周小鸟鸣唱，西边电线杆上又停留了那只每天必到的一伸一缩脖子的叫声悠缓的鸟儿，有时还会停驻燕子及斑鸠。花生地西边种了两席玉米，也快成熟了。花生地东边种了一席黄瓜，因土地肥沃，叮当结了很多黄瓜。这边一出大门口，临院南屋墙根，我种了一小片粉花，这种花不用费劲就长成茂盛一片，黄的，粉的，红的，像一小片花的海洋，月季花和地瓜花也竞相般生长，开出金灿灿的月季，开出火焰形粉红的硕大的地瓜花。

就是这样门前的清晨，让我每起床后，就常先到门前静静感受这有点野趣的生机和清凉，大脑身心也随之真正苏醒过来。因为巧合般，这块地紧挨的大街一断墙隔开，形成了家门前难得的一方天地。也许明年这块地的主人就要盖上新房，我会回忆起曾经创造与享受的这片夏日清晨。

2007.7.25

新娘的眼泪

那个身穿白色婚纱头上缀饰着绿叶小花的新娘是多么美丽。娇小的面容，一双美丽的大眼睛，在一切都围绕你旋转的此刻，给美丽的新娘又笼罩了特别的华美的光环。当轻松的音乐，抒情的歌儿响起，当新郎把新娘拥抱，一往情深。并不年迈的两对双亲并肩而坐，新娘新郎向他们喊出亲切的儿女的呼唤，幸福便像漩涡。我感觉四位老人是激动的，你也是激动的，当他说会爱你一辈子，你，幸福的新娘，我分明感觉到你含着眼泪说你们的婚姻会很好，会比金婚还要好。美丽的新娘，是怎样经过苦苦寻觅，才找到生命的另一半，当幸福像漩涡一样涌来，你是流下了幸福的眼泪，噢，忧郁的新娘，使你更蒙上了一层别样娇羞。你因幸福而流泪，还是因为要离开只有你这一个宝贝女儿的双亲，因为你分明看到了母亲的眼泪。

纷繁的记忆旋转，我忽然记起美好的初恋，记起自己结婚典礼时，妹妹偷偷跑出去抹眼泪，记起妈妈那掩藏不住的若有所失的伤悲，还有那些个静悄的夜晚，无忌地在丈夫的怀里抹眼泪的自己……

幸福的新娘哟，你楚楚动人的眼泪，竟让我引起这样关于女人生命感受的遐思；美丽的新娘哟，快快擦拭你的眼泪，用心收藏你此刻所拥有的无限幸福。

2008.4.30

观北京奥运会男子 4×100 米接力比赛有感

像小时候的游戏，分成几组，每组内每人只能接一次棒，跑步看谁赢。看奥运会男子 4×100 米接力比赛，忽然生出这样的畅想。不同的肤色，穿着不同颜色与式样的衣服，代表不同的国家，为了本小组胜利，每人都像离弦的箭、振翅的鹰飞出，前一位跑动中接棒，冲出，神速般接龙，如迅风，如闪电，如游龙。接棒，冲杀，奔向新征程，超越，全力以赴。最后一棒以阔步飞奔之势展开了第一第二的角逐。解说员宣布着赢家，宣布着新的世界纪录。

你追我赶，差之毫厘分秒，无论成败，其乐融融。接力赛如世界大家庭成员间的一个游戏，竞争，和谐，欢乐。我看到这个奋勇争抢而参与人数众多的接力赛场面时，我竟然生发了这样许多畅想。世界各国人，像一家人一样，聚到一起玩起了游戏，没有战争，和平友好进步的阳光照耀，这是个如此美好的世界。

男子 4×100 米接力，各国大男孩在一起玩的一个开心游戏。

2008. 8. 26

三条丝巾记录的那些岁月

第一条丝巾，我的真正的第一条丝巾，是结婚后那年的冬天，那时我们结婚还不到半年，我怀孕了。有一天丈夫要去济南出差开个会，回来时，给我买的礼物是一条丝巾。那时我们的工资都不高，相对来说，买那条丝巾的费用是一笔巨资。我和丈夫的每月工资那时大概二百元左右，而那条丝巾我记得是七十元。我真不敢奢想丈夫居然花了那么大的价钱给我买这条丝巾。那在我们颇艰苦的生活里，那是华丽，那是盛典。那是怎样的一条丝巾——

那是非常流行的非常大的方的丝巾，面料是纯正的真丝料，且用一层层的牡丹花组成主要的图案。最外围的那层牡丹花，都是独立成一朵，且带着绿叶，接近大红色的一朵牡丹花，还要衬上一朵淡蓝色的牡丹花，还有小红花和密密绿叶的点缀。整个丝巾的主色底面是暗黄色的那种，有牡丹花瓣样的花纹点缀，由最外一层牡丹，然后过渡到第二层，依旧是牡丹花瓣样的花纹，但底色变成了大红色，华美的感觉就更突出了，然后过渡到第三层，底色变成黑色，中间衬上一大束有茂密绿叶、有蓝色牡丹相杂的大红色牡丹花束，虽和最外围的图案接近，但比外围的图案花朵多了，成了一簇盛开的牡丹。就是那样华美的一条丝巾，在丈夫的眼中大概是雍容华贵的感觉吧。也许在他眼中是最美的。我也是很感动和幸福的，无论是怎样的图案和颜色，我都是喜欢的。我收获和拥有的是一份幸福。因此，那年冬天我就一直围着那条丝巾，一个淡色的大大的羽绒服，领口处配上那样一条丝巾甚是适宜。并且，常常感觉丝滑的质地非常舒服，幸福的感觉也常常睹物而起。

这条丝巾，我一直保留着，也许已经派不上大场合了，但我有时在穿羽绒服的时候适当搭配围上，它的最核心的部分色彩和花纹还是完好，丝巾的最外层已有点皱褶了。但它的面料实在是很有质量的真丝料，依然柔软闪光。

第二条丝巾，说是一条，实际是一对。那是我们结婚的第二年的冬天，有一天，丈夫下班回来，给我带回来两条小丝巾，都是方的。那时也许刚刚流行，那种点缀在颈间的小方丝巾。两条小方丝巾，一红一绿，都是点缀着浅色的扁而略长的小树叶那种图案。料子不是真丝，但柔软放光。初看，我感觉有点俗气，但还是很幸福地收下，物虽轻，但也是丈夫的小用心，难得。后来，穿着那年春节买的纯羊毛的绿色半大衣，系上那条浅红的小丝巾，哦，还别有一番韵味，正是和谐的一体，特别增精神的一笔。我一直保留和戴了很长时间，没想到乍看那么普通的东西，竟然取得了那样好的点缀效果。丈夫的眼力还是不错的。

第三条丝巾，是一个较大些的小方巾。四周是真丝缎的，中间是真丝纱，纱上嵌有用枝条勾连的大大小小六瓣的花朵，花朵有浅红、淡黄、淡绿，还有淡紫色的小叶子。整个小丝巾的颜色是淡黄还有点红韵的颜色。记得也是丈夫在一年的春节前给我买的。这样细致的东西，难得丈夫能用心挑选并为我购买。配上这样的一个小丝巾，领口就可以和任何衣服相搭，内衣无论领口是大些小些，都可以遮挡，这方小丝巾陪伴了我很长时间。

2014. 1. 29

今天是我的生日

今天是我的生日，母亲也在我家。早晨打开手机，就收到了女儿从大学用微信给我发来的"贺卡"。上面有我的照片，还有照片旁边她配的诗。最后是大字，"亲爱的妈妈：祝您幸福快乐，梦想成真，生日快乐。"小诗内容是："像是习惯了口罩，就忘记了去寻找太阳/像是离开了你的怀抱，就不敢轻易去打搅/只是花开正好，你我何必兀自欣赏//树树樱花在你笔下幻化成幸福的新娘/朵朵桃花在你的字里行间婀娜绽放/转身回望，那片片玉兰又凋落在了谁的笔旁//不曾记得花语深意，却能听见期间呢喃/只见那京城的南风吹散樱花，吹绿枝丫/想那城里那水旁，必有佳人悬笔勾勒//常常忘记在黑夜里抬头看路/偶尔深思，想想远方，家乡还有理想/但一定不会忘记去低头看看你的照片和文章//你寄给我的春天，带着柳枝抽芽的声响/你谱给我的乐章，击打着欢乐的节拍/藏在字迹间的牵挂，就像我深深爱着你们一样//就像是丁香花开，就逃不出她的芬芳/像是习惯了你的怀抱，就必会思念家乡/只是花开正好，你我从不兀自欣赏。"我读了，还是很欢喜女儿的懂事。晚上的时候，婆婆做了几个菜，母亲和婆婆一起包好了水饺。丈夫给我买了个很漂亮的"心"字形蛋糕，上面用巧克力题了祝福的字。依然要举杯共饮，依然要许愿吹蜡烛。还是很快乐。

2016. 4. 21

看海去

潍坊有自己的海——北海，所以"五一"小长假，我们一家决定到北海去玩。母亲今年七十八了，我和丈夫驱车把母亲接到我家小住些日子。因为母亲在我家，而母亲没有去过北海，所以，我们打算看北海去。

尽管是在潍坊地边上的海，去那儿还是要不短的行程。驱车一路跋涉。肥油油的新叶随大路两边的树木不断在天际延伸，在这个四月末的时节。在清新的新长成的油油绿叶中，一束束槐花时不时现出，那是大路两边不时现出的槐树，缀着点点的绿叶开满了一树树的可爱的花朵，这样清新美丽的一树树点缀在四月末绿意浓浓的天地，越发多了份韵味。

欣享着这样沿途的风景，渐渐到了北海边，海水就见到了，见到了很多晒盐基地。再驱车行上一段，大海就现在眼前。一座大桥似的海闸控制着海与周围水面的水量。大闸两侧便成了看海的好去处。那里也有一片小停车处。我们停下车，站在临海的高高岸边，大海就舒展在我们面前，心也放松舒展开来。向下望去，低处海边岩石上，布满了踩着石头找海蟹小鱼贝壳的人们，手里拿着塑料小水桶，拿着小网罩，或赤脚或挽着裤腿，或踩着海边岩石在翻动寻找，有的索性买了个玩水的塑料气管来喷洒着海水，抒发着自己之乐。我们赶紧下到低处海边的台阶，小心地下去，去近距离感受海，我和丈夫踩着海边的岩石慢慢走动，蹲下身把手伸进海水里，洗洗手，感受海水的清新和淡淡咸味。站起身来，眺望大海，一个无边无际的大海就深不可测地展现在我们面前，不过似乎感觉还不够开阔，还不够大，还不够可怕，太平静，似乎也太清浅。我选择了位置让丈夫给我拍下一张与大海亲近走近的照片，看看，到海边的人的精神就是爽。大海就是抒发心情的最好的地方。我们在这里停留了一会儿，接着我们驱车去最著名的景点——金沙滩。

驱车一会儿就到，这是最深入大海的美丽地段。我们停下车，向美丽的金沙滩地段走去，那里有一条可以步行的长道伸向大海，虽未完全建好，但还是小心些就可向前去更深处看海。当然，更多的人选择了脱了鞋子，赤脚走在步行道南边的沙滩上。这是一段人造的海滩，呈弧形与海相接，形成一道很美的海边之景，也成了游人如织的地方，前不久还是风筝节的放飞场，所以很多孩子就拿来了风筝，很多家还带来了帐篷，在沙滩上张铺，准备好好玩上段时间，更多的人在浅水海里，赤脚感受海水，用小水桶和小网罩快乐地与海嬉戏，在感受大海，亲近大海，舒散身心的疲惫，感受荡漾无边的大海。我和丈夫看护着婆婆和母亲，走到看海处的最深处，小心地站定，立在那儿看海，看轻快的轮船从海上驶过，看更远处海港的繁忙，看金沙滩上人们的欢闹……心就释怀了般，阔大从容，涌上了欢乐，大海似无声的哲人熏陶着每一个前来的客人。

戴着大大的太阳帽，用相片留下自己与大海的相近相会，留下我们与大海的相约，我们心中装下了大海。

吃过海边小吃，我们驱车围着海边公路奔驰，放眼周围去从不同的角度去看海，去感受海，大海的动荡，大海的广阔，大海的无言的美……

2016.4.30

登高采艾忙

　　那天是端午。早晨吃过粽子。后来我和丈夫就想下去沿河走走，天气很热，我们不敢远去。就在河汉中央地段的高坡花树边草径上走走，丈夫接了个电话，我自己走路，无意中发现了矮矮的艾蒿，散发着清新的药香。我就拔了几棵较高的。丈夫这几天忙得没来得及去到自己这个第一书记所驻的村子割艾蒿，没想到家门口的河沿旁就有。丈夫打完电话，我和他说刚才一处有艾蒿。丈夫领我回去找，他说这附近应该还有，他登到高处，在高处的海棠树间还是找到了好几小片，更高些，长得很旺。心情一下子美了很多，我拔艾蒿，拔艾蒿，丈夫也帮我拔了些，然后看到拔了够多的了，我们停下。我折了两根柳树条把艾蒿稍加捆缚，就提在手里。我让丈夫给我留张这怀抱艾蒿的照片，发到"一家人"，我们自家的微信里，闹闹"群"。我们往回走，到我们单元楼的时候，我们在我们单元所有住户的门口都放了一把艾蒿。就到了六楼的我们家，在门口放了一小把，在房间里也放了几棵，微风吹来，屋子里就微微透着艾蒿香。及至丈夫把我抱着艾蒿的照片发到"群"里，"群"里接着热闹了起来。我一看，哟，真清新，头戴太阳帽，穿着长裙子，外罩遮阳小褡，手上戴着手套，脚穿一双蓝色的休闲鞋，怀抱一小捆艾蒿，脚下是翠绿的长长的青草，还有那青草中的小片艾蒿。天是那样亮，草是那样青，树是那样绿，真是五月的满满的清新，端午的满满的清新，艾蒿传递的悠悠端午韵味，都在这里。大家在"群"里发起了端午节的祝福，节日的气氛就更散布开来……

　　青草长，艾蒿香，登高采艾忙。粽饭香，民俗享，端午悠韵长！

2016. 6. 9

冬日河边

　　季节迈入了真正的冬天。不过，今天阳光不错，是个周日，所以我和丈夫决定到外面去走走，活动活动，也享受一下冬日的阳光。

　　丈夫说他带路，他决定路线，说他比我更知道河的景致在哪里。我们沿着河边小径往北走，这是水面比较开阔的地段，水中有汀状高地，现在已是枯草连天，连绵到河的近岸，连绵到汀的边沿。我们放眼望去，水面有一对野鸭在活动，也许见人来，就悠悠向汀的方向游去，水面留下三角形的水线。游到汀边，又上了汀上，我们刚才就看见了，那汀边的枯草中，卧着一只只野鸭，现在这两只也卧到水边杂草上去了，这样，冬日的水中高地边上就有了一道温馨的风景，一只只野鸭安卧在水边枯草上，远远只露着椭圆形的身体的一边，那里无人能向水靠近，所以，那里成了鸟儿们的圣地，也是野鸭们安心的栖息地。它们安卧在有阳光的这个冬日的水边枯草上，享受着这个时刻的阳光，也许也是它们选择逾冬的一个温暖的方式和习惯吧，河水毕竟太凉了些，有些狭窄的水面和浅水都飘了薄冰，而野鸭安卧草丛，感觉增加了温暖。我高兴野鸭能在这里安然过冬。

看过野鸭，丈夫领我往回走，下石桥，从穿河湾的中间大理石石径往前走。攀上高坡，下去，就看见一湾枯荷，我正感冬日的凄惨，枯荷间小小的黑水鸡就跃动游动，带来了枯荷湾里的生机，冬日依然有活跃的生命。

踩着厚厚的岸边野草，野草中时有绿色的芽尖，偶有绿草，它们是最坚韧的，不过那些张扬的、生命力极强的茅草虽是立着，叶子清晰地展在空气中，已是干枯的模样。冬日岸边的野草丛干净而厚实，我感觉到脚下的绵软和吃力，冬日还未走到天寒地冻的时节。快要走到一个木桥，丈夫让我看水边一景，一只河狸上岸，在岸边啃着干草，唧唧有声，尖尖的嘴巴，圆圆的肚子，真是丑陋。我们往前轻巧地走，那河狸似乎是不怕人似的，我们继续往前挪动步子，那河狸发觉了动静，一下子钻到水里，再也见不到它的踪影。也许只有冬季，才能看到它上岸食草吧。

我们沿着石径穿过柳林，落叶满地，只有一种柳树，叶子还在树上，但已是干了的模样。柳林里灰雀翩飞，也时有大个的喜鹊在岸边高低的树木间停驻和飞动，这时节是它们的天地了。

穿过大桥底的路径，就到了桥的那边，那是一片白杨林，灰雀自在飞，不怕人来，几只戴胜鸟扇动着蝴蝶般的带着花纹的圆圆的翅膀也闪现在树林里。

我们往回走，选择从岸上走，冬日的阳光不错，没觉得寒冷，灰雀在树木间飞，两只戴胜鸟，就在前面几米远的草地上快速地啄着草叶，寻觅着吃食。我们挺住脚，看那两只戴胜鸟，头顶一个美丽的略鲜艳的冠子，细细长长的尖喙，一身的光滑，合拢的翅翼如斑马的花纹，就在几步之遥。而戴胜鸟也大概早已看见了我们，只是觉着不危险，保持着适度的距离，及至我们再往前走，它们就拍着翅膀飞走了，依旧是蝴蝶样的美丽的圆形的小翅膀，它们停落在不远处的树枝上。这次也算是近距离的地观看和相逢，心情更加轻松愉快了。

阳光不错，冬日的河岸还是安静了很多，但还是不时有来沿河散步的人。我们感觉脚步轻松，冬日阳光下的散步似乎更多一份清静和自在，在阳光里把冬带来的身上的沉重似乎抖了抖，轻松了许多。

2016.11.27

柔和如香槟玫瑰一样的女人

一转身，一个脸蛋漂亮洋溢着笑的女老师手持两朵奶油色的缀着淡淡浅黄的香槟玫瑰走进了办公室，她已四十多岁，但白皙的皮肤和保持的恰当身材，依然使她看上去很美丽。当这样的一个她手擎两枝香槟玫瑰于眼前，她那披肩长发映衬的白皙细嫩的脸就更好看了。她说是楼下一个年轻女老师给她的，她说她要把它插到水瓶里放到办公桌上。不一会儿，那两朵美丽的香槟玫瑰就从她办公桌上站立的一排书旁斜伸出来，她已用装水的小瓶插好，放在了办公桌上。

那是怎样的两枝香槟玫瑰，含苞待放的花苞，浅淡的白，缀着浅淡的黄，一茎绿枝，绿枝上靠近花苞的地方，左右零散地缀着几个叶片，不大的叶片，恰到好处地点缀了主角——花朵。节日的感觉终于找到了，今日是"丽人节"（妇女节），愿天下所有女人都有手持香槟玫瑰的那份柔和，那份温馨，那份满足。一个女人，是这世界最温婉的一份可爱，她原是这世间的柔弱与美好的一分子，那就葆有这份柔弱与美好，让每个女子都拥有这样的温存。心里这样想着，心里这样祈祷着……

两朵香槟玫瑰带给我的思绪抖开了我对"丽人节"（妇女节）小纠结，生发了柔情与温婉。

下班路上汽车音乐里响起那首歌，说着如花一朵的女人，含苞待放意幽幽，朝朝与暮暮，切切地等候，等待那个有心人。

是啊，愿每个女子身旁等来的是呵护如花般女子的细心人，她是那么美丽，她是那么柔弱，她需要用宽广与温和盛放，让她如一朵香槟玫瑰那样释放自己的柔和美丽，她原是这样的一份子……好好地让她成为那样柔和与美好的一抔呀，好好捧着呀，这是一朵多么醉人的香槟玫瑰。

2017.3.8

洗礼

　　开得正好的樱花，经了一晚的小雨，今天就不是昨日的风采了，就失了很多精神，心情也是极易受伤的。有点郁闷的心情，跟着学生音乐课上唱了唱歌，就开朗起来，音乐真是很好的调节啊。晚饭后丈夫喊我去散步，经了雨的河边每到晚上时，就格外的清新。空气湿润，草木经细雨滋润，似乎长势旺盛，一年年，河中土坡小径两边的柳树啊似乎是长粗了，更茂盛了。我们跨过石桥，上去就是那条横过河汊的有一段参差柳树夹道的小径。紧张的神经，愤懑的心情，终于都放松下来，身体舒展开来，做了深呼吸般，迈步走在那河中土坡通向河那边的大理石小径上，草木滋润，河水似乎也满了些，在暗影里，心情就放松下来。我们穿行在这样的小径向前走去，卸去了重压般心情舒缓下来。况且那河里的蛙鸣越发地响了。雨后的夜晚河上的青蛙真是欢悦啊，我听见蛙声咕咕鸣响，我听见满河的蛙声在暗黑的夜晚此起彼伏，在微微的岸上的灯光和钓鱼人的一点的灯光映照下在河上飘荡，什么也听不见了，天地间只剩下满河的蛙声，在静夜里，在疲劳的身心舒展开来的此刻，听来是最美妙的音乐，是心头最柔和的安抚，是最舒心的风景。宽阔的河面，不算很深的一条河流，时有河汊，宽阔纵横，而满塘的蛙声里，树木渐渐浓密的河中土坡小径上，微微的风拂过，微微的暗夜的湿气，微微的雨后的清新，微微的疲惫的身心开始调适，脚步开始变得轻松。

　　牵手走过那小径，过了下一个小桥，就上了河的另一边的沿河柏油小径上。花木片片夹道，高高低低的树木越发繁茂，那一片高高的杨柳在夜晚也飘动着柳絮，在小径上成为一团团，捡起一小团，轻轻一捏，滑滑的，知道了柳絮的柔滑。再拐向河中另一条小径，那儿两边空阔，青草油油一层，暗夜里看不分明，那一片芦苇在慢慢拔高。我们絮絮而语，开阔了的河汊中间的空地，让人心怀分外坦荡，身体里的那些不协调一点点在一路上卸去，变得轻松起来。心里空空的，身上轻飘飘的，什么也不想。踏上另一个石桥，上去，就是通往家的方向的河这边的小径，灯光也明亮了起来，我们沿着这样的小径，穿过河边高高灯塔明亮的小小广场，看过这边的灯塔光照耀着的夜晚中开始挑起满枝子紫色长喇叭花的梧桐，看过路径另一边的暗影里的黄色玉兰花，就踏上那条两边新叶才阔的高大杨树林立的通往自家小区院子的大道。沐浴了这样的河边气象，洗礼一场。

2017.4.17

夏日抒怀

又到了周末，生活因此得以调节，像深呼吸一次一样，给生活注入了清新活力。今天是周六，丈夫约我去河边散步，何况河边的那几棵桑葚树又到了桑葚熟的季节。

这个初夏的季节，草木油油生长，是最富生机和美好的时节。芦苇在节节拔高后，现在在微风里轻轻摇晃，一片片一年旺过一年。跨过石桥，上去向南一拐，就到了那几棵桑树参差分布的地方。第一棵大的桑葚树就结了红红的很多熟了的桑葚，说是红，熟透了的是诱人的深紫色。桑葚的枝子虽去年进行修剪过，非常整齐好看，但还是低低的不用费多少力气伸手就可够着。丈夫兴奋起来，跳起来够过枝梢，让我摘吃，似是一乐，不仅在吃。我选了那枝叶间的红色的紫色的摘下来，嚼在嘴里，甜甜的，软软的，真好，这是大自然的赐予，感觉特别香甜。丈夫唰唰几下不知什么时候上了树，在那树上拣着那红紫的桑葚乐呵呵地吃着，真是热闹。一棵桑葚树上密密地结了一层桑葚，红红绿绿相间着，随着时日熟着，鸟儿吃，路人吃。树下旁边，一片粉红色的石竹花开得正艳，在轻风荡漾的阳光下。另一棵桑葚树那儿，听见有人用杆子敲打桑葚，又是另一景了。我们经过那几棵桑葚大树，随手摘吃几个，也算过了嘴瘾。就向前走去。

草木旺盛生长，花树下的马蹄莲密布，大叶伸展密排。水中睡莲花在新长成的新叶上开出如珍珠般的白色花朵，或开放或含苞，煞是可爱。我们向前走，在柳林的长椅上稍坐。高大的柳树叶片已长成婆娑一片，别有一番初夏的美。这时柳林中传来了布谷鸟的叫声，仿佛就在眼前。我们小心随着声音寻找，终于看到了它的影子。在高高的柳树枝上，在那儿鸣唱，声音是那样响脆，仿佛是这季节的主角。好不容易用手机捕捉住它模糊的样子，已是难得。不过倒是亲见了它的模样，灰色花纹的翅翼，看上去舒展优美，有麻雀的两倍大，真是可爱。我脚步追随，那布谷鸟一会儿又和另一只鸟儿嬉戏飞翔而去，而林中各种不同的鸟鸣声不断，像是奏鸣曲。坐在林中小径的长椅上，在高大的柳树下听那林中鸟儿的鸣唱，这是耳朵的一种奢侈啊。草木旺盛，鸟儿雀跃，微风轻

164

拂，初夏呈现着它迷人的风采。就像没有听够，恋恋不舍地离开。因为丈夫要拉我去看那结满了杏子的杏树。

又走了不近的一段距离，我们终于走到了春天那黑黑树干开满淡白花儿的那几棵杏树下，现在果然是叮叮当当地结了不少的杏子，缀在枝叶间，青青的颜色中开始染上微微的沧桑之痕，就要渐渐走向杏子黄的感觉。这又是这季节的一景，心里更乐了。

家住在一条河边，总是有看不完的风景。这初夏时的一瞥，就够令人抒怀。又是满满的收获，又是一次心灵的放歌……

2017.5.20（本文发表于2017年6月23日《潍坊日报·今日潍城》）

细雨河上

昨晚下过不小的雨，今天上午没出太阳，就想到河边散步，也看看河上之气象。我和丈夫刚走到河边，就飘起细雨雾的小雨，不过，不慌张，把伞一撑，就更惬意小雨中的散步了。河上是团团浓绿遮掩围裹，树木绿到了极处，叶片伸展大到极处，高树成团，绿草护堤成片，真是一片葱郁。仿佛夏天的极处，草木生长冲刺到了终点，绿到了最盛处。用一片绿烟形容似乎有点淡，就在这一片绿烟中，岸边的盛开的紫薇现出一抹抹鲜艳，深粉浅紫一团团煞是好看，和岸边那一片旺盛到极处的绿映衬得恰到好处，何况有点湿润，这种映衬就更舒心。河中河水涣涣，满河的水，映着周围的浓浓的绿树。河边浅水处，芦苇摇摇，渐渐抽出新穗，呈浩荡之势。一会儿是片片白色的睡莲，开始了新一茬的盛开，与芦苇蒲苇白绿相称。一会儿是片片粉色的荷花，和那亭亭的绿叶，和那岸边婆娑的绿柳相映。雨雾中的荷盛开得精致精神，含苞的就更别有韵味，莲蓬有的是，荷也走过初夏，走过仲夏，而成为一河现出沧桑感的荷了。黑水鸡偶有搅动，安静地现出于水草中，褐色的喙，向前伸动的头颅，分外可爱淘气。岸边远处大红的凌霄花和树下马蹄莲淡紫色的花朵，还有依旧在透明般绿叶中擎出金黄的喇叭形的萱草花，在细雨中也分外可爱。河上一片绿烟中，一片水气中，各样的色彩也轻轻点缀，呈现着这时节雨中河上的别样生机与印象。

2017.7.27

河上浮桥

一木质浮桥横在河上。那边连着一个高地的亭子，从这边迈上桥，桥栏相连且又比较高，因此还是很安全的，桥栏两边此时节也颇有风景。满河床的芦苇荷花，虽不是那么浓密，不过疏疏散散还是满河是，逢了雨季，如今河底一层浅水，莲花偶尔鲜艳一现，荷叶田田，芦苇参差点缀其间，从桥栏伸手随意可触摸到荷叶、芦苇甚至粉红色含苞的好看的荷花，仿佛身在荷池，身在芦苇地，只是隐约的桥栏相隔罢了。在这盛夏季节，景色尽管开始稍稍转衰，但还是一处极佳的风景，让人心怀释然。

丈夫摘了一个荷叶给我，叶茎短了些，我就调皮地扣在头上，那又是一乐了。

2017.7.31

爱这雪

那雪如羽似絮，由疏渐密，逐渐形成理不开的上下翻腾着的一团，天地蒙蒙，混沌一片，雪主宰了这世界。有点奢侈般，外面的天际美成这样，地下已是雪白一层，轻盈的雪使还在坠落。仿佛冬日消沉的冷瑟格局焕然成清新烂漫的纯粹，生活原来如此美好。

还是忙碌，静静坐在办公桌前敲打这年终的工作总结，这是一年的结尾了，又是繁忙的一学期。正回忆梳理自己一学期的那些一路的印迹，不过，还是要起身，去望一下外面的雪的天际，欣享着雪旋舞的世界，雪团还在，雪翼轻舒，飘洒，飘洒，飘洒成一个洁白的大地。

脚步就轻缓了，心情就不觉间轻松了，外面的世界清新而湿润，洁白而美丽！

今晨一家去河边漫步，雪后的世界，壮美无比，阳光灿烂的雪野，令人心神激荡。大大小小的沿河高坡成了雪域高原，河流成了雪的平原。天与云与河，上下一白，树木成了这雪毯上的灰色的影子。我们一路攀坡踏雪，听鸟鸣时起，看雪天雪地。冬日枯黄的草坪被层雪覆盖后踩上去绵软而舒适，河边柏油小径层雪稍薄，雪未化也就不滑，今年已上大四的女儿走在我的前面，丈夫跑到更远处去了。女儿遇到特喜欢的雪景处，邀我给她拍照留影，一路就这样前行，放假后的轻松心情在这雪后空旷的天地中更加释放出来。向前走，过石桥，到河那边，走上一段路，攀上"览胜亭"，看雪羽点缀的翠竹，赏矮的青松上的厚雪如棉，看低密的灌木上落雪如花。然后折向跨河木质长栏桥，此时走在落雪的栏桥上别有一番韵味。向前走，遇河中一四方亭，冰凌柱从亭沿下垂，女儿正想着办法砸下一根，就是为了拿在手里好玩。冰雪天地，令人童心焕发，不时爷俩用雪团互相袭击，乐得一笑，我还差点被女儿骗到小树下想在我衣服上沾些落雪。雪荡涤了那些尘埃，雪驱走了心中的烦忧，雪激起生命的鲜亮和昂扬。爱这雪。

2018. 2. 3

一起漫步去

丈夫招呼我和孩子一家三口一起去沿河散步，天气不错，我们整装出发，丈夫嘱咐别穿得少了。一出楼门，还是寒气逼人，感谢丈夫的细心嘱咐。不过太阳很好，阳光朗照，春天的气象在加浓。

一路走到河沿，沿着河边柏油径前行。河水宽阔处还有一部分冰还未消融，但已露出了大部分的水面。空气有了透明的感觉，有了温度的感觉，各种鸟雀似乎也增加了活跃度，欢鸣飞动，空际增加了动感。柳树枝干有了微微的绿色，轻垂的柳条有了柔软和微微的绿意，柳芽在悄悄鼓动，柳线在变得越来越有魅力姿色，丈夫轻轻给我们折了一小枝在手，一支细柳枝拿在手里，弹跳起伏，柔软如绸，一支流动的生命线啊，春天来了，寒冬就要过去。

我们一路观看多姿多样的柳，用眼睛和心灵去寻找春的蛛丝马迹，去释放我们一家三口在一起的快乐心情。走到一处大理石块铺成的低矮石桥，因为石块间特意留了均匀的空隙，流水就哗哗地经过大理石间隙流向石桥的另一侧，哗哗的水声似乎有了更欢畅的不同于冬日的声响，是那种春水涣涣，流水潺潺。踏过石桥，漫步河另一岸的更宽阔的花木夹道的一段柏油径，登上"览胜亭"，然后走下坡来，继续前行。

我们要走很远的路，舒展一下筋骨，随意在河边看有野草绿意呈现，感各

| 167

类枝条颜色或变红变绿，看喜鹊在阳光满满的巢边翘立悠闲，我们也一路说笑不停。穿过几个弯折两侧有栏杆的木桥，就又到了另一岸，随心所欲，又来到了东岸，看那成排的黄金柳颜色开始由黄掺杂了的生命的绿，有了非同往日的感觉。然后往回走，愿意跑的时候，我可以小跑一下，阳光很好，似乎有点微微的南风，走得多了，开始有点隐隐的春天的困乏感。不过，也快要走回到出发地了。又是一次惬意的沿河漫步归来。

2018.2.21

家有名厨是小女

那天早晨吃早饭时，女儿在她奶奶做的稀饭包子加芥末调菠菜的基础上又开始用电饼铛在忙着给我们油煎手抓饼，一连煎了四个，每一个都火候恰好、油渍透亮，看去可口，每人都可分得一个或一块。用那样的油煎手抓饼再夹上今天的芥末菠菜凉菜，别有一番清气。女儿做的手抓饼真好，我们也跟着换换口味。

女儿已经不止一次地做饭做菜，还特别照顾我。那是一天早晨，丈夫和孩子的奶奶简单吃点早饭去走亲戚了，我和女儿赖在床上起得有点晚，女儿起床后，洗漱完毕就奔向厨房，为我做早饭，说是用炒瓢给我做手抓饼煎鸡蛋，然后夹切好的新鲜黄瓜条，吃来还真是又香又清气。中午的时候，走亲戚的在亲戚家吃饭，女儿就爽快地说做午饭，奔向厨房，为我做辣椒炒鱿鱼，还问我想吃什么青菜。我也适当进行了熬制稀饭的帮助，炒菜可是女儿忙的。她在厨房里忙活了一阵子，及至炒菜完毕，一盘鲜亮的辣椒炒鱿鱼端上了桌，椒青，鱿鱼肉白，还有炒菜专用辣酱的点点的红。我尝了一口，呀，非常鲜美，地道的大酒店般的味道，色香味俱佳呀。吃了一顿美餐，真是大大得了一次享受啊。这也是有女儿的特别的幸福吧。

女儿爱做菜，爱下厨房，这一假期在家的十几天，为我们做了不少新潮好吃的菜呢。海鲜仙贝，每人一个大仙贝壳盛着，有粉丝，有仙贝肉，还有什么蒜泥甜酱，还有什么那也不清楚了，光只觉得鲜嫩可口，一溜烟吃完了呢。帮着她奶奶炒出的娃娃菜，也是味道地道，清气香甜可口。还有那最近做的炸鸡腿肉，是又香又酥，那一层色味俱佳的裹层也不知是怎么炮制，我只知道吃起来味道很美，把个稀松平常的鸡肉做出了新口感。那天又和她奶奶一起做炒羊肉加孜然粉，也特别香。年前要置办过年的炸货，这是老风俗，女儿和她奶奶在厨房里那是老少搭配，说着闲话，干得很有节奏，女儿出力不少。我就只干点别的轻松杂活。喜欢下厨房，敢于尝试，有时也网上搜搜，但吃得香，做得好，下得厨房，生活就多了份踏实。吾家有女已长成，家有名厨是小女。已是上大四，说"小"不"小"，不过，爱做饭，爱钻研制作可口饭菜，增加了她的特别的一份可爱调皮。

2018. 2. 23

心是活泼的，河也是欢快的

天气有点阴，昨晚下过雨，今晨天还是阴的，甚至有零星的小雨飘落。难得有这样清爽的天气，我和丈夫还是决定出去沿河走走。外面真是秋意很深的滋味，河里的荷花似乎只剩下苍老的叶，河边柳树已是一片衰黄，天阴着，天地安静着，只是昨晚的雨似乎又使得低桥罅隙流经的水量增加，河水流过低桥方格式水泥板间的缝隙时水流略急，及至到另一边参差平铺的巨石上时，就淙淙有声，哗哗作响，让耳朵特别清越，而那河面上群鱼在打着水花，偶尔也打个水漂，特别活跃又有生力，又成了这个有点阴暗的秋日里特别欢悦的一笔。心情放轻松，脚步放轻松。尽管满河的芦苇蒲苇被割，倒伏在河道里，苍凉之中，秋的生机也蕴藏其中，不时呈现。心是活泼的，河也是欢快的，秋也是平静深邃的。

2018. 9. 17

买月饼

丈夫说我们学校附近的市场上有一处卖月饼的很出名，制作放心，口感好。明天是十五，中秋节，让今天到校值班的我去买点儿。这我还真不了解，不过丈夫说出大致位置，我还真记得有个整年卖点心的。不过朋友圈里同事说传达室的师傅排号三个小时买了两斤月饼是不是就是这个地方。我担心，我就对丈夫说如果排队太费劲，你们就从家附近超市买点吧。

169

　　早晨开车去学校值班，放好车，就去学校不远的那处卖糕点的店铺看看，啊呀，真不知竟然这样出名，排队的人好多，我也就先站过去排队，不过心里嘀咕，什么时候能排到啊，月饼是现蒸的。他们说早晨的时候队伍还长。那些买到月饼的有点兴奋，提着月饼，口里还说着，每人限买两斤，那意思是说真稀罕，终于买上了。像是过中秋有了意义，有了物质文化保障。我心里虽然也想买，但站了一会儿还是有点犹豫，每年的月饼不过吃几口，为什么要这么费力地排队，何况我还要到校值班。我就给丈夫打电话，说我前面大约还有三十人在排队，挺费劲的，还排队买吗？他爽利地回答我说那就算了，家里买点就行了。我也就离开排着等待买月饼的队伍，虽然有点不甘，但也没法。月饼的意义重大，且大家都想吃口最地道又放心的月饼。

　　接近值班结束时间已是近十二点，我和传达室师傅打过招呼，准备收拾一下驱车回家。传达室师傅说刚换班来值班的保安有个朋友在店里，给打个电话，一会儿就会买到月饼。不过现在那位师傅买饭去了。我收拾东西从楼上下来，那位新来值班的师傅饭也刚刚吃完，我打过招呼，说了买月饼的事，他说他给问问，电话打过招呼，问了问，那头朋友说行，让他过去拿。感谢潘师傅那么热情，骑着电动车就去给我取了，一会儿提了回来，热乎乎的黄里点着红圈的酥香脆皮的月饼，就在渍油包装纸和塑料袋中透出来。我真有点爱惜，这来之不易啊。

　　驱车到家，提上月饼上楼来，放到桌子上，透着包装袋摸摸，还是热乎的。想吃的心思就更强烈了。我洗了手，冲洗一下碟子，擦干，然后冲干净菜刀，把一个月饼放菜板上，就切成了四下，放到碟子里，一家人就可以吃了。尝一口，嗯，香软，甘甜，口有余香，似是那个老味道，又有点特别放香的回味头。啊，好吃。不过，还是一块就管饱了，甜腻倒了。也算先吃为快。一家人吃得都挺香。

　　吃月饼，又到了吃月饼的时节，又到了买月饼过中秋的时候。

2018. 9. 23

婆婆的一天（和学生同步作文练习）

　　婆婆的每天似乎都很有条理，做家务做饭是她主要的事情，然后是上午必下去走走，晚上看会儿电视。不过在平常的生活中，仔细观察，也藏着些感人的温暖。

婆婆今年七十一岁，虽满头白发，但总是理得简短精神，人不算胖，因此看去还是蛮有精神。今天早晨，是国庆假期的第三天，依然是放松自由的生活。早晨起床后，婆婆开始忙活早饭。今天的早饭是柿子大虾鸡蛋面条，也就是说汤菜是西红柿鸡蛋大虾汤，大虾是婆婆把家里的干虾剥去皮去掉头，然后切成段，放在西红柿汤中煮，然后飘上鸡蛋。当然还要飘洒上些香菜作青头儿。面条是用电饭锅烧开水后单独来煮，煮好后捞出放入做好的汤菜炒瓢中，用筷子轻轻一搅动，让汤菜的味道与面条轻轻接触，就可以捞面条舀汤菜了。面条也是婆婆让闺女给捎来放在冰箱里的加鸡蛋的压制加工的鲜面条。我赶紧去盛，丈夫也来忙活着盛，给一家人盛好之后，我坐下来，开始吃。尝一口，大虾的鲜亮，西红柿的清香，面条的劲道，都是满满的美味，还有香菜的青头点缀，香而不腻。这顿面条，还是挺讲究的。实际何止是这一顿面条呢，我不是经常吃婆婆做的这般的面条吗？再看桌子上的就菜，韭花一小碟，炒腊咸菜一碟，还有捣碎的大蒜一小碟，这吃面条的调料就这许多，尽可以根据自己的口味来选择，一顿饭已经考虑得够周到的了。美美吃了一碗，似乎要克制些，才能吃个正好。

我和丈夫上午也会去沿河散步，节日假期特别放松，加上天气不冷不热，一派澄明的秋日天气，丈夫的兴致就高。领我沿河走了好远，去看柿子树上挂着的金黄红橙的柿子，去登高坐在亭子上小憩，去穿越跨河的木板桥，趴在桥上的木栏杆上向下看水里阳光下的群鱼游动，及至玩回来，婆婆也早已下楼走动回来，中午做饭的食料等早已准备停当。我抽了点空儿洗了点衣服的功夫，婆婆就在厨房里喊饭已经做好，准备开饭。

我赶忙去帮助收拾端饭。一揭开锅，上面一层热着馒头，下面一层是用大碗炖的咸菜，最下面锅里的热水里是一个小铝盆里满满的大米饭，正到火候。原来今天中午的主饭是大米饭。那边，婆婆已经从炒瓢里用大碗往外舀出汤菜，今天的汤菜是蘑菇汤，蘑菇飘上鸡蛋，洒上香菜作青头儿。桌上照例还有新炖的咸菜一小碟，蒜泥一小碟，捣好的韭花一小碟。我们就盛米饭，吃开去。大米饭就着新鲜刚上市的蘑菇做的汤，真是不错的一口。一家人吃得很香，丈夫连连赞叹母亲真能忙活。

我下午看书忙碌杂事，不觉间又到了晚饭。天还没黑，晚饭就开始上桌了。今天的晚饭婆婆炒了俩菜，一个是白菜炒豆腐，吃起来，白菜细腻，豆腐放香，家里人知道是我百吃不厌的菜。另一个菜是炒芸豆，婆婆把芸豆斜切成细条，用肉丝来炒的，当然放香。今晚的稀饭是玉米面粥，是今秋的新玉米面，婆婆把玉米面粥熬制得黏稠恰当，且放出清香，色泽金黄，掀开锅盖一搅，眼前是金黄色泽、散发出芳香火候、恰好的一锅玉米粥。端碗给每人盛上，喝起来真是放香。每次都是自我克制，否则一碗怎够。婆婆做的饭菜滋味够全，晚饭我也是每每克制，否则总要吃多。

吃过晚饭，婆婆看我工作甚是劳碌，她慢慢喝完两碗粥，我要帮着收拾碗筷，她都每每不用我，说是喝得不少活动活动。也因而我也是非常放松的。工作是劳累的，多亏有婆婆帮助家务，我也就在工作中能够拼尽力量。一家人就这样一起前行。

与婆婆的交流每每不是太多，怕说多了哪一句惹了她生气，她也是有自己小性子的人。但婆婆的忙碌我看在眼里，温暖在心里，婆婆能有较硬朗的身体，也是我们小辈们的福气。今天记录婆婆的一天，也是一种感恩和感谢。自己还要做得更好些。

2018. 10. 3

秋游十笏园

潍坊十笏园小巧玲珑，典雅别致，是国家重点保护文物园林。在这样一个凉爽的秋日里，国庆假日里，举家游"十笏"，当是别有一番情趣。

一进园门，迎面一隔墙，西转便可向里走。就在隔墙往里西面，有一棵高大的柿树，缀满了金黄的柿子，密密的柿子压枝欲低，古老高大的缀满柿子的柿树枝叶笼罩住了这进门小园的一角。十笏园是清朝姓丁的一位乡绅的私家园宅，因此，保留了庭院、花园等私人住宅的特点和布局。

西面厢房内陈设着古老衣物，北面正房内陈设着古代起居、婚礼的室内摆设。当然，给十笏园特别增加了深蕴和内涵的，是这家原主人搜集的潍县县官郑板桥的书画真迹，也有对郑板桥的生平身世的介绍。转向东院，北面正房主要是介绍郑板桥的了。在这里可以看到郑板桥书写的对联，郑板桥做潍县县官的功绩，及郑板桥独特的艺术追求（真情、真趣、真意）与风格的兰竹之画。东院西厢房内可见"吃亏是福""难得糊涂"这些郑板桥的真迹。如果特别喜爱可以买一副拓印的。东院正房前有一个小池，几株水草，几尾小鱼，特别别致可爱。

庭房相连，不少房间内已是现代艺术家们作品的展览。中间院子也有一棵大柿树，古老遒劲的枝干和满缀着的金黄柿子，低处垂着的树枝，伸手可触的柿子，给了全园温馨美好的氛围，令人赏心悦目。

欣赏完一切后，我们顺路来到别具风格、让人精神倍爽的园中之池边。地方虽不大，却是有十足的园林风味的小花园，蜿蜒的池岸，池沿有鹅卵石固化的小道，中有小青瓦竖排入地造成的可耐用的花纹路面点缀。池中有一亭，坐亭中低头可赏湖中一群红色的游鱼，抬头可观东西假山，耳听、眼观假山之上飞泻而下的瀑布，局促方室之内，却见大山野般之风景。

坐在池边石几上，围着石桌，举目望池，静享这满园风景。

举步走回来到门口，回望那被金黄柿子笼罩的小园，那哗哗瀑布之声仿佛还响在耳边，郑板桥的拳拳心语默记心底，感觉着这真是值得一看的小园。

2003.10.11

又是一年吃槐花饭时

又到了槐花开放的季节，每每看着槐花，闻着它的芳香，不过，特别是丈夫，总说还是要吃上顿槐花饭，那才好。家人微信群里姐姐家开始炫耀新煎制的槐花饼，切得也美观，令人向往之。丈夫打算今天下午想办法去河边够些槐花，别说，他总有的是办法，自己在阁楼上叮当一阵，说是工具准备好了。然后放在袋子里提着，说要到外面找着杆子绑上制作的钩子，才能够到槐花。我帮他寻找杆子，好歹找着了一个略长些的杆子，绑好后，工具完成。丈夫领着我到他物色好的比较隐蔽的槐树，就开始够槐花，这里的几棵树不算高，槐花也不是很密，不过能够得着。丈夫自制的工具还挺好用，槐树枝子够下来，我负责摘下槐花花束。就这样忙了阵子，槐花已够多。我们就沿河边回去。

到家后，稍加休息，就开始忙碌。摘槐花，洗槐花，晾晒槐花，然后蒸槐花饭，丈夫全程包揽，我只是助手，粘上了一点面粉的槐花，上锅也好看，蒸出来还是一个一个的很利落。尝尝，呀，鲜嫩可口，甜滋滋，香滋滋，就着新掐的今年刚下来的新大蒜，真是可口。我们都吃得很饱，也很爽，仿佛这样才心有所甘。又是一年吃槐花饭时。

2019.5.3

摘桑葚

那天太阳还是毒辣，丈夫还是约我下楼一起沿河去走走，我戴了遮阳帽，穿了防晒上衣，戴了手套，我们就下楼去。沿着河边小径，时有绿荫遮道，还好。跨过石桥，丈夫就领我沿河汉坡地走去，噢，那里有桑葚树呢，桑葚正是很成熟的时候，过些日子就要熟透落净了。因为忙，一直白天没能去摘桑葚吃，这次丈夫和我要去摘桑葚吃啦。河汉坡地上桑树大大小小有四五棵之多，也吃不尽。我们先路经一棵不高的桑葚树，果实不太多，但伸手一拽枝子就能够着。丈夫也给我摘。我挑了几个红得发紫的，哎呀，还真甜呢。就这样，逢桑葚树就吃几个，也就满足了。一季的桑葚又吃过了。我们继续向前走，小石竹花在太阳下开始开花，天气干旱，两边的草木带刚浇过水。走到前面的木桥边，那里有一簇睡莲，这时节开得很旺，叶子也新鲜，花开得好多，很美。另一边是长得高高的油油的芦苇。燕子成对地低低飞过芦苇点缀的池塘，蓝色的小小的蜻蜓在睡莲花朵上轻巧飞动，天气热起来，风景也依旧有的。我们穿过柳林，在柳林长椅上小坐。此时的柳林又有另一种敞亮和绿意。我们过石桥，踏上另一岸，一边说话一边往回走，绿树浓荫的小广场上玩耍的人不少。我们也小憩了一会儿，就一路冒太阳晒地往回赶。天气热得渐渐让人不敢出门了。

2019. 6. 2

如雪

昨夜静悄一场大雪，清晨外面一片白。几分清新，几分美丽。

吃过早饭，戴上白色的口罩，要赶去学校值班。似乎好久没有下楼来了，这次疫情把人们阻隔在家。雪太厚，昨天雪前下过雨，现在结了冰，雪虽软，但大道的地面还是冰辙横亘。丈夫把自己的车打扫出来，我担心路况太滑，让他只送我到公交车站点，因为疫情，家门前的公交车也停止了运行，到达还运行的公交车站点还有一段距离。踏冰雪而行，大道上不是很滑，毕竟立春已有段时间了，大雪松软，驱车踏着冰雪前行，我到了公交车站点。

站在茫茫雪地中，等公交车的到来，因为疫情，公交车也减了车次，大雪蒙缀的世界，似乎别样安静，雪花又开始飘起，我穿了长的羽绒服，站立在那雪地的公交站牌前。世界似乎有点出奇的安静，公交车迟迟不来，我似乎感觉隐隐的几分孤独，孤独中任雪花落在衣服上，稍稍的寒意袭来。一个老大爷从附近走来，戴着口罩，说儿子要来接，他说不用了，自己坐公交车回去。在雪花飘零中，在等待中，要坐的那路公交车终于来了。我们相继上车，在这个疫情肆虐的时期，车上乘客很少，我随意找个座位坐下。司机师傅戴着口罩，说着快让我们坐好，一会儿测体温。外面的雪景随着公交大巴的向前，也在我面前展现。高高低低的灌木上，覆雪点缀如花，增添着这个世界的美丽。天地安静，空气清新。到红灯停靠的间隙，司机开始检测每一个乘客的体温，指导我们伸手腕配合，测量仪很快地照过，也就很快完成了体温测量。后面每个站点上来的乘客，司机师傅都是这样进行了体温的检测。

下了公交，就踏着厚厚的雪沿着路边前行，还需走一会儿，才能到达学校。雪好厚，啊，高帮的运动鞋发挥了它的优势，但每走一段似乎就大雪漫过鞋帮似的。大街上很少有人，大家都听了命令，候在家里，防止感染和疫情的传播，这是一场特殊的战斗，需要每个人都投入其中，听从指挥，才能排兵布阵，才能冲出一条道路。我踏着厚雪前行，世界很美，似乎美中又有些可怕的东西，因为世界出奇的空旷和安静。

走到通往学校的小区路径，已是大门横路，一辆车刚从大门开出，我连忙上前和开门的师傅打招呼，说明值班之事，他戴着口罩，很可能是社区这个路口的服务人员之一，他还是让我进去走了这近路到校，说是按规定需要让我走另一个门。我就走过这条小区的街道，来到了我们的学校。在值班登记本上记录下了到校的时间，两位带班领导已先我而到。走出值班室，放眼雪后的校园，一片白茫茫，非常的安静美丽，这边的高高低低的树木上，更是别有如花开的生机。只是，校园缺了孩子们的吵闹，似乎也缺了点什么。是啊，一切都在按序等候。

不过，我还是爱这茫茫的白雪，茫茫的白雪，茫茫颜色中那些茫茫的穿着白色防护服的医者，他们勇敢逆行，他们奔忙在那生死考验的战场，也是生命相托的战斗。那些可爱的形象，那些穿着白色防护服戴着护目镜的医者，似乎和那雪花一个颜色，一样美丽，使得惊恐的内心平复了些，使得肆虐的疫情开始却步，力挽狂澜的力量，这是一股暖流，这是一种壮举。是谁说这是天使的颜色，是啊，这就是美丽天使的颜色啊。正是这样，这方小小校园的景致才是美的，才是特别清新的，脚下也才是踏实的。

这一阵子，自己也是像随时听候命令一样，忙碌着，班级微信群里的孩子们每日的体温接龙，每日的出行汇报，每日的鼓舞带领，虽然没有按时开学，但我们还是团结又相互鼓励的班集体。

依旧踏了大雪回去，公交车外天地茫茫，白雪蒙缀的天地无限美丽，似乎心情也开始舒畅。似乎自己也已适应了戴口罩，那些高高低低的灌木上的落雪，开始松散开来，别有花样的美丽，我知道，那些如雪的使者，那些戴着白口罩的各级各地的为疫情做着工作的人们，如雪美丽，迎候春来……

2020.2.15（此文获首都师范大学语文报刊社组织的全国师生抗疫征文大赛一等奖）

清香

外面不知何时飘起小雨，在这七月时节，天气因连日的阴雨而凉爽适宜，放假后的自己也就自由而有闲暇。几件前几天想洗的衣服现在可以洗洗了，心里也因放假而舒畅了很多。等我刚在阳台晒好衣服，丈夫已经去沿河锻炼顺便赶集回来了。买了苹果桃子，买了棵白菜，还有花生。他收好了伞，我赶紧去收拾他买回的东西。雨天，室内的这情景，平静的生活，女主人洗了衣服，男主人冒小雨赶集归来，假期让人回归到家里。心里舒缓而放松。

洗了水果后，就把花生泡上，这是新除的花生，很清新，丈夫说花生刚上市，有点贵。我说吃个新鲜，肯定稍贵点。花生上粘的泥土经水一泡，再洗就容易洗干净了，我洗了两三遍，饱满新嫩的花生就更可人了。丈夫来煮花生，放上大姜大葱等他喜欢的佐料，放上盐，放好水，就打开电饭锅的开关煮上了。等我忙了其他事情再到厨房，锅里已发出了新花生的特别的清香，有一种季节的味道，生活的味道，都在这清香里引人联想。等丈夫发话说花生已煮好，锅盖已掀开时，我是忍不住地用筷子从锅里夹了花生要尝尝，很香，鲜嫩的新花生香，今年第一次吃呢。中午做饭时，我又炒了新下来的豆角一盘，味极鲜和水恰好，豆角的色泽和清香保留，火候也恰好，炒菜有时是一种作品，今天的这个作品很令自己满意。外面小雨还飘着，饭桌上的午饭开启了。刚腌制的花椒作为小菜一碟盛上，就饭嚼着，从麻辣中隐隐溢着新花椒的清香。花生盛上一碗，已浸渍有味道，就更可口了，嫩滑有滋味还保留着新花生的清香。

中午饭丰盛，晚饭就简单些。主要熬点大米稀饭。先熬着稀饭，等烧开锅，再去热上馒头、饼,等大米熟了软了,饭也热好了。熬着稀饭的锅子不知何时就烧开了,热气汩汩地在透明锅盖下的锅子里冒泡,我关了一个火,赶紧去放上温饭用的篦子,掀开锅盖时,是一阵扑鼻的大米香,这种大米稀饭的香,也是一股清香,透着生活味,很沁人心脾。生活总是忙碌,而慢下来的节奏里,生活的清香扑面而来。

晚饭后,外面小雨已停,下楼去沿河小径漫步,依旧穿过河湾几个木桥,七月里新进长高的荷叶荷花又散发着柄柄香……

2020.7.24

时光里的温情

时光的脚步不停,夏的炎热终于被赶走,秋以轻巧的风和微微的凉意爽飒飒而来……

母亲今年八十二岁,身体还算好,有母亲在,我们就是一群大大小小的孩子,无论是六十岁还是五十岁。中秋国庆小长假里的我们,还是相约踏上回家的路途。开车的已是我的外甥——姐姐的儿子,正当青年,充满力量,也充满生机。我和姐姐坐在后排座位,闲话生活,姐夫坐在副驾驶位置陪伴儿子。窗外大田里的玉米已收割,时不时看见农户家门前的晾晒的金黄的玉米。也不时掠过秋日天空下的一片片略染沧桑的白杨绿林,心情是轻松和惬意的。

小妹电话那头说已等候在楼下,依然是爽快热情的声音,家的感觉就更浓了。到家了,妹妹家和哥哥家在一个小区,所以妹妹先迎着我们。我们一同拎了大包小包的礼品先给了带给妹妹家的,然后就一同到哥哥家,母亲已迎出屋门前的楼道里,很是欢喜。我们和母亲打过招呼就上楼去。

楼前的石榴树似乎更见苗壮了,大个的石榴挂在枝间,今天这个单元还有一户人家儿子结婚,我们踩着印有"步步有喜"的地毯而来,心情就别有一番喜气。嫂子已在厨房忙活,我过去问好,嫂子热情地迎出来。桌子上特别甜美的"葡萄小妹"已摆上,楼上那户人家的喜糖花生也给了些,我们就坐下来边吃边喝茶叙谈。哥哥尽管对我们回家早已发出了邀请,但因为今天去外地国家级键球比赛当裁判,也就没有在家。妹妹不断拍照和录简短的视频发到大家组建的群里,分享着大家相聚的欢乐。依然是随意拉话家常,姐夫说起健身,说起体重,妹妹一开口就是要求外甥和侄子赶紧找女朋友,我说就是,今天的一个重要内容就是要给他俩布置任务。后来，又说起抽烟，妹妹说哥哥已成功戒烟。姐姐又说起嫂子在北京工作的侄子房子买了没有。又问自己的儿子决定在济南，咱就想办法在济南买房。谈话轻松，心无设障。

吃饭的时间到了，嫂子已做好了一桌子菜，啤酒佳肴，举杯祝福母亲健康快乐，相互祝愿生活更美好。炒鸡蛋鲜美，地道的高密烧鸡有滋有味，葱白牛肉切得细薄耐嚼，还有地道的黄瓜调猪头肉，煎炸知了龟，香芋炖排骨，最后是煎制的黄花鱼和蒸制的大鲤鱼……总是丰盛的，总是香美可口的，回到家的感觉，连饭菜都是特别的香，特别的甜……可以放下所有平日的劳顿，可以驱走所有生活里的压抑与卑微，而舒展自己的心身，细嚼慢品，脸上的每一个细胞都是轻松的，漾着笑意，这似乎是在别处所没有的感觉。嫂子忙完，也过来喝几杯，我们举杯感谢每次回家嫂子的忙碌辛苦，嫂子也总是笑脸相迎连说没什么。

楼上结婚的那家下午送来了一份小礼，是一份炸制的小个麻花和一些小方块子，这是家乡结婚才有的风俗食物，似乎好久没有吃过了，品尝起来，回忆似乎无数，思绪似乎也填满，心一下子充实了。红袋子的另一层是花生和糖，大家慢慢吃起来，谈起来。

在北京工作的侄子打电话说下午四点就能到家，我们也希望见见面，当裁判的哥哥电话说高密队成绩表现不佳，要返回，他就跟着高密队打算提前回来，主要也因为要急着见到我们，急切地说着要等他回来。姐姐一家顺路先回到了相隔不远的老家去看望一下老人家，然后返回。侄子已按时到家，好久不见，看上去身体结实，人也成熟了很多。后来，哥哥也赶回了家，也算到齐，很是高兴。哥哥的同学从太湖寄来的大闸蟹也是刚刚那天下午收到，哥哥早就吩咐好嫂子煮螃蟹吃，晚上这顿饭又开张了，大家和哥哥一起说笑、喝几杯，侄子和外甥都在说笑声中举杯表达了快找女朋友的决心，一家人更乐开了……

相聚的时候时间总是过得很快，我们还是挥手，带着满满的温馨踏上归程。时光纵然老去，家人兄姊的亲情却是越酿越浓，这份时光酿造的浓浓温情成为滋养生命的重要一分子……

2020. 10. 4

写给丈夫的一封信（和学生同步写信练习）

亲爱的徐：

　　你好。

　　今天要跟学生一起练习写一封信，我就想到给你写，也是一次特殊方式的交流吧。

　　生活中最愉快的事情是和你一起散步。还记得前几天的一个晚上，虽已是春天，天气却突然变冷，且刮了一天的风，到晚上时，你还是约我下去散步。我裹了羽绒服，戴了帽子手套，就跟随你下去。走出小区的后门，就踏上了通往河沿两边白杨树林立的大道。你让我抬头看天上，呀，深蓝的天幕上是明亮的月牙儿，还有月牙儿旁闪闪的星。天冷风止，空气清新，天空也绽放了特别美丽的深蓝，像宝石一样的深黑样的蓝，这样天幕上的星星和月亮，就有了不同于以往的容颜，像被擦亮了般焕然一新，散发出夺目光彩。这方高大白杨树枝掩映之上的天空，那晚有了不同于以往的魅力。天气还是比较冷，但和你在一起，数星星，看月牙儿，就有了欢愉与勇敢，我们就头顶那样的明亮美丽的月牙儿星星前行。

　　其实，何止是一次看月亮星星，就是这弯月牙儿，我们也是由它悬在西天边的一弯月钩而看到它行到了我们头顶的那弯月牙儿。而就在昨天晚上，那月亮已是半个多了，参差在云雾边，又有别样的风情。而那天空已是更清明的淡蓝。这已成了放学归来晚饭后的一种欣享。活动了我们开始有点臃肿的身体，也释放了一天工作后的劳烦。我们每每都是惬意的。

　　不知什么时候，发现你越来越喜欢读书，你也有闲空儿，我看你读，我这个学文且教语文的，无形中就更读，其实，我深入读的四大名著等书也有你逢闲空就读书的切身引领的感染。而一个喜欢读书的男人，我觉得他渐渐变得更有理智更温和了。这对我是幸事。

　　平时我好写作，随笔涂鸦的文字，微信发给你，你都喜欢读，且成了我忠实的读者，并且得到你的好评。我是幸福和感激的，因此写作就更成了一件幸福和愉快的事情。更愿意把自己更多的篇章与你共享。你本是学理出身，现在也成了喜欢文学的人，也许有互相的熏染吧。

　　每个人都有自己的个性，甚至无法改变，因而相处不易，有些往事不堪回

179

首，也是每每说服自己达成谅解消掉间隙。共同的风雨给了我们太多的并肩承担，所以，我还是愿意一路与你同行。

高兴地看到我们的女儿健康成长，朝气蓬勃，学有所成。老母亲跟随着我们生活也算安稳，你我身体还算好。说到这儿，我希望你烟酒一定要控制，饭量也要控制，我也希望自己的工作量稍减。岁月不饶人，我希望我们都能保重身体。一路走来，由当时初相见的美好，到之后虽也历经了不少波折，但还是生出些依赖和情感。人生不易，我还是爱你的。写到此处，涌上不少辛酸，泪眼蒙眬，不知再说些什么。唯愿我们共赏明月的陪伴更长久，相伴共度那好时光。

此致
敬礼

妻子
2017. 3. 9

写给女儿的信摘选

亲爱的浩浩：

你好。

开学以来我一直比较忙乱，不过，现在今天这个时刻，我可以安静地坐在我的办公桌前给你写这封信。

从假期开始，你就开始发力，对自己要求比较严格，天气虽炎热，但你坐下来，细致地梳理知识，投入地做着练习题，适当地练笔表达生活，适时地读点书，我们俩的暑假生活还是很充实的。开学以来，你严格要求自己，正如不少优秀学子介绍的经验那样，早发力，更能创造佳绩。你是这样做的，并且非常严格地要求自己，在细致投入学习并在顽强的坚持中，你的各个学科的成绩开始稳中有升。这是很好的局面，也是很好的学习状态和生活节奏。你说气氛有点紧张，但我也明显地感觉到你紧张而有序，充满斗志的学习节奏。把握好这一节奏，即使学习成绩上有点起伏，那也算不了什么。

能感觉出，进入高三之后的生活是艰苦的，学习任务的繁重，和学习时全身心投入的专注，感觉得出你承受的压力和为之付出的努力。那天读星云大师的文章《忙，就是营养》，里面有一段话值得品味，"忙，才能发挥生命的力量；

忙，才能使我们的身心灵活起来。经云：'若行者之心数数懈废，譬如钻火，未热而熄，虽欲得火，火难可得。'又说：'人所欲为，譬如穿池，凿之不止，必得泉水。'借着忙，将自己动员起来，才能一鼓作气，先驰得点。如果能善于忙碌，'忙'就是人生康乐的最佳营养剂。"这段话虽然有几许乐观的成分在里面，但也有深刻的东西，那就是忙才能使我们的身心动员起来，激发自己的潜能。从这个角度说，奋斗的高三虽苦，但也有其特殊的磨砺作用和奋斗的乐趣。不经历过高三的学生不是成熟的学生，因此，以欢迎和投入的心态投入到高三的生活中吧，奋斗的鼓点已奏响，让我们踏着鼓点前行。而你正是这样做的，你投入地背诵，你静心地思考，心无旁骛，一心向学。勤奋的脚步也换来了理想的成绩。光荣榜上展现了你从容坚定的身影。

梳理好自己，发动好自己，不断挑战自己，这是最重要的。那天看书，有一句话谈到了竞争，书中说："对手强大，自己也会更强大。"想来也很有道理。因此，正确地看待班内及级部的竞争，努力把握好自己，因竞争会激发自己更加优秀。

生活节奏要紧张而有序，从宿舍到教室的一段路程，是每天很好的放松和锻炼时间。这一段路程也是一中最美的一段路程。让有点疲倦的神经在这段路程上放松一下，欣赏每个季节的风景，用心体味，诉诸笔端，都是很好的文章。上周去给你送饭，校园类似枫树的几棵树有的已是满树殷红，有的已是金黄，树下长得长长的草丛中，落叶静静飘卧在绿草丛中，别有一番静谧，秋日的阳光很好，这一切都有一种特别的时光秋韵感。就让我们的身心偶尔放松下来，欣赏眼前的一切。拿得起，放得下，调节好身体，吃得香，睡得着，学得进去，坚韧前行，才能走得更好，愿你有这样的磊落和勇敢，这样的拼搏和快乐。这样，就会在艰难中感受到内涵的丰厚，获得生活的厚重收获。

女作家迟子建在自己的散文中，把"泥泞"都能读出厚重，"泥泞诞生了跋涉者，它给忍辱负重者以光明和力量，给苦难者以和平和勇气。一个伟大的民族需要泥泞的磨砺和锻炼，它会使人的脊梁永远不弯，使人在艰难的跋涉中懂得土地的可爱、博大和不可丧失"，多么耐人寻味啊。愿你在这高三的跋涉生活中收获历练和成熟。

高三的生活，心，应更简单些，淡泊些热闹，淡泊些穿着，静心地投入在学习中，在奋斗中。当然，适当买点或增添点衣服、鞋子，也不妨是生活的小调节。

在忙着背诵和做题的时候，还是适当加上点经典文章的阅读，包括英语，都是必要的。有深度的文言文也应阅读些。使自己的知识更能成为有源之水。

静心学习，顽强前行！

你的妈妈

2013. 10. 30

亲爱的浩浩：

你好。还是写信和你聊聊，这种方式也有它自身的魅力。

一个暑假陪你玩，陪你逛街，陪你学习，过得挺快乐。也增加了我们的进一步了解和沟通。你把你的专业知识还是学得挺深入的，这一点很令人高兴。也希望你能学中有乐，学得深入。大学生活的放松和压力，大学生活的自我管理和纪律，大学的大院子和小小我，你已深刻有所体会，这都是大学生活的一部分，希望你在经历了大学两年之后，能更好地把握好生活的节奏。

这学期开学，我教的年级和带的班迈进了初二年级，初二年级需要每个同学有一个好的心态来引领自己，所以我给他们抄了几句话，也是一首诗中的几句，不妨你也来赏赏："如果你不能长成山顶上的大树，那么就做山谷边的一棵小树，不过，你必须长成山谷边那棵最好的小树。如果你不能成为一棵大树，那么就做一丛灌木。如果你做不成灌木，那么就做一片绿草，给道路增添几分景致。"而这首诗的题目就是：做最好的自己。人也只能如此罢了，做自己，做最好的自己。因此，遇事不能急，要循序渐进。要认真学习，也要坚持锻炼身体，理智饮食，一张一弛，有条不紊。

大三，是要为将来的方向打点基础的时候了。还是要冷静下来，认真做点事情的年级了。记得弘一大师李叔同说："花枝春满，我的生命终于像一朵花一样开放了。"人生也是一场修炼的过程，为了开放如花，需要耐心静坐下来，需要认真积累。试着做事情更认真些，在有些生活细节上做得更好些。试着晚饭后不一味守在电视旁，而是到书桌前看点书。试着把生活打理得更有规律些。达·芬奇画蛋，练的是一种态度，一种基本功，有那样的画技基本功才会有后来的《蒙娜丽莎》。这些话不仅是说给你听的，也是说给我自己听的。修炼还包括好多的方面，都是需要认真对待和提高的。

当然，该放松的时候，还是让自己放松下来，自由舒畅地呼吸，开心地笑。衣服可以淡泊些，饮食可以素朴些，学习的时候投入些，这就足矣。

似乎有些话还没尽我意。就暂时写到这里吧。希望我们共勉。

你的妈妈

2016. 10. 7

182

亲爱的浩浩：

你好。

每学期给你写点话，已是成了习惯。不写，仿佛缺点什么。做父母的心情，就是这样啊。

在香港科技大学的研究生学习，使你开阔了视野，能深入学习一些更有深度和难度的东西，这是虽难但是你喜欢的，这就好，研究生的学习能有这种感觉，就是对的，这一年多的学习就是非常有价值的。依山临海的校园，无限美丽，海风徐徐吹来，青春无限美好，偶有闲暇时也去漫步海边，又是别样的惬意。我们要学会珍爱生活，感恩拥有，顽强生活。我们历经了这许多的风云，才更加知道社会人生之不易。

很高兴一个假期你的陪伴，我时有声高粗暴，你也最终达成谅解，也让我知道需要改进。我们的闲话叙聊就显得更有意义。时不时下厨房做菜，厨艺渐佳，耐心勤劳，这都是可爱的。理智控制饮食，适度陪我锻炼，相互鼓励前行，这都是这个假期我眼中的你，你变得更加成熟沉稳。偶尔也闭门安静学习，这是本分。生活时有风云挑战，但愿我们越发坚强和沉着。

这几天我都坚持读书锻炼，适度干些家务。你的裤子毛衣还有那双鞋子和袜子我都给你洗了。每天踢毽子六七百，打太极练八段锦依旧，身体虽在假日胖了些，坚持锻炼再加注意一下晚饭，坚持些，希望会更轻巧些。我也希望你这些日子，在室内学习，适度锻炼，照顾好自己，团结好舍友。你也告诫我要好好注意和家人的相处，随着年龄的增长我也开始豁达些，不和谐的时候忍耐片刻，还是会迎来和风细雨，似乎又觉生活可期待与可爱了，就这样一路前行。

很高兴你能热爱读那本朱光潜的书，确实是写得很给人以启发，很多观点我也感同身受，像挤时间读书，像对待人生与生命，像如何学写作文，像静下来艰苦跋涉的可贵，等等，都给人启发。看似闲谈，实际有一股特别的深透。

新的一个春天终于来临了，似乎昨天还是满街冰雪，但确乎今天就是充满希望的春天，明天似乎就是会有花开的春天。

很高兴你能与我们分享你的忧乐甚至交往，我当然会努力地传授我的生活技能。当然希望你各方面谨慎，希望你各方面都安好。

祝你生日快乐！

你的妈妈

2020. 2. 21

亲爱的浩浩：

你好。

首先祝你生日快乐。时光的脚步不停，你已经成为一名落落大方的青年，并且就要奔赴工作岗位。

还是想和你说点什么，谁让你是我手心里最珍贵的宝呢。经过生活各方面的锻炼，你拥有了较强的生活能力，也能较好地适应环境。经过中央财经大学金融专业四年的学习和香港科技大学金融数学研究生的近两年的学习，你就要踏上工作岗位，这是令人欣喜的。在工作中把自己的所学进行实践和应用，把自己的才华发挥出来，这都是令人鼓舞的。当然，在工作中肯定会遇到不少挑战，愿你能虚心学习和钻研，不断提升自己的能力，得到锻炼和不断进步。保持一个初入职场者的谦逊勤奋和吃苦耐劳，努力经营好各方面的关系。

因为成熟，所以要学会驾驭自己，特别是更好地把控自己的情绪，保持积极乐观的平和的情绪，对身体，对健康，对恒久前进工作着的你，对天长日久的生活，都是很重要的。听说慢跑能很好地产生一种元素促进人的幸福和快乐，我每每小跑完也感觉一身轻松，还记得春节后那些我们一起小跑的日子，也是我们母女之间一种特别的快乐。因此，我是说，你既要认真工作，也要注意保证身体。吃饭还是要规律，每顿的青菜要保持，合理膳食，同时要多喝水，及时喝水，寻找一个坚持下来的锻炼方式，更重要的是要保持平和的心态和良好的情绪，引领自己坚韧乐观前行。要保证睡眠，手机的翻看不能用时过长，不要等打盹了才睡觉，要按时作息。另外，保持饮食方面的理智和适度的节制，也是现代人应共勉的，愿我们的自控力能带动我们，唯有坚持才有效果。

把自己的这篇题为《庞大家族事业背后的细腻家教——读〈一切皆可投资〉有感》的读后感也送给你，希望你从中有收获。

虽然是从书店随手购买的一本书，剪开包装打开书翻看之后，还是为之欣喜，这真是值得一读的一本书。

世界财富巨擘摩根家族企业背后的细腻的家教，读后引人思考，给人启迪。商业与一般读者本来是有一定距离的，可是这本书是由老摩根写给儿子的一封封信组成的，父亲写给儿子的信，是发自肺腑的话语，有卓越的见识，谆谆的教导和真挚的情感。巨大的商业与人的心灵之间一下子没有了距离，我们在读一封封家信中，感受着深刻的人生共鸣，也深深体悟到了庞大的家族商业背后，细致深入的家庭教育的作用，从而让读者在一位商业家父亲的教导中有了更多的人生收获。

全书一共由三十二封书信组成，谈及的角度方方面面，对人有很多启发。在第三封书信《企业家的资质》一文中，用心经营，真诚热情的服务，产品一直以来的品质，都给人很多畅想。《读书的经济价值》一封信中，耐心真诚引导儿子要保有读书的习惯，特别是要读专业方面的书。《一生的投资》一信中，教导儿子对待婚姻的认真态度，对待家庭的态度，称之为"一生的投资"，给人很大的启发。《健康的资本》一信中，父亲教导儿子保持身心平衡的重要性，如何面对压力，如何用一张一弛来化解压力，即使面对巨大压力也要做出成就的选择。另外，其他封书信谈到如何成为最优秀的领导人，如何关心并尊重员工，如何"看好自己的钱包"都给人启发。

在最后的两封书信中，老摩根谈到了关于幸福，关于人生的真意。他借用法兰克尔的著作中的话来表达，认为真正的幸福是一个人在完成任务后得到的成就感。"在我们的人生道路中，出乎意料的事情随时都可能发生，所以当你遇到意外时，你要勇往直前，不要害怕困难，只有这样做，你才能深刻地体会到人生的意义，品尝到幸福的滋味"。在书的第二封信中也同样表达了这样的意思，"对年轻人来说，除了掌握一些必备的课本知识以外，坚韧不拔的精神和强烈的责任感也是必不可少的，唯有如此，才能在日后有所作为，闯出一片属于自己的天空"。

即使是在最后一封信中，老摩根在接近结尾的时候，再次谈到关于礼节的内容。他借用了一段话来表达："和遵守宴会的礼节一样，你也不要忘了遵守人生的礼节。当菜肴传到你面前时，伸出手，认真地接待它。对待菜肴如此，对待孩子、妻子、地位、财富也是一样。"

当我读到最后一封信的最后两段时，我的眼泪欲出，父母对儿女的情感是多么真挚深邃啊。"把我全部的爱都给你！"这是最后一段。

任何伟大的事业都需要有根基处的细致的一步步经营，老摩根写给儿子的三十二封书信，让我们看到了庞大的家族企业繁茂的根源，感受到家教与传承，也因而摩根家族的商业帝国才能走得那样久远。

祝你生日快乐，工作顺利，身体健康，加强自律，越来越漂亮！

你的妈妈

2021. 3. 11

校园浪花

难忘那满屋子的烛光

还记得吗？不，应该说是永难忘怀了，那许多双孩子的可爱的眼睛，那一张张纯真的脸……在满屋的烛光里，那柔和的烛光，温暖和打动了我……

那是段实习的日子，刚刚上完师专中文系的我们，一行十二人，由一位老教授带队，就分到了峡山水库边上的一座高中学校的高一年级去实习。我和其中两位男生三人被分派到了高一五班，担任语文教师兼班主任。

我们按这个学校的作息制度早起晚睡，积极融入新的生活中。我们每人积极准备一篇课文，准备讲解。同时，积极了解班级情况，了解学生的生活和学习，和班级学生一起早起跑操。整个校园里，因为我们这一群，多了一份挡不住的青春气息。

也许是因为年龄，我们与学生相处得很好，那个高高个子的张文斌，那个长得略有点彪悍的李堂三，女生们常常把他俩围住，不停地问问题，他们也常常围住我，找我说话。刚开始他们都有点拘谨，后来我们逐渐熟悉，我知道了他们的姓名，了解了他们的学习和生活，知道了他们班主任在他们心中的形象，也谈起他们的理想。记得那个个子高高颇有才气的张文斌同学还给那个班开了个主题班会。

总之，是学生的我们，常常出现在他们这群高一学生中间，初为人师，是一种清新的感觉，是一种全身心的投入。我认识了聪明诚实的张宝，美丽善良的李小兰，还有好多好多个性不一的孩子……那段实习时间是非常充实的，校长都亲自听过课，还是非常关心我们的，对我们很热情。高一五班的语文老师给了我们很诚意的辅导。

那个结束实习的最后一个晚上，班级里大概是商量好了为我们开一个送别会。但不巧，不知什么缘故，我们还在办公室里就停电了，我稍感遗憾，觉着这回可开不成了。正当我在心里惋惜时，五班的班干部来请我们到教室里去，我们一起跟了过去。啊，屋子里灯火通明，白色的蜡烛，每人点燃了一支，给人暖融融的感觉。我的眼前，满屋子烛光，还有烛光中六十双眼睛和一张张笑脸，我们不由地被感动了，一股暖流流过心中。

联欢会照常进行，学生们各尽其能，出了自己的节目，我们三人也各自在学生的簇拥下献上节目。记得那天我唱的是一首歌，名字是《含羞草》，"小小一株含羞草，自开自落自清高，它不是存心骄傲，只为了，只为了美丽情操……"那发自真心的歌声，那样真情的抒唱，赢得了学生们热烈的掌声。

节目在一种温暖、舒畅中进行，我们三人都被深深打动了。节目最后，也到了临别之际，我们三人站在一起同时弯腰鞠躬，以示我们的敬意和感谢。

别了，那峡山脚下清秀的校园，还有那群可爱的学生。不过，那柔和的满屋的烛光，在以后，却常常闯入我的记忆，鼓舞我用满腔热情投入我的工作。

啊！那满屋的烛光。

1999.4.7

微风，拂过教室

已记不清是什么原因，我把那男孩刘峰点起来，并要他站着，噢，好像是前一日的语文作业没有完成，到今天还没有补上。周三在一班的语文课上，我一上课就针锋相对，气汹汹地直截了当地点了刘峰的名字，点名批评并让他站起来。

在以往的经验里，这一招似乎挺灵，学生似乎很认账，因为证据确凿，无法辩驳。可是今天的这个男孩，却把两个肩膀耸了耸，脸上涌上一层怒气，简直有想与人打一架的架势，手中的书"啪"的一声竟敢摔在桌子上。

"作业不做，怒气不小！"我的无名之火涌上来，"老师为的是谁？老师不管你，难道不行吗？"

是个初秋，夏天的闷热刚刚走过，一阵微风，拂过教室，似乎想缓和一下那时刻的紧张气氛。

没有开好头，带着火气的那堂课，似乎也因而没有了激情，是讲什么来着，是讲《美挑战者号航天飞机升空后爆炸》。

又是一阵微风，也许是课堂上静静的氛围，挑战者号的悲壮，我也把那不愉快的小事忘了，顺水推舟提了个小问题，就让那没站十分钟的男生坐下去了。

而那个男生，不知什么时候，也把怒气消了下去，带上了一层歉意与深藏的微笑，似乎在说"真的，刚才不对，不该对老师发脾气"，真的，我好似读懂了，一阵微风拂过教室，怪舒服的。

那一笑，倒让我不安起来。自己难道就没有错吗？教育学生应该灵活深入，难道应千篇一律吗？眼前的这个男孩，不也正是个不听话却又能奏出动听乐章

190

的音符吗？

微风，拂过教室，心灵如沐浴在和风里，受了滋润，得了慰藉……

下课后，那个男生自觉地跟在我屁股后，脸上绽开笑，真诚地向我说了道歉，这是后话了。

1999.9.25

窗

孟蔚一直都是忙忙碌碌，奔走于学校家庭近乎唯一的生活线路。似曾感受冬的凛冽，看见过那灰暗的天，如同她那倦意的脸色，也像那群学生困倦的眼睛与本应闪亮而苍黑的脸儿，生活是一片忙碌的喧哗。而春天却也悄悄来临，天空的容颜现出活泼的调皮，孟蔚不经意抬眼，窗外还未完全伸展开的嫩叶和那淡紫色梧桐花渐渐开来的一片春意，也似乎使她吃了一惊，她感到新鲜。

孟蔚在这个城区以严格管理著称的学校工作，教初二六班和七班两个班的语文。教语文是她自己的选择，她是热爱这一专业的，她的理想是让学生欣赏并如沐春风般上语文课的，后来她才知道这有多难。

七班这个加强班每天要上十一节课，且仅仅星期天的下午休息半天。这是一个竞争激烈的校园，城区的几个学校何况每次也要考个你高我低，近乎白热化。

孟蔚已有十年的语文教龄，正如她沉默沉稳的性格，她是有自己的方向的。面对残酷的分数，面对那双双困倦的青春的眼睛，那黑压压的教室的氛围，孟蔚想做他们的一扇窗，她的梦是如此，她能做的最多也只有这些了。

记不清多少个日日夜夜，孟蔚埋头研究每一篇课文，在百忙的间隙里，她也读点文学的书和语文教法的书。她有一个愿望并实践着这个愿望，她想让学生们欣赏在自己的语文课上，陶醉于语文课上，达到全神贯注。

每一篇课文她都精心编织，如同编织一个美丽的愿望，让学生在自己的挥舞下找到心灵的驻足，文学的熏陶，语文的收获。无论美妙的《春》，还是那温馨的《驿路梨花》，深沉的《最后一课》，还有那《苏州园林》……都在孟老师的编织下走进学生的心灵，让学生在语文课上闪现青春的明眸。

记不清是在哪个雪天，透过那扇窗，站在四楼七班讲台上的她面对那如瀑的雪，让孩子们向外眺望，用心灵感悟，去感受雪飘的美妙。

| 191

不能去田野踏青，就一齐观那跳跃于高楼之间的窗外之春吧，描写那浅红淡绿的新春气象。

"梧桐笑靥浅。"李冰说。

"老师，我来接下句，'杨絮舞满天。'"

又有几名同学起来描绘。忽然一个小男孩捉住灵感般地说："老师，有了，我想完成那首诗。"

"你说。"

"忽闻有人言，'啊，春色无边！'"

大家拍手称快。

此时的教室是一席充盈着美丽阳光的地带，因为那儿有一扇透过来外面美丽风景的明亮的窗。

2001. 4. 12

毕业随语

轻轻地，时间从指尖滑落，"啪"的一声提醒了我，是毕业的时间到了。

毕业，意味着你们要离开我，从我身边远走高飞。

在生活的每一天里，我总是匆匆忙忙，像一个园丁欣赏着这个美丽的花园，像园丁去浇灌着这个美丽的花园，似乎忘了时间的流逝。

如果我时时记得你们不久就会离开我，我不会去那样严厉地批评你们，不会对每一段课文的背诵与默写都那么苛刻，不会去不放过你们一次作业上的懒惰。我是用了全部的身心来投入，细心了再细心，用我生命里的经验与教训去同你们交谈，为你们的每一次进步而喜悦与欣慰，我渴望的是你们哪怕一点点的进步。我总是过多地想为你们负永久的责任，我想得太遥远了吧，为你们担了些在你们看来没必要的担心，但你们介意吗，我的孩子们？

可是，你们就要离我而去，像一群蝴蝶翩舞着飞去，这是现实。可是，我还要说，你们是我短暂却永恒的一部分！在你们曾经的成长与进步中，在琅琅书声与笑声中，在我的心里都将成为永远。但愿我也是你们心中虽短暂却永远的一部分。

同学们，当新岁的钟声响起，当我发现我所曾经拥有的那群活泼的孩子不在我的身边时，我将会怎样的思念呀……

那么，就让我在新岁的钟声中去追忆你们的音容，去祈祷你们的未来……

1998.9.20

特别的礼物（和学生同步作文练习）

曾收到过学生送给我的贺卡、鲜花、花瓶样等的小饰品，但一次不经意中，我心灵深处却收藏了一份学生们赠给我的特别的礼物。

那是在上个学期，学校突然做了决定，让我来接教这个人才济济的实验班八班，带着些许的陌生，又带着几分自信，携着几份期待，我迈进了这个新的班级，他们给予了我掌声，这掌声我知道有很多的挑战，他们要看看这位新来的语文老师，我能胜任吗？

真正开始上课是给他们上的第二节课了。当时正好讲到《济南的冬天》，在那样一个小雪初霁的冬日讲我们自己的济南之冬天，也算是恰逢时候，当年的老舍就是因为有那样闲适喜悦的心情与对济南之冬喜爱的深情，才写出了这个有味的冬。我当然要把老舍这个眼中心中的冬教出来。

我用富有情味的语调朗诵起课文，让自己的心融于其中，也让我眼前的学生走进老舍笔下那个有情味的冬的意境。并让学生朗读，还有让学生概括那一幅幅画面。啊，学生们概括得真精彩。讲到"小雪饰山"一节时，我配上了首小提琴曲《雪花》，那小提琴曲的柔和的旋律真把人带进那飘飞的小雪世界。配合着那旋律，我给他们朗读那"最妙的是下点小雪呀。看吧，山上的矮松越发的青黑，树尖上顶着一髻儿白花，山尖全白了，给蓝天镶上一道银边……"我融进其中，学生也融进其中，师生真的创造了一个美妙的意境，一齐进入了老舍笔下那个妙不可言的雪后的冬日。他们给了我热烈的鼓掌，那堂课，我们读冬析冬，背冬日下的妙句，上得很顺利。

那一周，他们自拟的日记题目中有"新来的语文老师"一题，读着他们的日记，看见他们写到在课堂中的陶醉，有一个同学写道："听着她讲课，如听一首流行乐曲，赏一首轻音乐，令人陶醉，令人无以言表。"他们用他们的笔传达着对这位初到老师的印象，有的是肯定，有的是更多的期待。

我曾收到过学生的贺卡、鲜花等样的小礼物，而那在日记本上写下的是欣享于我讲的语文课中的感受，却不经意间深藏于我的内心。因为一个以教师为终生职业的人知道，这是一份最重的礼物。

| 193

这份特别的礼物，它常常激励我不敢懈怠，去爱我的学生，去倾心于我的语文教学。

2003. 10. 9

大雨

"哗哗""哗哗"，粗大的水柱随风飘起一阵水雾，如泼的雨洒洒脱脱就奔泻下来，砸在那清朝进士（陈介祺）故居的青瓷细瓦四角翘起的屋顶上，腾起水花，腾起雨雾。凉意便罩下来，驱赶走夏日的沉闷，伴着雨的欢歌，那凉爽的潮气便浸漫过全开着的窗户，浸润着我们的心灵。好舒畅，好舒畅，伴随几分涌上心头的轻松与富有诗意的临窗赏雨听雨的温馨愉悦，紧张的期末阅卷也在此略一住脚。对桌的老师也正对着窗外哗啦有声、烟雾飘动的大雨看得如痴如醉。

这是一次初中每学期期末的大型考试，一百多名语文老师被安排在临着陈介祺故居的一所学校的楼房，在二楼批阅初一语文试卷（初一初二年级教师交换批阅卷子），考完了试，批着并非自己所教年级的卷子，心情总该放松了些了。

从期末考试开始的那天起，天气便异常的燥热，憋闷了几天的天空终于接连下起现在一阵又一阵的大雨来。

考学生就近乎考老师，学生的成绩与老师的方方面面有着太多的联系，结果是重要的，考试是严肃的，心情总有点紧张。

试卷终于在两天时间内看完，教研员已累得满头大汗了，汗透衣衫。不拆封，不见学校等等的阅卷的严密性，需要他小心安排，统筹领导。

终于到了最后时刻，各学校的成绩即将物归原主地交到各校（当然上头儿还要留一份），我校初一年级组的备课组长李老师，正急切地向我寻问，寻问最后的成绩出来了没有。时间已是十二点，最后的结果即将归总出来，她极坚定地等到了一点多，当我把我校初一的成绩表格给她的时候，她的神情令我很难遗忘，印象是那样深刻。她近乎是激动，又近乎是有点慌张，她两眼直盯盯地待在分数上，旁若无人，然后她麻利地算出了本校的优秀人数。后急切地从其他学校老师的手里要来人家的分数，认真计算着人家的优秀人数。直到比较出自己所教的成绩不是第一至少也是第二的时候，她的紧张才开始慢慢下卸，释

194

放。最后还是带着几分胆战心惊般的余悸拿着成绩离开了阅卷地点，时间已是近中午一点半了。

那位李老师的神情后来时常在我脑海中回现，而握着本级部成绩的我，又何尝不是有一种大义凛然的悲壮与坚定，这坚定不知是成熟，还是一种颓废。

因此，是李老师的神情与我的某个思想产生了共鸣。每每想到那一幕，感觉不亚于暴雨前烦闷的不透风的天气。

什么时候，来一场真正的凉爽的透雨？对面清朝进士的故居依然古老而深味地立着，若进士有灵，是否也与我们有同感，不要取笑我们。

2001. 7. 20

我心依旧

我本是打算轻声轻松地道声别——好多年没有毕业典礼，学生一拨一拨的高高兴兴的选拔进了高中，于是我们就从头再来般，教另一拨我们的新学生。

升学的梦，分数的压力与拼搏，那份师生情似乎淡了，本来嘛，教师这一职业就是这样，应该习惯了，总是要送走老学生，迎来新学生。

知道竞赛优秀的学生明天就要奔赴高中，知道这又是一个最后一堂课，感觉到了什么，又似乎没什么。何况学生心里牵挂的语文平时各项评比中的奖品还没有发下去……我早就买好了奖品，完成一个老师应该实现的诺言，尽管明天他们一个个将离我而去，除了发奖，简单道声别也是可以的。

要离别想起的往往都是很美好的往事，何况这个优秀的班级留给了我很多美好的往事，共同的奋斗。有了学生才有了精彩，才有全身心融进语文课堂的美好。我自然地想起了那首唱热了但觉很美的歌。

"同学们，除了发奖，我也算是跟同学们道别。我想说几句话，我想用一首歌，当然歌词需改一改……"我顿了顿，我计划好了用自然、略轻松的语言也算快乐道别。但"道别"一词一出口，感情的闸门便把不牢了，那往昔的朝朝暮暮，那师生间快乐而美好的时光便奔涌而来，而明天他们将永远离我而去……"那就是《还珠格格》的片尾曲，这首歌写得很美。"我隐约感觉我的感情很难控制了。

"感谢天，

感谢地，

| 195

感谢命运，

让我们相逢……

我已哽咽难以说下去，泪水早已不听指挥，我没有像预先准备的那么潇洒，我企图尽力表达完，但不成，汹涌的泪水，感情的洪流，使我几遍都没说下去，底下很静，我抬头说，我们一起说下去……

"自从有了你，

世界变得好美丽……

没有再说下去，我那改好的大段长词没有完成，我噙着泪花向他们道别。

就是那样没设防备的一幕，总是牵着一份情谊，那付出真心与汗水的浇灌，总是在他们远走高飞的此刻产生感慨与激动。

选择了教师这一职业，就全身心投入其中了，就是那么朴朴实实的一份工作与生活，细细体会，朴实中也透着芬芳。

常常会感动于电视、电影中的那师生校园的一幕幕，就是感动于学生的那份纯朴，那份实在，教师的那份平淡而深厚的默默奉献与艰苦工作付出的无私。

一直就是这样一颗执着的教师之心，我才知道，不论世事多变，繁华抑或平常我都不曾改变这份身心投入的教师之心，因为我心依旧。

感谢天，

感谢地，

感谢命运，

让我们相逢，

自从有了你们，

世界变得好美丽。

一起迎来朝阳，

一起送走晚霞，

朗读、讨论、争辩，

陶醉在那语文世界里。

……

2002. 3. 24

校运动会掠影

写给初三男子 200 米决赛

像离弦的箭，像喷涌的泉，像奔驰的骏马，你冲杀出去。去处马蹄声声，身后硝烟阵阵。那样惊心动魄，那样势不可当。是力量，是速度，是决心，是潜力。生命如火，你要燃烧；生命如泉，你要爆发。感叹于生命的爆发力，感叹于生命的无穷潜力，人生战场需要拼杀，此时不搏何时搏！是一群烈马脱缰，是一阵冷风的悸动，是马蹄声脆的豪迈，是义无反顾的冲击，是男儿驰骋 200 米赛场啊，驰骋赛场壮！

献给初三男子 1500 米冠军得主

是谁说第一早已天注定，你咬紧了牙，你不信天，不信命，你一腔热血在胸，你要把那第一争。前面是你的劲敌，第一当属他锁定，你管不了那么多，你只相信自己，你发起冲锋，紧跟定对手，纵身一跃跨向前面。你用雄健的步子一往无前地冲，当你冲过，胜利的曙光向你招手，一道亮光闪过，那是心中的火，心中的一份坚定，一份英勇，你冲过了无数的坎坷，你又刚刚跨过一道最大的障碍。你坚定奔向前啊，奔向拼搏与实力赢得的光荣。历史的天空再一次改写，留下你矫健的身影——1500 米比赛的第一名。

写给赛场长跑中的落后者

生命就是这样，我们被推置于长长的跑道，一跑上跑道，我们就知道，要有血泪的拼杀，要有烽烟载道的漫漫征程，你别无选择，你毅然踏上征程。有同伴从身边飞过，有热风从耳边响过，有汗水从额前滴落，你不后悔。没有谁比你更懂得生命，没有谁比你更充盈，鲜花或许不会属于你，掌声也不会为你而鼓响，而你却一直知道，你要创造自己才读懂的一份精彩，一份精彩呀，漫长的跑道你最懂。

2006.10.8

"做菜"与生存

领学生们去"实验基地"的生活中,给我印象最深的是他们烹饪课上做土豆丝一菜的情景。当那个高个体壮的男生穿戴好帽子、围裙,口里自然地发出"第一次"三个字的感慨。当他们个个围戴上小围裙,俨然一个个家庭主妇,衬上那幼稚的年少的脸,真是可爱。最好笑又最惊险的是他们做菜时那一副副窘态。你看那位男同学,掗开五指摁住土豆,右手拿刀去切摁着的土豆,我吓得简直不敢观看,心提到了嗓子眼。那切土豆丝的艰难,不亚于攻克一道难解的数学题。土豆丝终于可以下锅炒了,呀,怎么打开煤气总关,怎么打开炉灶,伸手又不能打开,围之如热锅上的蚂蚁。鼓足勇气,勇敢打开,火点着了。不好,那边油烟已经,快,需快放土豆丝,随着一声尖叫,土豆丝也凌空般抛入了锅中,吓得四周的同学连忙后仰。这边土豆丝还未出炉,不好,那边电饭锅里的稀饭开得要漾出。不过,饭菜在一组四五人的忙活下,终于完成,饭熟菜香,其乐融融。

看到这一幕幕电影般的镜头,看到整天只会学习的学生终于在历经艰难,近乎洋相百出地做完菜,我感慨颇多:生存的本领也需要学。

做饭是生活中的也算是"头等大事",即使不能算"头等",也应是"前几等"吧,吃好饭,吃上饭,人才如铁如钢,有道是"人是铁饭是钢",不仅会学习、能工作,为家人为自己也能做出可口饭菜,不是生活中很需要的吗?而回忆自己作为一名学生的成长道路中,这种教育和锻炼实在太少,至今已三十几岁的人,谈起做饭深感惭愧。

记得一本杂志上看到,在美国费城纳尔逊中学的门口,有两尊用黑色大理石砌成的雕塑,左边的是一只苍鹰,右边的是一匹奔马。那只鹰所代表的不是鹏程万里,它实际上是一只被饿死的鹰,这只鹰为了实现飞遍世界的伟大理想,苦练各种飞行方法,结果忘了觅食的技巧,它是在踏上征途的第四天饿死的。那马是贪恋安逸被喂饱剥皮的马。这一组"鹰——马"雕塑,让我领悟到的是关于人的生存,人应学会生存的本领。

在社会日益丰富日夜向前发展的今天,学会生存的本领依然是需要我们面对的重要课题,在适者生存的现代社会,学会生存是增强能力适应生活的一个重要砝码。当我们的孩子太多地沉浸在分数编造的泡沫的时候,我们是否也应给我们的孩子注入生存的意识,营造生存能力的锻炼,学习生存的技能,这也许会使我们的孩子更加坚强。

2003.9.21

教室里的鱼

一上课，他的精神就常常陷入混乱，有时竟不知不觉进入梦乡。他常常对着教室的那个鱼缸发呆，那里面有几条游动着的红金鱼，也许是唯一吸引他注意力的去处，也许是鱼儿的游动滑过他的心头，也许是那运动着的鱼儿给静静坐着的他带来一丝生机与向往。

他也不明白，那几个汉字生字词怎么下力气学，怎么用心写，也经常如同外语般不识得，写不对，更不用说真正的外语一科了。他本来并不是班里的最后，但这一学期他也知道，不知不觉他已滑落到班中的最后一名。

对于他，父母曾经用尽了招数，甚至都到奶奶家劳动改造过，下地干活种菜，他都挺过来了。他曾经迷过电脑游戏，虽贼心不死地在家里拼命玩过游戏机，不过也逃不过父母的眼睛，被扼制住了。不过，学习上的兴趣，他似乎从来没感觉到，他成了学习上的教室里的一尊木头。

这一次，他也是父母招数下的木偶，把他从东营投放到了潍坊，孤身一人，住在一个专门经营外地寄宿学生的一个家庭里。可怜天下父母心，算他们狠，这个叫李啸的他咬牙坚持了下来。刚开始也曾有过想家，但父母的长期搁置，他已习惯了不去想他们。

在这个寄宿学生的家庭里，这位教师的管教是严厉的，作息是有序的，甚至让他们一些时候学到十一点。但对李啸似乎没有正作用，这反而加重了他在课堂上昏昏沉沉的感觉，也不知怎么的，语文老师那些要求抒写心灵的日记，他更是难以拼凑完成，他没有精神，似乎也没有方向，对于各科老师的各种方式的交流与训话，他早就习惯了，他麻木了。

不过，班主任还是没有放过他，班主任内外夹击，力图催醒这个沉睡的李啸。班主任对他说话的声音高度已比往日明显增强，各科情况都向寄宿负责老师汇报，查找课堂上沉睡的原因，这给昏沉沉中的李啸以迎面一击，他似乎有点清醒。他猛抬眼看了看那鱼缸里的鱼，神志清醒了许多，老师的讲课声也逐渐进入了他的耳朵。

2006.2.28

课堂（和学生同步作文练习）

我的语文课堂，让我如何描绘你，你是我手中要写的一篇"散文"吗？需要用温婉的语言，需要用才情和智慧融进，还要春风化雨般拂过孩子们的心田。我是这样的用心经营，书写一篇又一篇我的风格的散文。

我的语文课堂，让我如何展现你，你是我要唱出的一支"歌"吗？是要挥掉所有的疲惫，踏上那个舞台，要让每一篇课文都变成珠圆玉润的歌声，那么好听，那么入耳，用你的才思去抑扬顿挫地解读，去一唱三叹，去品味吟咏。那首歌是从心中唱出。

我的语文课堂，让我如何去再现你？你是我的一片不断要开垦的"园地"吗？梦想着花开的美丽，梦想着秋来的果香，梦想着花草的茁壮成长。你可曾听见那园丁的匆忙的脚步，看见她那坚硬的手掌，疲惫的身躯。是天地就要劳碌呀，因为我有这片园地。

在春天的某个早晨，小鸟开始在天空唱歌，某个关于幸福的种子开始播种，某种关于信念的种子开始发芽，或许都会是因为你的那支歌，你的那篇散文，你那曾经忙碌的开垦？

还记得那泰戈尔十四首小诗的连背吗？我们时而唱歌，时而背诵，一气背出，你们不会轻易忘记的。

还记得那首《行路难》吗？时而唱，时而读，时而伴有动作，那份李白的豪情我们把它硬是吟诵了出来。

还记得那"背影"的解读，那"散步"的温馨瞬间的捕捉，那"故乡"的"苍黄的天底下远近横着几个萧索的荒村"的鉴赏吗？

还记得那首《语文课之歌》吗？"让我们荡起双桨，遨游在语文的海洋，海面倒映着美丽的句点，四周环绕着文学的芬芳……"

"课堂比天大"，你对自己说。语文课堂，师生心灵的舞场。

2013. 12. 11

当老师也有的幸福（和学生同步作文练习）

记得在一本书上一位大学教师大致这样说过，当教师是让自己"被温暖照亮"。虽然当教师很难，教学难，是两眼发红心跳加快语无伦次的一种职业。因为无论怎样准备，你都觉得没有准备好，无论怎样，你那群聪明的学生如何肯喜欢听你只言片语的讲解，都是比较困难的问题。

是的，教师除了在讲课方面无止境的准备与要求，还有一系列作业、分数的压力，对于一个中学教师尤其如此。不过，在教师的职业旅程中，也有过当老师拥有的幸福……

是那个女生，在听完你配乐朗诵的课文，听完我为他们上的第一节课就赞叹最好的老师的时刻，是那一群我不再教他们，他们哭泣成一片的那个班级的那些学生，是那个师生随着课文走进诗文的美的意境或感人的情境中的那个时刻，是看着如坐春风般的孩子们在课堂中的师生心灵的相悦。

是那个在教师节学生们列队向我们致敬的那个时刻。记得是在那一个教师节，他们把五颜六色的气球在我未到之前就堆满了我的桌子，我记得那一天，我的天空曾飘满充满色彩的气球。是在哪个教师节，那个胖嘟嘟的女生，跑遍小商品城为我买了一个漂亮闪光的发夹，就在去年的教师节，他们给了我一大堆不署名的小礼品还有未来得及署名字的玫瑰花。

就在这个学期，我竟然在不惑之年又做起了班主任工作，还记得那个圣诞夜学生送的那个红苹果，还记得那些在中秋节的问候，那些在春节像星星一般飞来的短信，更重要的是当我向他们祝福的时候他们给予了我齐声的祝福……

这一切都是当老师的幸福，它们像一股股暖流，使我在艰难中依然愿意跋涉，在平凡中依然愿意坚守。

2008. 5. 9

与你结缘（和学生同步作文练习）

认识你是觉得很开心、很美妙的事。

　　一张粉扑扑的脸蛋，架上一副金边眼镜，一双大眼睛，一头短发，冬天时颈上常围一条长条围巾，无论何时，都是那样可爱朴实，仿佛依然保持着孩童的天真。你坐在教室里，好奇地瞪大了眼睛听课，仿佛哪门课也是你所感兴趣的，你觉得有意思的。你不管别人如何，你会的，你就坦坦然然站起来，小巧的嘴一张，就清脆地答出你的思考，是一份天真，更是一份坚定。

　　记得我们由陌生而有缘走到一个班级，开始了你的初中生活，我是你的班主任。班级是需要建设的，我号召各组献花，而你就率先端来了盆很茂盛的大头兰，还用上了很典雅的座盘，这样放在窗台上就可以浇花无忧。后来，你又从家里拿来几个碟子，以便其他的花也可以有个座盘，以便浇水和保持窗台的整洁。后来，我们推选花卉管理员，你自告奋勇承担了下来，每日观察花的生长，并按时浇水。窗台上那开着的红花和绿得浓翠的枝叶，都有着你的一份用心的看护。于是，春天里来的时候，你献给班里的那盆大头兰就会开出硕大的红色的花朵，那些海棠也会红得烂漫，于是，教室里总有一片独特的自然之景。每周你都按时浇水，从来都认真仔细，从来都不抱怨。

　　那是一个秋末，阳光开始减了它的威力，不过天空依然那么明亮，班主任的生活每天总是那么匆匆忙忙，被琐事缠绕着。忽地有一天，办公桌上多了一袋子石榴，里面有几个熟透的石榴。后来才知道是你送来的，说是自家石榴树上结了不少，送给老师解渴消火。我也分给办公室里的老师每人一个，老师们都赞美这位学生的可爱，而那甜甜石榴的记忆，也就永久地保留至今。

　　你每日风里来，雨里去，在学校与家之间匆忙赶路，冬日的寒风把你的脸蛋冻得越发通红，不过，那份可爱依然没变。

　　你的成绩并不算好，不过，认真努力的你，从来都让我不忍心批评，在你妈妈每次的电话问询中，我都给予了鼓励和赞美。也正因为不懈努力，你的许多科目也取得了优异的成绩。记得刚刚进行完的期中考试中，作为语文老师的我就特别表扬了你突出的语文成绩，并且读了你那篇写得细腻的表达温馨母爱的作文。

　　已是初三的你，变高了些，变胖了些，而那个红扑扑的脸蛋越发可爱，在可爱中也渐渐生出一份成熟，使你更能经得住任何风雨的来袭。你就是可爱的高美佳。

2009. 12. 17

一路春光，一路歌

四月，已是草木开花吐绿的季节。阳光明媚的一天，大路边走来这样一支队伍——彩色旗帜迎风飘扬，年轻的学生朝气蓬勃。他们要干什么？他们要到哪里去？——他们要到三十里外的小山去，他们要去看春光；他们要徒步走向那里，然后再徒步走回来。可以说这是一支革命的队伍，他们要的就是这种吃苦锻炼，他们要使自己更坚强。

路边花树的花朵已悄悄开放，有了春天的色彩，淡粉色的花朵密密地缀在树枝间。还有那金黄的连翘，灿烂，浓郁，尽情绽放。阳光透亮，温度不高。正是这群年轻的学生所喜欢的天气。他们是一支大队伍，一千多人的大队伍，他们是一个学校初一的学生，他们青春烂漫，他们不怕挑战，他们早就说好要带着笑，享受户外的春光，他们抱定了胜利的决心，他们做好了吃苦的准备。

路越走越远，不时有青青的麦田闪现，不时有鸟儿的鸣叫，不时有好看的花树，不过，这时，队伍中嘹亮的口号响起，这时，队伍中有铿锵的歌声响起。这是一支革命的队伍，他们高昂的士气，在向前进发时就已按捺不住。"当圣火第一次点燃是希望在追随，当终点已不再永久，是心灵在体会，不在乎等待几多轮回，不在乎欢笑伴着泪水，超越梦想，一起飞，你我需要真心面对，让生命回味这一刻，让岁月铭记这一回。"歌声回荡在春天的空气中，在明媚的天宇下，就这样此起彼伏地喊起来，唱起来。"携手春天，文明同行，挑战自我，顽强拼搏""齐心协力，坚持到底"……就这样，一个响亮的音符在这一天惊扰了这方天地，就这样无数响亮的音符融进了这个春天的空际中，花草为之一震，人们也带着惊奇观看，不过，他们也很快兴奋起来，他们也欢喜起来——这是一支有朝气的队伍，他们给所到之处带来了活力。

我把两个稍胖些的同学安排在了队伍的前头，因为排头总有使不完的劲，因为班旗就在他们的头顶上。那个矮个的同学，你还行吗，让我帮你来拿书包吧。那边，一个同学正在问目的地还有多远。路越走越远，也越走越艰难，不过，他们队伍整齐，他们歌声更加响亮，他们不停地鼓舞自己。你看，那是班长吗？在队伍外侧一会儿管理队伍，一会儿领喊口号，一会儿命令喊歌手唱歌。哟，那位爱说闲话的同学，咱能不能停一停，力气要用到脚上呀。

终于可以休息一会儿啦，春光正好，春花正开，几个女生就簇拥着好友簇拥着他们的老师合影留住这难得的欢乐与大好的春光。

目的地终于在他们的跋涉中到了，说了事宜之后，他们就像一群小鸟消失在小山中，消失在小山中的花木间。山林就更有活力了，山林就更有了生机。他们与满山的春光相约，他们留下了欢乐。

回去的路上，依旧是不冷不热的天，他们依旧高举起他们的旗帜，整顿好了，向着归程出发。因为是一个团结的集体，因为是一个整齐的队伍，因为是抱定了决心与信心，归程的队伍依然朝气蓬勃，队伍行程不久，就又响起了口号，响起了《打靶归来》的歌声，歌声依然嘹亮，口号此起彼伏，他们是青春的一代，他们有的是力气，他们更有经得住锻炼的坚毅。他们没有喊累，他们依然队伍整齐。队伍最后面的那位女同学，怎么，累了吗，不能掉队，快，跑到队伍的前面，你就会坚持到底。呀，跳舞的女生怎么也累坏了，快，快跑到队伍的前面去，你能行。我们班前后各有两面大旗，后面举旗的那位同学，累坏了吧，赶快换一下别人。那个矮个子的男生，你真幸福呀，你看，有几个人在轮流给你背书包，你可要坚持到底呀。那位同学，没有水了吗，这里有。队伍就是这样，在坚持，在向着最后的归程移动，他们没有人掉队。你行吗？行！行呀！他们个个说行，不过他们个个走路变了样，有的女生两只脚近乎都已不敢踩地，看着她们那滑稽的摇摆的走路相，我是感觉又好笑更心疼。就这样，他们没有一个掉队，他们是一支革命的队伍，他们有一股神奇的力量。他们胜利地归航了，他们个个是英雄。他们舞动青春的翅翼，他们走过的地方，是一路春光，一路歌！

2011. 4. 12

雨露（和学生同步作文练习）

春风已开始刮起，有了爽朗与温暖的感觉，草木在萌发，而我的生活随着学期的进展而更加忙碌。

拖着疲倦的身子和红肿的眼睛，我又开始忙碌批月考的卷子，前几天的大阅兵式的优质课比赛的预备工作，已让我夜以继日地忙碌。而现在抽签结果已定，没有抽到我，我可以稍轻松地坐到我的办公桌前，忙我应忙的当下事情。就开始投入地批改所分给我的月考卷子的批改任务。终于在奋笔工作中完成，开始翻检所教班级的卷子，准备讲卷子。首先翻作文，忽地看到一篇写到我这位语文老师曾经的表扬，曾经读他的那篇作文给他的鼓舞，写得还是非常真挚的。我忽然觉得，我曾经的耕耘也留下了点滴的足迹，我那不经意的一次表扬，也给了那位书写还有点潦草的男生学习语文的信心。

继续翻检，一个女生写到远足路上班主任老师和他们一并坚持步行，并给他们用自行车推着各样东西来分担他们身上的压力，写出了心中的那一份真情。

又继续翻看自己所教的另一班，一个学生写到了我的一次对她未完成作业的宽容处理，让她感到温暖美好。

又忽地想起，前几天无意间听到女儿和她爸爸说，他这次取得了语文级部第一的成绩，说真感到妈妈教给她的绝不是一时一刻的东西。

这些都让我心生感动，使我忽然觉得，当我把我的才智去挥洒在我的语文课上，用我的耐心同学生交流，用我的坚持同女儿共成长……也曾化为雨露滋润了孩子们的心田。我忽然觉得我的疲倦我的忙碌都是值得的。

相信自己，用心耕耘，就会在你的花园里开出花朵。

相信自己，伸出你热情的手，生活就会变得更有活力。

相信自己，奉献你的爱，就会温暖周围。

2012. 4. 1

遇见春天（和学生同步作文练习）

遇见你，如同遇见春天。

你纯真的性格，轻柔和美的语言，使我也禁不住敞开心扉，我们谈天谈地，苦恼抑或困惑，也在不自觉的倾诉中找到答案，如春风吹过，清除了烦恼，豁亮了心田。

你留着一个粗辫，自然搭在身后，古典又不失现代。白皙的皮肤，嘴一张，清脆的声音和甜美的话语就流出，像春天的一股清泉。

你教生物，我教语文，两个不相干的学科，我们却常常谈教学谈得非常投机。有时去听你的课，把那一层层的生物知识点总是梳理得脉络清晰，一堂课下来，如行云流水，那些难懂的知识，你总是想尽办法，让孩子们感受，或让每个孩子带一片叶子来，或让孩子们每人拿一个鸡蛋来，打开来，鸡蛋就是一个完整细胞结构。甚或讲肾的功能，你把一只羊肾带来，让学生得到深切感受。假期你让孩子们每人种一颗种子，芸豆、黄瓜、番瓜等种子，让孩子们记录种子的成长，发现生命的力量。因此，从某些角度说，从神韵上说生物课与语文课是相通的，技艺的境界也是相近的。

我们都不仅仅看重学生分数，而更注重启发孩子的兴趣与人生的快乐。我们总爱半开玩笑互相吹捧，实际是互相欣赏。

那天我把自己写的打印装订好的"四大名著"读后感拿来给你看，你看得津津有味，对我说看得心潮澎湃，我也感觉只有有欣赏眼光的人，才能产生如此的共鸣。

你伶牙俐齿，性情温和。夏天烦躁之际，也往往是带领初二的学生迎地理、生物中考会考之时，为推动学生学习的积极性，经常你也要被请上台去讲两句，总是以豁达的心胸，甜美的声音，疏密有致的考虑，高屋建瓴地谈出自己的观点。令我这个当班主任的领着学生复习地理、生物着急上火的心，平静下去，平静下去，回归到按部就班虽紧张而有序的轨道上去。

办公室也时有谈天说地，说到热闹处会传来我们轻松的笑声。但我们两个同时又是工作狂，备课无止境，上课艺术无止境，需要我们不停钻研。像鼓点一样的生活节奏，已是常态。高处的，低处的；创造性的，应付性的；来个长篇大论我们行，速战速决我们也可以。盯住键盘，打字飞快，目不转睛，任你哪方面来的风，我们都能抵挡。身兼多方面工作的两个人，有时看着彼此的忙碌，就好像也感觉到各自的生活节拍。生活因忙碌也别有战斗的乐趣。

你喜欢阅读，在你的办公桌书架上，总有千奇百怪的书，任着性子放开了去读，想看看哪方面的，来你的办公桌前或许就能找到。常见你在快速静静打字，不知是在记录自己的课堂，还是又接收了什么报告讲说之类的任务，开始书写长篇。不仅白天忙碌，晚上也常常忙到很晚。因此，你是专家，也是杂家。

你坚持每天很早起来晨跑，自诩学生的课间操跑步速度太慢，合不上你的节拍。我也喜欢晚饭后坚持散步。锻炼，让生命更富生机，迸发更强的生命力。你还喜欢旅游，喜欢与生物学紧密相连的大自然，喜欢大自然的花花草草。而我也常常在感受大自然时，寻找到写作的灵感。

遇见你，如同遇见春天，脸上绽放着笑，脚步轻快，忙碌且欣享在生活里……

2014. 1. 3

背影（和学生同步作文练习 以"爱"为话题）

又到了放学的时间，这个中学初一年级四班的教室里，一个高挑的女生，耐心地记好作业，收拾好书包。她头上扎个马尾辫，内秀的性格使她那样安稳，连说话的声音也不会很大，一双双眼皮的大眼睛使她看上去有点谨小慎微的性格里多了份灵气。

一切整理好，又是一天忙碌充实的校园生活，她奔向校门口，她知道，爸爸早已等在那里，然后一起回家。

像心里有默契，还是那样，女孩骑自行车走在马路往外侧一些，爸爸骑电动车走在马路往里一点，就这样奔向家去，女儿骑得不慢，爸爸也自然跟得上，但不会超越。总是像影子尾随在女儿的旁边。就这样，放学回家的路上，留下了一道远去的背影，女儿无忧，父亲无语，一路自然地前行，像一个高级的护卫，像一个忠诚的信使，形成了那样一道安全的屏障，似一道流动的坚固的城墙。就是那样父女二人相随前奔的背影，定格出现在放学回家的路上……

太阳还没有升起，却又是一天上学的开始。总是要捕捉一大早的好时光，所以早晨的上学路上总是匆匆。

一个男生，白净的脸，单眼皮，留个平整的发型，瘦瘦的，没有长高的个子。从一辆黑轿车里随着那车门打开而走下来，与车里的爸爸简单道别，就轻松地踏上了校门口前上学的队伍里了。他背着个书包，手里提着盛放卷子提纲的塑料文件包，一身上下整齐利落，随着轿车轻轻开走，这位男生的背影也向前挪动得更轻快了，他要奔向初一年级四班他的教室。一天又一天的清晨，在这个离校不远的路口，这辆车与这位男生下车的背影，总是如电影镜头般定时温暖上映……

又是忙乱沸腾的校园生活，学习也有烦躁之时，这不，初一年级四班里一个男生又没管住自己性子，他方方的脸，体壮，大眼睛，与同学因排队吃饭无意间一句闲话闹了脾气，动了拳头，但毕竟老实，还是被对方捣得哇哇大哭。班主任知道后，拉了这两位来了办公室，理出事情的原委，分析各自的错误，最后请各自家长来，共同教育。

被打同学的家长先来了，穿着在自己大棚里忙活的衣服，浑身带着泥土的气息，脸略黑，风尘仆仆。他教育自己的儿子在校要守纪律，与同学多团结，怎么能打架。他没有偏袒儿子，也没有埋怨他人。对方同学的家长来了。因为被打同学的鼻子有轻微的流血，班主任要求对方的家长陪同被打的同学及家长到医院看看伤情。被打同学的父亲很友好地谢绝了，说是自己陪着孩子去看。后来从医院回来，说是没大事情，班主任要他说说所用费用让对方家长承担，这位父亲还是友好地说不用了，只要孩子们以后团结好。这位父亲就匆匆赶回去了。那匆匆的背影，那朴素的衣着，那一身泥土气息的身影，在嘱咐了儿子之后又向他劳碌的地方奔去……

有好多这样的背影，有好多这样的风景，深藏着无数爱的故事，在校园门口上演，形成了校门口的一股股暖流……

2016.3.18（此文发表于 2016 年 11 月 9 日《潍坊日报·今日潍城》）

在春光里奔跑（和学生同步作文练习）

又是一个新学期的开始，又是一个新的春天来临，我又奔跑在新学期里。

开学和孩子们谈点什么呢？这一学期总的精神指引是什么？作为班主任的我每个学期的开学我总会这么想，因为班主任既是班级的管理者，也是班级精神的引领者。上一学期，我给孩子们读那首给人带来安稳和鼓励的诗：《做最好的自己》，引领刚迈进初二，迈进青春期思绪纷繁的他们要有一个好的心态，不能做一棵大树，就做一棵小树，但一定是山谷边那棵最好的小树，如果不能做小树，就做一棵小草，为道路增加一片绿。引导进入青春期的孩子们把心态平和下来，学会认识和接纳自己。而这学期，地理、生物要中考，学业的知识量很大。我就在上学期曾提出过的学习女排的坚持精神的基础上，利用寒假自己查阅的相关资料进行概括，概括出女排精神，对，就推动全班学习女排精神：奇迹是人创造的，我们每个人都要尽最大的努力去创造属于我们的奇迹。容忍我们能容忍的，舍弃我们能舍弃的，认真执着，顽强坚持，我们可能不是成绩最好的团队，但我们是在遇到困难挫折时最顽强团结的集体。让我们在新学期挥洒我们的青春，做最坚强的自己。学生们一起朗读我们共同追逐的女排精神，我感到在这依旧春寒料峭的春天里，我们已经开始起跑。

是啊，起跑！课间操的时间到了，依旧是男一队女一队，各自首尾相接围成一条长龙式在往返跑步，我跑在女生前头，这时节阳光开始发出温暖，上午的阳光明媚，但空气依旧微微有些冷寒，正是跑步的好时节。跑起来，甩掉身上的慵懒！跑起来，让身体轻巧起来！跑起来，让身体跃动起来！两条长龙，整齐有势，正踏着春天的节奏、和着青春的律动，奔跑在这春光里。

投入到新学期，投入到课文的讲解中。配乐朗读展现那水碧山青的富春江美景——吴均的《与朱元思书》，一起走进那美的文字，走进那如画的山水。去背去品，去学每一段景致的展现手法，去品那"水皆缥碧，千丈见底"的水之清秀，去赏那"急湍甚箭，猛浪若奔"的水的激越，去听那"泉水激石，泠泠作响，好鸟相鸣，嘤嘤成韵"的山中声响，去感那"争高直指，千百成峰"的山之雄奇。是啊，我们又投入到这文字中，我们又陶醉在这优美的篇章中。在这个阳光温暖，在这个绿芽欲萌的新春里，我们来了，我们奔跑在这美丽的春光里……

2017. 2. 24

春在足球场

操场上的绿色足球场地上，孩子们在奋力奔跑追逐着场中的那个足球，依然穿上黄绿色的标志服，展开两个班级之间的角逐。他们当中有的是学校足球队的队员，有的是体育委员推举组成的临时足球队员，以应对学校组织的班级之间的足球比赛。不过，他们在下面就早分好了场上的位置，并力争发挥优势队员的巨大作用。哨声一吹响，一场交战就此点燃。

每个队员都在为自己的班级奋力拼搏，他们跑动，他们追逐，他们全神贯注。看，我们班的那个大高个，他是校运动队的守门员，这次为了发挥他的优势，他愿意当前锋。一旦带球，就全力向前冲，对方总是有四五个人在守住他，使得他面前阻挡力度加大，尽管如此，只要有机会，他就会英勇把球踢到对方禁区，打门，攻击。左前锋是个矮个女生，她是学校女子足球队的队员，别看她个子不高，但是是学校女子足球队的最佳球员，有着雷厉风行的作风和泼辣的性格，她在球场紧紧配合前锋，积极争抢，一旦得球，积极带球向前冲，别有风采。右前锋也是女将，也是学校女子足球队员的一位，又是班里的学习尖子，文秀又不失稳健，柔中带刚。中场还有一位女生，是我们班的班长，她性格活泼，体育也棒，虽临时成为足球队员，冲抢积极。不好，对方先进一球。这边的啦啦队员，他们是自觉来的，啦啦队员开始大喊加油，又加上了平时跑操时的"勇往直前"等口号，足球场上响彻的加油声，成了一道很亮丽的风景。

209

我们的守门员也是临时受命，他不高的个子，身体略胖，但性格活泼可爱，大家让他担此重任，尽管缺乏经验，但为了发挥优势队员的冲杀带动作用，他接受了这个角色。我们的圆脸体育委员虽也略胖，但也是各方面体育素质较好，也从中锋冲到前场。只见我们班大个子带球左突右冲，好，进球，我们进球了，这边啦啦队们有点不敢相信自己的眼睛似的，片刻安静之后，爆发出欢呼声，"我们进球了！"接着是更响亮的啦啦队员的加油声。那个平时有点顽皮的男生，他是候补队员，当然这时也成了啦啦队的一员。他带头喊加油，大家接着呼应，他喊班级，大家喊加油，应和有力，气氛不断加浓。使这个平日有点调皮的男生焕发出别样的可爱。

比赛继续进行，我班的进球大大激起了大家的热情与活力，乘胜前进，啦啦队的加油声也越来越响，现在换成了两名女同学带头，其他同学应和。好，我班又进一球。啦啦队员们还是片刻平静之后爆发出欢呼，大家更兴奋了。比赛继续进行，对方班里也有几名虎将，他们是校足球队的，进攻非常有利，能巧妙过人，非常灵活。不好，防线被攻破，对方又进一球。两队打平。大家沉静下来，啦啦队的加油声更加火爆了。比赛继续进行。正担心我班能不能进球，一声哨声，比赛停下来，时间到了。结果两队打平，但接下来要进行点球比赛。啦啦队员围拢到点球场地边，大家拭目以待。

我班大个子先发点球，对方没有扑住，成功，我们欢呼。接着大个子当我们班的守门员，对方发点球，哨声一响，砰的一声，我班守门员稳稳接住了对方的球。我们高兴，又屏息等待。第二个发球的是我班左前锋泼辣女生，她迅速出球，球发得有力有速度，对方球门员没有接住。而接下来对方的第二发球我们又挡住了。就这样在焦灼与等待中，点球比赛我们班以较大优势获胜。清早的太阳不知什么时候升起，大家的兴奋和投入早已驱走了早晨的清寒，直到这时我们才感觉到了阳光的暖。在这个草木萌发，柳芽乍开，白杨树满树的花穗的春日时节，而我感觉最美的春光是在校园此刻的足球场上，青春，足球，跑动，追逐，神采飞扬！

2017. 3. 4

夜来香

一天的天气都有点闷，阴沉的天，说下雨又没下，就是那样闷热潮湿的天。

忙了一天，晚上回家来，一定要出去走走。晚饭后稍事休息，我就下楼去。先到楼前不远的高台小广场那儿去闲坐会儿，周围草木极盛，茅草叶子都长得极长，紫薇开过旺季，亭立在一行石台的一旁。另一边有几棵山楂，果实也见长大似的，然后就走动走动。高台上玩够了，就到小区另一旁平地花园的大广场上走圈去，筋骨还是要舒展舒展。几户人家夏季把自家盆花都摆到楼前路边台阶的空地上，这几日多雨，暗影里觉着特别旺盛，也就多看两眼。一会儿是开着白花的茉莉，一会儿是开着粉红的韭兰，当然更多是些只看叶子的虎皮兰之类。正快步走地不经意地赏着花，这时近处有一阵特别的清香，不知是哪一种花草散发的香气，我停驻了脚步，寻找花香来处。就在眼前，一个靠路边的花盆里，几个茂盛的绿叶长枝上挑着几朵金黄色的花朵，非常纯正的黄，像是四个花瓣，很匀称，很好看，仿佛夜晚是它们盛开的最好的时间，开得盛，也香得盛，整个花在这暗夜里默默地开放，默默地散发着芳香，那金黄色的花朵和缀满绿叶的长杆，灿灿金黄和浓郁的新绿是那样和谐一体，我的心为之一颤。

今天在学校里忙了一天。早晨到校和孩子们打过招呼后，就开始招呼几个孩子简单清理卫生，然后进行考场分配，进行学校统一安排的考试，一场下来，就是要批改自己所教的这科的卷子了。突然的假期返校，身体还是感觉到了累，不过下午要讲卷子，孩子们认认真真答的题，我也要认认真真地给他们批阅完。考的内容是预习下一学期的内容，有不少诗歌的默写还有名著的填空，必须下过功夫自己在家里学习熟练才能填上。批着，批着，心里有点乐，几位孩子的诗句默写全对了，他们自己下了不少功夫吧，他们自己把诗背熟练了，写准确了，我在这样的卷子上就在这个题的旁边画上了一朵小花笑脸，还要在这朵有茎的小花上画上一片叶子，这是老师内心的传达，也是和孩子们的沟通，是一种无声的特殊方式的表扬。尽管两个班级的卷子是厚厚的两摞，尽管是个假期的返校小考，但我还是很仔细地给每个孩子批阅。有时也会遇到空白很多的卷子，心里就有点生气。两个班的卷子终于在艰苦的劳作中批改完了，上课前做了进一步梳理，就可以熟练地给孩子们讲卷子，表扬优秀能会学习的同学，批评懒惰懈怠的同学，还点了下课后到办公室谈话的同学的名字。课上完了，那群约定谈话的同学也结成小队伍似的跟我进了办公室。我嘱咐这个要抓紧时间学习，嘱咐那个要抗击假期游戏玩乐的诱惑，嘱咐那个要打起精神，说老师相信他。每个孩子的谈话内容不同，终于，这样充实的一天的工作结束，及至开车往家走时，看看自己已是落在最后的几位了。不过心里很舒坦，轻轻的傍晚的凉风吹起，开车就更轻松舒展了。

而此时，卸下一天的重担，去到那小广场上漫步放松一下，路遇夜来香，又是别样的心怡，它那默默地在暗夜里散发的芳香，在暗夜里的静悄悄的盛开，不需要人来围观，也无须别人赞叹，它就喜欢默默无闻地也这般灿烂……

2017.7.30

春之赞歌（和学生同步作文练习）

校院里的樱花树，又开成一片崭新的洁白，淡雅美丽，春天迈动着它轻巧的脚步来了。

办公室里，一个初一男孩，正在哭鼻子，他的妈妈站在一边。他是今早的英语作业太潦草了，被英语老师查了个正着，他的妈妈被电话通知来校共同教育孩子。男孩留了个平头，头顶上的略长一点，因此不失美观，白净的长方脸上戴着副眼镜，看上去清秀，不过还是带着几分稚气。再看看他的校服，就不养眼了，一团灰似的有点不堪入目，班主任昨天就让他换下来，因他说他还有套已洗的校服。及至英语老师批评完，那边班主任老师又约好去她那桌边交流，班主任的话语犀利中有温暖，拿给了男生妈妈看那男孩的半抄半凑、书写潦草的作文，叮嘱和鼓励他，要用自己的眼光去捕捉，用心去感受，从而学着表达生活。班主任鼓励他说他周记上时有观察的呈现，也有一定自己的思路。鼓励他继续努力。男孩已哭得眼和脸都发红，不住地点头，表示自己要努力。这棵春天里的小树苗，又经历了一场洗礼……

从早读开始就连着上的语文课，另一个胖嘟嘟的男生又开始有点打盹，他天生性子有点慢，效率有点低，学习、作业对他来说感觉还是有点重。那迟迟交不上的作文，那慢腾腾才过关的诗文背诵，都让语文老师上火，又没有办法。不过，语文老师还是喜欢这个孩子，因为他总是那样认真地值日，那样仔细地用抹布擦拭着讲桌和黑板边，直到干干净净，何况他天性温和，给人那样亲切可爱的感觉，班主任语文老师知道，眼前偶有打盹被她轻轻提醒了一下的这位男生，也是春天里正在成长的一棵小树苗，可爱的小树苗……

跑操的时间又到了，天气还是有点微微的冷，不过，这样跑起来才越发精神。班主任任女生队排头，体育委员任男生队排头，又接龙尾地跑起来，由慢而快，这是班主任管理的决心，她要和孩子们一起跑跑，也锻炼一下身体，也起了带动作用。班主任多少有点自信地以为女生队纪律不错，男生队在自己对面，她能看见，女生队在自己身后，不过，她还是边跑边往后看了看，不巧，

212

一个活泼的女生，也是班干部，正在和邻同学说闲话，连步子都没跑到规定的位置就弯回来了，本来这几天就不断地被教育批评的她，怎敢如此表现，班主任从排头位置撤下，对着那个女生就吼了两句，女班委似乎吃了一惊，知道班主任这次忍无可忍要发火了，只得乖乖按着队形认真跑起来，跑操队伍经过一阵喧动之后，现在又成了秩序井然的游龙样的风景。那棵风中的小树苗，在一阵风过后，又招展在春天里……

那一棵棵的小树苗呀，那春天里的一片小树林呀，它们迎着风迎着雨，在使劲地长，它们还不够挺拔，它们还有点娇弱，它们还不够泼辣，但它们在长。成长啊成长，成长成一片风景。是啊，成长，就是最动听的春之歌，也是我心中最响亮的春之赞歌！

2019.3.28

我们一起走在春天里

四月，一个北方的真正的春天的时节，就在四月初，我们一个大队伍，学校初一级部的近五百名师生还有跟随学生的部分教师和家长，一行浩浩荡荡，我们要去远足，我们一起去踏青去，我们一起去赏白浪河畔的风光去，我们也要去磨炼自己，磨炼一支队伍，锻炼一个集体，我们一起走在春天里。

风轻轻，太阳和暖，白浪河畔风光旖旎。那垂柳的新绿正好，那灿灿的花树开得正艳，水波轻荡，我们一行人从大路来至这里，沿着河边大理石小径前行，在桃红柳绿的河边穿梭。这是怎样的风光，一群群少年，组成一个个班级，头戴各班标志性的自选的帽子，背起背包，满脸漾着笑，漾着轻松快乐，他们知道要走很远的路，那么远的路要用脚去丈量，但是他们不胆怯，他们愿意去挑战。出发得早，到河边时，气温还是不冷不热，不过跋涉已驱走清早的微凉，带来了热量，身体开始微微感到热。不过，河边清幽，风光正好，驱除着微微的疲惫，而精神焕发，去看那紫叶李点缀在暗红色的密密小叶间的花朵，别有一种美。那金黄的连翘，一直灿烂着，依然是那样夺目耀眼，依然是春天景致的一霸，成为你不能忽略的风景。那小径边的那是什么花树，密密的满树的粉色的小花朵，没有一片叶子，是美人梅吗？冬青的绿越发冒着新意，新长的嫩叶油亮亮的，前面坡岸上的那片粉色，开得那样婀娜，满树枝，还造型般压枝欲低的满树花朵，走近了，才知道，那是一片的桃花，树木已有些年份，那花朵满树，形成那样夺目的花海啊，让人禁不住心底涌上美，涌上对生活和春天的喜爱。而那迤逦而行的大队人马呢，每个班都举着红色的大旗和五彩的小旗，他们正青春，正年少，他们有的是活力，有的是精神，他们有的是信心，队伍就在这样的美丽河畔前行，风光满眼，心中希望满满，一起向前向前。走累了吗，有点单调吗，那我们来喊喊我们的口号，"红军不怕远征难，万水千山只等闲，奋飞八班，一起向前！"一喊，队伍就更来了士气，小小的年纪，他们似乎看不出累来。一起唱个歌吧，"我和我的祖国，一刻也不能分割，你是那大海，我就是浪花一朵，我歌唱每一座高山，我歌唱每一条河……"歌词有点颠倒，那也继续唱，唱出心中的豪情与力量。就这样，一支长长的队伍，在河边蜿蜒向前，这支队伍，充满了朝气，充满了力量，和那春天的河边的万物一样，那样富有生机。

不过，路程实在有点远，我们走了那么多的路，据说还差很远，那就休息会儿。喝口水，说说话，可以吃点背包里装来的好吃的，不过班主任嘱咐过今天吃东西要特别小心，小心归小心，还是要吃点。那个男生，开始走起来有点吃力，班主任利用休息时给他鼓劲，给他倒热水，让他喝点水，休息休息，再出发再前行，他的书包和厚厚的外套，已被悄悄放到跟班队的车里，轻装竭力前行。休息完，大家不忘捡拾一下身边的垃圾，不打扰春天的景致。

队伍继续前行，走过一程又一程，踏过木板桥，走过大桥底，继续前行。拐上大路，穿过村庄，再拐向河边，继续前行。大家觉着目的地快要到了，但还是不见踪影，继续坚持走，互相鼓励说快要到了。终于，那美丽的湿地公园近在眼前，继续在公园内穿行，向着最终目的地那宽阔的大草坪进发。终于，看过那远远的高塔，跨过那个宽阔的大桥，继续前行一段，大草坪终于呈现在眼前。大家欢呼起来。

千呼万唤，目的地终于到达。班主任忙着让大家放松一下，做个游戏，每两个小组围成一圈坐，那边玩起来"丢手绢"，这边玩起了"数七"，大家开心极了。有多久没有玩这古老的游戏了，有多久没有这么放松一下了，有多久没有同学们一起席地而坐……而此时，我们稍放松。游戏之后，是拍个照片，留下我们在此的这个胜利的时刻和欢乐的时刻。

吃过可口的午饭，自由地活动一下，休息之后，就要再一次整装出发，踏上返程。太阳没有太毒辣，还起了微微的风，我们有信心，我们做好了吃苦的准备。大家相互鼓励前行，用一个团队的力量，相扶持前行，女同学中有点吃力的同学的书包被男同学拿过来替她拿着，男同学中那个特别吃力的同学，他的书包已被好几个同学轮流拿着，大家分担着困难，大家相互鼓励，陪同的家长为我们准备了充分的瓶装水，在休息时小柿子水果被分给每个同学。大家很快乐，大家有信心，那个女同学的走路姿势都有点变形，但她说还行还能坚持，那位男同学，尽管像要走不动了，但他说他要继续坚持。红旗继续高高举着，队伍继续前行，春光那样美丽，大家这样可爱，这点困难难不倒这群青春烂漫的少年。最后，我们班五十个孩子一起徒步去，五十个孩子一起徒步返回，来回四十多里的路程，没有一个掉队的，没有一个放弃的，孩子们是一个个小英雄，我们是一个英雄的团队。我们骄傲地说我们的青春无悔，青春无限美丽，如同窗外那一路的美丽春光……

2019.4.4

晒晒我们班的"牛人"（和学生同步作文练习）

我们班"牛人"不少，有体育健将刘宗瑞，有读书明星张瑞，有学习能手姜林、王江骐，歌唱能手李萌……今天我要晒的这位"牛人"是我们班的刘子鸣。

刘子鸣是我们班的美术课代表，因此，他的绘画水平就"很牛"。同学们都说他的美术作业每次都得到美术老师的大力表扬，有创意，也细腻。用同学们的话说就是美轮美奂。他是班里的文化部长，因此，黑板报他是总负责人，带领一个板报组与另一个板报组进行竞争式地轮流办板报，当然两个板报组他都要参与负责。每次他带领的板报组，花边设计细致，色彩足，很有看点。前面黑板也有一两个班级管理常用的板块，花边也由他负责，还要不时地补画，还要适当地更换花边。每次开家长会，他总是及时问我要会议主题，然后准备图案，每次都令我满意，图案恰当，色彩艳丽，很为家长会添彩。班级要召开个主题班会，那班会主题也会由他艺术化地写在黑板上。记得去年元旦联欢，从主题板书，到整个教室的装扮，都是他总负责，我见他提前设计，在本子上勾画每个地方的装扮方式，到了那天，他果然指挥若定，有条不紊，把整个教室装扮得美不胜收。刘子鸣，一双大眼睛，中等个子，性格活泼，一笑两腮上就漾上小酒窝，非常可爱，学习也好，因此人缘好，所以大家也愿意听他指挥，元旦那天他带领一群男生女生紧锣密鼓地布置，吹气球，挂拉花，写主题，调用人力物力，最终把教室打扮得五彩缤纷，让同学们在联欢会结束后都不忍拆下来。这就是刘子鸣，可以说是美术方面的全才。

| 215

刘子鸣学习好，语文成绩也总能名列前茅，第一次大考因为得了语文第一，就得到了考试作文在班上朗读的嘉奖。刘子鸣语文学习上是个细心人。有一次，我无意间发现他有一个美术和日记结合得很好的文学手账本，那上面，有意思的生活情景，他都记几笔，特别是他把绘画融进这本本子，装点和文字恰到好处，所以和他关系好的同学经他允许得以浏览。我也由此知道他的文笔时有细腻清晰的表达和特别的一种生活气息，源于他长期练笔的坚持。我也就受了启发，在班级中引领每人做一本文学手账，进行精彩笔记和每周两小篇日记的引领，并用每几人一组比赛的形式进行推进。现在，班级中有好多同学把文学手账本已经营得很有看头了。这也要感谢班级"牛人"刘子鸣的引领和启发。

刘子鸣口才也不错，朗读课文也行。因此，是班级好多活动的主持人。比如班级每个同学过生日时班级举行的祝福仪式，都是由他主持，找人朗诵老师写给这位同学的小诗，朋友的祝福语的表达，还要带领班级全体同学给寿星送上齐声的祝福。虽还不是那么完美，但也已经赢得了大家的认可。他还代表班级参加过级部的人物故事演讲，讲得也是很不错的呢。每次语文课上，他都能积极举手发言，当我领着全班把古诗现代诗吟唱起来的时候，他是那么投入，甜美的吟唱声令人喜爱。

这就是刘子鸣，一个全才式的人物，他以他多方面的才华和爱班级爱同学的热心，赢得了大家的喜爱，也成了班级可爱的"牛人"之一。虽然还不够完美，相信他会成长得更可爱的。

2019.5.9

有一种甜（和学生同步作文练习）

开学了，撇开假日的落寞无聊，又要投入热闹的校园生活，踏上讲台，去投入地讲我的语文课。

九年级，不同凡响了，连课本的选文编排都很高级，一上来就是一组精美的诗歌组合。每一课我都创造诗情画意的氛围，理好讲课的思路，自然而美好地带领学生进入诗的境界中，每一首诗都要配乐朗读，动情讲解，引领孩子们欣赏，引领孩子们对诗的认识，对诗的信心。这套新编教材还有新增的诗篇，也就充满了挑战和新鲜，我还是要把它钻研领会，然后从容驾驭，去让学习诗歌的课堂，即使是新篇，也一样无限欣享。

还记得教那篇林徽因的《你是人间四月天》，这首诗曾经读过，但从未深究，而现在我要教这首诗，自然就要自己深入读、深入赏析。一遍遍读开去，体会那整齐的行段，体会那丰富的意象画面表达的内涵，终于理解并找到了解读它的路径。

从讲林徽因，进而讲到这首诗，配乐朗读，以轻松舒畅的语调，把那纷繁的意象、跳跃的画面，用声音真挚再现。然后使孩子们的配乐朗读，一样进入情境，一样投入。

然后带领孩子们品析每一节的画面，透过朦胧的诗意，表达再现文字的语意，描绘心中涌现的画面与情思。小诗的意思就渐渐浮出水面，就恍悟了诗，领悟到了诗传达的情意，进而赏析诗的手法，诗的语言。

文字太跳跃，画面太丰富了，如何真正拥有这如珍珠般可爱的小诗，对，把它唱一唱吧。连我自己也吃惊，我怎么拥有了这一不凡的能力，居然能哼唱每首诗，这首也不例外，我找到了创造了适合它的调子。轻快、优美，带动学生把诗连贯地唱下来，把诗连贯地背下来。

"我说你是人间的四月天，

笑响点亮了四面风，

轻灵

在春的光艳中交舞着变。

你是四月早天里的云烟，

黄昏吹着风的软，

星子在

无意中闪，

细雨点洒在花前。"

……

优美的歌师生唱起来，唱起这首优美抒情的诗篇，唱得动听，唱得甜美，唱出了那首不老的诗篇……

这种投入在诗文赏析中的语文课堂，真是我生活甚至是生命中的一种甜……

2020. 9. 15

校园雨燕

那是今年秋季开学不久后的一天，接连几天的雨，那天早晨还在下。不过，及至开车赶到学校，雨已停，雨后的校园的早晨，安静清新，操场上空显得更加开阔，不过天空似乎还在风起云涌中似的，这样一个水淋淋湿润而安静开阔的清晨的操场，走过，令人心旷神怡，令人生出几分喜悦。更可爱的是，不知是从哪里飞来的一群燕子，在绿色的柔软尼龙似的质地铺就的草坪上空翻飞，就像是在绿色的海上空盘旋飞舞，令人神清气爽。后来，小雨又细细飘起来，雨燕兴奋飞舞，是啊，它们是一群欢乐飞鸣在雨中的雨燕，在享受这细雨，这天地……

开学就当然要走马上任，又是教初三的课程，接受了学校的安排，就开始了教两个班语文的工作。两个不是一个层次的班级，一个老实些还能学点，一个似闹翻天，令任课老师们纷纷败下阵来，当然也包括似乎好脾气的我。像是一场磨炼，我得忍受，在忍受中还是痴心妄想地想摸索出一条生路。李玉婕这名女生，扎一个高马尾在后面，中等的个子，人很精神，是我的课代表之一，我的安排和意图她很快就明白，做事敏捷利索，这是希望的光束之一。另一个课代表周文玥温婉细腻，做事也很周到用心，增加着我的温暖和信心。但是，班级各路神通人物实在众多，令人目不暇接。先有你大声说他在小声说的几名男生，把老师们一律不放在眼里，教室和课堂是他们的天下，这是他们消遣时光的游乐所。还有几位，也许是在班主任的感化之下，上课必是大睡一场，已经算是不捣乱的了。还有几个女生，也渐渐要入伙似的，增加着我的危机感。就在这样的教室班级中，我每每还是要说唱结合，讲析那一首首古诗，声音也因时而要压过他们而要抬高，每每自己都惊讶自己，居然在有说有唱中又把古诗讲完。精疲力竭之时，也想过退缩，但职责呼唤我要冲上去，且要找到突破口。当然在另一个班级里，我还算正常地挥洒我的才情，神经也似乎正常。

寻找突破，反思，矫正，开始行动，记录表扬认真学习的，记录表扬认真做作业的，每次都要记录，积累一朵朵小花，组成专门的小组，由我来亲自特殊记录和管理，每节课都有不一样的任务，每首诗都由我来亲自倾听背诵和记录所得小花。班主任也在每科的课上时来查看，似乎也渐渐有了一点曙光。那个有点放弃学习的男生刘旭平，现在还是每堂课还是有所写，有所学。那个觉着学习很难的女生，还是决定每天都跟一点点。那个那堂课和另一男生打架的总是穿着白衬衣而不穿校服的他，竟然有一节课也开始抄写课文，字迹认真美观，第二天虽又复发老样子，但偶然的不一样还是令人欣幸。那个从来没有背过一首诗的陈一凡，也居然在那个早读，在我的引领下，在和邻座的男生的比赛中，接连背过了三首古诗⋯⋯我还在日日受着摧残，也日日耐心地对待那些还在听我讲课、还在做着语文作业的孩子们，尽情挥洒我的才情，投入地去讲解每篇课文。吟诵出《岳阳楼记》中岳阳楼之大观，用吟唱去演绎《醉翁亭记》中醉翁亭的朝暮四季之景的优美语段，用吟咏《湖心亭看雪》张岱笔下的那"上下一白"。去说唱一首首古诗，引领他们在吟咏中背诵。对交上来的每一篇作文都要点评上我捕捉的闪光之处，依旧在班级中让同学动情朗读佳作⋯⋯

"知其雄，守其雌""知其白，守其黑"，老子如是教导。"如切如磋，如琢如磨"，《诗经》当中如此写道。知道难，所以在艰难中坚守，以慈柔之心守望和引领。

雨燕在细雨中上下翻飞，可能是气压太低，过于沉闷，燕子低飞，也许正是压力造就了雨燕的飞舞，造就了这响亮的一景。任重而道远，忍辱负重也罢，愿做雨燕在教室的这方田地间飞鸣，在教育的波涛上勇敢盘旋⋯⋯

2021. 10. 5

我的忘年交（和学生同步作文练习）

佳娜不知不觉已成了我的忘年交，她也是我的学生。

关注到佳娜是从她那笔规范美观的正楷字开始的。"咱们的书写是个明显的问题，下笔就要认真，咱们要练字。"我在一次大考之后在班上宣布。说练就练，每周周一和周五两个中午练字，抄写古诗，用的是考试作文同样的格子纸。每一期我都翻阅装订，用上整齐的纸张配上精简的文字来作封面。每一期的第一张我都要稍加挑选，作为开篇首页。选了几期，注意到一个叫佳娜的女生字迹方正，运笔有素，整个的字迹美观悦目，给人怡人的美感，我就记住了她，并在班里表扬了她。虽表扬了她，但她一点儿也没有自满，有一天跑到我办公室里同我聊起练字："老师，我对我的练字并不满意，我觉得还有改进提高的地方。老师能否指导我一下。"她说得自然诚恳，我也就耐心指导："你写得已经相当不错，但练字当然可以追求更好。"我从书架上找出我的练字，一整薄本，一个暑假进行的练习，也是完成学校给每位老师布置的作业。她那双圆圆的美

| 219

丽的大眼睛，仔细盯了我的那本练字，并表示非常欣赏，她要带回去再看看。我翻着那本练字，回答她的提问，我临摹了颜真卿字体的楷书和王羲之的《兰亭序》行书，我嘱咐她也可模写字帖，练字无止境。她后来果真越写越好，为了表扬她，我在班上说可以免除佳娜一段时间一周两次的练字，她也有点高兴，但也引得同学嫉妒。

自此后，她常来我办公室找我闲聊。无意中也说起家庭，说起妹妹，还有她的爸妈。渐渐地，我们无话不谈。佳娜不到一米六的个子，但一双大眼睛特别有神，皮肤白里透红，性格开朗，有一种特别的可爱。只是学习上时有偷懒，我也是要批评提醒。

上午的课间操，我喜欢在学校一角落练习太极拳，也算活动活动筋骨，打太极后，我也要伸伸腿脚活动活动，我的踢腿压腿动作不够规范，我并不知道。但是有一天还是被经常也来找我闲谈的佳娜看到了。她给我示范压腿，一抬就放在了很高的训练架的横档上，脚尖正对身体前面，看到她身体素质的弹性和柔韧度非常好，我连连赞叹，并请她指导示范。她和我说："老师，我一直在学习着京剧，这是我们练的基本功。踢腿有几种动作，压腿也有要求，压正，身体得到的锻炼才大，才能活动开。"我恍悟她浑身散发的活力与强健的身体素质，原来她有她的特长爱好和规划发展。刚接初三这个班，这时才对她更多了些了解。

元旦快到了的时候，她告诉我她已经参加了电视台的元旦联欢会节目的录制，说是已连续三年都录制，说最近几天还要录制节目。她也告诉我，因为有时要训练到很晚，所以作业交不及时。她在日记中也吐露过她训练的艰苦。元旦临近，期末大考也快到了，我的这位忘年交，又到了需要我时时提醒，努力催促她背好诗文的时候了，可她的身影已好几天没出现在我办公室了，她可是怕了？

2021. 12. 25

欣赏发现生活诗意（和学生同步作文练习）

初三的生活总是忙碌紧张的。作为一名初三语文教师，快节奏推进课程，从高度和广度拓展学生视野，常常推动我深钻细研又广收博取，劳累的生活简直令人喘息，尽管这样，我还是常常提醒自己，留取一份欣赏生活的闲暇心态，发现享受生活的诗意。

常常要忙碌地批阅学生的各类作业，尤其是那一收一大摞的作文，耐心认真去阅读交上来的每一篇作文，以欣赏的眼光去捕捉文中的可圈可点之处，以简明的语言去点拨需要提高的地方，每次批改完，虽劳累，却也舒心，孩子们作文的进步，也许就在这迂回不断的练笔中。特别是批阅到优美之篇，甚是快意。为了保留住每一次作文中的佳作，每一次批改的点滴感受，我带领孩子们，分几个板块，每写一次作文就形成一本集子，并命一个优美雅致的集子名称，成了我和我的学生们独办的一份杂志。有时翻来，墨迹清晰，馨香盈怀，居然诗意融融。原来，我们用我们的足迹，用我们的记录，铺就了诗意一朵。

五月到来的时候，校园里的一排樱花树，绿叶婆娑，特别茂盛，清新美丽。时日推进，红紫相间的樱珠挂上枝头，浓密的枝叶，随着年月越发繁茂高大的树身，经阳光投射，形成浓浓的树荫，旁边是操场塑胶跑道，那儿成了初夏时节师生喜欢去的所在。课间、傍晚、清晨，同学们徜徉其旁，我也常常驻足树下，感受树荫带来的清凉，仰头观看清新绿叶间，红绿的樱珠挂满枝间，随着时日推进，红紫一片，浓密缀在枝间，经绿叶枝干映衬，别有一番风景，是季节的最好馈赠。惬意诗意常常在这闲暇的放松的片刻涌上心头。看天空，天蓝云淡。观校园，樱树正美。另一边布满着高大的法国梧桐，阔大清新的叶片形成一团，正是美丽风景的时候。再向远处，校园的几棵石榴树，又开得鲜艳耀眼，"五月榴花照眼明"的诗意涌上……发现，忙碌生活里的校园风景，也是分外清新怡人。

为了推动学生议论文材料的积累，我开始引领课堂前几分钟推荐一个人物，有现代的优秀人物，有当代各行业的突出贡献者，有时政方面的热点人物，包括刚刚过去不久的冬奥会上的明星……我和学生合作，找材料，制成幻灯片播放，一则材料两节课的开头时间学习，由粗到细，然后由材料引发演讲题目，一周两名同学演讲。为了准备一则材料，要确定后进行材料搜集，制作幻灯片时要精选内容，每每要用不少时间，何况不断扩加的课时，我的课一周已是排得密密麻麻，有时晚上准备到很晚才能休息。可是，当第二天的课堂上按时呈现新的人物材料，孩子们学得津津有味时，特别是学生们的才情得以激发，按序上台演讲，一个个慷慨陈词，课堂如清新的风吹过，推动着孩子们作文与身心的成长，是师生共同酿制了课堂的又一份诗意。

以欣赏的眼光，以欣赏的心态，行走在生活中，做一棵沙漠里的仙人掌，生活虽艰，却谁也夺不去生活的诗意。静静的教室里，孩子们正专心地做题练习，投入地潜心复习，他们这份勇敢顽强地拼搏学习的状态，不又是我眼前的一道风景、一份诗意吗？

2022.5.31

阅读有悟

耐人寻味的沈复的《浮生六记》

这几天读清代文学家沈复的《浮生六记》，是文、白成片段呈现。不过只读文言文，也蛮能读懂，每几段又有今人白话文紧跟，就更帮助理解，因此就更容易读进去。第一次读这本书，读来觉得还是津津有味。看似平淡其实且很有韵味和很有功底的语言表达，都令人爱不释手。况且作者大胆的自传式般的真实生活经历，都透着新鲜并令人回味。作者把自己的经历，进行了分类，从六个角度进行梳理，然后片段式展现，既能了解一些经历，又能集中某一方面，尽情描写和展现，把生活和文笔才华很好地融合。文笔有江南才子的风格，骈散结合，语句整齐凝练，富有表现力，读来有一种文言的美，又有一点现代生活的随笔感，读来生动轻松而又质朴深味。既为作者文笔所吸引，又为作者的生活感叹唏嘘。

"浮生六记"，一般认为前四部分是沈复所写，后两部分是别人仿写。分为"闺房记乐""闲情记趣""坎坷记愁""浪游记快""中山记历""养生记道"。读来亲切有味，是一种写生活的文字，更是对生活的美的提炼。真挚的生活味加上娓娓的美的文字，令人回味无穷。开头先记"闺房记乐"，写了沈复与自己妻子相敬如宾两情相悦的生活片段，或生活对话再现小事，或写景描写适当铺陈，美丽爱情加美的生活小景、美的人物，形成了那样非同一般的生活韵味。沈复说"事如春梦了无痕"，实际却是在美的文字和真挚感情中再现了昔日如梦的生活。"我取轩"消夏，沧浪亭赏月，还是篱笆院赏菊……都写得极美。"是夜月色颇佳，俯视河中，波光如练，轻罗小扇，并坐水窗，仰视飞云过天，变态万状"这是"我取轩"七夕夜之情景；"炊烟四起，晚霞灿然""少焉，一轮明月，已上林梢，渐觉风生袖底，月到波心，俗虑尘怀，爽然顿释"，这是沧浪亭之所见所感；"时方七月，绿树荫浓，水面风来，蝉鸣聒耳""少焉，月印池中，虫声四起，设竹塌于篱下""九月花开""持螯对菊，赏玩竟日"这是篱笆院避暑和赏菊之景。都读来齿颊生香，令人沉醉。夫妻之间的恩爱和谐与志趣相投，又令人艳羡。谁曾想，生活竟不能这样一路美好，"坎坷记愁"中，作者写了生活后来的愁苦艰难，写了颠沛奔波，写了妻子生病，举家生活之贫，令人唏嘘不已。简直落魄到身无分文，颠沛流离。"浪游记快"写了作者平生所见之风景名胜，融自己的身心感受，写出自己眼中真正的美处。"白莲香里，清风徐来，令人心骨皆清"是西湖断桥上所见所感；扬州曾经欧阳修所建平山堂"虽全是人工，而奇思幻想，点缀天然；即阆苑瑶池，琼楼玉宇，谅不过此"；"长江初历，大畅襟怀"是眼见长江的感受；"四山抱列如城，缺西南一角，遥见一水浸天，风帆隐隐"是太湖乍现的情景；"时花正盛，咳吐俱香"是形容杭州邓尉山春来梅花开放，花开数十里，一望如积雪，叫作"香雪海"的景色；"河之北，山如屏列，已属山西界，真洋洋大观也"是写黄河与群山相依的壮观景象……诸景色再现可谓形神兼备，文质兼美，景色之中亦富有情趣。江河景致的美丽与文字的极佳表现力融合在一起，令人神往。书中的内容和文字之美从这些部分可见一斑，也是全书中特别耐读的部分。

读罢有现代散文之妙，又有文言之美，而作者所写真实生活情景也似历历在目，令人遥想。每一片段读罢都耐人寻味再三。

2018.7.18

五首词悟出的人生境界

随着时间的流逝，人生实际也是在不断叩问自己。这几天读叶嘉莹教授《清代名家词选讲》其中讲到的常州词派创始人张惠言的一组词，叶嘉莹教授在书中就说是讲这一组词，也是讲讲中国古代儒家学者对人生的参悟。这是张惠言写给他的一个学生扬子掞的一组词，共五首。题目为《水调歌头·春日赋示杨生子掞》。实际是用五首词谈人生，师徒互相勉励。因此在词中一次次叩问理想，探问人生，虽呈现着斜月，绿枝，花颜四面等生动的自然景致，实际更多的是隐含着人生问题的探讨，因此，读完叶嘉莹教授对这五首词的讲解，既获得了词的内容语句之丰，又跟随张惠言词中表达的意思的推进而获得人生的参悟。令人如饮醴泉，也是对人生的再次叩问和再次明确，有道是"听君一席话，胜读十年书"。下面每首词我节选一两句来谈谈收获。

第一首词的结尾句是"花外春来路，芳草不曾遮。"如果理想不能实现，我们就逃避吗？春天来了，接着就远去了吗？没有芳草把春天的到来遮住的，只要你要留住春天，你就留住了春天，你要追求春天，春天就与你同在。正如"花落春犹在""浮空眼缬散云霞，无数心花发桃李"，只要你想把春天留住，春天就存在你的心里边。谁能剥夺我们心中葆有的春天呢？

第二首词的末尾句是"劝子且秉烛，为驻好春过。"谁能超然物外，时间是这样无情和匆匆，所以还是要尽人力才能听天命，你不但要珍惜白天的时光，你还要珍惜夜晚的时光，你应该把你这样美好的像是春天的生命，留下一些东西在这世界上。

第三首词的末尾两句是"但莫凭栏久，霜露湿苍苔。"与月为知音，想逃脱现实。你不要把你的期待、把你的感情、把你的追求都寄托在别人的身上，都寄托在外面。你不要凭栏久，因为浓重的露水已经打湿了苍苔。逃避没有用，埋怨没有用。

第四首词的结尾部分几句"一夜庭前绿遍，三月雨中红透，天地入吾庐。容易众芳歇，莫听子规呼。"理想渺茫，时间匆匆。也不要去想千年万世以后怎么样，千年万世以后谁也无法预知。可是眼前，就是现在，你当下就得到了"一夜庭前绿遍，三月雨中红透，天地入吾庐。"今天晚上一阵春雨过后，你的院子前面就长满了青草。三月的时候沐在如膏的春雨中的花，是那么灿烂鲜明。就在这样美丽的景色之中，你找到了你自己。不但找到了你自己，你跟天地宇宙合而为一，天地与我并生，万物与我为一，天地入吾庐，天地入吾心。你要知道光阴是容易消逝的，繁华是容易消歇的，所以你要掌握现在。

第五首词中有这样特别经典的几句："三枝两枝生绿，位置小窗前。要使花颜四面，和着草心千朵，向我十分妍。""晓来风，夜来雨，晚来烟。是他酿就春色，又断送流年。""歌罢且更酌，与子绕花间。"你只要有一把最朴素最简单的铲子，你就可以用它找到生命。你可以种出几株绿意盎然的植物，然后把它栽植在你的窗前、放在你的窗前。你亲手种出来的花草，你要使你的花开出来，那个花的颜面，那个花朵向着四方都开出来，还伴着那草中间的草心，花朵那样集中在中间。可是它又有"晓来风，夜来雨，晚来烟"，有风有雨有烟，有挫折有苦难有哀愁。可是人的一生就是要在风雨忧患之中完成。就在这种风雨烟雾之中，它酝酿，造成了这样美丽的一片春光，春光就在风雨烟霭之中。所以我们没有必要去逃避生活。最后张惠言说我的这五首词就好似一曲长歌，我的歌唱完了，我们两人再来喝一杯酒。我们珍重眼前美丽的景色、美丽的生命，我和你再到山林花木之间绕行一周，珍重我们现在拥有的宝贵生命。

这就是这一组五首词，词讲完了，人生千般叩问和最终选择，让人回味良久，让人豁然于胸。

2018. 7. 29

《格列佛游记》速写

有一个神奇的地方，那里有着梦幻般的王国，那里的人物很小，很小，那里就叫作小人国。你可知道小人国的故事，那里有两个党派，你可知晓，你可知晓？告诉你，一个叫高跟党，一个叫低跟党。你可知小人国与邻国发生战争的原因？是因为鸡蛋打大头还是打小头，两国意见不一致。请你不要笑，请你不要笑。你可知那里如何取得官职？那要看绳上跳舞的本领，在绳上的木盘子里翻跟头，好精彩呀，好精彩，各展十八般武艺，真不赖，虽冒着生命危险，却也能博得国王的青睐。第一名，国王会奖给蓝丝线，第二名，国王会奖给红丝线，第三是奖给紫丝线，第四名奖给绿丝线，你可以看到朝廷里的大人物几乎没有人不用这种腰带作装饰的。还要看谁在国王手里拿的长杆下爬进爬出的本领高，看谁有耐心，看谁最敏捷。不要见笑，不要见笑，我们生活中这样的事难道还少，难道还少？

"我"可以每天吃小人国的六头牛、四十只羊以及其他肉食与饮料，三个裁缝共同为我做一件衣服。军队在"我"的胯下行军，一泡尿可以灭王宫的大火，每天供给我可维持一千七百二十八个利立浦特（小人国）人的肉食与饮料。

有一个神奇的地方，那里有着梦幻般的王国，那里的人们很大很大，那里就叫作大人国。那里的麦田在"我"眼前如同是一片森林，田里的小径是"我"的大道。农夫家里突然冒出的两只老鼠显然是两个庞然大物，"我"拼命挥舞着腰刀，终于保住自己。那里的一粒面包屑就把"我"绊倒。那里的人因为对"我"好奇，给我做了一只摇篮，命苦的"我"在镇上为大家表演为主人家赚钱。后来"我"被王后看中，从此我有了一个木头房子即木箱子。有个臭小子也就是王后的小儿子却仇视"我"，戏谑"我"，"我"曾经被他丢进奶酪碗里差点淹死。苍蝇如百灵鸟那么大，黄蜂有鹧鸪那么大。坏小子摇落如酒桶般大的苹果差点砸到我。如网球般的冰雹也曾把"我"打倒在地。一只狗曾把我叼起，放在主人跟前。一只蜗牛也曾把我绊倒，伤了右小腿。划船时，一只青蛙曾令我的船只失去平衡，弄得"我"狼狈不堪。国王同我交流的结论是：你的同胞中，大部分人是大自然从古到今容忍在地面上爬行的小小害虫中最具毒害性的一类。一只神奇的老鹰叼起"我"居住的木箱子丢到大海里，里面正想念故乡的"我"也得以被别人一同打捞起来，感谢上苍，"我"获得了解放。

有一个梦幻般的王国，那里的人住在岛上，能升能降，要飘多远就能飘多远。那就是飞岛国。一块磁石是掌控飞岛的按钮。哪里城市有叛乱，那里就要接受飞岛的惩罚。挡住阳光，将石头扔下，飞岛直接落上，真令人大开眼界。那里有一个科学院特别滑稽。且看他们在研究些什么。研究房屋怎么从屋顶盖起，研究用猪来耕地，用蜘蛛织丝线，从黄瓜里提取阳光，用打气筒治病，用物体示意法当语言。新鲜吧，是真正的无用的研究。

君王的宠臣记性差，怎么办，每人对他拧鼻子、或踢肚子、或拧手臂、或戳屁股一下，记性就好了。党派纷争怎么办，做外科手术，不同党派的两人各自的半个脑袋放到一个脑壳里去辩论事情，就会心平气和了。奇妙吧，赶快游飞岛国去吧。

有一个神奇的地方，那里有一个梦幻般的王国，那里是端庄的骏马，是那样高贵。而那里还有一种长得类似人的马的奴仆，叫"野胡"。这个国家叫"慧骃国"。"野胡"是那样野蛮地攻击"我"，但骏马一来就散开了，"我"努力不认同"我"就是他们万般鄙视的"野胡"，但终于有一天还未来得及穿上衣服的"我"差点被打入"野胡"行列。"慧骃"是"马"的意思，词源而言是指"大自然之尽善尽美者"。"慧骃"是这个国家的主宰，而"野胡"是畜生。"野胡"有着野蛮的欲望。在这里慧骃夫妇相互友爱相互关心着度过一辈子，节制、勤劳、运动和清洁是青年男女必须学习的功课。而"我"谈话中说出的那个国家叫这圣洁的慧骃国费解。他们不能容忍一个像"野胡"的东西存在下去，"我"划船离开了这个美妙的国度。

是虚幻的境界，又是那样的真实，每一部分都是现实的折射，每一部分都是奇妙的想象，这是绝妙的讽刺，是黑色的幽默。你有多大胆，你就会想象出一个多么神奇的世界。

2006.11.30

爱

这是真的。

有个村庄的小康之家的女孩子，生得美，有许多人来做媒，但都没有说成。那年她不过十五六岁吧，是春天的晚上，她立在后门口，手扶着桃树。她记得她穿的是一件月白的衫子。对门住的年轻人，同她见过面，可是从来没有打过招呼，他走了过来。离得不远，站定了，轻轻地说了一声："噢，你也在这里吗？"她没有说什么，他也没有再说什么，站了一会，各自走开了。

就这样就完了。

后来这女人被亲眷拐了，卖到他乡外县去作妾，又几次三番地被转卖，经过无数的惊险风波，老了的时候她还记得从前那一回事，常常说起，在那春天的晚上，在后门口的桃树下，那年轻人。

于千万人之中遇见你所要遇见的人，于千万年之中，时间的无涯的荒野里，没有早一步，也没有晚一步，刚巧赶上了，那也没有别的话可说，唯有轻轻地问一声："噢，你也在这里吗？"

每次读这一篇，都想到那故事里的画面，年代似并不遥远，似洞穿一切般令人回味再三。

画面中的人物，可以变成每一个你我，每一个你我的经历的爱情都带有那样的踪迹。真爱曾相逢，如无迹可寻的美丽，如雪印鸿爪，久远而又瞬忽即逝。

故事中那末段的感叹，像一首凄婉的歌，无奈而又美丽。像嚼品一段人生般，回荡在心中，发出在嘴里，轻轻唱响。

2009. 1. 2

征程

——读《老人与海》有感

又一次读海明威的《老人与海》,感觉是欣喜而感动。那蓝色的大海,有阳光照耀,时而有金枪鱼跳跃。而这位海上的钓鱼老人,他与大海是一家,他与鱼儿是兄弟,他懂得海,他深爱他的兄弟。但他必须生活,八十四天没有钓到大鱼的他,这一次是要满载而归了,因为他钓到了一条比以往任何一次都要大的大鱼。他有的是经验,他有的是打算,他发了狠,要带这条鱼回家。而这条特别大的鱼,也和这位属于大海的老人周旋起来。鱼与人一样比起了耐心与智慧。最终,鱼被老人降服了。而鱼血引来了鲨鱼,老人依然投入到了战斗中,正如他所说,他要让鱼知道,人能有多少耐力,能承受多大磨难。他用鱼叉征服了这条鲨鱼。第二次鲨鱼是两条,他用刀子把两条鲨鱼征服了。第三次又是一条巨大的鲨鱼,他也动摇过,但他坚定了意志:"人生来不是给人打败的,你可以毁灭它,但就是打不败他。"连最后的一群鲨鱼也让老人给撵跑了,同鱼战斗到底的老人,船边剩下的是一条白色的巨大鱼骨,他返回到了岸上。那个当帮手的孩子看着入睡的老人,不停地流眼泪。

作者以平静舒缓的文笔写大海上的阳光与鱼儿,写海藻,还有落在船上的那只海鸟,大海在平静与美丽中蕴含着挑战与可怕,而那条海上所钓到的鱼儿以及为了这条鱼要拼命的老人,展演出的正是历尽沧桑依然执着坚韧的人生。让人生发感慨,畅想无限,让人在悲叹中生发敬意。生命原是这样的一段征程。

2009. 6. 4

坚持生活速写

那天读朱光潜的《谈美书简》,对其中一文中谈到的文学创作的途径很有感受。

"我个人平生爱读的一部书是《世说新语》，语言既简练而意味又隽永，是典型的速写作品。刚才引的爱克曼的《歌德谈话录》也正是速写，可见速写也可以写出传世杰作，千万不要小看它。速写最大的方便在于无须费大力去搜寻题材，只要你听从鲁迅的第一条：'留心各样的事情，多看看'的教导，速写的材料在日常生活中就俯拾皆是，记一次郊游，替熟悉的朋友画个像，记看一次电影的感想，记一次学习体会，对当天报纸新闻发一点小议论，给不在面前的爱人写封情书，或是替身边的小朋友编个童话，讲个小故事，不都行吗？如果你相信我，说到就做到，马上就开始练习速写吧！练习到三五年，你不愁不能写出文学作品，也不愁一些美学问题得不到解决。"

这里朱光潜这位著名的美学家提出了生活速写，我觉得很有启发，文学、作文没有捷径，需要在不断反复练习中形成。多年来，我坚持了速写生活，感觉收获很大。把工作中的思考也记录下来，这样也梳理了工作，同时也是对工作的小结，进步也就更大了。在生活中，对自己有感触的四季景物或生活小事我也把它记下来，写成文学样的小短文，也写了不少本子。当然阅读、背诵也是必要的，我也一直坚持。不求为了什么硕果，为了生活的充实与从容，为了一个语文教师的素养，都应该坚持。当然更是为了一份热爱。

2009.9.6

《易经的奥秘》读后感

《易经的奥秘》是台湾教授曾仕强的书，是根据他在中央电视台的"百家讲坛"栏目的讲解整理记录而成。

读完此书，特别有收获的有三点：

《易经》里面所讲的吉凶，完全是以是否顺乎自然为标准，吉就是顺乎自然，凶就是不顺乎自然。

四十岁到五十岁是人生最重大的关键。人到四十，对自己人生的目标、人生的方向和所要坚持的原则，应该做到不惑。"尽人事，听天命"，记住，五十岁以前要"尽人事"，排除万难，不管别人说会不会成功，应该做的，你就全力去做。可是到了五十岁以后，你要听天命。我有这个成功的命，我自然会成功，如果没有，我也不强求。

做父母的，望子成龙应该是放在心里头的，不能说出来。要教育孩子，应该先把他当马来养。把他培养成良马，有一天他实力够了，飞上天去，那就是真正的龙。

2010.1.3

行动的力量

那天读《中国教师报》，看到了一篇文章，作者描述了一部电影的女主人公的故事，女主人公坚持每天一个菜谱，女主人公名字叫博克，博克出了名，也出了书，成了作家，作者借此谈了行动的力量。曾有一句话叫"态度决定一切"，而作者提出了行动才具有更大的威力。读后还是很有体会。

态度是很重要，但我感觉更重要的是行动，唯有行动才是真正的实践，实践才能有改观，也就是说行动才能造就真正的辉煌。

比如"饮食"的控制，只有行动才能有效果，而我常常坚持不好。比如体育锻炼，我坚持了，从而取得了效果。比如日记，坚持写下来才最终有大的进步。

2010.1.8

成长是最重要的信条，缓慢是稀缺元素

那天读了一个人物成长的故事，讲的是美国20世纪最著名的数学家诺伯特·维纳的故事，说他自幼虽非常聪明却不急于求成的故事。这当中有他父亲的教育与影响。

文章最后说，维纳和他父亲的故事，印证了马克·吐温关于"什么是人最重要的信条"的言论："毫无疑问，成长是人类最重要的信条，我们必须坚持不断地改变自己，一直到生命的结束。成长只能是缓慢的，一棵小树只能缓慢长大，搞拔苗助长行不通。所以，缓慢在植物那里，还是成长的基本准则。而焦躁的人并不会死，所以，缓慢就在人类社会成为稀缺元素。"

这一哲理听来还是给人一震的，它告诉人们人要一生成长，学会耐心。这就告诉我，无论你处于什么年龄阶段，都要力争再提高自己各方面的素质与能力。

2010. 3. 11

己心妩媚，则世间妩媚

这些日子读《100 个幸福的理由》，作者王珣，笔名芙蓉树下，从书中的内容来看，可以说她是一名爱情婚姻专家。处于任何状态下的婚姻、爱情，她都能给找出方向和答案，向她倾诉和咨询的人是很多的。读到她写的展现家庭情境内容的文章，知道她有一个朴实而疼爱她的丈夫，并且把家庭经营得很好。读这本书，感觉到的是心的释然和豁然。如对于离婚问题，她的观点我总结为，不要轻言离婚，但又要学会坚强，我还是很赞同的，等等。引起我强烈共鸣和震撼的还是书中关于女人的心灵与精神独立的内容。文中有这样一段："女人的未来终究不在男人的身上，如果有男人愿意给，那只是我们的幸运。谁可相依？水边的山峦，花旁的绿草，春天的那一只黄鹂鸟。相信自己心灵的力量，己心妩媚，则世间妩媚。"

"己心妩媚，则世间妩媚"，这是一个女人应有的坚强与对世界的欣享，是不依靠任何男人和外部环境而拥有的一份内心的生命境界。

2011. 12. 15

《孔子是怎样炼成的》的几点思考

这几天读完鲍鹏山教授写的《孔子是怎样炼成的》一书，对孔子的生活历程和思想最终的形成有了一个整体的把握和理解。书中的一些观点和思想也还是给了我一些启迪和思考。

"一个人要受人尊敬，一定是有条件的；一个人受人尊敬，一定要是通过自己的努力获得的；一个人要受人尊敬，一定要有让别人尊敬的理由。"作者由这句议论，引发对孔子好学的感慨，引发对孔子自身努力的肯定。其实，这句话也耐人寻味，具有普遍的意义。

"好学是孔子成为圣人的关键"。"孔子不放过任何一个能够与人学习的机会，所以他后来讲过一句话，'可与言而不与之言，失人。'本来应该跟他谈一谈，应该在他那儿讨教讨教，可是擦肩而过，失之交臂，这叫失人啊。所以，假如我们有机会向某人讨教，或听演讲，一定要去，不然，错过了就很难有机会了，这就是孔子给我们的教导。"孔子三十岁前就出国学习过两次，去宋国学习殷商古礼，去郑国向子产学习。三十岁后到周向老子讨教，等等。孔子严肃认真恭敬侍奉的老师，有老子、蘧伯玉、晏子、老莱子、子产，还有孟公卓。这也给我们思考，要谦虚学习，又要自成一家。

"鲁定公九年，孔子51岁，刚过知天命之年的孔子，被鲁国政府任命为中都宰。中都是鲁国西北部的一个城邑，在今山东汶上县西约四十里。这是一个小邑。一年以后，当地的社会风气为之焕然一新，四方的诸侯都纷纷效仿。实际上，如果追溯起来，孔子在中都宰之前，还从事过更多的低贱的事务：孔子为季氏委吏（仓库保管员）、乘田（管理牧场），即使这样的小吏他也认真去做，并且做得比别人好。这就是一种态度，态度是一个人的素质最为重要的方面。脚踏实地，做一件成一件。这是一种职业道德，是职业操守。"这种做事的态度还是很值得我们思考和学习的。

"这些人都认为他们比孔子聪明，但是我们要知道，一个人在这个世界上不是靠聪明活着，靠什么呢？靠责任心。是什么东西能够让我们成功？最重要的是有责任心。聪明不可贵，有责任心才可贵。"担当的心态，值得我们品味。

"在这个世界上，总有一些东西我们不能忍，总有一些东西我们不必忍，总有一些东西我们不会忍！只有毫无道德坚持的人，才会毫无愤怒与攻击。"人应该有正常的喜怒。

"人一定要有一点笨劲，才能有所成就。人一定要有个稳定的心性、稳定的气质。没有一蹴而就的好事，凡事总要有个做的过程，要想成功就需要一股笨劲。巧劲可以让你事半功倍，笨劲可以让你坚持下去。光有巧劲没有笨劲，往往半途而废、一事无成。"这是句很有分量的话，值得我们好好思考，从而去好好坚守和坚持。

2012. 8. 27

理一理中国哲学思想的脉络

这几天刚刚读完了冯友兰的《中国哲学史》一书，对中国哲学思想的历史发展有了整体的一个了解。正如作者在"下部"的序言里所说，大致分为两大部分，子学时代，经学时代。先秦时代诸子百家的经典，奠定了中国哲学的主要思想，这也使我想到读《论语》《道德经》等经典著作的重要性和必要性。之后较有影响的思想家有董仲舒开启经学时代，就是对前代经典做注释，来表达理解。之后较有影响的是杨雄，之后是隋唐的佛学，之后较有影响的是宋代陆象山主张"心学"，朱熹讲究"理学"，明代是王阳明较有影响，最后是明清的新的经学。随着新时代的到来，旧瓶已无法装新酒，旧瓶破，而经学时代终矣。

2013. 1. 20

顺应自然，注意养生

最近几天读完了南怀瑾的《小言〈黄帝内经〉与生命科学》一书，感觉还是颇有收获。其中他提到了"起居若惊"，就是要随时照顾好自己，随时小心，不要大意。他还提到了不要过于劳累，再就是要保持内心宁静的观点和做法，读后既能走近些《黄帝内经》，又对《黄帝内经》的养生精神有所领会。因此，也带动我拿起家里的藏书《黄帝内经》进行了翻阅，因为有译文，大致还能看懂，对南怀瑾先生所谈到的内容就找到了原处，理解也就加深了。顺应自然，四季有规律生活，保养身体非常重要。

2013. 1. 21

读读《西厢记》

利用寒假，终于可以打开那本买了一段时间的《西厢记》。

读罢，感觉《西厢记》还是比较精致的文学作品，是元戏曲中的精品之一。作者是元代戏剧家王实甫。

这出戏结构紧凑，矛盾集中，且唱词确实字字珠玑，非常华美，诗词名句的化用非常巧妙非常多。故事的结局是花好月圆才子佳人终成眷属，因此可以给读者较轻松的娱乐。主要内容是小姐崔莺莺和书生张君瑞的故事，一见钟情，然后小姐遇到灾难，书生张君瑞纸书一封，搬来救兵，化解灾难，上演了英雄救美的佳话。后莺莺以身相许，但莺莺的母亲要求张生必须考取功名才能承认这个女婿。因此就有了"碧云天，黄叶地，西风紧，北雁南飞。晓来谁染霜林醉？总是离人泪"的长亭送别，别后是一段才子佳人的相思曲，喜剧化的是张生半年后果中状元，去信告知莺莺。这样莺莺家在张生回到府中共同证明了张生并未在考取功名后做相府卫尚家女婿，驱走了造谣生事的郑恒，最终有情人终成眷属。除了故事紧凑，最有价值的是唱词的文学性极强。听，写莺莺"千般袅娜，万般旖旎，似垂柳晚风前"，写张生"学得来一天星斗焕文章，不枉了十年窗下无人问"，写张生的琴声更是妙语连珠："莫不是步摇得宝髻玲珑？莫不是裙拖得环佩叮咚？莫不是铁马儿檐前骤风？莫不是金钩双控，吉丁当敲响帘栊？"……因此，《西厢记》确实是一部完美的艺术作品。

不过读过之后，感觉戏里的生活真是不同于现实。故事情节相对现实来说过于大团圆。那状元能那么容易得吗？真是说书唱戏罢了。这出戏后面附录了这个故事原本的样子和发展演变的过程。也从而说明任何经典的艺术作品往往是在继承与发展中达到极致。这个故事最早的记录是唐代元稹的《莺莺传》，我把《莺莺传》略读了一遍之后，也知道了真实版的莺莺与张生最终并未成眷属，而各有所归，归于多些平静和平常的生活。这也才是我猜想的现实版的"西厢记"的结局。

走出"西厢"佳话，我继续我平常的生活。

2013.2.16

读书可补拙

"思想掠过我的心上，如一群野鸭飞过天空，我听见它们的鼓翼之声了。"这是泰戈尔的一首小诗。它形象地写出了思想的美丽，它的翅翼鼓动，如心灵若有所悟一般的刹那。是啊，思想是美丽的，有思想，才会更懂生活。而读书，就是充盈思想，认识生活的一个途径。

读《西方哲学史》，让我知道人们对世界的真理一直是在探索中的，思维就变得更加阔大。读《西方哲学史》尼采和叔本华关于人的自我能动力量的巨大，就更形象地展现在我面前。读《中国哲学史》，让我更加感到了诸子百家的这一中国哲学的基座和分量。读《文心雕龙》让我更体会到了"登山则情满于山，观海则意溢于海"观察时的身心投入才能获得深刻的感受。读《黄帝内经》，让我懂得生命应遵循四时，读南怀瑾的对这本书的解读，让我知道对自己身体也要"起居若惊"般去学会照顾好自己。读《论语》、读《道德经》、读《庄子》、读《易经》，让我读出了道法自然的大哲学和一个自我之间的关系。

人行走在生活中，有得有失，有幸福有痛苦，读书相伴，如同朋友相随，经常得到心灵的慰藉。当遇到艰难，蔡志忠的"宽路窄路都是路"的深情话语，让我平抚内心的痛苦，而学会坦然看待所历经的每一段生活；当痛苦难当，著名女作家亦舒的"其实每个人都有伤疤"的深刻领悟，让我依然抚平内心的最痛，而踏上前行之路；而当取得一点成绩想沾沾自喜，《易经》上最好的一卦是"谦"卦，让我冷静下来，更深入地去学习，以谦虚的胸怀行走在生活中。当你软弱时，读到"高山"，高山给你坚定与坦荡。当你苦恼时，一缕"春风"，一条潺潺百折不挠的"小溪"，又点亮你的心灵方向。当感到事情总不尽如人意，南怀瑾的"不完满才是常态"，又让你最终释怀。明代于谦的那首诗，我很是喜欢诗中所写的读书的那种境界："书卷多情似故人，晨昏忧乐每相亲。眼前直下三千字，胸次全无一点尘。活水源流随处满，东风花柳逐时新。金鞍玉勒寻芳客，未信我庐别有春。"多情似故人，晨昏忧乐每相亲。以比喻拟人的手法，把对读书的兴趣很自然地表达了出来，这种浓浓的兴趣只有生活中亲身体会才能这样表达出来。诗接着表现阅读的作用，阅读使学识盈满，使思维常新，阅读使生活的这间小屋总是充满风景。人生来思想是空荡的，是愚笨的，是读书使生命充盈，是读书可补思想精神之拙。

语文教学，对一个做语文教师的人要求也是很高的。要教出一定境界，要担当起这份工作，要求是高的，且教课无止境，备课无止境。语文所涉及的文化是丰富的深厚的，它要求一个语文老师也必须有较丰厚的文化底蕴。也许是出于对所教学科所从事工作的热爱和更高要求，我要求自己要勤于读勤于写，这是一位语文老师应该做的。基于此，我更热爱读书，热爱写作，我要求自己认真读书，勤于写作。不仅读，还要随时摘记，随时背诵积累。只有这样，你的语文教学，才会通融灵活，才会丰满，才会有活水源头。正是因为读书，使你在教《孙权劝学》时，才能给学生讲出关于吕蒙的经历，你才能给孩子们讲出孙权和吕蒙的关系深厚，因为读了《三国志》，才能更深入读懂这二人的故事；正是因为读书，使你在教《杨修之死》的时候，你才会给孩子们讲出不同的人对于曹操选继承人的不同做法，你才能把《三国演义》的故事巧妙穿插上来；正是因为读书，讲《论语》时，你也能给孩子们讲讲关于孔子，因为《史记》有孔子的篇章，还有大学者鲍鹏山撰写的《孔子是怎么炼成的》；正是因为读书，你才会引领孩子们在学习"鲁提辖拳打镇关西"时，梳理出人物的前前后后，因为一部《水浒传》你已深入地进行了阅读；正是因为读书，你才会在教《威尼斯商人》时，谈论一下莎士比亚的天马行空的才思，因为你读过他的悲喜剧。就这样，知识在阅读中丰厚，对课文的解读也就能更好地驾驭。也正是在读中，你感受着读的乐趣，也涌起写的激情，你坚持了下来，一写就坚持了二十多年，教学的，文学的，班主任的，你都记录着生活，偶尔也有略生动的篇章，也得以发表过几次，这也算收获。正是因为读书，推动着我的语文教学，也正是语文教学，推动了我读写的不停步和更深入。我是一个不算天资聪颖的人，其实到现在，很多事情也没有达到很好的水平。西汉刘向说：书犹药也，善读可以医愚。是啊，也许正是读书，化解着我的愚钝，我还在继续读书的路上。我会带领孩子们一起阅读课本上推荐的每一本名著，和孩子们一起阅读海明威的《老人与海》，体会那份坚韧——"人生来不是被打败的，你可以毁灭他，就是打不败他。"和孩子们一起阅读夏洛蒂·勃朗特的《简·爱》，让孩子们朗读表演其中的精彩段落，我会一口气给孩子们背下女主人公的精彩台词："你以为我矮小，不美，就以为我没有灵魂，就没有心吗？你错了，我的灵魂跟你的灵魂一样！就好像两个人都经过了坟墓，现在我们是站在上帝面前，我们是平等的！要是上帝赐予我一点美丽和一点财富，我就会让你难以离开我，就像我现在难以离开你一样！"我会和孩子们一起一气儿背下我们用口诀串来起的冰心的《繁星春水》中的十五首小诗，还要连说加唱。我会引领孩子们把每一册主题丛书上的经典篇目努力读完，并加上心灵的点评。

勤能补拙，读书亦能补拙，能丰富我们的思想，化解愚钝，增加我们的智慧。愿我们都能因阅读使生活的这间小屋总是充满生机充满风景。

2016.11.29（此文发表于 2017 年第 9 期《语文主题学习》）

一生对文学的追逐

——《倾国倾城亦飘零》读后感

《倾国倾城亦飘零》是蒋心海写的张爱玲的传记。断断续续读了些时日，这几天读完。读后，对印象中个性的张爱玲多了些了解。受到父母的影响，受到家族的熏陶，张爱玲从小还是接受了读书与背书方面的很多很好的引导，何况她也生性喜欢读书。但生活并没有像她那"橙红色"的童年那样延续下来。父亲抽鸦片等恶习，使张爱玲的母亲无法容忍，最终离婚。后来父亲再婚，张爱玲和弟弟就生活在后母的阴影之下，心灵的酸楚在她个性的语言和不加修饰的粗拉的服装中隐隐透出。后被父亲毒打，被父亲禁闭，出逃，与母亲生活一段时间，后与姑姑生活一段时间，中学毕业后，到香港大学就读。从出逃后就写了一文被发表，《天才梦》在征文比赛中获奖，逐渐显示了张爱玲的文学才能。从事文学创作也成了在香港大学读书时张爱玲的理想。她开始不断写作，学习英文，梦想在英语界也能打开写作之路。随着她的小说《沉香屑》等在当时的杂志《紫罗兰》不断发表，张爱玲逐渐成为她的家乡上海滩红极一时的作家。《倾城之恋》《金锁记》《花雕》《红玫瑰白玫瑰》等小说面世。后来她结识了胡兰成，不能自拔，"低到尘埃里……从尘埃里开出花来。"她跟随了已有妻妾的胡兰成，后胡的妻子提出了离婚，后胡兰成与张爱玲低调结婚。后胡兰成一些做法，让张爱玲毅然断绝了与胡兰成的婚姻。后出走香港，这期间也写了很多电影剧本，上映后火爆。后迫于政治等原因，也是追随自己青年时的梦想，

240

张爱玲来到了美国。举目无亲，住文艺营救济性机构。遇到了大自己很多的美国落魄文人赖雅，结婚，婚后生活更是紧张。尽管写了英文版小说《秧歌》并获得出版。虽获得不少好评，但销路平平，未获再版。就这样张爱玲和赖雅组成的家庭一直挣扎在维持生计的现状上，张爱玲此后也写了几部英语小说，但都没获得很大成功。张爱玲在美国的生活真是令人心酸。后在 20 世纪 80 年代，张爱玲的小说在大陆"二度花开"，甚至掀起了"张爱玲热"。这给了张爱玲欣慰，但在美国发展自己的文学梦想始终没有实现。但无论生活处于什么情况，深居简出不喜欢与人交往的张爱玲一直在忙碌，在追随写作，一直到终老。历经了坎坷，也历经了艰辛，依然执着于文学。这是我原来不了解的。

"她年纪轻轻就一举成名，世故练达的文字人人叫绝；艳异夸张的服装惊世骇俗。然而这样华丽的文字，这样惊艳的行头，又怎知不是在人生虚无的底子上涂一抹亮色，为自己的孤旅壮一壮行意。

她屡屡出走，从父亲陈腐的老宅走向母亲的现代公寓，从爱恨交加的故土走向香港，从香港又去了美国。她在频繁的出走中寻觅着更接近自己理想的精神家园，寻觅着在英语世界里安置她文学梦想的地方。

她寻寻觅觅，身如不系之舟，落拓不羁的骑士曾让她心生暖意，西风寒巢曾给她家的安稳，然而她注定了一世漂泊。"

"她存在，还因为她写作；她为写作而生，也为写作而死，她写，故她在。"

2017. 1. 19

《封神演义》 魅力魔幻

这几天读完《封神演义》，版本比较简短的那种，但还是领略了这部书的风采。历史长达 640 年的商朝，最后阶段商纣的昏庸残酷，骄奢淫逸，已是到了罄竹难书的地步。明代作者许仲琳，就是借这个历史事实，结合商朝被灭的历史过程，演绎出精彩纷呈的人物，和扣人心弦的故事。人物有现实人物，有想象出的各有其能的各路神仙，分周、商两派，正义与邪恶，反抗与镇压，不断进行交织，美女祸乱朝廷，也是借想象写出妖狐妲己等一系列故事。主角姜子牙也被演绎成半人半仙的人物。演绎了周朝灭亡商朝的艰难的过程。对故去的

241

英雄封神，对活着的英雄封赏，最终实现了太平盛世周的建立。这部小说最大的魅力还是现实与想象的结合，使我想起现在很流行的魔幻现实主义，是很现代的感觉，是作者丰富知识与想象力的巧妙嫁接，让人在亦真亦幻的艺术行程中了解了那段残酷的历史。这才是艺术。

2017. 2. 3

那些灵魂深处的歌
——读史铁生的《我与地坛》有感

　　这几天读完了史铁生的《我与地坛》，应该说是散文集，又像是小说集。还是被作家的语言和故事深深吸引，更吸引我的是作者那些絮絮的对心灵的拷问，对命运的追问和思考，总之读他的这本书，我感觉那是作家史铁生灵魂深处的歌，他小心地奉送出来，用细致生动的描写和富有思辨的语言呈现出来，和着灵魂的血脉，奉献给读者也是告白着自己。

　　《我与地坛》只是这本集子中的一篇，以那样深刻灵动的语言，和着生命的体悟，展现心灵的精神家园的地坛，展现那样似曾相识又非同一般的四季。落日把地上的每一个坎坷都映照得灿烂，一群雨燕的高歌把天地都喊得苍凉，暴雨骤临园中激起的阵阵灼烈而清纯的草木和泥土气味，春天是卧病的季节，否则人们不易发觉春天的残忍与渴望；夏天，情人们应该在这个季节失恋，不然就似乎对不起爱情。春天是树尖上的呼喊，夏天是呼喊中的细雨，秋天是细雨中的土地，冬天是干净的土地上的一只孤零的烟斗。我会怎样想念它，我会怎样想念它并且梦见它，我会怎样因为不敢想念它而梦也梦不到它。因为这园子，我常感恩于自己的命运。就是这样的深情和这样带着灵魂味道的语言，作者展现那园中的时日，那园中的曾经的自己和曾经的过往，曾经的绝望曾经的痛思。正是那些痛苦和挣扎，才有那样对于生命的解读，才有那样的笔下的园中的景物与四季。

　　作者除了在这一篇中写地坛外，实际上很多篇章都有片段的描写和回忆。并由此牵出作者历经的那些记忆与生活。写地坛所见人物，写童年，写伙伴，写父母，写二姥姥，写海棠树与奶奶，写自己对人生的探索，对命运的思考。

正是灵魂深处的那些歌，才那样动人执着和精致。让人收获的不仅是文学，还有随着作者一同的关于人生和命运的叩问。"上帝从来不对任何人施舍'最幸福'这三个字，他在所有人的欲望前面设下永恒的距离，公平地给每一个人以局限。如果不能在超越自我局限的无尽路途上去理解幸福，那么史铁生的不能跑与刘易斯的不能跑得更快就完全等同，都是沮丧与痛苦的根源。"《我的梦想》中的这段深刻的感悟令人深思和启迪，像这样对于人生和命运的思考有很多，让人思忖和得到收获。最后一篇中作者借用尼采的"要爱命运"，道出了作者心胸的旷达和超然。因此我们在读这本集子的时候，我们会透过作者的记忆深处，看到他笔下的那些有血有肉的人物，那些亲切的记忆和左邻右舍，那些赋予我们生命与血脉的亲人的影像，那些地坛的膨胀和盛开着的野花和那些膨胀和盛开着的冤屈，也更深入地懂得人生。那是作者奉送的灵魂深处的歌。

2017.7.22

魅力四射的《夏洛的网》

一个偶然的原因从我一个学生那儿接触到了《夏洛的网》一书，原来只觉得很熟悉的书名，但内容一直不知。这一次有书在我手中，终于可以翻翻看看，这一翻不要紧，仅看了两三页，我就喜欢上了这本书，这本书简直魅力四射啊。

原来这是个童话长篇，尽管是个童话小说，但这本书带领我们走进一个多么纯净的世界啊，作者用了那样干净而又生动的语言，那语言简直像清晨青草叶上的露珠那样晶莹，不杂一点尘滓，闪着光，透着亮，可爱，纯美。

那是一个多么热闹的地方啊。除了主角那头可爱的叫威伯的小猪，还有那个透着作者神奇想象力和美妙灵感的一只蜘蛛夏洛，那祖克曼先生的谷仓是那么热闹啊，还有鸡，鹅，羊，牛，它们之间活泼地讲着话，互相地出着主意，当一只当宠物一样被一个可爱女孩娇生惯养的小猪威伯被送到这里的猪圈里的时候，母鹅开口和它说话："你没必要一直待在那个肮脏的——小，肮脏的——小，肮脏的——小院子里，"母鹅说得相当快，"这儿有块木板松动了。推开它，推——开——它，就能够出去！"当威伯再次询问并尝试撞开那块松动的木板，它就挤过了栅栏，来到院子外的长草丛中了。母鹅嘎嘎大笑起来。威伯表达了

243

这种自由的感觉它很喜欢。母鹅还大喊着让威伯穿过果园到树林里去散步。当女主人发现小猪跑了，就大声喊人去捉那只猪，母鹅就朝威伯大喊让它跑到下坡去，朝树林的方向去，永远抓不住你。在龙须菜地里拔草的雇工鲁维也加入到了这队伍中，每个人都在朝威伯逼近。那是怎样的野地里捉猪的场面啊。母牛在喊，让威伯走下坡路，绵羊在嚷让威伯送上坡路。母鹅让它迂回前进。母牛提醒让它小心鲁维，公鹅扯着嗓子喊让它小心祖克曼，绵羊大叫让它当心长毛狗。那是一个怎样富有生机的可爱的场景啊。作者就这样把我们带进书中，带进了祖克曼家的谷仓，那个鸡鹅牛羊活泼生长的地方，也把一个管祖克曼叫舅舅的，名叫芬的女孩也带到这里来，因为威伯曾经是她的，现在父母让她把它送到舅舅这里来喂养，她喜欢这只小猪，它也逐渐喜欢上了谷仓这地方，每天放学她经常要来到谷仓来到猪栅栏前的一个挤奶的小凳上呆呆地看那头可爱的猪和听那些动物们讲话。

威伯还是被带回了谷仓，过着安逸的生活。但当有一天鸡鹅们谈起威伯很快就会被杀掉，做成火腿和好吃脆生的腌肉的时候，威伯有了自己的忧愁。但猪栏棚上的一只名叫夏洛的蜘蛛对威伯特别友好，它们成了朋友。后在夏洛的倾力帮助下，终于让威伯摆脱了被杀的命运。那么一只蜘蛛是怎样帮助一头猪的呢？原来作者奇思妙想，运用蜘蛛织网这一特点，想到了蜘蛛织出不同的单词，从而映衬这只猪的不同寻常。借助一只名叫坦普尔曼的老鼠从外面广告纸上嚼下来的纸片上的文字，先后织出"好猪""很棒""闪光""谦恭"这四个单词的拼写，从而让这头猪也成了明星，在比赛中还获大奖。但夏洛耗尽了力气，产卵之后在异乡死去，威伯口含夏洛的卵囊回到谷仓，第二年的春天，小蜘蛛们爬出了卵囊，成活和成长了，它们有的远走高飞，有的也留下来，又成了威伯的朋友。

故事讲完了，似乎不复杂，但也不简单，作者的构思多么奇妙啊，那样的和谐一体自然，那样完美丰富而富有波澜的故事。用那样纯美的语言表达，因为这语言有了化平常为神奇的魅力，作者笔下表达的那个雨天，那个初夏，那个春天，都写得多么美啊。"蟋蟀们在草丛中歌唱着。它们唱起夏天的挽歌……所有人都听到了蟋蟀的歌声。在尘土飞扬的路上走着的埃弗里和芬听到这歌声，知道快要开学了；小鹅们听到这歌声，知道他们不再是鹅宝宝了；夏洛听到这歌声，知道自己的时间不多了……""一个寂静的早晨，祖克曼先生把北边的门打开，一股温暖的气流轻轻吹进谷仓的地窖。空气中满是泥土的清芬，树木的香味，充满甘甜的春天的气息。"就是这样的景物描写，这样的生动纯美的语言，把故事串起。就是用这样的动感立体的语言把美好的情愫表达，表达对大自然一切生灵的爱，表达对夏洛的智慧和夏洛对朋友的那份深情的赞美。

是美国老辣作家怀特奉送给读者的一份真挚的童心，也是作者自家农场生活启发的一份可爱的灵感。

2018. 2. 20

一场足球比赛里的人生遐思

昨晚我看了世界杯足球比赛决赛法国队与克罗地亚队的比赛。从晚上的十一点左右开始一直看到结束和最后的颁奖。平静地看球，投入地看球，心神为之带动，都没有困意。这是一场比较精彩的足球比赛，很有看头，也很有回味，引得我这学文出身的人产生了许多人生遐思。

先说克罗地亚17号队员曼朱基奇，是一位技术高又活跃的克罗地亚队员里的一位佼佼者，他投入而积极地打比赛。当法国队一技角球，很有技术含量，作为克罗地亚队员自然要力争把球往外顶出，高高跃起，头接触到了飞来的足球，但球歪打正着一般，进了自家的球门——一个乌龙球诞生了。这可是世界杯的决赛啊，开场仅几分钟，就送给了对方一球，尴尬，尴尬，镜头不断对准17号，不断回放17号一技头球把球碰进自家球门这个过程。虽积极，却各种原因和巧合，出了点差错，人生路上有时也会有这种情景。是因为年少不经事而不够成熟，是因为求胜心切反而袒露了心迹，是因为志大才疏而遭人耻笑，等等，人生尴尬事又有几人未遇。遇到了怎么办，首先自己要扛，要接纳，虽痛苦也要接纳，这就是人生的残酷。但戏剧化的是，就是这个17号，他一如既往地跑动争抢，居然在对方守门员的一时大意和疏忽当中，轻松抢断了一球，轻松把球踢进对方的球门，他化解了自己的尴尬，着了悲剧色彩的一段立刻擦上了喜剧的音符，好，化解得好，圆了自己，也鼓舞了自己所在的球队。而对方的守门员，虽一时疏忽，也造出尴尬，不过还好，没有影响自己球队的输赢，何况这位守门员就是法国队的队长。好，生活有时就这样给予着平衡，我们在努力，有时还是会犯错，不过努力奋斗的征程不会因这个小错而改变航向，告诉自己，不要让自己随便倒下，你的付出会有回报，你还要解救自己，何况自助者天亦助。

接着聊法国队守门员洛里斯，这样的大赛，居然犯了这样低级的错误，还是应该受到批评，虽然给了对方一个圆场，但大赛大事面前的谨慎，还是要把握住。当然，我们又可这样想，在不影响大局的前提下，送给对方一个尊严，留给对手一个颜面，这又是怎样的大境界大胸怀，这样想的话，这个疏忽也算是一个喜悦的润滑剂，增加了整场比赛的平衡和轻松，因此，有时退一步，境界也还好。

克罗地亚虽然是最终获得了第二，但在整个这场比赛中，他们控球得力，传接有方，收放自如，真是处处是看点，踢出了足球的技术，足球的魅力。他们投入其中，没有被紧张束缚住，没有被大赛压制住，而是尽情享受般放开了踢。一次次发动有效的进攻，有的进攻最终也把球送进了对方的大门，成为彩虹般的华丽一抹。因此，可以说球队尽情绽放了自己，做了最好的自己，虽败犹荣。那个安静的瘦削的金球奖的获得者莫德里奇，就是很好的代表。他做了最好的自己。

而法国队，看似场面不占主动，但一旦抓住机会，就会来一次狠狠的反击，任何机会都不错过，开场不久的一个角球和一个定位球，就直接或间接地为自己收进了两球。过硬，技术过硬，只要行动就是有效的。这就是做事的关键，是教练培训出的队员的技术，正如一个教师会扣着来教一样。我可能扯得有点远了。

法国队员中年轻的姆巴佩显示了活力与速度，给法国队给世界杯注入了一股旋风，轻松爽利，年轻真好，充满希望展示着力量。而克罗地亚队员中的金球奖获得者10号队员莫德里奇，可能已不是很年轻的队员，但他的成熟冷静，他的脊梁式的作用，依旧发挥得那样好。年轻确实好，年老也是一宝，让我们都各自发挥自己的优秀，形成一股合力。

比赛过程中两只球队都收放自如地进行着，不断有进球，球不断在双方队员的脚下来回被抢夺，比赛很热烈，没有困住身脚，比赛以4∶2的比分结束，比赛很好看，是实力的较量，也偶有戏剧性。享受比赛过程，享受人生过程。

一场足球比赛，有遗憾，也有对遗憾的弥补；有惊喜，也有意外的打击；有紧张危急也有轻松舒缓……发生的，都是美好的，一切都是最好的安排。不要对世界悲观，一场足球比赛诠释了世界的阔大，人生的美好，一切都是这样令人享受，接纳自己，接纳这世界。

2018. 7. 16

寻找那神秘的 "光点"

——《窗边的小豆豆》读后感

　　《窗边的小豆豆》是一本写给孩子们的书，写了一个小学生小豆豆在一个学校的一个个生活片段。作者以那样童真美好的文笔和情感回顾往事，再现那个童年的自己，而那个学校的那些生活还是充满了吸引力，读来是那样温和和美好。而那个充满个性的精灵古怪的小豆豆的故事，那个可爱的小林校长，那个名曰巴学园的学校，都很可爱，很带点新奇。就这样在温和灵动的文字中读完这本书，新奇于小豆豆的每一天的丰富可爱和那有点与众不同的生活，新奇于巴学园的千奇百怪般的校园教育，新奇于那动人的引人遐想令人感到美好的文字，而更感动于巴学园那个可爱的小林校长。

　　巴学园是小林校长亲手创办的凝聚着他的教育智慧和理想的一所有点特别的学校。充满着别样的个性教育，充满着意想不到的教学样式，充满着丰富多彩的别样活动，充满着好玩的有趣的事情，而这一切，在我读来，都是为了引导孩子的兴趣，丰富完善孩子的人格和心灵，去发现和引导每个孩子自身的优点，探寻那孩子们身上隐藏的神秘的 "光点"。所以才有那样的吃饭情景，才有那样发蔬菜奖品的运动会，才有那样悠闲的散步，才有那样特别的野餐宿营，才有从自己最喜欢的科目开始一天的学习，才有小林校长厨房里偷偷对那位可能会引起伤害身有残疾的孩子自尊心的女老师那样的训斥……小豆豆就是一个天真懵懂的小孩，而每个人又何尝不是在懵懂中苦苦探寻自己的人生。所以这本书，就适合太多的人来读，小学生，中学生，大学生，青年人，中年人，老年人，老师，家长……都可来读。因为大家都能读到自己。而小林校长就是那个引领孩子们寻找光点的执着的人。

　　当妈妈领着小豆豆第一次见小林校长的时候，小林校长竟然就能跟小豆豆说了四个小时的话，并断定说她是巴学园的学生了。一次又一次，在小豆豆的成长过程中，小林校长见到小豆豆总是真诚地说那句："小豆豆，你真是一个好孩子。"总是认可小豆豆做的事情，她咬树皮测试健康时向校长借两毛钱的事，她和小林校长拉钩说定的长大成为巴学园的老师的事，小豆豆说的明天大家一起继续散步的事……小林校长懂得每一个孩子，孩子们早晨一来就围住他，盘坐到他的腿上，爬到他的肩上，围着他说话，那是怎样可爱的情景啊。小林校长就是这样用汗水和智慧，引领巴学园的老师发现和引领孩子们的光点，点亮了孩子们的人生，使他们成为自己，成为那个最好的自己。这不令人感动吗？这不值得读一读吗？

正如作者黑柳彻子在书的《后记》中所写的：

"'你们大家都是一样的，无论做什么事情，大家都是一样的。'因为，小林先生总是对我们说着这样一句话。"

"小林先生的教育方针，在这本书里也写到过，那就是先生经常说的：'无论哪个孩子，当他出世的时候，都具有优良的品质。在他成长的过程中，会受到很多影响，有来自周围环境的影响，也有来自成年人的影响，这些优良的品质可能会受到损害。所以，我们要早早地发现这些优良的品质，并让它们发扬光大，把孩子们培养成富有个性的人。'"

2018. 12. 28

幽默灵动的文字背后

——读汪曾祺的《人间有味》有感

很喜欢沈从文笔下的古老的湘西风情，很有生活味，那种淳朴，那种淡淡而细腻的又不沾染一点尘埃的笔尖的表达，读来令人陶醉。很早也知道，沈从文有个得意门生，很得他的真传，后来也成为大家，叫汪曾祺。说实在的，有时不敢读这样大家的东西，因为知道好，约略读过一些，知道他的风格，甚至有点畸形地想，怕读了他的东西而太过否定自己的文字，怕失去了勇气。汪曾祺写的东西是很接地气，很有生活味道的，淡淡的幽默，浓浓的恬淡的生活味道，读来如饮美露，如食甘饴。

假期一次逛书店，偶遇了汪曾祺的散文集《人间有味》，正也有空闲可读读此书，或许对自己的散文写作也有着痛定思痛的推动。果不其然，读后还是令我汗涔涔了。汪曾祺是个大家，是个全才，集文学、美术、书法等于一身，是个大学者。学识丰富，见识广泛，加上具有画笔样描摹的文笔，用幽默细腻的文笔行云流水般表达着生活，为一朵花开，为一次饭香，为成长记忆中的点滴……都撷来描摹，成为不经意间润养的珍珠，令人觉着如饮甘露，如食乡野别致菜蔬一桌。

全书共分六部分，围绕"人间有味"，分"饮膳札记""造物之美""纵步

248

天涯""往事依稀""见字如来""回忆恩师"。我粗细结合着读完全书，其中"造物之美"尤其喜欢。作者喜欢的或有故事的虫草花鸟都可以成为文章，读来既多少增加了知识，又再现了作者笔下这事物的美。如《北京的秋花》中用小标题的形式，写了桂花、菊花、秋海棠等，最后一个小标题写的是黄栌和爬山虎。每一部分都有知识性，也更有文学味。最后一部分的结尾是两句话，两行。"沿街的爬山虎红了。北京的秋意浓了。"有时候不经意的一两句或几句话，就是一个新鲜的画面，清新美丽而又有生活气息。《昆明的花》中写到美人蕉，写到自己到一所学校找自己的朋友，因已放暑假，而寻人不着。作者写到美人蕉"校园的花圃里一大片美人蕉赫然地开着鲜红鲜红的大花。我感到一种特殊的、颜色强烈的寂寞"，不经意间展现了美人蕉此时此刻的特别的韵味。有时作者也拽文般写几笔，如写到大家很熟悉的紫薇。在《紫薇》一文中写到紫薇花开"真是乱，乱红成阵，乱成一团。简直像幼儿园的孩子放开了又高又脆的小嗓子一起乱嚷嚷。在乱哄哄的繁花之间还有很多赶来凑热闹的黑蜂。""它一落在一朵花上，抱住了花须，这一穗花就叫它压得沉了下来。它起翅飞去，花穗才挣回原处，还得哆嗦两下。"就这样，即使拽文，也不忘幽默，使得文字有特别亲切的味道，有特别与灵魂相契合的生命气息。汪曾祺的文章中的感情是厚实的。继续说"造物之美"这部分吧，《草木春秋》中一小标题"花和金鱼"，写的就是爱养花爱侍弄金鱼的一个家庭的两口子的悲剧故事。也写出了一个荒唐的"文革"时代。在《人间草木》中，一个小标题写槐花，更是借槐花写一对养蜂夫妻的故事，人花相映，耐人寻味。这些篇章都让人更体会出汪曾祺文章中的人情美。这在后面的篇章中，更让人能感觉到。写自己的成长，成长中父亲的启蒙，成长中一路的从幼儿园开始的老师，写西南联大时的记忆与老师，何况最后一部分特别以郑重的文笔写恩师沈从文。讲述《边城》的故事，评论《边城》的文笔，《边城》"思无邪"的爱情，都闪现着对恩师的理解以及对老师文学精神的理解，还有信仰与坚持般的文学坚守。严肃中还是温婉亲切的。深层依旧是他的风格。

  一本《人间有味》，让我更好地走近了汪曾祺和汪曾祺的恬淡与温暖。这份恬淡与温暖不是直白地表达，而是幽默含蓄、细腻丰富、灵动地展现出来的，这样才有嚼头才更有回味，这也许才是汪曾祺所希望的。

2021. 8. 1

走近保尔

——读《钢铁是怎样炼成的》

未读"保尔"之前，以为保尔是被模式化了的天生英雄。读了"保尔"之后，才知道保尔是这样有情味的人，就像生活在身边的平凡人一个，又比身边的平凡人多了点什么，这就是《钢铁是怎样炼成的》塑造的英雄保尔给人的印象。

有点顽皮，在同学的调唆下居然干了在复活节面团里放烟末的事，结果被开除，不能再上学。生性好斗，车站食堂里原先的那位男孩想欺负新来的保尔，结果被保尔倒唬了一顿。和很多调皮的男孩子一样，保尔喜欢枪，因为没分到，索性从分到了两支的男孩手里夺了一支，放到板棚棚顶下面的木梁上。保尔遇到了一位大朋友朱赫来，朱赫来对保尔的影响非常大，使"如一只好斗的公鸡一样爱打架的保尔"，引导保尔"打架其实也不见得都是坏事，那要看为什么而打和对象是谁"。更神奇的是，他居然胆大包天般从列辛斯基家里偷来德国中尉的"曼利赫尔"自动手枪，如果这只是出于好奇与顽皮，那么于路上营救被押的朱赫来，已是初显小英雄本色，是小小年纪的一件惊天动地般的大事啦。他为此受了不少苦头，被揭发入狱后的保尔看到更多的社会层面，也促使着英雄的成长。

小英雄从小的正直勇猛，也赢得了可爱美丽的女孩冬妮娅的喜爱，爱情的萌生使得保尔也开始注意了自身的形象，那第一次向母亲要一件蓝衬衣，那杂乱的头发也理得整齐一新，那个时刻，我们感觉到了是岁月的成长，一起飞跑追逐到车站，一起在保尔出狱后的那种相谈，相亲相爱，多么美好的青春年少。

保尔当了红军，参加了革命。历经了战场上子弹飞啸，敌人退后，战友也倒下，自己也受伤的种种场面，《牛虻》书中的革命者的方向，就是他的方向，他在血与火的战争中悟出了关于"生"与"死"的意义，明白了"牺牲"的内涵。子弹使他右眼失明。喜欢读书，这始终伴随着他。

苏维埃政权建立后，新的任务又摆在面前，难忘保尔在筑路时所承受的艰辛，劳累饥寒，伤寒病近乎夺走了他的生命。人们以为保尔已牺牲了，甚至与保尔那段美好的感情，丽达也不得不放弃了。

火热的工作热情是保尔后来一直所表现出来的，当因为战争残留于脊椎附近的弹片危及他的健康，双腿瘫痪，双目失明时，他依然战胜自我，用自己的经历，在爱妻达雅的鼓励下，在团委书记妹妹加莉亚帮助记录整理下，完成了长篇小说《钢铁是怎样炼成的》。

《钢铁是怎样炼成的》一书以真实的成长经历，塑造了一位可亲可敬的英雄。正因为如此，他的"人生意义的思索"才会真正走进千千万万火热青年人的心中，引起共鸣与思考。英雄也曾因失去战斗与生活能力而想到过自杀，而战胜自己，说服自己，顽强生活下去的心理斗争过程是那样逼真。是的，英雄就是这样在生活的风雨中成长起来的。

2008.10.31

旧社会的苦难人物
——读《骆驼祥子》

"我们所要介绍的是祥子，不是骆驼，因为'骆驼'只是个外号。那么，我们先说祥子，随手儿把骆驼与祥子那点关系说过去，也就算了。"小说就是这样的讲故事般的述说语言开始，幽默的风格，地道的京味，作家老舍就开始了他的关于祥子的故事。

老舍的词儿有的是，他要说起洋车夫，连派别分类都说得头头是道。北京大杂院长大的他，知道穷人的心理和心思，他把祥子过日子攒钱买车的过程写得淋漓尽致，甚至把祥子攒够钱买车的亦惊亦喜的紧张激动都写得入木三分。他可以以轻巧细腻的文采刻描风雨、夜晚、毒日的任何一种风景，他可以尽数一位车夫经历的大大小小的故事。说出来都是真的，写出来都是共鸣的，揪着你的心，直把故事一气读完。酣畅淋漓地跟着作者跟着祥子闯荡过，梦想过，往前奔过，又悲哀着他的悲哀，感叹着他的堕落，想喊却喊不出，仿佛一同消融于那故事里，仿佛那灰色的社会如同灰色的一张大网，网住了所有试图挣扎的人，不管你有力还是无力，不管你是祥子还是小福子，逃不掉，逃不脱，失望下去，堕落下去，从不会有太阳，永远都是灰冷的冬天。老舍就是以这样淋漓的笔再现了那个旧社会的苦难人物。

忽然抚尺一下，来个收尾："体面的，要强的，好梦想的，利己的，个人的，健壮的，伟大的，祥子，不知陪着人家送了多少回殡，不知道何时何地会埋起他自己来，埋起这堕落的，自私的，社会病态的产儿，个人主义的末路鬼！"

2008.11.2

足迹踏过都留下一路歌

——观电影《冯志远》有感

电影《冯志远》，就是一首朴素而深挚的歌，就是上海到宁夏支教的冯志远老师，用青春和坚韧在宁夏坚守四十一年谱就的一首感人的歌。是那个想上学的小学生用骆驼把这位新来的老师送到了学校，并且在路上冯老师就在沙地上教这位小学生的名字"张建华"三字的写法。就是这位面对宁夏浩瀚沙漠依然充满生活激情的老师，把旷课的学生一一找回来，用先天性因视网膜问题而视力很弱的眼睛，去帮助学生寻找到了结满红色沙枣的沙枣树；是他说服想让孩子辍学的家长，使他们懂得用知识改变孩子的命运，还把自己心爱的钢笔送给这其中一位学习优秀的学生；他用制作的沙漏给了孩子时间的计量和课堂的节奏；他用排剧一样的方式增加语文课的兴趣……深情的爱赢得了爱，深情的付出赢得了爱……学生在夜晚用手托着蜡烛排成的"大道"送行。还是他，用心灵固守着宁夏的土地，固守着宁夏这一方三尺讲台，但他的先天的弱视力在加剧衰弱，直至有一天你在讲台上什么也看不见了，但你甚至为这一天早做了准备，连每篇课文你都背过了，校长被感动了，他答应你继续上课的请求，直至有一天你倒在了讲台上……你的学生来看望你了，当年你说服她家长让他继续上学并送给她钢笔的"吴琼花"来了，他在细心地为你削苹果；当年的"张建华"来了，他深情地拉起了你的手，说着："老师，学生不孝啊！"……你对这片土地充满了深情，你的告别话语也是那样朴素而深情。是啊，正如你所说，这里留下了你最美好的岁月，这里留下你生命中最宝贵的财富。教师的生活是清苦的，没有什么轰轰烈烈的大事，情节也并不复杂。但也许正是当老师的心才最懂得老师的心，观看电影的老师们无不泪流满面，在深婉的音乐旋律中，在活泼而真实的生活画面中，我们在迸发着一次次心灵的共鸣，我们被一次又一次感动，就是这样一颗教师的灵魂，一颗教师的伟大的心。

默默奉献，默默耕耘，坚守这平凡的事业，用坚韧、用智慧挥洒着教师的激情，执着于宁夏这块深情的土地。从来都无须回报什么，从来不是轰轰烈烈，但你足迹踏过的地方，都会有草的绿，花的香，你流下的每一滴汗水，都不曾白费，都会有心灵的回应，都会有生命的成长。这是每一名教师都应有的坚守。

你是江南肥沃土地上的一粒草籽，

一路漂泊来到了塞北，
澎湃的黄河水在耳边激荡回响，
深情的大地和人民哺育了你，
你说你甘愿做一缕烛光，
你说你有满天的会眨眼的星。
人走在东风里你的剪影，
照亮你多梦的心海。

1999. 12. 2

我读《汤姆叔叔的小屋》

读美国女作家斯托夫人的《汤姆叔叔的小屋》，我是一口气读完了这一长篇小说。作者怀着深挚的感情来写，故事可以说并不复杂，但黑人作为奴隶进行贩卖的现实，令人窒息令人压抑，我也随本书作者的感情一样，和本文主人公一样，想呐喊，让呐喊声冲破这黑洞洞的屋子，让自由的空气，自由的风，吹进来吧，还黑人以自由，让黑人享受人性的待遇。世界是个多肤色的大家庭，而美国的黑人争取自由公民之路竟经历了一个漫长曲折的过程。

作者语言富有感染力，确是和着自己心血的心灵之作，作者是在生活的现实基础上，拎出了典型的故事、人物，时而紧张激烈，时而舒缓，让人为几个黑人的命运担忧。而主人公汤姆的命运，更是让人为他担心为他祈祷，他一连接到上帝的恩赐，卖到了好心的主人家，但最后我们的担心还是发生了，他被卖到了南方一个狠毒的种植园家之手，地狱般的生活开始了。汤姆永远不能回到他那温馨的小屋了，但他的内心开始觉醒，一步步把这个憨厚壮实的黑人逼到绝望，但他不屈服所受的待遇，不屈服所看到的一切，他帮助了两个黑人女子逃离庄园，狠心的庄园主却把他鞭挞近死，最后汤姆见到了为黑人自由奔波的从前的好心主人，但他却永远离开了这个丑恶的却也似乎有一线曙光的世界。

作品语言顺畅，情节明晰，感情真挚，确是作者的心灵之作。是世界名著中的一朵奇葩。

2005. 2. 15

率真英雄李逵

　　《水浒传》中有一位率真英雄，似乎头脑简单，口无遮拦，却知道心意，话由真心而出，事由仗义而行。最危险处总现出他挥两把板斧在手，不顾自家性命般拼杀，虽有时有点莽撞，却更多的是忠勇，使这位黑大汉有了别样的率真与可爱，也成为《水浒传》中的一大风景式人物，成为一位别样的"水浒"英雄——黑旋风李逵。

　　李逵的出场就是以他有特点的外貌现出，书中写道知州牢城院长戴宗"引着一个黑凛凛大汉上楼来"。这就是一出场在江州牢城营里戴宗身边当小牢子的李逵。姓李，名逵，祖籍是沂州沂水县百丈村人氏。本身一个异名，唤作"黑旋风"李逵，他乡中都叫他做"李铁牛"。因打死了人，逃走在外，不曾还乡。

　　李逵就是李逵，直性子，急性子，一出场便很快展现出来。一见宋江，便问戴宗："哥哥，这黑汉子是谁？"因出言不逊，被戴宗数落一顿，说他说话粗鲁。眼前这位仁兄，便是闲常李逵要去投奔的义士哥哥，李逵猜测说是及时雨宋江，戴宗叫李逵快拜。李逵道："若真是宋公明，我便下拜！若是闲人，我却拜什么鸟！节级哥哥，不要赚我拜了，你却笑我！"宋江便道："我正是山东黑宋江。"李逵拍手叫道："我那爷，你何不早说些个，也教铁牛欢喜。"扑翻身躯便拜。戴宗宋江让他喝酒，李逵道："不耐烦小盏吃，换个大碗来筛。"一开场就是这样，一直就是这样，这就是铁牛的性格，痛快，直心眼子。

　　还没见面几分钟，铁牛就漏了馅儿，他那个直性子就又使出来。撒了个谎，宋江爽性给他十两银子，又拿去赌，一心想赌个酒钱请哥哥，却被深知李逵从来赌直的小张乙赌房主赌了个精光，李逵心里发急，刚借用的银子又输了个精光，急着想借回银子还哥哥。人家哪里还借给他，李逵一急就把那赌房及一席人打了个乱七八糟。嘴里还说道："老爷闲常赌直，今日权且不直一遍！"被赶来的戴宗宋江喝住，还了人家钱。

　　三人来到浔阳江边琵琶亭上饮酒，宋江因遇见这两位，心中欢喜，吃了几杯，忽然心里想要鱼辣汤吃。李逵嫌所上之鱼不够新鲜，得知酒保今日等鱼牙未来，买不得鲜鱼，李逵跳起来道："我自去讨两尾活鱼来与哥哥吃！"这便引出那浔阳江上"黑旋风斗浪里白条"一段故事来。"宋江、戴宗在岸边看时，只见江面开处，那人把李逵提将起来，又滗将下去。两个正在江心里面清波碧浪中间，一个显浑身黑肉，一个露遍体霜肤。两个打作一团，绞做一块，江岸上那三五百人没一个不喝彩。"这就是李逵的出场，心地耿直，头脑简单，一身力气，调皮可气，不知生出多少事端来。然而正是这个一心无二的直肠子，却深得宋江的信服，最终成了宋江身边推心置腹情如手足的兄弟。

宋江题了反诗被捉到牢里，戴宗奉命要上京送信，临行嘱咐李逵照看好宋江。李逵应道："吟了反诗，打甚么鸟紧！万千谋反的，倒做了大官！你自放心东京去，牢里谁敢奈何他！好便好，不好，我使老大斧头砍他娘。"并且在戴宗的嘱咐下，李逵真个不吃酒，早晚只在牢里服侍宋江，寸步不离。

戴宗因传假信，致使宋江、戴宗二人来日要被押赴市曹斩首。这天，水浒好汉晁盖他们及时赶到，加上李逵的冲锋陷阵，解救了戴宗宋江。"那时快，却见十字路口茶坊楼上一个虎形黑大汉，脱得赤条条，两只手握两把板斧，大吼一声，却似半天起个霹雳，从半空中跳将下来。手起斧落，早砍翻了两个行刑的刽子，使望监斩官马前砍将来。"晁盖一行人救下宋江尽跟黑大汉直杀出城来。来到白龙庙暂歇，大家正思虑如何迎敌，李逵便道："不要慌！我与你们再杀入城去，和那个鸟蔡九知府一发都砍了快活！"这就是李逵，使出浑身解数，那也地动山摇，说出那个快活话也叫人痛快。

后宋江智取无为军，张顺活捉黄文炳后，在推让座次之后，谈起那"耗国为家木，刀兵点水工"的谣言，李逵跳将起来道："好！哥哥正应着天上的言语！虽然吃了他些苦，黄文炳那贼也吃我割得快活！放着我们许多军马，便造反，怕怎地！晁盖哥哥便做大宋皇帝，宋江哥哥便做小宋皇帝，吴先生做个丞相，公孙道士便做个国师，我们都做个将军。杀去东京，夺了鸟位，在那里快活，却不好？不强似这个鸟水泊。"戴宗让他不要胡言乱语，再如此多言插口，先割了你这颗头来为令，以警后人！李逵道："啊呀！若割了我这颗头，几时再长得一个出来？我只吃酒便了！"这便是李逵的语言，快言快语，直言直语，总带上点儿调皮与可爱。

此后，李逵的故事才正式拉开序幕。他先是沂水杀四虎，他的英勇与孝心都有口皆碑。为塑造李逵这个人物，作者偏用了假李逵来烘托，真李逵遇假李逵，制服假李逵，也别有意思，给这个率真英雄增添了别样色彩。为柴进出气，路见不平，一拳打死殷天锡。后与戴宗请公孙胜，一路上为犯吃荤被戴宗变着法不知教导了几番。为请公孙胜，李逵独劈罗真人，结果被惩罚从云中落到蓟州府厅屋上骨碌碌滚将下来，被当作妖人一桶尿粪浇下来。被人拿翻，打得一佛出世，二佛涅槃。及至戴宗说情，罗真人召回，李逵见了罗真人连忙磕头："亲爷爷，铁牛不敢了也！"一个李逵，就闹出了多少趣事，为整个"水浒"增添了很重要的一份活泼气氛。

下井救柴进，救上后，直埋怨宋江人等差点忘了放箩筐，不是好人。吴用智赚玉麒麟，吴用扮作算命道士，李逵被扮作哑巴道童，倒也十分乖觉可笑。因为见宋江燕青与那美人李师师说笑，惹得李逵一肚子怒气，元宵夜大闹东京。走至四柳村遇怪事李逵捉鬼，又宿一庄院，误认为是真宋江欺负民女，回梁山砍倒杏黄旗，把"替天行道"四个字扯得粉碎。众人都吃一惊，待戴宗备说细由。宋江知是自己受了不白之屈，即去让庄上太公去认一认，辨别真假。后让李逵捉了那个假宋江，还了庄上太公的女儿。李逵只得负荆请罪，给哥哥赔不是。有诗赞曰："梁山泊里无奸佞，忠义堂前有诤臣。留得李逵双斧在，世间直气尚能伸。"一曲未完又生一曲，又来了个李逵寿张乔坐衙，过了一把县衙县官瘾，闹哄了衙堂又闹学堂，做出了鸡飞狗跳的无穷事端。有诗为证："牧民县令每猖狂，自幼先生教不良。应遣铁牛巡历到，琴堂闹了闹书堂。"至此，把个别样风趣的李逵渲染到极致，一个别样英雄永铸在了读者心中。

2007.7.11

煮酒论英雄

喜欢读"煮酒论英雄"一段，每读到此处，总是津津有味地读，读得津津有味。喜欢那样的境界，试想，枝头梅子青青，又值煮酒正熟，小亭下，盘置青梅，一樽煮酒。二人对坐，开怀畅饮，一个已名噪天下，威震诸侯，霸业有望，一个屈身守分，却也是胸有大志，待时而动，到时可望有成的英雄。天边阴云漠漠，天外龙挂初现，这样一对英雄对饮，一个豪言神爽，一个屈尊小心，一个阔论畅谈，一个谨慎应对，而实则都是一代枭雄。这样的一对畅饮对坐的英雄，与此时那"天外龙挂"，与叙谈中之"何谓英雄"，相映相符。龙挂助英雄威，英雄悟英雄气，形成了一阔大天宇下青梅煮酒论英雄的豪气充溢的别样场面，令人顾而不忘，品味再三。

"龙能大能小，能升能隐：大则兴云吐雾，小则隐介藏形；升则飞腾于宇宙之间，隐则潜伏于波涛之内。方今春深，龙乘时变化，犹人得志而纵横四海。龙之为物，可比世之英雄。"曹以此言邀刘备论说天下英雄。刘备以"肉眼安识英雄"自谦，后又虚张一面，说出当时各霸一方的袁术、袁绍、刘表、孙伯符，而曹皆以为不足挂齿。"夫英雄者，胸怀大志，腹有良谋，有包藏宇宙之机，吞

256

吐天地之志者。"曹以此言解说"英雄"。刘备忙问"谁能当之"，操以手指玄德，后自指，曰："今天下英雄，惟使君与操耳！"喜欢这样的语言，喜欢英雄的这般豪爽，纵横开始，又忽而收回戛然结尾。所论已彰，所问已明。只惊得刘备匙箸落地，多亏天雷助备，以"迅雷风烈必变"巧妙掩饰。书中在说英雄一场景中，以赞刘备，收尾了这一场"论英雄"。"免从虎穴暂栖身，说破英雄惊杀人。巧借闻雷来掩饰，随机应变信如神。"

"煮酒论英雄"，舒心畅快，壮阔豪气中暗藏危机，有惊无险中喜剧结束，读得纵横，又收获喜悦。

2008.12.10

马跃檀溪

读《三国演义》，感觉每一个建功立业者的背后都是几经出生入死。读刘备马跃檀溪一节，总是心情随之振奋，眼前仿佛一道天光划过檀溪，天助刘备，马跃檀溪，刘备的柳暗花明终于到来。

"却说玄德撞出西门，行无数里，前有大溪拦住去路。那檀溪阔数丈，水通湘江，其波甚紧。玄德到溪边，见不可渡，鞭马再回，遥望城西，尘头大起，追兵将至。玄德曰：'今番死矣！'遂回马到溪边。回看之时，追兵近矣。玄德着慌，纵马下溪。行不数步，马前蹄失陷，浸湿衣袍。玄德乃加鞭大呼曰：'的卢，的卢！今日妨吾！'言毕，那马忽然从水中踊身而起，一跃三丈，飞上对岸。玄德如从云雾中起。"连追赶至溪边的蔡瑁也禁不住惊叹"是何神助也？"

自此后，似一片祥云笼罩玄德。书中写道："玄德跃马过溪，似醉如痴。"行走间，先遇司马徽"水镜先生"，后遇帮自己初胜曹操的化名单福的徐庶，后在徐庶的推荐下，刘备三顾茅庐，请诸葛亮出山，从此逐渐开辟出刘备的基业。火烧赤壁，渐形成三国鼎立之势。

前面提到刘备"的卢马妨主"一事，在这一件事上，表现出了刘备的君子风范，坦荡大气。当伊籍告知不能骑此马时，刘备给予了"但凡人生死有命，岂马所能妨哉"的回答，令伊籍都非常佩服。当单福用化解妨主之法以试刘备，刘备当即给予"公初至此，不教吾以正道，便教做利己妨人之事，备不敢闻教"的厉正言辞。使单福深服刘备的仁德。大概也只有这样坦荡大气的识马英雄，也才使马跃不可跃之檀溪，一跃三丈，帮主人脱离虎口。

257

马跃檀溪，是天助刘备，也是刘备仁德雄心之致。

2008. 12. 27

黛玉悲发亦最美

黛玉一声悲，花落鸟惊飞。

黛玉一声悲，天地亦同醉。

黛玉一声悲，物我两相偎。

黛玉一声悲，原亦是最美。

读了黛玉叫怡红院的门不开之后黛玉的伤悲，那千思万想，那种种悲愁，那不由地声声呜咽，竟是那样感同身受，那样真切，读者不由悲由中来，醉亦由中来。

更何况作者把黛玉一声悲渲染得如此千娇百戚，万物似同悲，飞珠声泣也原来这样令人醉。

却说那林黛玉听见贾政叫了宝玉去了，一日不回来，心中也替他忧虑。至晚饭后，闻听宝玉来了，心里要找他问问是怎么样了。一步步行来，见宝钗进宝玉的院内去了，自己也便随后走了来。刚到了沁芳桥，只见各色水禽都在池中浴水，也认不出名色来，但见一个个文彩炫耀，好看异常，因而站住看了一会。再往怡红院来，只见院门关着，黛玉便以手叩门。

谁知晴雯和碧痕正拌了嘴，没好气，忽见宝钗来了，那晴雯正把气移在宝钗身上，正在院内抱怨说："有事没事跑了来坐着，叫我们三更半夜的不得睡觉！"忽听又有人叫门，晴雯越发动了气，也并不问是谁，便说道："都睡下了，明儿再来罢！"林黛玉素知丫头们的情性，他们彼此顽耍惯了，恐怕院内的丫头没听真是她的声音，只当是别的丫头们来了，所以不开门，因而又高声说道："是我，还不开么？"

怡红院内晴雯、碧痕二人正拿敲门的人出气，一再不开。并且使性子说道："凭你是谁，二爷吩咐的，一概不许放进人来呢！"这一不开门，引起黛玉万般愁思。黛玉听了这话，不觉气怔在门外。待要高声问他，逗起气来，自己又回思一番："虽说是舅母家如同自己家一样，到底是客边。如今父母双亡，无依无靠，现在他家依栖，若是认真怄气，也觉没趣。"一面想，一面又滚下泪珠来了。真是回去不是，站着不是。正没主意，只听里面一阵笑语之声，细听一听，竟是宝玉宝钗二人。黛玉心中越发动了气，左思右想，忽然想起早起的事来："毕竟宝玉恼我告他的缘故。但只我何尝告你了，你也打听打听，就恼我到这步田地！你今儿不叫我进来，难道明儿就不见面了？"越想越伤感起来，也不顾苍苔露冷，花径风寒，独立墙角边花荫之下，悲悲戚戚呜咽起来。原来这林黛玉秉绝代姿容，具稀世俊美，不期这一哭，那附近柳枝花朵上的宿鸟栖鸦一闻此声，俱忒楞楞飞起远避，不忍再听。正是：

花魂默默无情绪，鸟梦痴痴何处惊。

因有一首诗道：

颦儿才貌世应稀，独抱幽芳出绣闺，

呜咽一声犹未了，落花满地鸟惊飞。

好个曹雪芹，把黛玉一声呜咽，一次悲发，竟写得这样千回百转。古有"闭月羞花之貌，沉鱼落雁之容"，读到此处，却觉都不如黛玉落泪之美，美在容颜，更美在人情百味。

2007.7.6

《红楼梦》中的一个美丽冬天

这个冬天，有雪，有梅，还有雪坡上一群穿着大红、绛紫各色猩猩毡的一群兄姊。是美丽青春的定格记忆，是青春幸福生活的高峰，只映得雪也醉来，人也醉。生悲何必早，今朝雪正好，作诗在今朝。

那个冬天，说巧也巧，贾府上下众姊妹齐聚，这还不算，还又来了四位四根水葱似的姊妹。邢夫人的嫂子，带了女儿岫烟进京来投邢夫人。李纨的寡婶来带着两个女儿李纹、李绮，薛蟠之从弟薛蝌带了妹妹薛宝琴来，贾府众姊妹又添这四位美人，后忠靖侯史鼎迁为外省大员，贾母舍不得湘云，接到家中。再加上这一位，真是美人齐聚，众姊妹齐全，诗社更加兴旺。

又到了起社作诗的日子，那天可巧又下雪，可惜那天天已晚了，到了明天，宝玉又担心天晴无趣。不过当时不能了，这次李纨做好设计，要诗社到芦雪庭去，打发人笼地炕，大家要拥炉作诗，心中又拟好了题，限好了韵，大家又凑足了银子。

到了第二天的清早，宝玉因心里惦记着，这一夜没好生得睡，天亮了就爬起来。见窗上光辉夺目，埋怨晴了，认为日光已出。一面忙起来揭起窗屉，从

259

玻璃内往外一看，原来不是日光，竟是一夜的雪，下得将有一尺厚，天上仍是搓棉扯絮一般。宝玉此时喜欢非常，忙唤起人来盥漱已毕，只穿一件茄色哆罗呢狐狸皮袄，罩一件海龙小鹰膀褂子，束了腰围，披上玉针蓑，带了金藤笠，登上沙棠屐，忙忙地往芦雪庭来。出了院门，四顾一望，并无二色，远远的是青松翠竹，自己却似装在玻璃盆内一般。于是走至山坡之下，顺着山脚刚转过去，已闻得一股寒香扑鼻，回头一看，却是妙玉那边栊翠庵中有十数枝红梅胭脂一般，映着雪色，分外显得精神，好不有趣。宝玉来至芦雪庭，只见丫头婆子正在那里扫雪开径。原来这个芦雪庭盖在一个傍山临水河滩之上，一带几间茅檐土壁，横篱竹牖推窗便可垂钓，四面皆是芦苇掩覆。一条去径，逶迤穿芦苇过去，便是藕香榭的竹桥了。众丫头婆子见他披蓑带笠而来，都笑道："我们才说正少一个渔翁，如今果然全了。姑娘们吃了饭才来，你也太性急了。"宝玉只得回来，催快吃饭。吃饭间，湘云宝玉又想到有新鹿肉，商量要一块，自己拿了园里弄去，又吃又玩。果真那样，烧烤鹿肉，闲吃作诗。要求"即景赋诗"，限了韵。从凤姐的"一夜北风紧"开始，"开门雪尚飘""匝地惜琼瑶"一直转了二三十句，到了"欲志今朝乐""凭诗祝舜尧"。湘云的最多，宝玉落第，罚折红梅。大家商议罚刚才联诗少的用"红""梅""花"三字做韵写诗。一语未了，只见宝玉笑欣欣擎了一枝红梅进来。众丫鬟忙已接过，插入瓶内。李纨又盛了刚蒸的大芋头，又将朱桔、黄橙、橄榄等物盛了两盘。大家一面说，一面看梅花，原来这一枝梅花只有二尺来高，旁边有一枝纵横而出，约有二三尺长，其间小枝分歧，或如蟠螭，或如僵蚓，或孤削如笔，或密聚如林，真乃花吐胭脂，香欺兰蕙。

后来贾母也来凑聚一会儿，叫制灯谜。后又和大家一起转到惜春那儿看画。凤姐找了来，因要回去用晚饭。贾母上轿，带了众人，说笑出了夹道东门。一看四面，粉妆银砌，忽见宝琴披着凫靥裘，站在山坡背后遥等，身后一个丫鬟，抱着一瓶红梅。众人都笑道："怪道少了两个，他却在这里等着，——也弄梅花去了！"贾母喜得忙笑道："你们瞧，这雪坡上，配上他这个人物儿，又是这件衣裳，后头又是这梅花，像个什么？"众人都笑道："就像老太太屋里挂的仇十洲画的《艳雪图》。"贾母摇头笑道："那画的哪里有这件衣裳？人也不能这样好。"一语未了，只见宝琴身后又转出一个穿大红猩猩毡的人来。贾母道："那又是哪个女孩儿？"众人笑道："我们都在这里，那是宝玉。"贾母笑道："我的眼越发花了。"说话之间来至跟前，可不是宝玉和宝琴两个？宝玉向宝钗黛玉等道："我才又到了栊翠庵，妙玉竟每人送你们一枝梅花，我已经打发人送去。"

即使是第二天，雪晴之后，他们又各自制了灯谜。

这就是那个冬天，雪天雪地，红紫的各色披氅，美丽的容颜，欢笑的时光，野趣、雅趣，河滩边芦雪庭里。红梅有人执，披氅行走在那白雪坡上，怎能相忘？

2008.7.12